临证求是

杜 斌 著

编委：杜 斌 杜庆旻 张媛瑶

上海科学技术文献出版社

图书在版编目〔CIP〕数据

临证求是 / 杜斌著 . -- 上海：上海科学技术文献
出版社，2023
ISBN 978-7-5439-8841-5

Ⅰ. ①临… Ⅱ. ①杜… Ⅲ. ①中医临床—研究 Ⅳ.
① R24
中国国家版本馆 CIP 数据核字 (2023) 第 098056 号

责任编辑：王　珺

临证求是
LINZHENG QIUSHI
杜　斌　主编
出版发行：上海科学技术文献出版社
邮政编码：200040
经　　销：全国新华书店
制　　版：河北环京美印刷有限公司
印　　刷：河北环京美印刷有限公司
开　　本：710*1000　1/16
印　　张：24.75
字　　数：29.8 万字
版　　次：2023 年 10 月第 1 版第 1 次印刷
书　　号：ISBN 978-7-5439-8841-5
定　　价：128.00 元
http://www.sstlp.com

ISBN 978-7-5439-8841-5

9 787543 988415 >

定价：128.00 元

实实在在学中医

张树剑序

"如何才能学好中医"？这个问题其实挺难回答的，毕竟在坊间关于中医学习的议论颇多，比如：学习中医需要上佳资质；学好中医需要跟师，尤其是民间高手；学好中医需要从经典入手；中医需要从小学习，等等。以上观点不能说均无道理，只是多失之于片面。

中医如何学习？首先要清楚，中医是一门学问，一门既有传统意蕴又不断接纳新知识的学问，需要遵循一般的学习规律，循序渐进地学习。这里要说明的是，"学好中医"指的是成为一名合格的中医，那些想成为"高人""神医"想法是不现实的，所谓的"高人""神医"也是不存在的。那么，资质说靠谱吗？其实，中医的学习不需要所谓的"骨骼清奇，天赋异禀"，与其它任何一门学问一样，只要认认真真地读书，踏踏实实地练习，自然就会有所领悟。一句话，学习中医，需要的不是聪明，而是实在。杜斌教授就是一位实在的中医临床家。

杜斌是我的同窗好友。26年前，我们一同在南京读研，当时我们都是青涩的年纪，心思单纯，读书用功，经常在一起背书，也经常一起去路边吃小龙虾。杜君为人诚朴，不擅言辞，读书工作之外，余事少有挂心。我与杜君都不是聪明人，读书有一个共同之处，就是慢，要慢慢地把每一点吃透方可。三年的光景一晃而过，他去了江苏省中医院（南京中医药大学附属医院）工作，而我在江湖上飘荡。若干年后，我重回中医药大学的时候，杜君在中医临床上已有小成，谈到他的治疗案例，言辞间流露出的自信令其光彩顿生。职业精神与专业成绩可以塑造人的性情与容貌，与读书时代比，杜君此时平添了一种肃然的气度。又是若干年后，杜君带来了这本书——《临证求是》。翻阅此书，仿佛又与杜君重逢在汉中路282号的银杏楼[①]，在那间逼仄的寝室中相互质疑问难。

杜君的导师是江南名医尤松鑫先生，先生是南京中医学院首届本科生，打下了坚实的院校教育的底子。当年的南京中医学院，云集了吴门医派、孟河医派的众多名医，尤松鑫先生饱受一众名师的熏陶，形成了其不拘门派，中西融通、举重若轻的为医风格。中医药的院校教育肇始于民国时期，丁甘仁先生创办的上海中医专门学校是第一个在内务部立案的中医学校，实际上从彼时起，学习中医的主要方式就是院校教育了。所谓"高手在民间"，伴随着院校教育的兴起就已成为往事。民间中医往往看不起学院派的中医，认为学院派中医的临床水平较弱，对于中医院校的教材也是颇多诟病，这是对学院派的一种误解，在某种程度上也是一种哗众取宠的言论。中医院校教材，是经由当时的中医专家集体讨论制定的教本，至少提供了中医理论与临床的框架性知识，可以说是中医知识的一种最大公约化。院校学习是基本功，教材中的处方也适合多数情形。尤松鑫先生的自述中提到过他的一则病案，即是根据《中医内科学》教材，选用程钟龄《医学心悟》止嗽散加味治疗一例多发肺囊肿的

---

①南京中医药大学汉中门校区位于南京市汉中路282号，银杏楼是该校区的一幢宿舍楼。

小女孩取得良效。院校教育是当前中医学习的主要方式，其系统的中西医学的教学是单纯的师承学习所不能替代的。杜君《临证求是》中对于辨证与处方用药的心得，也多出于大学教材。看其在"名方验方"一节中的诸多篇章，如"复元活血汤疗跌打损伤显神功""归脾汤显神效治愈贲门病""寒热同调培中气，半夏泻心方为宗""黄连汤平调寒热，治疗上热下寒证""经方之桂枝加附子汤的应用"等，处方均是在教科书《方剂学》《伤寒论》《中医内科学》中多次讲述的名方，杜君的辨证用药的思路也多出于教科书。而且，杜君在南京中医药大学长期讲授"中医内科学"课程，对于教材知识的应用当然是极其娴熟，已成自家心法。

从尤松鑫先生到杜斌教授，都是院校教育成就的优秀中医医者，师生之间亦是代有传承。通过研究生阶段的学习，或者积年累月地跟师抄方，可以弥补院校教育个性化教学的不足。每位中医因其生活与工作的时空区域不同，所治疗的疾病谱不同，抑或所师从的老师与阅读的著作不同，总有一些独立的经验，这些经验知识体现在其诊疗的过程中，包括与患者的交流方式、遣方用药的习惯、对病情的判断等等，如此就形成了个人的风格，相同风格的医者群体会形成中医的某一流派。我曾经问过杜君，他与尤老是否属于某一中医流派，回答是否定的。尤老学宗多师，不拘门派，他钦佩张石顽《张氏医通》之朴实，程钟龄《医学心悟》、陈修园《医学从众录》之简捷，叶天士《临证指南》之灵动。多涉方能博识，博识而可心悟。不拘一家本身就是一种风格，综观尤老与杜君的处方，大抵还是江南医家的风范，用药轻灵，变化细腻，四两拨千金。在《临证求是》中随处可见，"导师出手"一节中，尤老多用平常方小剂量，治疗疑难病如抽丝剥茧，于细微处见工夫。如用参苓白术散加减治疗肺肿瘤术后，用五皮饮进退治疗肾病综合征，很少见重剂猛药，重脾肾气阴，标本兼顾，徐徐见功。杜君的处方风格一如其师，翻阅本书，"黄连阿胶汤治疗失眠""养血润肠愈便秘""养血益气活血通络法可愈麻木"等篇均极为精彩，平常方药，灵活用之，诸般杂病均可破解。所以，在院校学习之后，跟师学习，自然而然就形成了学术传承，这是中医成材的一般途径。

从师可以亲炙侍诊，也可以私淑遥从。私淑是古来中医学习的重要法门，历史上名医众多，留下的著述不说浩如烟海，亦足可汗牛充栋。有些人对于中医的书籍有些门户之见，比如认为汉唐医书高古，其方效力卓于明清医书，亦有人认为"古方今病不相能也"，认为近世的医方更符合时人体质。殊不知这些观点已落入门户的窠臼，古方传承至今，固是经历了历代医家披拣与检验，今方既然已经成"方"，也非医家所臆想，必然有着实际经验的基础。医学史上私淑仲景、河间、东垣、丹溪者自是代不乏人；有清之后中医的学术中心在江南一带，故香岩、洄溪、鞠通等名家遥从者亦多。《临证求是》开卷第一部分就是"经典研读"，讲述了作者对于《临证指南医案》《温病条辨》《柳选四家医案》等著作的研读心得，大抵还是江南医家心法传承。杜君主修消化一科，肝病治法服膺王旭高，胃病治疗常从叶天士，湿温则以吴鞠通为宗。当然，仲景法与东垣方亦不偏废。开卷则喜，融会古今，不强分伤寒温病，不计较经方时方，这是杜君的读书路径，也是现代中医打开局面的"本手"。

《临证求是》的基本内容是当然是临证，书中的临证有古人案例，有作者导师的经验，更多的是杜君本人医案。读书，跟师之后，最终还是要走向临床。中医的学习与传承的方法，无论哪个流派，无论是学院还是民间，最没有争议的就是对临床的态度。多实践，勤临证，重疗效，是成为一名合格中医的至关重要的方法。《临证求是》中的医案很杂，远远不限于内科病，骨伤、妇、儿、皮肤等相关病症均有验案，是杜君多年来的临证总结。躬行践履，真实记录，积数年方有所得，这是中医代代传承与推陈出新的基石。

　　或许有人会问：中医有没有不传之秘？这个问题可以明确地回答：没有。所有的"秘法"都是笨办法：扎扎实实地学好教科书；向优秀的老师虚心求教；精读古今名家著述，但不可求快求多；多实践；勤记录，如此日积月累，自然功不唐捐。所以，学中医难，难在聪明，难在速于求成，难在志远而行迟，难在成名情结。做个老实人，潜心学中医，杜君的《临证求是》就是一个示范。

　　　　　　　　　　　　　　　　　　张树剑
　　　　　　　　　　　　　　　2023年夏于泉城南北楼

自　序

　　余业医二十余载，常叹医之难精。古人云有医家误，亦有病家误。医家之误，或不愿温故知新，更新知识，或与病人相对片刻，便处方药，或不效则谓病之难治，而不思药证是否相合，或所用方药大繁，谓之必有中者，令人惊起，或无论何病，均中西兼用，或自持才高学富，不愿详闻病家之苦，诸般如此，医家必常自省以避之。病家之误亦误病，或饮食无常，不避辛甘油腻，或夜歌酒醉如常，醒则求医问药，或诊疗随意，不遵医嘱，或情绪波动，气机逆乱，病情反复，或不避寒温，肆喜冷食，病家必知而防之。

　　故余临证之时，常思量如何避免医家之误，以提高临证疗效为期。在学习和临证过程中，常因思考而有所悟，或为理法之顿悟，或对中药、方剂而有新得，或遇疗效颇佳之案例而有所得，此类心得或能有益于临床，必记下而时习之。至今已有三年余，积累凡一百五十九篇文章，有对理法的理解；有对中药、方剂的学习体会；有临证验案，平时空闲阅读之，可对余之中医思辨有启发之功，故不敢独藏而希冀出版供同行斧正。今得以出版，命名为《临证求是》，乃寻求中医疗效之本，避免各种偏误之意。余跟随尤松鑫先生学习近三十载，深得其辨治之法，常慨叹其医之精、德之尚。虽先师驾鹤远去已三年余，吾辈仍甚是想念，故谨以此书纪念恩师尤松鑫先生。传承中医精华，发扬中医优势乃吾辈之任，必将一路前行。

癸卯年清明于金陵

凡 例

一、中医临证乃理法方药的具体应用。余常因临证疗效显著而有所得，亦常复习课本而有所悟，为防止遗忘故记录以备用。

一、本书所记载病案均为独立病案，能够体现中医辨证论治的优势，故未把同种疾病归类，在阅读时可前后参考类似疾病。

一、尤松鑫教授是江苏省名中医，其辨证精准，选方用药灵活醇正，临床疗效显著。余跟随其学习20余年，深入其精湛的医术、高尚的医德所感染，故本书记载了许多尤教授的临证医案、尤老的临证心得和对我的教诲。

一、本书中所记载医案主要为导师尤松鑫教授和余的临证医案。其中，在"导师出手"章节中均为尤教授的临床医案，在其他章节中，除特殊说明外，都是余之医案。

一、经典研读是余在学习中医经典古籍时的心得感悟；名方验方是对中医著名方剂的临证使用时取得良好疗效的案例；中药探讨是对中药再学习和临证应用时的心得；导师出手是学习导师尤松鑫教授医案时的体会；临床实践是余临证时，能够体现辨证论治的验案和分析；一剂知是余临证时疗效甚佳的案例和分析。

一、本书中，有些病案记录较为详细，有些病案记录则简略，有的则治疗时间缺如，因不影响对中医理法方药的理解，故仍收录本书。

一、本书所记载处方除特殊说明和已标注的，药物的计量单位均为克。

目录

 经典研读

名方验方

中药探讨

名师医案

临床实践

一剂知

经典研读

一、读《临证指南医案》学叶氏治阳虚胃脘痛

胃脘痛位居上腹部，或胀痛、或隐痛、或灼痛、或刺痛。多与情志郁滞，气机不畅有关，或与中焦脾胃虚弱，阳气不足有关，或胃阴不足，络脉失养。脾主运化，胃主受纳，脾升胃降，脾胃功能正常全赖于中焦阳气，阳气充足的推动有力，能够促进食物的腐熟运化，化生精微物质以营养全身。若中焦阳气亏虚，不能温煦脏腑组织，则影响食物的腐熟，水谷的运化就会发生异常，聚而为湿，或为水饮，或为浊邪，停于中焦，阻滞气机，从而出现胃脘痛。叶氏治疗阳虚胃脘痛能够抓准病机，标本兼治，值得学习。

⊙情志不适，郁伤阳气：木喜条达，可助土运，若木郁克土，土则受损，日久可伤及阳气。

病案：张十九　壮年面色萎黄，脉濡小无力，胃脘常痛，情志不适即发，或饮暖酒暂解，食物不易消化。脾胃之土受克，却因肝木来乘。怡情放怀，可愈此病。人参、广皮、半夏、茯苓、苡仁、桑叶、丹皮、桔梗、山栀姜汁炒

注：此病人年轻男性，情怀欠舒，面色萎黄，乃土虚木贼，阳虚气滞之征。其治健脾为主，选用人参、茯苓、半夏、陈皮、苡仁健脾益气，桑叶、桔梗取其升散之性，以助脾运，肝郁日久易化热，丹皮、姜炒山栀以清肝泻热。同时还要佐以怡情放怀，才能达到病情好转。

⊙病久伤阳：邪气停留中焦，日久可耗伤阳气。

病案：某　积滞久着，胃腑不宣，不时脘痛，已经数载。阳伤奚疑。炒半夏、淡干姜、荜茇、草果、广皮、茯苓

注：此病人乃脾虚失运，积滞内停，更伤正气，日久损阳，治以健脾阳，助运止痛。选用半夏、茯苓、陈皮健脾理气化痰，干姜、荜茇、草果味香辛燥，温中醒脾助运，理气止痛。全方可健脾温中，化痰理气止痛。

病案：张　阳微不司外卫，脉络牵掣不和。胃痛，夏秋不发，阴内阳外也。当冬寒骤加，宜急护其阳，用桂枝附子汤。桂枝　附子　炙草　煨姜　南枣

注：病人阳虚失于温煦，络脉不和，天寒加重，夏秋则缓，叶氏用桂枝去芍药加附子汤温中散寒止痛。

病案：某　中州阳失健运，脘中痛，食不化。益智仁　谷芽　广皮　炙草　茯苓　檀香汁　半夏曲　炒荷叶

注：阳虚失温则疼痛，中虚失于运化则食不化，叶氏寥寥数语概括了病机特点，其治亦精，用益智仁补益脾肾，半夏、茯苓、陈皮健脾益气助运，檀香温中止痛，其用荷叶乃取其清扬之性，以醒脾助运。

● 阳虚兼营阴不足

病案：某　胃痛已久，间发风疹。此非客气外感，由乎情怀郁勃，气血少于流畅。夫思虑郁结，心脾营血暗伤。年前主归脾一法，原有成效。今食减形瘦，当培中土，而理营辅之。异功加归、芍，用南枣肉汤泛丸。

注：病人胃脘痛日久，脾胃素虚，又有思虑过度，暗耗营血，总以健脾益气，养益气血为法。叶氏治疗过程中根据病人体质特点，治法略有侧重。病初乃以归脾法气血双补，取效，而后期，病人出现形瘦食减，可知脾虚更甚，气血生化乏源，归脾汤略显阴柔

滋腻，故用刚性更强的异功散，加当归白芍，强调了脾土喜燥的特点，该法值得深入思考。

◉阳虚兼气滞血瘀

病案：蒋　阳微气阻，右脘痛痹，据云努力痛起。当两调气血。延胡　半夏　厚朴　橘红　桂枝木　良姜　瓜蒌皮　伏苓

病案：某二八　努力，饥饱失时，好饮冷酒，脉弦硬，中脘痛。熟半夏三钱　云茯苓三钱　桃仁去皮尖，炒研，二钱　良姜一钱　延胡一钱　红豆蔻一钱，去壳

注：以上两例病人都因阳气亏虚，失于温煦推动，气血运行不畅，从而导致淤血内生，症可见胃脘痹痛、脉弦硬，叶氏治疗瘀血疼痛，常常在健脾温中的基础上加活血止痛药，常用的药物有桃仁、元胡。

◉阳虚兼痰

病案：高五十　素多郁怒，阳气窒痹，浊饮凝滞。汤饮下咽，吐出酸水，胃脘痛痹，已经三载，渐延噎膈。先与通阳彻饮，俾阳气得宣，庶可向安。半夏　枳实皮　桂枝木　茯苓　淡干姜

注：阳气亏虚，亦可引起水液内停，与阴寒相互夹杂，形成浊饮。浊饮停滞，阻滞气机运行，则会出现疼痛。叶氏用通阳彻饮法，药用半夏、茯苓理气化痰，桂枝、干姜通阳彻饮，枳实理气化痰，五药合用，温里通阳，理气化痰，浊饮祛，气机畅则疼痛止。从本病人可心叶氏治痛不用止痛药，唯中病机可期。

阳虚乃胃脘痛病人中常见病机，以中焦脾阳亏虚为主。由于脾胃是全身气机升降中枢，水谷化生之域，气血生化之源，所以，中阳不足，常常变证繁多，可见气机郁滞，水饮内停，湿蕴气滞，气血淤滞，或气血亏虚等变化。在临证治疗的时候，需要分别辨识。阳虚治疗以健脾温中益气为主要治法，可配合理气、化饮、活血。

叶氏治疗阳虚胃脘痛，将其按照病机分别论治，为后世医家提供了良好的思辨方法，值得学习，临床应用。

正所谓：

阳虚胃痛辨兼夹，气血痰浊营阴虚，

温药痛阳益气血，邪祛络畅方安康。

二、读《临证指南医案》学叶氏从肝治胃脘痛

胃脘痛是临床最常见的疾病，正如《叶天士指南医案·胃脘痛》："盖胃者汇也，乃冲繁要道，为患最易"。叶氏治疗胃脘痛强调首辨气血，次辨虚实，再辨寒热。其辨证思路清晰，其治法得当精妙，其方药精小灵动。叶天士医案记录简洁，不易理解，值得学习以便临床应用。

● 肝脏气机郁结，变化多端：

胃腑喜通喜降，气机畅达为顺。胃气郁滞的原因很多，有食积、寒凝、阳虚等，而情志不畅，肝气郁结是胃脘痛最常见的原因，其变化也最繁。肝气郁结，或犯胃乘脾，或夹痰夹寒，或化热伤阴，或导致阳气亢动，上冒清阳，从而出现不同的兼症，上达巅顶，下至会阴下肢，正如《西溪书屋夜话录》中说："病杂治繁宜究情"，临床时要仔细揣摩。因此，胃脘痛中兼症变化多端，不同的症状可以有相同的病机，而相同的症状是由于不同的病机。

● 肝气郁结，横逆犯胃：此证大多由情志不畅而致，动怒焦躁乃痛发的诱因。

病案：严二十　胃痛半年，干呕。金铃子　延胡　半夏　茯苓　山栀　生香附

病案：某三五　劳力，气阻胃痛。川楝子　延胡　炒半夏　乌药　橘红　生香附汁

注：上述两例病案都是气滞胃痛，病案1伴有胃气上逆，病案2伴有"劳力"伤正。治疗以金铃子散理气止痛，香附、橘红、乌药加强理气止痛，半夏、茯苓和中降逆。

◉因情志而加重虽然与肝气郁结有明显的关系，但叶氏并不拘泥于此。

病案：陈　宿病冲气胃痛，今饱食动怒痛发，呕吐，是肝木侵犯胃土，浊气上踞，胀痛不休，逆乱不已。变为先寒后热，烦躁，面赤，汗泄，此为厥象。厥阴肝脏之现症，显然在目。夫痛则不通，通字须究气血阴阳，便是看诊要旨矣。议用泻心法。

干姜　川连　人参　枳实　半夏　姜汁

注：此病人胃痛与"动怒"有关，伴有烦躁、面赤、汗泄，乃寒热错杂，浊气上剧于胸胃，故叶氏并未用疏肝理气法，而用泻心法寒热并治。

◉肝气郁结，化火犯胃：气郁日久，化热化火，加入清肝热的药物。叶氏选药精当，可供临床参考。

病案：某氏　胃痛引胁。川楝子　柴胡　黑山栀　钩藤　半夏　橘红

病案：张　老年郁勃，肝阳直犯胃络，为心下痛，久则液枯气结成格。金铃子　延胡　黑山栀　淡豆豉

注：金铃子是叶氏常用之药，理气止痛。气郁化热，加入山栀、钩藤、豆豉清肝。

病案：又　肝厥胃痛，兼有痰饮。只因误用芪、术、人参，固守中焦，痰气阻闭，致痛结痞胀。更医但知理气使降，不知气闭热自内生，是不中窾。前方专以苦寒辛通为法，已得效验。况酸味亦

属火化。议河间法。金铃子　延胡　川连　黑山栀　橘红半夏

注：此病人热化乃误用补气药而成，故有邪实者，不可妄用补法。

● 阴液亏虚，肝风犯胃：年高、病久都可伤人阴液，可导致气郁亢逆，引动内风，导致虚实兼杂之证，当以滋阴镇肝为法。

病案：顾氏　天癸当绝仍来，昔壮年已有头晕。七年前秋起胃痛若嘈，今春悲哀，先麻木头眩，痛发下部，膝胫冷三日，病属肝厥胃痛。述痛引背胁，是久病络脉空隙，厥阳热气，因情志郁勃拂逆，气攻乘络，内风旋动，袭阳明，呕逆不能进食。九孔石决明　清阿胶　生地　枸杞子茯苓　桑寄生　川石斛

注：患者天癸当绝仍来，耗伤阴血，故今春发为麻木头眩，为阴虚气滞，内风旋动，横逆于阳明，方中以阿胶、石斛、枸杞、生地滋养阴液，茯苓补益阳明，石决明潜镇肝风。

病案：某　胁痛入脘，呕吐黄浊水液。因惊动肝，肝风震起犯胃。平昔液衰，难用刚燥。议养胃汁以熄风方。人参　茯苓　半夏　广皮白　麦冬　白粳米

注：病人的发病特点为因惊而致病，平素阴液亏虚，虽然出现胁痛、呕吐黄浊水液之肝胃不和之症，其舌必红而苔少，故叶氏曰难用刚燥。何为刚燥，乃四逆散、柴胡疏肝散之辈。故治疗柔养中焦脾胃为主，用二陈加人参、麦冬、粳米滋健中焦。

● 肝气夹痰犯胃：

病案：姚　胃痛久而屡发，必有凝痰聚瘀。老年气衰，病发日重，乃邪正势不两立也。今纳物呕吐甚多，味带酸苦，脉得左大右小。盖肝木必侮胃土，胃阳虚，完谷而出。且呃逆沃以热汤不减，其胃气掀腾如沸，不嗜汤饮，饮浊弥留脘底。用药之理，远柔用刚，嘉言谓能变胃而不受胃变。开得上关，再商治法。紫金丹含化

一丸，日三次。

注：从该病案可知病分标本缓急，胃不受纳，众法不用，先予紫金丹含化开其上关，当予急则治标之法。

病案：又 议以辛润苦滑，通胸中之阳，开涤浊涎结聚，古人谓通则不痛。胸中部位最高，治在气分。鲜薤白去白衣，三钱 瓜蒌实三钱，炒焦 熟半夏三钱 茯苓三钱 川桂枝一钱 生姜汁四分，调入

注：此病案乃胸阳不振，痰浊结聚，叶氏参伤寒治法。

读《临证指南医案·胃脘痛》，可以了解叶氏对胃脘痛的病机认识，治疗方法和用药特色。叶氏非常重视肝的生理，其疏畅气机，调节情志的作用在病理上有重要影响，也重视"肝体阴而用阳"的特点，在治疗时注意刚柔相济，或远刚用柔，或远柔用刚。同时还要注意兼火、兼热、兼痰，遇有呕吐明显，胃不受纳者，先予开得上关，其治"远柔用刚"。叶氏充分了解肝的生理与病理特点，在治疗中把握其病机关键，才是取得良好临床疗效的基础。

正所谓：

肝气郁结变化多，气郁化火耗营阴，

兼寒兼痰络脉阻，细识勿妄用补法。

三、读《临证指南医案》学叶氏治胃阴虚

《内经·灵兰秘典论》："脾胃者，仓廪之官，五味出焉。"脾胃居于中焦，脾主运化，胃主受纳，是气血生化之源；脾升胃降，也是全身气机之枢。脾胃为患，轻则脾胃受纳运化失常，重可损伤人体气血，导致病情不愈缠绵，甚至病情加重。

历代医家都十分重视脾胃的治疗，叶天士根据脾胃的特点，提出临证时应当脾、胃分治。叶氏认为脾属己土，胃属戊土，戊阳己阴，太阴湿土，得阳始运；阳明阳土，得阴自安。临证治疗脾阳不足或胃有寒湿，宜于温燥升运者，可恪遵东垣之法。若脾阳不亏而胃有燥火者，则当遵叶氏养胃阴之法。

◉叶氏治胃，分胃阴虚、胃阳虚，强调腑病以通为补，补不可壅逆，胃阴虚者治以甘濡润降，胃阳虚者治以温补宣通。

病案：钱　胃虚少纳，土不生金，音低气馁，当与清补。

麦冬　生扁豆　玉竹　生甘草　桑叶　大沙参

病案：王　数年病伤不复，不饥不纳，九窍不和，都属胃病。阳土喜柔，偏恶刚燥，若四君、异功等，竟是治脾之药。腑宜通即是补，甘濡润，胃气下行，则有效验。

麦冬一钱　火麻仁一钱半，炒　水炙黑小甘草五分　生白芍二钱，临服入青甘蔗浆一杯。

注：病案1为胃虚不纳，肺胃两虚，治以清补，沙参、麦冬益气养阴，扁豆、甘草健脾益气，桑叶、玉竹补益肺胃。病案2中，叶氏提出胃病不可治脾，治胃当甘润濡降为法，药选麦冬、火麻仁、甘蔗汁甘润通降，甘草、白芍养阴柔络。

◉叶氏治疗胃阴虚，从不拘泥，根据病情定法选药。

病案：某二四　病后胃气不苏，不饥少纳，姑与清养。

鲜省头草三钱　白大麦仁五钱　新会皮一钱　陈半夏曲一钱　川斛三钱　乌梅五分

注：上案乃病久不愈者，仅用甘润恐难起效，叶氏换用半夏、陈皮理气调中，乌梅酸甘化阴，麦芽助运消谷，加入佩兰醒胃，药味不多，针对病机，即可以养阴，又可理气醒胃，促进胃的受纳。

病案：某三四　脉涩，体质阴亏偏热。近日不饥口苦，此胃阴有伤，邪热内炽，古称邪火不杀谷是也。

金石斛　陈半夏曲　生谷芽　广皮白　陈香豉　块茯苓

注：本案胃阴已伤，虚热内生，叶氏治疗选择石斛养阴清热，半夏、茯苓、陈皮理气助运，谷芽消食，豆豉能透能散，与石斛相伍，即可以柔养阴液，又可以透散助运。

◉胃阴亏虚常与肺阴虚同时并见，症可见咳嗽、有痰、口渴，治以甘寒为法，常用天花粉、桑叶、杏仁、枇杷叶等药。

病案：某　理肺养胃，进以甘寒。

甜杏仁　玉竹　花粉　枇杷叶　川贝　甜水梨汁

病案：某　脉数，口渴有痰，乃胃阴未旺。

炒麦冬　生白扁豆　生甘草　白粳米　北沙参　川斛

病案：陆　二十　知饥少纳，胃阴伤也。

麦冬　川斛　桑叶　茯神　蔗浆

注：叶氏在治疗脾胃时，即注重补益正气，养阴助阳，又强调胃腑以通为顺，药性灵动不守，疗效确切。叶氏辨证准确，治法针对病机，用药简洁，体现了理法方药相互对应，相互吻合，深刻反映了辨证论治的精髓。

正所谓：

脾胃属土性不同，阴阳亏虚辨别清；

甘润濡降滋胃阴，宣通温补廖胃阳；

补而不守通则顺，守中易致壅逆起。

四、读《临证指南医案》学叶氏治呃

读叶氏《临证指南医案·呃》，学习其治呃之法。《临证指南医案·呃》中记载病案五例，病机有肺气郁痹、阳气亏虚、浊阴上逆、胃中虚冷、肝木犯肺等，学习叶氏治法可为临证提供参考。

病案一

某　面冷频呃，总在咽中不爽。此属肺气膹郁，当开上焦之痹。盖心胸背部，须藉在上清阳舒展，乃能旷达耳。（肺气郁痹）

枇杷叶　炒川贝　郁金　射干　白通草　香豉

注：本案乃因痰浊阻滞，阳气不能舒展，肺气郁痹，气机上逆而致呃。方中射干理气化痰散结，川贝、郁金助射干化痰，通草、豆豉、枇杷叶理肺气以化痰浊。全方祛痰理气，肃肺止呃。

病案二

王　脉微弱，面亮戴阳，呃逆胁痛，自利。先曾寒热下利，加以劳烦伤阳，高年岂宜反复，乃欲脱之象，三焦俱有见症，议从中治。（阳虚浊阴上逆）

人参　附子　丁香皮　柿蒂　茯苓　生干姜

注：本案为高龄患者，曾因下利伤正，复烦劳所伤，阳气受损，浊阴上逆，而致呃逆，其病机乃阳气亏虚，治疗以温中回阳，降逆止呃为法，方选四逆汤加丁香、柿蒂。

病案三

陈　食伤脾胃复病，呕吐发呃下利，诊两脉微涩。是阳气欲尽。浊阴冲逆。阅方虽有姜附之理阳，反杂入芪归呆钝牵掣。后方代赭重坠，又混表药，总属不解。今事危至急，舍理阳驱阴无别法。

人参　茯苓　丁香　柿蒂　炮附子　干姜　吴萸

注：本案症见呕吐、呃逆、下利，乃饮食不慎，损伤脾胃而致。病机为饮食伤中，脾阳亏虚，运化不利，浊阴上逆，治疗当温脾助运止呃。该病人曾于他处就诊两次，虽以理中为法，但叶氏颇为嫌弃其方所不合。前方有芪归呆钝，后方又代赭重坠，兼夹解表药，

法证尚合，药证不符，故不解。叶氏方甘温扶正降逆，方药醇正，其效可期。

病案四

某　脉歇止，汗出呃逆，大便溏，此劳倦积伤，胃中虚冷，阴浊上干。

人参　茯苓　生淡干姜　炒川椒　炒乌梅肉　钉头代赭石

注：本案因劳累积伤，中焦虚寒，导致便溏、呃逆、汗出，病机为中焦虚寒，阴津已亏，浊阴上犯，故治疗以补气温阳生津，降逆止呃为法。观叶氏用代赭，当以胃有邪气扰动为佳，纯虚无实者不宜使用，如病案四中，叶氏嫌代赭之重坠。方中乌梅肉可养阴生津，固涩收敛，用于病人便溏、汗出所致阴伤。全方可温阳固中，生津敛阴，降逆止呃。叶氏的特点是方简单、法正、药醇，全方中少有乱药、呆药。

病案五

黄　脉小舌白，气逆呃忒，畏寒微战。胃阳虚，肝木上犯，议用镇肝安胃理阳。

人参　代赭石　丁香皮　茯苓　炒半夏　淡干姜

又　舌白胎厚。胃阳未醒。厥逆。浊阴上干为呃。仍用通法。

人参　淡附子　丁香皮　淡干姜　茯苓

又　照方加姜汁柿蒂。

又　人参　炒川椒　附子　茯苓　淡干姜　炒粳米

注：本案症状可见"呃忒"，忒音"tuī"，意为太，可见呃逆明显，舌白为寒，病机总属阳虚浊阴上逆。叶氏予镇肝安胃理阳法为治疗大法。选人参、干姜、附子、川椒温阳扶正，丁香、半夏、代赭、柿蒂重镇降逆。

由上可知，叶氏治呃逆多从气郁、阳虚浊逆论治，可知温病大家对于阳气也十分重视。但竟无阴虚气逆之呃证，似乎与叶氏特点不符。正如徐灵胎评说："而纯用补热之剂，其症属虚寒上逆者，固有此法。但不知何以俱属寒逆，不识当时曾有误用处否。"

正所谓：

胃气上逆为呃证，阳虚浊犯阴津伤；

肝肺气机郁滞逆，初病可调久难复。

五、读《临证指南医案》学识证（1）

辨证论治是中医特色，亦是临床疗效的基础。然识证亦是临床难点，为历代医家重视。正如《临证指南医案》曰："医道在乎识证、立法、用方。然三者之中，识证尤为紧要。若法与方，只在平日看书多记，如学者记诵之功。至于识证，须多参古圣先贤之精义，由博返约，临证方能有卓然定见。"可见，要掌握识证的关键，必须多学习圣贤的方法，而读医案乃其最直接的方法。

今读《临证指南医案·肠痹》，叶氏提出便秘可腑病治脏，下病治上，开其上窍以通其下窍，但什么样的便秘可以选择此法，兹就其临床应用进行分析探讨。

◉病机分析：因肺与大肠相表里，大肠传导功能依赖肺气宣发肃降的正常运行，若肺气失于宣降，必将影响大肠的传导，因而导致排便不畅。或因正气亏虚，或因六淫外袭，或因宿痰阻滞，或因他脏疾病影响，均可导致肺气失于宣降在先，继而影响大肠传导功能而致病。本证的病机关键为肺失宣降，大肠传导失司。

◉临床表现：在《临证指南医案·肠痹》中记载了肺失宣肃的临床表现，如鼻渊、胸满、咽干、痰多，由此可以推测肺失宣肃还应具有鼻塞、流涕、气喘、咳嗽等症状。上窍不通则下窍不利，可见大便干结，故采用开其上窍以通下窍。

⊙治法方药：治以宣开肺气，辛润和降，常用方药紫菀、杏仁、枇杷叶、郁金、瓜蒌皮、山栀、桔梗、香豉。

注：叶氏治疗便秘分别著"肠痹""便闭"，可知其对于二者病机的不同认识。下病治上，腑病治脏是建立在其对病机精准认知的基础之上，所用药物二者有明显的区别，临证时需要细致掌握。

正所谓：

肠痹便闭症相似，腑病治脏叶氏创；

开其上窍通下窍，肺失宣肃需细识；

菀杏蒌皮郁金栀，可开肺气通大肠。

六、读《临证指南医案》学识证（2）

叶天士《临证指南医案·痞》中记载二则病案，其法可参。

病案一

宋　前议辛润下气以治肺痹，谓上焦不行，则下脘不通，古称痞闷都属气分之郁也。两番大便，胸次稍舒，而未为全爽，此岂有形之滞，乃气郁必热。陈腐粘凝胶聚，故脘腹热气下注，隐然微痛，法当用仲景栀子豉汤。解其陈腐郁热。暮卧另进白金丸一钱，盖热必生痰，气阻痰滞。一汤一丸，以有形无形之各异也。（痰热内闭）

黑山栀　香豉　郁金　杏仁　桃仁　栝蒌皮　降香　另付白金丸五钱

注：宋姓病人因肺气郁痹而以辛润下气法治之，虽大便两次，

症稍缓，但腹仍不适，应当具有上腹不适，痞闷不舒，可有胸闷，腹痛隐隐，灼热，大便粘腻稀溏，舌红，苔腻，脉滑等症。叶氏认为其应属陈腐粘凝胶聚，可知乃热邪蕴于中上两焦，热熬津液而生痰，痰热互结，阻滞气机，既有无形之热，又有有形之痰，故治疗当兼顾。方中选仲景治疗无形之热的栀子豉汤为基础，加郁金、杏仁、桃仁、瓜蒌皮、降香理气化痰散瘀热。白金丸，出自宋·《普济本事方》。本方又名"矾郁丸"，由白矾、郁金所组成，具有消痰燥湿，清心安神，行气解郁，主治痰阻心窍诸证。汤丸相合是古人常用方法，可相辅相成，共治有形无形之邪。由方的药物组成可知，该方清中兼散，配以理气化痰，故疗效可期。

病案二

刘　热气痞结，非因食滞，胃汁消烁，舌干便难，苦辛开气，酸苦泄热，是治法矣。

川连　生姜　人参　枳实　橘红　乌梅　生白芍

注：该医案为热痞案，可知病人具有上腹痞闷不舒、灼热、大便干结、口干苦、舌红、少津脉细数。"非因食滞"可知本治法不适合于食滞痞。其因乃热郁气结，热伤津热。脾胃居于中焦，热郁气滞，故上下之气不通而成痞。《素问·阴阳应象大论》："气味辛甘发散为阳，酸苦涌泄为阴"。苦可泄，辛可散，酸可生津，故叶氏参用苦辛泄热开气，以黄连、生姜配伍，苦酸泄热养阴，以黄连、乌梅、白芍相配，加枳实、橘红助开泄气机，人参助益气，众药合用，既可泄热散结开气，又可生津益气扶正。"苦辛开气，酸苦泄热"乃是治疗热痞的有效治法。

正所谓：

叶氏治痞法灵活，痞因气滞由不同；

热郁食滞痰兼杂，苦法泄热辛酸配；

理气化痰随证参，参悟病机效相随。

七、读《临证指南医案》学叶氏治虚劳

叶天士在《临证指南医案·凡例》中说："此案出自数年采辑，随见随录，证候错杂……稍分门类，但兼证甚多，如虚劳、咳嗽、吐血本同一证，今各分门，是异而同也。即如咳嗽，有虚实标本六气之别，今合为一门，是同而异也"。异病同治、同病异治是中医特色之一。叶氏在《指南医案》各篇中治案均体现了同病异治，今选读虚劳中的数案。

劳病多因脏腑气血阴阳亏虚，治疗先后天是常用的方法，而先治脾还是先治肾也颇难处置。导师尤松鑫教授比较认同《医学心悟》的论述："脾弱而肾不虚者，则补脾为亟；肾弱而脾不虚者，则补肾为先"。若遇到脾肾同病的情况，这时就应考虑到肾必赖后天为之资，采用丹波元坚"补脾为急"的意见。

病案：尹四九　中年衰颓，身动喘嗽，脉细无神，食减过半。乃下元不主纳气，五液蒸变粘涎。未老先衰，即是劳病。

人参　坎气　紫衣胡桃　炒菟丝子　茯苓　五味　炒砂仁　山药浆丸。

注：本案中年男子，饮食下降，动则咳嗽气喘，乃脾肾不足，脾虚不能运化，肾虚不能固摄，故为劳病，治当先后天同补。方中人参、茯苓、山药补益后天，坎脐、胡桃肉、菟丝子培补先天，五味子滋阴益气，砂仁理气，补而不滞。本案乃脾肾皆亏，故以脾肾双治为法。

病案：刘女　年十六，天癸不至，颈项瘰疬，入夏寒热咳嗽，

乃先天禀薄，生气不来，夏令发泄致病，真气不肯收藏，病属劳怯，不治。

戊己汤去白术。

注：本年病人为女性，年方十六，月事不至，乃先天不足，肾精亏虚；颈项瘰痰，乃正气亏虚，气不行津，痰浊内生，阻于颈前，正如《素问·经脉别论》曰："勇者气行则已，怯者则著而为病也。"夏季又易生泄泻、寒热咳嗽，叶氏称之为"劳怯"。病位在脾肾，脾病甚于肾，故叶氏称其不治，但以戊己汤去白术进治。戊己汤乃四君子汤加陈皮、白芍，以健脾助运，补益后天为主，与程氏所论治脾肾的先后的观点类似。

病案：蔡　久嗽气浮，至于减食泄泻，显然元气损伤，若清降消痰，益损真气，大旨培脾胃以资运纳，暖肾脏以助冬藏，不失带病延年之算。异功散兼服。

熟地炭　茯神　炒黑枸杞　五味　建莲肉　炒黑远志　山药粉丸，早上服。

注：本案为久嗽，纳少便溏，从病案在记载可以推测患者有咯痰，但叶氏认为"若清降消痰，益损真气"，故脾肾双治，"培脾胃以资运纳，暖肾脏以助冬藏"，希冀患者带病延年。用汤方（熟地炭、茯神、炒黑枸杞、五味、建莲肉、炒黑远志、山药）补益先天，兼服异功散健脾化痰。本案与案一虽同为脾肾双亏，但选方用药有所不同，可知叶氏在选方用药上的精细。

正所谓：

劳病皆因脏腑亏，勇者气行怯者著；

补正固本培脾肾，参合四诊分函缓。

八、读《临证指南医案》学治阴虚泄泻

泄泻之由多责之于脾虚湿盛，然临证阴虚泄泻亦不少见。叶氏在《临证指南医案》中记载了许多阴虚泄泻的病案，现选其五例病案试分析其病机特点。

病案一

朱（三四）　形瘦尖长，木火体质，自上年泄泻，累用脾胃药不效，此阴水素亏，酒食水谷之湿下坠，阴弱不能包涵所致，宜苦味坚阴，淡渗胜湿。

炒川连　炒黄柏　浓朴　广皮白　茯苓　猪苓　泽泻　炒楂肉

注：本案患者体型尖长，木火体质，实为肝肾阴虚，风阳上扰，可推测其除泄泻外，还有急躁、失眠、胸胁疼痛，舌红，苔少，脉弦细等症状。平素此患又饮酒，湿热蕴结，下注肠道，故本案病机为肝肾阴虚，风阳亢动，湿热下注肠道。苦味药清热以防止伤阴，故苦味坚阴。本案虽有肝肾阴虚，但湿热偏胜，故以苦寒清热利湿，淡渗化湿止泄为法。

病案二

朱　消渴干呕，口吐清涎，舌光赤，泄泻，热病四十日不愈，热邪入阴，厥阳犯胃，吞酸不思食，久延为病伤成劳。（肝犯胃）

川连　乌梅　黄芩　白芍　人参　诃子皮

注：本案因热病四十余日，伤及阴液，出现消渴干呕，泄泻，吞酸，不思饮食，舌红赤无苔，病机为热病后期，余热未清，肝胃阴虚，脾气阴亏虚，运化无力，故而泄泻。治法当酸苦并用，清热养阴。方中黄连、黄芩苦寒清热，乌梅、白芍酸味养阴，人参、诃子益气收涩。

病案三

潘　入夜咽干欲呕，食纳腹痛即泻，此胃口大伤，阴火内风劫烁津液，当以肝胃同治，用酸甘化阴方。

人参（一钱半）　焦白芍（三钱）　诃子皮（七分）　炙草（五分）　陈仓米（三钱）

注： 本案以咽干欲呕，腹痛泄泻，胃口大伤为特点，病机乃肝胃阴虚，肝阴虚最关键的病机，导致阴虚风动，乘脾犯胃，故养阴柔肝缓急乃治法之要，以酸甘化阴为法，方中重用白芍养阴柔肝缓急熄风。

病案四：

王　霍乱后痛泻已缓，心中空洞，肢节痿弱，此阳明脉虚，内风闪烁，盖虚象也。

异功去参术，加乌梅木瓜白芍。

注： 本案乃霍乱痛泻缓解，阴液已亏，虚风内动，故治当酸甘养阴益气，缓急熄风。方选异功散去参术，加乌梅木瓜白芍，推测因参、术偏温，可改用太子参、沙参等。

病案五：

某　腹鸣晨泄，巅眩脘痹，形质似属阳不足，诊脉小弦，非二神四神温固之症，盖阳明胃土已虚，厥阴肝风振动内起，久病而为飧泄，用甘以理胃。酸以制肝。

人参　茯苓　炙草　广皮　乌梅　木瓜

注： 本案以肠鸣晨泄，眩晕脘不适，症状好像是阳虚泄泻，但脉不细弱而反弦，故非真阳虚，乃肝阴不足，引动内风，横逆于脾胃，其治当养阴制肝，佐以理脾胃为法。

综上所述，阴虚泄泻可由多种病因导致，或因热病，或因体质，或因饮食，或因他病伤及阴液，影响脾的运化而致泄。究其阴虚，以肝阴亏虚、胃阴亏虚、脾阴亏虚为多，肝阴亏虚常临床表现较重，症状繁杂。阴虚泄泻的治疗当以苦甘酸收为法，以养阴固涩止泻，兼有热者可清热，兼有风动者可熄风。

正所谓：

阴虚泄泻苔花剥，常涉脾胃及肝肾；

治疗主法苦甘酸，养阴清热固肠道。

九、读《温病条辨》学湿温治法

温病学家吴瑭在《温病条辨》指出温病有十，其中之一为湿温，认为"湿温者，长夏初秋，湿中生热，即暑病之偏于湿者也。"立秋前后雨水偏多，乃目前常见之症，故温习其治法以备其用。

1.湿温的症状

长夏之湿为外邪，故其犯人只能由体表侵入，可犯表以固遏营卫气机，又易直中中焦以阻遏中焦运化，其症可见发热恶寒，由于湿邪困表，热势由里透发而出，热势不扬，即虽热但不甚高，源源不断的产生，及身痛不适，困倦如裹之等表证；也可见到胸闷腹满，不饥纳呆，便溏不爽等里证，苔厚腻乃其标志性的体征。在《温病条辨》中还提出湿温可见邪入心包，神昏肢厥、太阴湿温喘促者，是否与当下之疫病病机类似呢？

2.湿温的治法

湿温乃湿中夹热之偏于湿者，故其属阴邪，治法当调理气机为主，正如《温病条辨》曰："气化则湿亦化。"同时，应当根据其在三焦的不同而分治。

（1）湿邪在上焦者，当轻宣肺气，方选三仁汤。三仁汤选杏仁、蔻仁、苡仁理气淡渗利湿，全方芳香苦辛，轻宣肺气，佐以淡渗利湿。

（2）湿温困遏中焦者，则当"升降中焦气机为定法。"吴氏在《温病条辨》中创制五加减正气散，可谓费尽苦心。

一加减正气散主调中焦，以腹胀，大便不爽为主者，以藿香、厚朴、陈皮、茯苓、大腹祛湿除满，去紫苏、白芷、甘草、桔梗，加杏仁理气，茵陈清化湿热，神曲、麦芽和脾胃之气，全方苦辛微寒清化湿热。

二加减正气散苦辛淡法通经络，清热祛湿通络，可见脘闷、便溏、身痛者，以藿香、厚朴、陈皮、茯苓祛湿除满，加防己清经络中湿邪，大豆黄卷清化湿热，通草、苡仁利尿化湿。

三加减正气散治疗湿蕴化热，见苔厚黄腻，以藿香、厚朴、陈皮、茯苓理气化湿，加杏仁利肺气促气化，滑石淡寒利湿热。

四加减正气散主治湿偏盛而见苔白滑者，以藿香、厚朴、陈皮、茯苓理气化湿，加草果芳香理气化湿，焦山楂、神曲助脾之运化。

五加减正气散主治湿温以脘闷便溏为主者，以藿香、厚朴、陈皮、茯苓理气化湿，加苍术化湿止泻，大腹皮理气化湿，谷芽和中。

（3）湿温犯下焦者多见二便不通，少腹硬满，临床并不多见。

3.适应证及临床应用

《温病条辨》之湿温多指外邪侵袭人体而致病，但吴氏在一加减正气方后面写到"去原方之紫苏、白芷，无须发表也"，由此可知，无表证的湿热证也是湿温的适应证。因此，由于脾胃失于运化，温浊内生之证亦可用上述诸方，掌握其要点即可：头身困重，或疼痛，脘闷，腹胀，纳欠香，苔腻不化，脉濡软。

正所谓：

湿温可由内外生，头身困重或发热；

身热不扬面淡黄，脘闷腹胀纳呆滞；

苔腻不化便溏滞，调和气机化湿温；

三仁宣肺畅上焦，正气化裁调中焦。

十、读《温病条辨》学寒湿治法（1）

湿邪是中医常见的致病因素，其性为阴邪，粘腻趋下，易阻遏气机，损伤阳气，湿邪的产生即有外因，有内因，常与天气、饮食、脾虚等相关。湿邪常与其他邪气兼夹杂，常见风湿、寒湿、湿热、痰湿等，吴塘在《湿病条辨》中较为系统的论述了湿邪的治法，均值得深入学习以备临床应用。先学习其对寒湿的论治。

寒湿之邪由外袭人体，可通过上、中、下三焦，但由于寒湿之邪易袭阴位、阻遏气机、损伤阳气的特点，侵犯中、下二焦最为常见，故吴氏对中、下二焦病变的论治最为详细。

● 上焦篇

上焦篇中，对寒湿的论述仅1条，乃寒湿伤表，阻滞经络所致，可见形寒肢冷困倦，口不渴，舌淡苔白滑，正如《温病条辨·上焦篇》曰"寒湿伤阳，形寒脉缓，舌淡，或白滑不渴"。治疗用桂枝姜附汤，药用桂枝、干姜、生白术、熟附子温阳化湿。

● 中焦篇

中焦篇中，寒湿的论述共有11条，即43－53条。43条乃中焦湿证的提纲，指出要认真鉴别寒湿与湿热。中焦湿证有寒湿、湿热，临证需要细辨区分，否则"彼此混淆，治不中窾，遗患无穷。"

其二，论述了寒湿、湿热的变化，分别可伤及阴阳，寒伤阳，热伤阴，又有脾阳、脾阴、胃阳、胃阴的不同。其三，针对不同的病机变化，提出了辛凉、辛温、甘温、苦温、淡渗、苦渗的治法。

不同性味的药

苦：指苦味药，如黄连、秦皮、苍术、半夏、茵陈、猪胆汁、厚朴等；

温、热：指温热性药，如桂枝、草果、附子、干姜、川椒等；

淡：指性味淡，能利水渗湿的药，如茯苓、猪苓、泽泻、赤芍等；

辛：指辛性走窜药，如干姜、葱白、生姜、川椒、吴茱萸、巴豆等；

凉：指凉性药，如知母、石膏、犀角、连翘、银花、栀子等，但在中焦寒湿篇中并未有应用；

甘：指味甘药，如人参、甘草、白术等；

酸：指酸性药，如木瓜、乌梅等。

不同性味药物相互配伍，则可治疗寒湿诸证

若寒湿困遏中焦，气机阻滞，以中焦痞满为主症者，可用苦辛淡渗法，如44条："足太阴寒湿，痞结胸满，不饥不食，半苓汤主之。"

若寒湿困遏，中焦不运，水液失于代谢，太阴与太阳并病，出现腹胀、大便不爽、小便不利者，可用苦温淡法或甘温淡法，如45条："足太阴寒湿，腹胀，小便不利，大便溏而不爽，若欲滞下者，四苓加浓朴秦皮汤主之，五苓散亦主之。"

若寒湿困遏，中焦不运，清阳不升，湿浊并蕴者，则用苦热酸淡法，其酸可化湿醒脾，如46条："足太阴寒湿，四肢乍冷，自利，目黄，舌白滑，甚则灰，神倦不语，邪阻脾窍，舌蹇语重，四苓加木瓜草果浓朴汤主之。"

若湿从寒化，痞结中焦，见苔灰滑者，非温通不可者，草果似乎是最佳选择，可温可通可化湿，非附子类能比，与达原饮中的草果异曲同工。茵陈又是利小便化湿邪退黄疸的要药。如47条："足太阴寒湿，舌灰滑，中焦滞痞，草果茵陈汤主之；面目俱黄，四肢常厥者，茵陈四逆汤主之。"

若寒湿困遏，损伤阳气，见不食腹痛者，则非温通不能奏效，如48条："足太阴寒湿，舌白滑，甚则灰，脉迟，不食，不寐，大便窒塞，浊阴凝聚，阳伤腹痛，痛甚则肢逆，椒附白通汤主之。"

若寒湿困倦，脾胃皆伤，肛坠不食苔白腐者，需用辛甘兼苦法，如49条："阳明寒湿，舌白腐，肛坠痛，便不爽，不喜食，附子理中汤去甘草加广皮浓朴汤主之。"

若寒湿蕴结，脾胃两伤，病不甚重者，则用苦辛温法，吴氏创制了宣通阳气之轻剂，如50条："寒湿伤脾胃两阳，寒热，不饥，吞酸，形寒，或脘中痞闷，或酒客湿聚，苓姜术桂汤主之。"

若寒湿伤及脾胃，阳气受损，湿邪蕴停，吴氏根据阳虚与寒湿的偏盛偏衰提出了不同的治疗，寒多不饮水者用理中汤，湿热饮停欲饮者用五苓散，阳虚四肢厥逆者用四逆汤，虽有吐利但表未解者用桂枝汤。如51条："湿伤脾胃两阳，既吐且利，寒热身痛，或不寒热，但腹中痛，名曰霍乱。寒多，不欲饮水者，理中汤主之。热多，欲饮水者，五苓散主之。吐利汗出，发热恶寒，四肢拘急，手足厥逆，四逆汤主之。吐利止而身痛不休者，宜桂枝汤小和之。"

若寒湿困遏，吐泻严重转筋者，则需用苦温淡渗法，寒甚者需用热药，如52条："霍乱兼转筋者，五苓散加防己桂枝薏仁主之；寒甚脉紧者，再加附子。"

若素体阳虚，又感寒湿，吴氏称伏阴与湿相搏则可生霍乱、干霍乱，则需用苦辛通法、苦辛甘热法，如53条："卒中寒湿，内挟秽浊，眩冒欲绝，腹中绞痛，脉沉紧而迟，甚则伏，欲吐不得吐，欲利不得利，甚则转筋，四肢欲厥，俗名发痧，又名干霍乱，转筋者，俗名转筋火，古方书不载（不载者，不载上三条之俗名耳；若是证，当于《金匮》腹满、腹痛、心痛、寒疝、诸条参看自得），蜀椒救中汤主之，九痛丸亦可服；语乱者，先服至宝丹，再与汤药。"

正所谓：

寒湿喜客中下焦，需与湿热相鉴别；

常损阳气勿忘阴，中焦病变细审之；

脾胃两伤治相兼，苦辛甘温法不同。

十一、读《湿病条辨》学寒湿治法（2）

湿邪是常见的致病因素，其性为阴邪，粘腻趋下，易阻遏气机，损伤阳气，易与其他邪气兼杂致病，常可见风湿、寒湿、湿热、痰湿等。湿邪的产生即有外因，又有内因，常与天气、饮食、脾肾不足等相关。吴塘在《湿病条辨》中较为系统的论述了湿邪的治法，特别是在中焦篇，较为细致的总结了寒湿蕴中的辨治。

1.寒湿的来源

寒湿乃湿与寒相兼杂，其生成来源有二：或从表外侵，或由内生，外侵者乃六淫中的湿邪，内生者乃脏腑功能失调，水谷失于运化，停聚而生湿。内外之湿可相合致病，内湿盛者常常易受外湿。湿邪属阴，同气相求，寒湿者阳气均不足，亦可更伤阳气。《温病条辨》中曰："伤脾胃之阳者十常八、九。"

2.寒湿蕴中的症状

寒湿蕴于中焦，影响脾胃的运化功能，困遏气机，损伤阳气，可导致许多临床表现：

(1) 脾胃失于运化：纳呆不饥、便溏、呕吐

(2) 气机郁滞：痞满、腹胀

(3) 膀胱气化失司：小便不利

(4) 阳气亏虚：腹冷痛、形寒、四肢厥冷

(5) 筋脉失养：转筋

(6) 重证：干霍乱

3.寒湿蕴中的治疗：

《温病条辨》治疗寒湿蕴中共十条，足太阴寒湿五条，阳明寒湿一条，脾胃两阳两条，霍乱、干霍乱各一条。

(1) 足太阴寒湿

➤ 寒湿蕴结，困遏脾阳：

痞结胸满，不饥不食 —— 半苓汤

➤ 寒湿蕴结，脾失健运，膀胱气化失司：

腹胀，小便不利，大便溏滞 —— 四苓加浓朴秦皮汤或五苓散

➤ 寒湿蕴结，阳气亏虚，心脾两伤，胆汁外溢：

四肢乍冷，自利，目黄，舌白滑，甚则灰，神倦不语，舌蹇语重 —— 四苓加木瓜草果浓朴汤

➤ 寒湿蕴结，阳气亏虚：

中焦滞痞，舌灰滑 —— 草果茵陈汤

胆汁外溢，阳气不能畅达四肢：面目俱黄，四肢常厥 —— 茵陈四逆汤

➤ 寒湿蕴结，伤及少阴、厥阴之阳：

不食，不寐，大便窒塞，腹痛，痛甚则肢逆，舌白滑，甚则灰，

脉迟—— 椒附白通汤

（2）阳明寒湿

寒湿蕴于中焦，胃不受纳和降，脾不运化：舌白腐，肛坠痛，便不爽，不喜食—— 附子理中汤去甘草加广皮浓朴汤

（3）脾胃两伤

➤ 轻症，寒湿较轻，蕴结中焦，脾阳亏虚，胃失和降：

寒热，不饥，吞酸，形寒，或脘中痞闷，或酒客湿聚—— 苓姜术桂汤

➤ 重症：阳气本虚，感受寒湿，中焦斡旋失司，上下不和：

既吐且利，寒热身痛，或不寒热，但腹中痛

—— 寒多，不欲饮水者—— 理中汤

—— 热多，欲饮水者—— 五苓散

—— 吐利止而身痛不休者—— 桂枝汤

（4）霍乱：

➤ 寒湿困遏，吐泻伤正，筋失所养—— 五苓散加防己桂枝薏仁

寒重者—— 加附子

➤ 阳气素虚，感受寒温秽浊之气，正邪交争于腹中：眩冒欲绝，腹中绞痛，脉沉紧而迟，甚则伏，欲吐不得吐，欲利不得利，甚则转筋，四肢欲厥—— 蜀椒救中汤

综上所述，吴鞠通中《温病条辨·中焦篇》中对寒湿的理法方药进行了较全面的概括。临证时要根据脾胃正气的盛衰、寒湿的强弱及其影响脏腑来制定治疗方案。

正所谓：

寒湿为邪困中焦，太阴阳明失斡旋；

气机困遏犯上下，上中下焦皆可病；

临证细审正与邪，芳化淡渗兼温阳。

十二、读《温病条辨》学正气散加减法（1）

藿香正气散出自《太平惠民和剂局方》，具有解表化湿，理气和中的功效，用于治疗外感风寒，内伤湿滞，可见恶寒发热、头痛等表证和脘腹满闷疼痛、呕吐腹泻、肠鸣纳呆等湿困中焦之里证，结合苔白腻即可使用，临床应用广泛。

◉藿香正气散：

由藿香、苏叶、白芷、白术、陈皮、厚朴、法半夏、茯苓、桔梗、大腹皮、甘草、大枣、生姜组成，方中藿香为君，外解表邪，内化温浊，其入药部位为藿香叶，药力较强；苏叶、白芷为臣，助藿香辛散表邪，二陈汤、平胃散理气燥湿和中，只不过苍术换为白术，若寒湿偏胜，则可苍、白术同用；桔梗、大腹皮理气为佐，能够畅达三焦气机；生姜、大枣为使药，扶正以助药力。纵观全方，解表化湿，理气和中，化湿力强，解表力弱，适当加减可治疗湿温诸患。

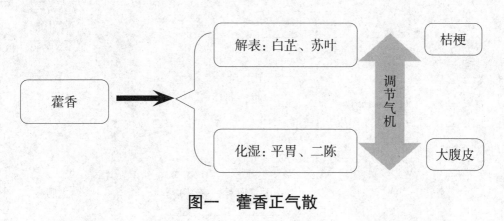

图一　藿香正气散

《温病条辨·中焦篇·湿温》根据湿温之邪病位范围，病邪湿温轻重的不同创立五加减正气散，临床可参考应用。

● 一加减正气散

五八、三焦湿郁，升降失司，脘连腹胀，大便不爽，一加减正气散主之。

原文见脘腹胀满，大便不爽等症，证属湿温蕴于三焦，气机不畅。与藿香正气散证比较，没有表邪，湿偏于热，故治法以理气化湿清热为主，吴氏曰："正气散本苦辛温兼甘法，今加减之，乃苦辛微寒法也。"一加减正气散用藿香梗，"取其走中而不走外也"，去除藿香正气散中解表药苏叶、白芷，理气化湿药取陈皮、厚朴、茯苓皮，吴氏认为茯苓皮性凉，"泻湿热独胜"，改桔梗为杏仁以降气利肺，加茵陈清利湿热，神曲、麦芽和中焦助脾胃。一加强正气散有两点需要了解，一是其所治湿温乃湿重热轻，故方中理气化湿药重，清热力轻，只有茵陈可清热化湿；二是重视和中焦，原方中藿香、陈皮、茯苓皮均可理气化湿和中，又加神曲、麦芽助之，以其胃气得复而邪去正复。纵观全方以清化中焦湿热为主。

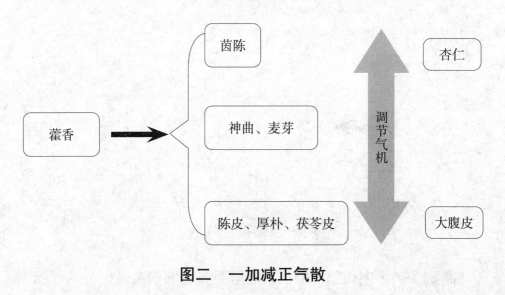

图二　一加减正气散

● 二加减正气散

五九、湿郁三焦，脘闷，便溏，身痛，舌白，脉象模糊，二加减正气散主之。

原文可见脘闷、便溏、身痛、舌白、脉象模糊等症状，乃湿蕴中焦，走窜经络所致。身痛乃湿温阻遏经络气机，气血不畅而致，因湿由内生，故虽可见身体疼痛，而无恶寒畏风等表证。症状中比较难以理解的是脉象模糊，或吴氏指脉象可疾可缓，可浮可沉，可强可弱之意吧，与症状相比，脉象就不重要了，只有具有脘闷便溏、身痛舌白就可用二加减正气散了。方中仍以藿香为君，陈皮、厚朴、茯苓皮理气化湿为臣，加了四味能够化湿通络的药物：防己、大豆黄卷、通草、苡仁。防己苦寒，能够祛风湿止痛，是治疗痹痛较好的药物之一，需要注意的是防己两个来源，一个是防己科的粉防己（汉防己），一个是马兜铃科的广防己（木防己），后者因具有肾毒性，故应当尽量选择粉防己。大豆黄卷"从湿热蒸变而成，能化蕴酿之湿热"，苡仁可以健脾化湿，除痹通络，通草能够清热化湿利尿。纵观全方，即可以清化中焦之湿热，又可以祛除经络中之邪气。

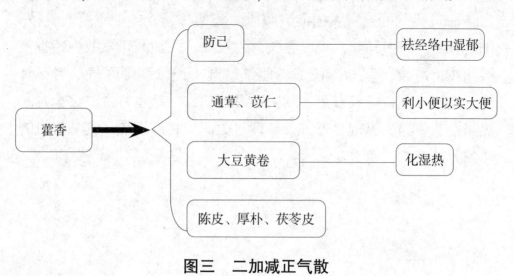

图三　二加减正气散

正所谓：

藿香正气解表里，灵活加减治湿温；

苦辛微寒为主法，吴氏醇正可效仿；

一加减主和中焦，二加减可通络经。

十三、读《温病条辨》学正气散加减法（2）

◉ 三加减正气散

原文：六十、秽湿着里，舌黄脘闷，气机不宣，久则酿热，三加减正气散主之。

后面三个加减正气散病机均有"秽湿着里"，秽，指肮脏、腐败、污浊的意思。秽湿即指污浊、腐败、肮脏的湿邪，应当具有口中异味、大便腐臭等症状，故后面三个正气散均应当具有这些症状。三加减正气散又因"久则酿热"，秽湿蕴结，阻滞气机，蕴久化热，故应见身热，午后明显，舌黄为黄腻苔，乃湿热之象。综合之，临床表现可见胸脘痞闷，腹胀，大便稀溏，排便不爽，臭秽，午后身热，口中异味，嗳腐吞酸，舌黄腻。三加减正气散中藿香化湿和中，陈皮、厚朴、茯苓皮理气化湿，杏仁利肺降气，滑石甘淡，性寒，具有清利湿热、利尿通淋的功效，乃本方中决定全方寒热属性的要药。纵观全方，具有理气化湿，甘寒清热，宣畅气机的功效。

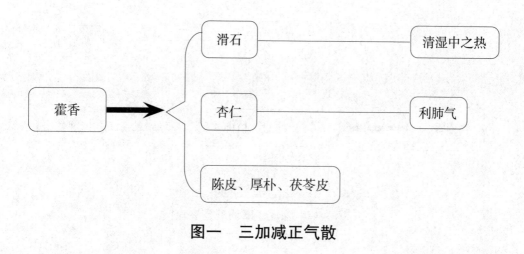

图一　三加减正气散

● 四加减正气散

原文: 六一、秽湿着里, 邪阻气分, 舌白滑, 脉右缓, 四加减正气散主之。

四加减正气散亦为"秽湿着里", 似乎亦应具有口中异味、大便臭浊, 但因尚未化热, 尤其是方中使用草果, 可知热非常轻, 或以寒湿为主。邪阻气分, 显然不应当是"卫气营血"之气, 猜测吴老指的是病情尚轻。脉右指右手寸关尺, 应肺脾肾, 这里主要指脾虚, 故本散的病机为脾虚湿蕴气滞。临床表现可见胸脘痞闷, 腹胀, 大便稀溏, 或见臭秽, 或有口中有异味, 纳呆, 舌白滑。四加减正气散中藿香化湿和中, 陈皮、厚朴理气化湿, 不用茯苓皮, 改用茯苓健脾化湿, 草果燥湿理气, 神曲、楂肉和中助运。全方具有理气化湿, 健脾助运之功。

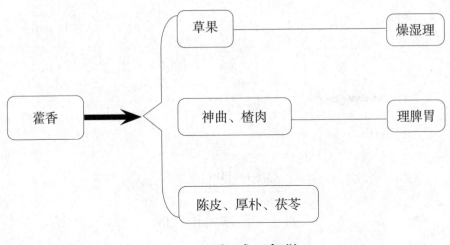

图二　四加减正气散

⦿五加减正气散

原文：六二、秽湿着里，脘闷便泄，五加减正气散主之。

五加减正气散同为"秽湿着里"为患，方由藿香、陈皮、厚朴、茯苓、大腹皮、苍术、由方测证，可知本方所治病机为脾虚湿困气滞为主，可见脘闷腹胀、肠鸣、大便稀溏、排便不爽等症。方中藿香化湿和中，平胃散苍术、陈皮、厚朴理气燥湿健脾，茯苓健脾益气化湿，大腹皮理气消胀。全方具有燥湿健脾，理气消胀之功。

图三　五加减正气散

以上五个加减正气散是吴氏在藿香正气散的基础上，根据临床表现灵活调节药物组成的典范，吴氏曰"同为加减正气散法，欲观者知化裁古方之妙。"实为临证必掌握之法。

正所谓：

三加减清热化湿，四加减健脾助运；

五加减理气燥湿，吴氏治湿变化多；

方药变化切病机，不可固守呆滞法。

十四、读《温病条辨》学宣痹汤之应用

吴鞠通所著《温病条辨》中，在上焦篇和中焦篇分别记载了两个宣痹汤，虽名同而用不同，试探讨其临床应用及区别。

上焦篇第四六条：

太阴湿温，气分痹郁而哕者，宣痹汤主之。上焦清阳月贲郁，亦能致哕，治法故以轻宣肺痹为主。

宣痹汤（苦辛通法）

枇杷叶二钱　郁金一钱五分　射干一钱　白通草一钱　香豆豉一钱五分

水五杯，煮取二杯，分二次服。

注：该宣痹汤记载于上焦湿温篇中，可轻宣肺痹，其病机乃太阴湿温，气分痹郁而致。太阴者，手太阴肺经也。湿温者，"状若阴虚，病难速已"，临床常可见头痛恶寒，身重疼痛，舌白不渴，脉弦细而濡之湿邪困遏肺卫的症状，及面色淡黄，胸闷不饥，午后身热等湿温困遏中焦的症状。但在四六条中，主要湿温困遏上焦清阳，气机不利，故可见哕，主要指呃呃有声，或者恶心等症状，根

据条文中"太阴湿温",故可同时兼见湿邪困遏肺卫的表现。综上所述,宣痹汤主要适用于湿温困遏肺卫,可见恶心,呃呃有声,头痛恶寒、身重疼痛,舌白不渴,脉细弦等症状。方中枇杷叶止咳嗽,下气,除呕哕不已,亦解口渴,郁金开郁通滞气,射干化湿痰、湿热,平风邪,白通草清热利尿化湿,香豆豉解表除烦,宣发郁热,众药合用,具有开郁化湿解表,利尿清热之功,用于治疗肺痹。

中焦篇第六五条:

湿聚热蒸,蕴于经络,寒战热炽,骨骱烦疼,舌色灰滞,面目萎黄,病名湿痹,宣痹汤主之。

宣痹汤方(苦辛通法)

防己五钱　杏仁五钱　滑石五钱　连翘三钱　山栀三钱　薏苡五钱　半夏三钱　晚蚕沙三钱　赤小豆皮三钱

水八杯,煮取三杯,分温三服。痛甚者加片子姜黄二钱,海桐皮三钱。

注:该宣痹汤记载于中焦湿温篇中,主要用于湿温所致湿热痹,病机乃湿聚热蒸,相互博结,蕴于经络而致。可见寒战热炽,骨骱烦疼,面目萎黄,舌色灰滞等症状。《温病条辨》曰:"寒痹热重而治反易,热痹热缓而治反难,实者单病躯壳易治,虚者兼病脏腑夹痰饮腹满等证,则难治矣。"该宣痹汤适应证湿热痹就属虚者兼实之热痹,治疗颇难。方中防风祛经络之湿,杏仁开肺气,连翘清气分之热,赤豆清血分之湿热,滑石利窍而清热中之湿,山栀肃肺而泻湿中之热,薏苡淡渗利湿,半夏辛平化湿浊,蚕沙清轻化浊,痛甚者乃因经络不通,故加片姜黄、海桐皮宣络止痛。中焦湿温病势缠绵,其邪气弥漫三焦,侵入经络,故骨骱烦疼。中焦湿温病程迁延,伤及正气,面色萎黄,舌面灰滞。宣痹汤可宣化湿浊,通利经络,临证若能把握病机,可取得良效。

正所谓：

《温病条辨》宣痹汤，宣畅气机化湿温；

上焦郁滞属肺痹，轻宣气机即可安；

中焦湿温热弥漫，三焦受邪经络滞；

宣痹汤祛络中邪，通调气机愈湿痹。

附：治疗验案可参"宣痹汤建功治干燥综合征"。

十五、读《柳选四家医案》学识证

《柳选四家医案遗精门》所选遗精医案一则如下：

遗精无梦，小劳即发，饥不能食，食多即胀，面白唇热，小便黄赤。此脾家湿热，流入肾中为遗滑，不当徒用补涩之药。恐积热日增，致滋他族。

萆薢　砂仁　茯苓　牡蛎　白术　黄柏　炙草　山药　生地　猪苓

诒按：此等证，早服补涩，每多愈服愈甚者。先生此案，可谓大声疾呼。

再诊：服药后遗滑已止，唇热不除，脾家尚有余热故也。

前方去砂仁、黄柏，加川连、苦参。

诒按：唇热属脾。

注：读此病案，对中医病机的认识有许多心得收获。案中记载症状为"无梦遗精"，多数医家认为"遗精者，有梦为实，无梦为虚"，由此案可知这种说法不足为凭，还要兼顾病人的其他症状来判断病机。"小劳即发"提示正气不足，劳则更耗正气，故疲劳则易发作。"饥不能食，食多即胀"乃脾虚不运，食后不能运化，知饥可

知胃气尚可。"面白唇热"主要指唇的变化，面白是与唇所对比而得，唇热指唇色红、干燥。"小便黄赤"乃湿热蕴结所致，小便是判断人体寒热重要的一个方面，而且不易出现假象，清长为寒证、虚证，黄赤为热证、实证。由上可知，本案病机为湿热蕴结，困遏脾运，下注于肾，扰动精室。因邪气未扰动心神，故无梦而遗。本案的病机已明确，故治法当清化湿热为主，而不应过早补涩。药选萆薢、黄柏清热化湿，茯苓、猪苓甘淡渗湿，砂仁、山药、白术健脾除湿，生地滋养阴血，牡蛎固涩止遗。全方清化湿热为主，兼顾扶正固涩为主。二诊时遗精已止，效若桴鼓。

正所谓：

遗精常做虚实分，有梦无梦可为参；

四诊合参整体兼，方证相合效可期；

症分主兼需互佐，不可偏颇妄言正。

十六、读经典　学清暑益气汤之应用

清暑益气汤有两个版本，一个出自王孟英的《湿热经纬》，一个出自李东垣的《脾胃论》。

王氏清暑益气汤由西洋参、石斛、麦冬、黄连、竹叶、荷梗、知母、甘草、粳米、西瓜翠衣等药物组成，具有清暑益气、养阴生津的功效，主要用于夏季暑热，耗伤气阴，临床可见身热多汗，口渴心烦，小便短赤，体倦少气，精神不振，舌红，苔薄少，脉虚数等症。

李氏清暑益气汤虽名为与上方相同，但药物组成、功效、适应证有很大差别，李东垣认为"长夏湿热胃困尤甚用清暑益气汤论"。

李氏清暑益气汤由人参、白术、黄芪、炙甘草、当归、陈皮、升麻、麦冬、五味子、青皮、苍术、葛根、神曲、泽泻、黄柏等药的组成。方中人参、白术、黄芪补气益中；苍术、白术、泽泻健脾淡渗湿邪；青皮、陈皮、神曲理气消食和中；升麻、葛根乃方中升举气机重要的药物，还可化湿解肌除热；泽泻、黄柏苦寒泻热利湿，李东垣认为"肾苦燥，急食辛以润之，故以黄柏苦辛寒，借甘味泻热补水虚者滋 其化源。"方中麦冬、五味子、人参乃取生脉饮之意，益气养阴。

李东垣创立本方，乃依其阴火理论为基础。清暑益气汤可清热化湿，益气升阳，泻火坚阴。东垣指出其症可见"人感之多四肢困倦，精神短少，懒于动作，胸满气促，肢节沉疼，或气高而喘，身热而烦，心下膨痞，小便黄而数，大便溏而频，不思饮食，自汗体重"。

长暑热炅，湿邪当令，热伤正气，故可见疲乏困倦，精神短少，懒于动作；气虚于内，阴火浮动，故见肌肤发热，身热而烦；湿邪困遏中焦，故可见腹胀纳呆，大便溏薄，不思饮食；湿邪困遏肢体，则四肢困重，肢节沉疼；舌红，苔薄腻，剥脱，脉细濡乃气阴亏虚，湿热蕴结之象。

王孟英曾指出李氏清暑益气汤徒有其名，而无其实。从今日临证来看，李氏方适应证更广泛，能够更多的应用于临床。

正所谓：

清暑益气有两方，孟英东垣各创立；

李氏升阳化湿功，王氏清热养阴求；

暑热伤气常兼湿，方选东垣可冀瘥。

十七、读经典　浅论脏腑五味补泻法

补泻法是临证治疗常用之法，补泻法通常指"扶正祛邪"。五味指酸、苦、甘、辛、咸，分属五脏，用不同性味的组合来治疗疾病是《黄帝内经》中提出的，也是脏腑补泻法的内容之一。在脏腑辨证中，根据五脏的生理特点来选择五味，用五味的特性来达到补泻的作用是后世医家非常重视的治疗方法。正如《冯氏锦囊秘录》提出"五脏苦欲补泻论"，既是在《黄帝内经》的基础之上而提出的。五脏者，肝、心、脾、肺、肾是也。五脏形神各有特性，各有喜好与厌恶，《冯氏锦囊秘录》曰"所谓苦欲者，犹言好恶也。"五脏所苦者，乃五脏所恶者，即与脏的生理功能相逆者；五脏所欲者，为五脏所好者，即与脏的生理功能相符合者。而脏腑五味补泻法即指在五味的选择时，如果顺应五脏生理特性者为补法，而逆其生理特性者为泻法。

1.五脏苦欲补泻法

在《素问藏气法时论篇第二十二》指出了五脏的苦欲补泻法

（1）肝苦急，急食甘以缓之；肝欲散，急食辛以散之，用辛补之，酸泻之。

肝者，将军之官，气机升发，性喜条达，故苦急，急乃升发太过，疏泄过甚者。欲制其急，使其恢复条达之性，当食甘以缓之。肝欲散，则苦不散，乃疏泄不及者，当用辛味之药来补肝，酸可收敛，乃逆肝之性，故曰泻之。

（2）心苦缓，急食酸以收之；心欲软，急食咸以软之，用咸补之，甘泻之。

心者，君主之官，喜收敛而恶散缓，急食酸以收敛神气以补之。心欲软，指心喜和调，若邪气内躁，扰动神明，则心硬不安，当用咸来清热平复其躁动坚劲之气，咸又可下交于肾，水火相既，故咸可补之。甘者可补气碍中而逆心气，故为泻。

(3) 脾苦湿，急食苦以燥之；脾欲缓，急食甘以缓之，用苦泻之，甘补之。

脾者，仓廪之官，土爰稼穑，喜燥恶湿，宜健不宜滞，苦可燥湿，故脾苦湿，则应食苦燥湿，以恢复脾性所喜。若脾过燥而欲缓，则苦又可泻之，故当用甘补之缓之。

(4) 肺苦气上逆，急食苦以泄之；肺欲收，急食酸以收之，用酸补之，辛泻之。

肺为华盖，居人体最上位，主气司呼吸，主宣发肃降，气顺为常，逆则为患，气逆则用苦泄之。而肺主上焦，主肃降敛涩，其性喜收，酸可遂其收敛之性，故食酸补之，辛则逆其肃降之性可泻之。

(5) 肾苦燥，急食辛以润之，开腠理，致津液通气也；肾欲坚，急食苦以坚之，用苦补之，咸泻之。

肾为水脏，其性喜润，恶涸燥，乃指肾中阳气亏虚，水液失于气化，不能输布故燥，食辛可促进津液输布故曰润之。肾欲坚，指肾精充足，腰府转枢正常，若湿热蕴结，热则软散而肾不坚，苦可清热化湿，故可补之，咸逆肾气，故曰泻之。

因此，补与泻可指与五脏的生理功能逆顺，顺者为补，逆者为泻。五味根据不同的特点，作用于脏腑有不同的功效，可具有补泻之功。熟悉五味在五脏中的作用特点，对于临证用药有重要的帮助。

正所谓：

五脏苦欲各不同，五味补泻法意繁；

苦泻欲补调脏腑，相成相长阴阳复。

十八、读经典　学从肝论治身灼热

《西溪书屋夜话录》乃王旭高所著，主要论述了肝病的治法。程门雪先生据此编写歌诀，对于理解和治疗肝病有非常大的帮助。歌诀中第一句为："肝气肝风与肝火，三者同出而异名，冲心犯肺乘脾胃，挟寒挟痰多异形，本虚标实为不同，病杂治繁易究情"，说明了肝病变化多端，临床治疗需要仔细分析疾病的机制。近期曾遇一疑难病人，从肝论治，疗效颇佳，总结共享。

典型病案：

患者，男性，67岁

初诊：2021年04月06日

患者诉上腹不适，烧灼感，后背、臀部灼热，非常严重，导致焦虑烦躁，纳欠香，时有嗳气呃逆，口干苦，喜热饮，大便不畅，先成形，后溏薄，自觉气短，或喘，痰少而粘，时有恶心，烦躁不安，反复发作10多年，舌淡红，苔薄，脉细。既往有肺气肿病史，平素不饮酒、不吸烟。患者曾多方寻医，因其诉饮热水后舒服，故多次使用温热药，症状似有好转，但很快又反复，疗效欠佳。目前证属肺肾交亏，虚热扰心。

桑白皮10　杏仁10　黄芩10　紫苏子10

款冬花10　葛根10　干姜3　当归10

制附子3　木通3　茯苓10　黄连3

肉桂1　黄柏3

　　7付

注：患者就诊时诉说上腹、后背灼热感，烦躁不安，非常难受，虽然饮热水后有缓解，但观其面，口唇干燥，故初诊辨证为肺肾交亏，肺阴亏虚，肾阴阳俱不足，虚火上扰心肺。先予清降肺热，温

肾助阳，交通肺肾。方中桑白皮、黄芩、苏子、款冬、杏仁清肃肺气，当归、木通和气血、清心热，附子、干姜、肉桂助肾阳，黄连、黄柏清热，寒热并用，清滋兼顾。

二诊：2021年04月17日

药后症似缓，后又上腹不适如前，甚则全身灼热感，如火烧，喜热饮，嗳气，时有咯痰，痰少而粘，舌淡红，苔薄黄腻，脉细。改从痰治。

黄连3　法半夏10　茯苓10　陈皮6

炒枳实6　姜竹茹10　煅蛤壳15　香橼6

枸橘6　旋覆花6　煅磁石15　郁金6

　　7付

注：患者诉一诊药后3~4天症状缓解，但后来又恢复如初，与以前就诊时类似。因其以前就诊史中曾服用过许多温阳药而不效，故转变治疗方法，考虑到其时有咯痰，痰少而粘，改从痰热论治。证属痰热蕴结，伤及阴津，故以清热化痰为法，选用温胆汤加减。

三诊：2021年04月19日

患者诉症状缓解不明显，时常自觉呼吸困难，深呼吸方缓，因其难受之极要求住院。住院后检查胃镜示慢性胃炎、食管炎，胸部CT示肺气肿伴肺大泡，余检查均未见明显异常。改从肝论治，参清金制木法。

桑白皮10　地骨皮10　苦杏仁10　蜜白前5

广郁金5　紫苏梗10　姜厚朴6　旋覆花6

蜜紫苑10　紫苏子10　款冬花10　白果仁5

黛蛤散10

注：患者病史达10余年，虽然症状多样，有身灼热感，也有喜热饮，但气机郁结不畅亦明显。上焦肺气不畅而见气短气喘，呼吸

不畅，自觉气不足以吸，中焦气滞则上腹不适，嗳气呃逆，下焦气滞则大便不通，排便不爽。而三焦气机调节在肝，正如《西溪书屋夜话录》"冲心犯肺乘脾胃，挟寒挟痰多异形"。肝气郁结，化火上冲，木火刑金，冲心犯肺乘脾胃，故可导致上、中、下三焦诸多症状。肝郁化火，耗伤肝阴，阴虚阳亢，气血不和，上热下寒，故患者既有身灼热感，又喜热饮，治疗当从肝论治以和三焦气机，清疏肝热，清热泻肺，清金制木，方选泻白散、黛蛤散加减进治。方中桑白皮、地骨皮清肺泻热，黛蛤散清肝肺之热，杏仁、白前、厚朴、旋覆花肃降肺气，郁金、苏梗疏肝理气，白果收敛肺气，与诸多理气药相配伍，疏而不散以防伤正。

上方治疗2周后，病人症状逐渐好转，以原方调理近2月，7月份复诊时诉身灼热感已完全缓解。王旭高总结肝病治法，根据肝风、肝气、肝火的不同而分别治疗，提出治肝卅法，治法周详，临证应学习掌握使用。

正所谓：

肝经病变涉三焦，气郁化火易生风，

上下内外无不到，病杂治繁宜究情。

王氏肝病卅治法，详述理法需细参。

十九、读经典　浅析"六经病欲解时"之三阳经

天人相应是中医认识人体生理变化规律的理论，指人体的生理规律与自然界的年、月、日的变化规律相对应，受其影响。在《内经》、《伤寒论》等中医经典中均明确提出了天人相应的规律。《伤寒论》中提出的"六经病欲解时"就是其中的一个体现，对疾病的认识

和治疗都有帮助。疾病的发生与痊愈，与正气的运行有密切关系。正气的运行又受自然界的影响，尤其是与太阳有密切联系，日出、日落都会影响人体正气。

自然界一日分为十二个时辰，分别为子、丑、寅、卯、辰、巳、午、未、申、酉、戌、亥。子时为阴气最盛，午时为阳气最盛，从子时到午时，阳气渐长，阴气渐退，从午时到子时，阴气渐长，阳气渐退。与此对应，人体阳气自半夜子时至午时逐渐增强，阴气逐渐减弱，而从午时至子时阳气逐渐减弱，而阴气逐渐增强。当人体患病后，人体正气与病邪相互斗争，正气的盛衰是疾病顺逆的前提，而正气盛衰往往有明显的时间规律，这就是六经病欲解时的理论基础，先来说说三阳经欲解时。

太阳病欲解时，从巳至未上：从上午9点至下午15点，这6个小时是自然界阳气增长最旺盛的时间。人体的阳气运行在太阳经。这个时间段是太阳经气最旺盛的时候，也是抗病能力最强，邪气最容易被祛除，疾病痊愈的时间。

阳明病欲解时，从申至戌上：从下午15点至晚上21点，这6个小时是自然界阳气渐弱，阴气渐盛的时间。人体阳气在阳明经，虽然阳气减弱，但仍比较旺盛，能够与邪气产生斗争，如果正气胜则病退，邪气盛则病进。比较常见的午后潮热、日晡所发潮热都是阳明经正邪斗争的表现。

少阳病欲解时，从寅至辰上：从早上3点至上午9点，这6个小时是自然界阳气渐盛，阴气渐退的时间。人体的阳气在少阳经，由于阳气还比较弱，邪气比较容易的侵犯。由于人体正气逐渐增强，疾病一般是向愈，但这个时间段也是疾病比较容易发生变化的阶段。其结果往往有两个变化，其一是阳气恢复，邪气渐退而病愈。其二是阳气衰弱，无力祛邪而导致病情整日不适。

由上可知，阳气在人体内的运行是与自然界是相应的，随着外界太阳的变化，人体的阳气分别在少阳、太阳、阳明运生，少阳的阳气较弱，太阳的阳气最强，阳明的阳气次之。人体正气的强弱是邪去正复，疾病痊愈的前提，因此正气在经络中的循行规律对疾病变化有重要的影响。

正所谓：

正气循经有规律，天人相应阴阳化；

少阳升发太阳盛，阳明不弱可抗邪；

阴阳变化需把握，临证方能愈病疾。

二十、读经典　浅析"六经病欲解时"之三阴经

人体三阴经欲解时均在夜间，太阴经从亥时至丑时（21时到3时），少阴经从子至寅时（23时到5时），厥阴经从丑时至时（1时至7时）。三阴经欲解时从太阴、少阴、厥阴分别向后推迟了一个时辰，即2个小时，这与人体和自然界的阴阳转化有关，也是天人相应的结果。这个时间段，是人体阴气最盛，正气最弱的阶段，而自然界则是阴消阳长，阳气开始由弱到强，逐渐恢复。自然界与人体相互影响，从而导致三阴经欲解时依次延后一个时辰发生。

太阴病欲解时，从亥至丑上：从晚上21点至凌晨3点，这6个小时是人体阴气最盛，正气最弱的时间，而自然界阳气开始增强，人体也受其影响，阳气也逐渐恢复。太阴经脾脏阳气得到点温煦补助，即可以比较快的恢复功能，因此其欲解时最先。如果人体正气不足，脾阳不能恢复，也容易在这段时间发生上腹疼痛加重。

少阴病欲解时，从子至寅上：从晚上23点至早上5点。由于少

阴经肾阳为人体阳气之本，其恢复需要更多的时间和自然界阳气温煦，故其欲解时相对于太阴经晚了一个时辰。寅时是少阴经欲解时的第3个时辰，这个时间阳气是否恢复可以影响疾病的临床表现，"五更泻"就是少阴阳气亏虚而导致的。

厥阴病欲解时，从丑至卯上：从早上1点至早上7点。由于少阳与厥阴的关系密切，这个时间与少阳经欲解时寅至辰时也十分相近。厥阴病的欲解与少阳之阳气的渐盛有关，如果少阳之升发正常，厥阴病也能够恢复，而如果少阳之气不足，则厥阴病容易出现变证。另外，厥阴病欲解时是人体阴阳之气转换之时，根据人体阴阳之气盛衰，厥阴病欲解时可发生寒热、虚实、阴阳的变化，这个时间也是人体死亡比较常见的时间段。

由上可知，三阴经的欲解时与人体的阴气、自然界的阳气相关，充分反映了中医"天人相应"的特点。根据三阴经的特点和人体阳气的盛衰，太阴病、少阴病、厥阴病欲解时依次推后一个时辰，而厥阴病欲解时也可能出现虚实、寒热的变化，甚至会出现阴阳离决。

三阴经、三阳经欲解时是伤寒论根据"天人相应"的理论而提出的，但疾病是复杂的，还受到社会、饮食、个体差异的影响，故临证时应当全面考虑。

正所谓：

三阴欲解依次延，阴退阳盛病渐瘥；

太阴得阳既可复，少阴则需阳更强；

厥阴依赖少阳升，阴阳转化易生变。

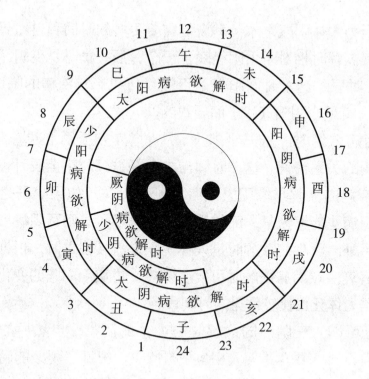

二十一、读经典　学奔豚病治法——附验案一则

奔豚出自《金匮要略·奔豚气病》："师曰：病有奔豚，有吐脓，有惊怖，有火邪，此四部病皆从惊发得之。"文中提出了奔豚的病名及其发病原因，与"惊"有关，那么"惊"到底是如何导致奔豚的呢？先来回顾一下《伤寒杂病论》中所记载的"惊"。

在《伤寒论》中有"惊"的条文共有5条：①"若被火者，微发黄色，剧则如惊痫，时瘛疭"；②"伤寒八九日，下之，胸满烦惊，小便不利，谵语，一身尽重，不可转侧者，柴胡加龙骨牡蛎汤主之"；③"伤寒脉浮，医以火迫劫之，亡阳，必惊狂，起卧不安者，桂枝去芍药加蜀漆牡蛎龙骨救逆汤主之"；④"太阳伤寒者，加温针必惊也"；⑤"少阳中风，两耳无所闻，目赤，胸中满而烦者，不可吐下，吐下则悸而惊"。

《金匮要略》中有"惊"的条文共有3条：①"病人语声寂然，喜惊呼者，骨节间病"；②"寸口脉动而弱，动即为惊，弱则为悸"；③另外一条就是上述"奔豚"病名所在的条文。

上述这8条中，所记载的"惊"的原因有"被火"、"下之"、"以火迫劫之"、"加温针"、"吐下"等，均为误治而致惊，有误治助邪化火，也有误治损伤阳气。因此，《伤寒杂病论》中导致"惊"的病机有2点：火热内蕴、阳气亏虚。

以上这2个病机能够概括奔豚病的病机吗？那么再回顾一下奔豚病的治疗。在《金匮要略》中记载的奔豚病的治疗共有3条：①"奔豚气上冲胸，腹痛，往来寒热，奔豚汤主之"；②"发汗后，脐下悸者，欲作奔豚，茯苓桂枝甘草大枣汤主之"；③"发汗后，烧针令其汗，针处被寒，核起而赤者，必发奔豚，气从少腹上至心，灸其核上各一壮，与桂枝加桂汤主之"。这3条中的病机分为气郁化热上逆、伤阳寒气上冲、阳虚水饮上逆，与"惊"的病机吻合。

综上所述，奔豚病的病机为误治助邪，火热上冲；或误治伤阳，阴寒水饮内蕴上逆所致。由此而知，导致气郁化火、阴寒水饮内生的病因，如病人平素性情急躁，肝气郁结，或素体阳气亏虚，阴寒内生，或阳虚不化，水饮内停者，都可能导致奔豚病的发生。

典型病案：

患者，女性，27岁。

初诊：2021年12月26日

平素左上腹隐痛，腹胀，肠鸣，大便或干，日行，泛酸，纳可，腹中有跳动感，手中冷，经行正常，寐欠香，舌淡红，苔薄，脉细。

姜半夏10　葛根10　酒当归10　炒白芍10

川芎6　黄芩10　炙甘草3　生姜皮3

木香3　香附6　甘松5　泽泻10

　　14付

二诊：2022年01月22日

症缓，腹跳感缓，泛酸，手中冷，经行正常，舌淡红，苔薄，脉细。

姜半夏10　葛根10　酒当归10　炒白芍10

川芎6　黄芩10　炙甘草3　生姜皮3

木香3　炒白术10　桂枝5　泽泻10

　　　14付

三诊：2022年03月03日

症缓，腹跳感已缓，咽仍酸，手足冷，经行正常，舌淡红，苔薄，脉细。

姜半夏10　葛根10　酒当归10　炒白芍10

川芎6　黄芩10　炙甘草3　干姜3

木香3　桂枝　炒白术10　泽泻10

　　　7付

四诊：2022年03月29日

症明显缓，腹或跳感，咽或痒，酸缓，经行正常，舌淡红，苔薄，脉细。

姜半夏10　葛根10　酒当归10　炒白芍10

川芎6　黄芩10　炙甘草3　干姜3

木香3　桂枝　炒白术10　泽泻10

白前5

　　　7付

五诊：2022年05月14日

症明显缓，胸骨后或酸感，左上腹或疼痛，经行正常，舌淡红，苔薄，脉细。

姜半夏10　葛根10　酒当归10　炒白芍10

川芎6　黄芩10　炙甘草3　薤白5

浙贝5　煅牡蛎15　炒白术10　泽泻10

白前5

　　7付

注：该患者为年轻女性，主要症状为左上腹疼痛隐隐，腹胀、肠鸣，泛酸，这样的病人多从肝脾不和论治，而其腹中自觉有跳动感则与奔豚病"脐下悸"相类似，故决定从奔豚病论治。奔豚病的病机有气郁化热上冲、阴寒水饮上逆的不同，结合本病人的年龄、性别，从气郁化热上冲论治更加合适，故选奔豚汤进治。经过断断续续2个月左右的治疗，病人多年的腹中跳动的症状已消失。

正所谓：

奔豚气逆冲胸咽，邪气上冲分寒热；

气郁火热寒饮逆，细辨识证效可期。

二十二、试论药与方

中医治病主要依靠中药，而中药通过配伍组成方剂。临床中要熟悉药物的性味归经，更要掌握药物的配伍，药物的君臣佐使，只有用药物配伍组成方，才能够针对疾病的病机，达到疾病恢复的目的。尤松鑫教授重视药性的不同，更注重方剂的选择和配伍。尤教授选方灵活，用药轻灵，方药证吻合，充分体现中医辨证论治，达到"四两拨千斤"的功效。

⦿方是中药疗效之最佳组合：

方剂是辨证论治后，根据具体的治法确定组方原则，将中药进行适当的配伍而组成。方剂是中药配伍后达到最大疗效的方式。方剂的配伍原则是君臣佐使，是中药配伍较完整的规律总结。根据君臣佐使的配伍要求，将性味归经不同的中药通过恰当的配伍，组合成疗效最强的方剂，从而取得最佳治疗效果。方剂是中药作用集大成，具有"1+1＞2"的作用，方剂的疗效明显大于单药的作用。方剂可以降低药物的不良反应。在取得疗效的基础上，方剂使药量和药味的都尽量少，因此君臣佐使的配伍规律即可以使疗效最强，又可以减少药物不良反应，还可以将药量和药味降到最低。

⦿"方"到病除而非"药"到病除：

人们经常说："药到病除"，其实，在中医临床中，"方到病除"更能说明有治疗作用的根本是方剂，而非中药。尤老师经常教导我们说"临床治病，心中有方"，方剂是治疗疾病的核心。方剂通过君臣佐使将药物相互配伍，但方剂绝对不是药物的简单罗列。方剂既可以针对主证，又可以减少药物不良反应，方剂是药物"功防兼备"的组合。方剂是历代医家临床经验的总结，应用得当，具有良好的疗效。临床中，在辨证确定证型和治法之后，首先要确立主方，方证相合则方到病除。否则就会出现"心中有证，笔下无方"，甚至会出现仅仅是药物的累积，而根本没有中医辨证论治的思维体现。这就会出现这不仅不会增加疗效，还有可能导致药物不良反应。

⦿药的加减体现证的兼夹：

"方之精，变也"。代表方是针对病机的主要方面，而每个病人会有自己特殊的方面，如特别生活环境、个性的心理活动、饮食特点。这些特点就会导致的而临床中证经常会出现兼夹，所以临证时要根据证的兼夹，进行必要的药物加减。药的加减也要与证相合，使方的整体仍然针对主证，才能够保证药物的加减变化即既不影响原方的作用，又能够照顾到兼证。要达到对药物精确适当的配伍，需要充分了解药物的药性，才能够准确选择合适的药物。

● 方证相合才能"效若桴鼓"：

方的效果虽然强，但必须要对证才能够取得较好的疗效，方证相合才是有效的前提。中医临床中，只有对"病—证"充分认识，正确判断，同时对方剂充分了解，熟悉药性，才能根据证选择合适的方，并通过适当的加减，取得良好的疗效。比如患者因为正气不足而疲倦，其病机有脾胃虚弱，有肺脾两虚，有中气下陷，有肝肾亏虚，而脾气虚中就有气虚不运，气虚下陷，气虚不摄等病机，不同的病机选择的主方不同，才能达到"方到病除"。

选方用药是中医的基本功，也是中医疗效的重要环节，尤松鑫教授曾经说："临床辨证要开方，而不是开药，药物的单独叠加不仅不能起效，还有可能会有不良反应"。因此，只有"方证药"相符才是疗效之本。

正所谓：

临床识证为首要，理法方药前后应；

证准方合药亦随，药随证调效可期。

二十三、也说脉诊

望闻问切是祖国医学四诊术，经过几千年的临床实践，形成较为丰富完善的理论，为中医辨证施治获取提供足够的临床依据。脉诊是中医学独有的诊断手段，通过感知脉管搏动的规律和特点，来判断邪正的进退和变化。不断加强临床实践和研究探索以明确脉诊的规律是当代中医的任务之一。

1.脉诊的形成

脉象的形成与五脏均有密切关系。首先，脉象的形成主要与心主血脉有关，心脏推动血液在脉管内运行，脉管也随之产生有节律的搏动。其次，脉象的形成与肺、脾、肝、肾均有密切关系：肺朝百脉，肺气的正常敷布可助血液布散全身；脾主化生，主统血，可促血液充盛和循行于常道；肝主藏血，主疏泄，能够佐助血液循行于常道和调节血量；肾藏精，精血同源，是生成血液的物质基础之一。

脉象的形成，与五脏均有密切相关，脉象的变化则五脏生理病理变化的表象，即脉象是人体整体的正气虚实与邪气盛衰变化的外在表现。

2.脉诊的部位

历史记载中脉诊的部位有三部九候法、三部诊法和寸口诊法。三部九候法、三部法目前均已少用，基本以寸口脉诊法为主。寸口脉位于腕后桡动脉搏动处，独取寸口的理论依据是：寸口为手太阴肺经之动脉，为气血会聚之处，而五脏六腑十二经脉气血的运行皆起于肺而止于肺，故脏腑气血之病变可反映于寸口。因此，独取寸口脉是以肺经的循行和肺朝百脉为基础的，脏腑气血之盛衰都可反映于寸口，所以独取寸口可以诊察全身的病变。

历代医家将寸口脉分为寸、关、尺三部。虽然将寸、关、尺分别与脏腑相联系，但历代医家对其所对应的具体脏腑说法并不一致，目前大家比较认可的是下列说法：

由此可知，寸口脉与肺经的气血和五脏六腑的气血盛衰有关系，虽然寸、关、尺与脏腑有一些联系，但认识并不统一，并未得到证实。由于脉象的形成影响因素太多，临证时脉诊可以判断全身的、整体的正邪变化，而不太适合单独作为判断一脏一腑一经，甚至一个部位的病变的依据。

3.脉诊的临床意义

脉象的形成与脏腑气血关系密切，那么，当人体脏腑发生病变，气血运行受到影响，脉象就有变化，可以通过诊察脉象的变化，判断疾病的病位、性质、邪正盛衰与推断疾病的进退预后。

脉诊可以判断的疾病变化：

通过脉象可以判断邪气在表在里吗？可以。脉象的浮沉，常足以反映病位的浅深。脉浮，病位多在表；脉沉，病位多在里。

通过脉象可以判断正气与邪气的盛衰吗？可以。脉象的有力无力，能反映疾病的虚实证候，脉虚弱无力，是正气不足的虚证。脉实有力，是邪气亢盛的实证。

通过脉象可以判断邪气的寒热属性吗？可以。脉象的迟数，可反映疾病的性质，如迟脉多主寒证，数脉多主热证。

通过脉象可以反映疾病的进退预后吗？可以。脉有常脉，有病脉，若脉象由常脉向病脉转变，则病进，若由病脉向常脉变化，则病退。如久病脉见缓和，是胃气渐复，病退向愈之兆；久病气虚，虚劳、失血、久泄久痢而见洪脉，则多属邪盛正衰危候。外感热病，热势渐退，脉象出现缓和，是将愈之候；若脉急疾，烦躁为病进危候。

上述都是在脉诊理论基础上，根据脉象的变化而对人体正邪变化做出的判断，有理论和临床基础。脉象有很多的优势，那么有没有脉象判断不出来的呢？

脉诊不能判断的疾病变化：

➤ 通过脉象可以判断患者有没有肺结节吗？不能。

➢ 通过脉象可以判断患者有没有蛋白尿吗？不能。

➢ 通过脉象可以判断患者有没有甲状腺结节吗？不能。

➢ 通过脉象可以判断患者有没有子宫肌瘤吗？不能。

为什么脉诊不能判断上述病情呢？这是由脉象形成的理论依据而导致的。脉象反映的是人体整体的正气虚实和邪气盛衰变化，那些上述疾病则不能够通过单独脉诊而诊断。

4.存在问题

脉诊是祖国医学的重要的诊断手段，具有重要的作用，但脉诊也不是万能的，临证中根据病情的变化，脉诊可有真假脉象、脉症从舍等变化，临证时需要综合四诊信息，才能正确的辨证，否认很有可能出手便错。

爱护脉诊既要努力学习脉诊技能，更要不随意夸大脉诊的功能，甚至临证只把脉，放弃望闻问诊，这样只会将脉诊变得"玄乎"。"只把脉"而断病，貌似显示了很高的中医水平，比如通过脉诊可以判断小便中有几个蛋白尿、子宫肌瘤有多大、有没有肺结节、甲状腺结节，其实是故弄玄虚。如此临证，虽或有中者，长此以往，必将自取其辱。因此，正确理解脉诊的作用，不神化脉诊，善待脉诊，才是实事求是的精神，才有利于中医的传承与发扬。

正所谓：

四诊之一为脉诊，寸口诊法肺经络；

脏腑气血皆有关，全身正气盛衰参。

不可偏废独取脉，貌似技高实为玄；

四诊合参为正道，善待脉诊扬传承。

名方验方

一、选奇汤祛风清热治眉棱骨疼痛

头痛是临床常见症状，原因繁多，或外邪袭络，或肝阳亢动，或血虚失濡，或阴血不足，或气机郁滞，或瘀血阻络，轻者休息可缓，重者持续数年，反复发作，影响工作生活。头痛的辨证论需要掌握以下几点：1.先分内伤与外感。外感头痛时间多短，一般发病3~5天，内伤头痛则时间较长，多反复发作，外感头痛常伴有恶寒发热等表证。2.外邪导致的头痛中，以风、寒、湿最为常见，常伴有恶风、恶寒，受风则加重。3.内伤中常见阳气亢动、阴血亏虚、气滞血瘀等。阳气亢动者常急躁易怒，伴有眩晕不寐等，阴血亏虚者则以头隐痛为主，气滞者常因情绪因素加重，血瘀者并不常见。4.因头面部经络较多，头痛者常需根据疼痛部位来区分不同的经络，有阳明、太阳、厥阴、少阳、少阴的不同。

近日治疗一眉棱骨疼痛，疗效颇佳。眉棱骨及额前在目上，胃阳明胃经循行于此。李东垣在《兰室秘藏·内障眼论》中创立了选奇汤，专门治疗眉棱骨疼痛。书中明确记载，用选奇汤治疗。选奇汤共4味药，羌活、防风、甘草各三两，黄芩一钱，可知眉棱骨疼痛以风邪为主，故用羌活、防风祛风止痛，可有热邪，但不重，李氏曰："冬月不用此一味，如能食热痛倍加之上。"冬季不用黄芩，而如果遇热加重者方用。选奇汤治疗眉棱骨疼痛往往有奇效，在《仁术便览》中称其"治眉骨痛不可忍，大效。"

典型病案：

患者，男性，41岁

初诊：2023年01月02日

平素易前额及眉棱骨疼痛，反复4~5年，检查未见异常，近4~5日来易饥，空腹则头疼痛，得食则缓，大便可，舌淡红，苔薄，脉细。

羌活6　黄芩10　陈皮6　防风6

白芷5　葛根10　藁本10　炒蔓荆子10

川芎6　知母5　天花粉10　片姜黄6

　　28付

二诊：2023年01月30日

近1周头痛已缓，饥感亦轻，易肠鸣，大便易溏，寐欠香，舌淡红，苔薄，脉细。

羌活6　黄芩10　陈皮6　防风6

白芷5　葛根10　藁本10　炒蔓荆子10

川芎6　炒白术10　茯苓10　片姜黄6

　　28付

三诊：2023年02月27日

眉棱骨疼痛4~5年，药后未作，寐可，食油腻易便溏，舌淡红，苔薄，脉弦。

党参10　茯苓10　炒白术10　羌活3

炒蔓荆子10　葛根10　白芷5　黄芩6

藁本6　炙甘草3　木香3　炮姜3

焦山楂10　神曲10

　　28付

注：该病人头痛以眉棱骨及前额明显，空腹时加重，询问其病

因，因工作原因常常不能按时吃饭，辨证当属阳明气虚，复感风邪，风邪留阻经络所致。治疗以祛风升清止痛为法，选择选奇汤加味，方中羌活、防风、白芷、葛根、藁本、蔓荆子祛风止痛，川芎、片姜黄理气活血止痛，知母、天花粉清热生津，二诊时疼痛已缓解，加炒白术、伏苓，三诊时疼痛已平，改用培中祛风止痛法。

正所谓：

眉棱疼痛不可忍，风邪兼热阳明虚，

东垣选奇功效佳，祛风清热愈疼痛。

二、东垣创升阳益胃汤　益气升阳可除表里湿

升阳益胃汤出自李东垣《脾胃论》，由人参、黄芪、白术、半夏、茯苓、橘皮、泽泻、防风、羌活、独活、柴胡、黄连、白芍、炙甘草等药组成，全方清热益气，祛湿升清，用于治疗脾胃气虚，湿邪困遏，气机不利。方中人参、黄芪、白术补益正气，培补脾肺；羌活、独活、防风、柴胡辛温祛湿散风，佐助清阳之气上升；茯苓、泽泻淡渗利湿，半夏、陈皮理气燥湿；黄连苦寒清热燥湿，白芍苦寒酸清热养阴，两药共为佐药，制约羌、独、防等药的辛温之性。

本方有以下几个特点：

1.不同祛湿药合用，从表里祛除湿邪：湿邪侵袭人体而致病，湿邪外袭，困遏肌表，又可阻滞气机，影响津液代谢，停聚为湿，表里俱湿而为患。而本方中祛湿药作用全面，具有辛温解表化湿，甘淡渗利湿邪，健脾燥湿，还具有清热燥湿的作用，可通过各种途径祛除湿邪。

2.寒温并用，相互佐制：方中羌活、独活、防风、柴胡辛温发散，可祛除在表之湿邪，诸药与黄连、白芍相伍，可防其燥烈之性，更伤阴津，互为佐制。

3.益气药与祛湿药同用："邪之所凑，其气必虚"。湿邪留恋而致病，必然是因为人体的正气亏虚，无力祛邪外出。故本方中祛湿药与扶正药同用，正气恢复则更加有利于湿邪的消退。

4.升降相伍，调和气机：方中羌活、独活、防风、柴胡性辛散升发，可使邪气从表而解，茯苓、泽泻淡渗利湿，使湿邪从小便而解，升降相伍，使人体气机恢复，则津液代谢正常。

本方主要用于正气亏虚，湿邪弥漫三焦表里，气机蕴滞不畅诸证，常见于夏季湿与热皆盛的季节，症状可见全身困倦无力，纳呆腹胀，大便溏薄，口苦口干，舌红，苔腻，脉细濡等症。

典型病案：

患者，女性，37岁

初诊：2021年05月15日

平素身易疼痛，寐欠香，口苦，午后明显，困倦，经前鼻衄，寐易醒，纳一般，大便粘溏，舌淡红，苔薄腻，脉细濡。气虚湿热。方选东垣升阳益胃汤。

羌活5　独活5　黄芩10　川芎6

醋柴胡3　防风8　炒白芍10　黄芪10

法半夏8　神曲10　焦山楂10　茯苓10

　　14付

二诊：2021年06月29日

药后身体疼痛未作，困倦缓解，大便转正，鼻衄未作，寐仍差，易醒，身或浮，口苦腰酸，舌淡红，苔薄腻，脉细。参上法。

上方加泽兰10

10付

注：本例病人特点是全身易疼痛，困倦，大便溏粘，口苦，舌淡红，苔薄腻，脉细濡，四诊合参，证属正气虚弱，湿邪困遏三焦，气机不畅。湿邪在表则全身疼痛，肢体困倦；湿邪在里则大便溏薄，湿热互结；热扰于内则口苦，经前鼻衄。治疗当以益气升清，祛湿清热为法，方选升阳益胃汤。方证相合，二诊时，诸证皆安，故原法进治。

方中羌活、独活、川芎、防风、柴胡辛温祛湿，解在表之湿；黄芩清热燥湿，法半夏燥湿化痰，茯苓淡渗利湿，祛在里之湿；黄芪补气，白芍养阴生津，扶助正气；神曲、焦山楂消食助运。全方共奏化湿邪，扶正气之功，恢复气机的升降，促进津液的代谢，祛除蕴滞于表里的湿邪。

正所谓：

湿蕴三焦表里病，暑热伤气身困倦；

升阳益胃顾正气，祛湿表里病康瘥。

三、复元活血汤疗跌打损伤显神功

复元活血汤出自《医学发明》，主治"治从高坠下，恶血留于胁下，及疼痛不可忍。"由柴胡、蒌根、当归、红花、甘草、山甲、大黄、桃仁组成，具有活血化瘀止痛的作用。本方主治乃跌打损伤，瘀血滞留胁肋，气血阻滞所致。胁肋为肝经循行之处，属少阳厥阴经，故本方选择柴胡为君，亦为药引；当归活血通脉止痛，化生新血，桃仁、红花破血化瘀，穿山甲通经络，消痈肿，天花粉消肿排脓，《本草新编》："天花粉，亦消痰降气，润渴生津，清热除烦，排脓去毒，逐瘀定狂，利小便而通月水。"酒大黄荡涤败血，甘草为之使，缓急止痛，调和诸药。众药合用，活血通络，尤其胁腰部的跌打损伤，瘀血诸证都可使用。

典型病案：

病案一

患者，男性，52岁

初诊：2020年10月05日

近日来腰扭伤而疼痛，上腹时不适，大便易干，寐差易醒，鼻易塞，咽有痰，舌淡红，苔薄，脉细。证属肾精亏虚，瘀血阻络。

醋柴胡3　天花粉10　桃仁10　红花6

土鳖虫3　熟大黄6　当归10　牛膝10

续断10　香附6

　　14付颗粒剂

二诊：2020年10日27日

药后腰痛缓，易酸，寐仍差，易脱发，苔薄，脉细。

独活6　桑寄生10　秦艽6　牛膝10

杜仲10　当归10　炒白芍10　羌活3

地黄10　白蒺藜10　沙苑子10

　　14付颗粒剂

注：腰痛多因肾虚兼邪。患者中年男性，肾精已亏，不慎扭伤，故肾虚兼瘀血，先予复元活血汤化其瘀，等痛缓后继以独活寄生汤补肾固元善后。

病案二

患者，女性，42岁

初诊：2020年05月09日

左肩不适，酸软无力，经行4月未行，检查未见异常，口腔易生溃疡，舌红，苔薄，脉细。证属络脉瘀阻，气血运行不畅。

醋柴胡3　天花粉10　桃仁10　熟大黄6

红花6　当归10　羌活5　片姜黄6

土鳖虫6　益母草10　丹参10　牛膝10

　　14付

二诊：2021年01月30日

药后经行正常，近3月又闭，易汗出，易口疮，舌红，苔薄少，脉细。

上方加香附6　川芎6

　　14付

注：患者左肩不适，乃风寒兼瘀血痹阻经络，经闭4月乃血虚血瘀而致，故治疗当以活血养血为法，以活血通络，散寒止痛为法，方选复元活血汤合蠲痹汤合方加减。患者服药14天，经行正常5月。真乃"有心栽花花不开，无心插柳柳成荫"。二诊仍以原法进治，原方加香附、川芎加强行气活血。

正所谓：

复元活血东垣方，活血化瘀通经络；

柴胡为君走胁腰，跌打损伤功效著。

四、归脾汤显神效治愈贲门病

食管病变临床并不少见，大部分病变为胃食管反流病（GERD），包括非糜烂性反流性、反流性食管炎和Barrett食管，还有些食管病变与全身病变相关，如结缔组织疾病、免疫功能缺陷等，都可能导致食管黏膜的病变，包括糜烂、溃疡、增生等，临床治疗时多选择西药PPI及黏膜保护剂治疗，但其中有部分病人疗效欠佳甚至无效。这部分病人的病因目前还值得进一步讨论，但中医中药的治疗确实能够对部分病人产生良好的作用，也是值得进一步研究。近期，通过中医辨证论治成功治疗一例食管贲门病变，总结一下，有两个目的，第一，强调中医治疗还是要强调辨证，证治结合是取得疗效的基础；第二，希望以后遇到这样的病人，尤其是西医治疗疗效欠佳的，能够及时使用中医中药治疗。

典型病案：

患者，女性，47岁

初诊：2018年7月19日

患者因为上腹不适反复半年余。曾于2017年12月6日于当地医院行胃镜检查，示贲门病变，性质待定，慢性胃炎，于当地医院就诊，先后服用中药西药，述疗效欠佳。于2018年5月22日行胃镜检查，仍然为贲门病变，性质待定，慢性胃炎。患者来我院就诊，就诊时上腹不适，或胀，或有隐痛，泛酸烧心不明显，面萎有斑，纳谷欠香，大便正常，寐欠香，舌淡红，苔薄腻，脉细。证型：血虚气滞，胃腑失养。治法：养血理气，健脾益胃。拟归芍香苏散加减。

香附6　苏梗10　炒白芍10　陈皮6

炒枳壳6　炒麦芽15　沉香曲3　法半夏10

茯苓10　当归10　延胡索10　炙甘草2

　　14付

注：临证治疗上腹隐痛的病人，要注意虚实之间的关系，理顺扶正与祛邪的先后。《素问·五脏别论篇》曰："所谓五脏者，藏精气而不泻也，故满而不能实。六腑者，传化物而不藏，故实而不能满也。"胃乃六腑之一，其痛实多虚少，治多以消导进治为先。而此病人整体以虚为主，治疗时以健脾养血，扶正为主，兼以理气和

络，选择归芍香苏散加味，方中茯苓、半夏、甘草健脾益气，当归、白芍养血，陈皮、香附、苏梗理气和络，元胡和血止痛。全方共奏健脾益气，养血和络止痛。

二诊：2018年8月6日

患者诉药后症略缓，上腹仍有不适，纳谷一般，寐欠香，易疲乏，动则气短，面萎不泽，舌淡红，苔薄，脉细。证型：仍属气血亏虚，仍以培中养血入手，治法予益气养血，参归脾汤加减。

党参10　炒白术10　黄芪10　当归10

茯神10　远志5　炒枣仁10　木香3

柏子仁10　茯苓10　炒白芍10　六神曲10

　　14付

注：患者复诊时上腹不适的症状略缓，但其虚象日甚，比如疲乏、气短、面萎、寐差等仍然比较严重，因此，二诊辨证虽然仍以气血亏虚为主，但对治法略做修正，以益气养血为主，方选归脾汤。后来的结果也证明了，归脾汤的选择是正确的。

三诊：2018年8月20日

患者诉药后气短较前缓，上腹不适减轻，面色亦转亮，舌淡红，苔薄，脉细。证药相合，参上法。

上方加玉竹10　仙鹤草15

　　14付

四诊：2018年9月29日

患者诉症状较前好转，疲乏感减轻，上腹或有不适，舌淡红，苔薄，脉细。参上法。

上方去六神曲、仙鹤草

　　加升麻3　柴胡3

　　14付

五诊：2018年11月3日

患者于当地医院复查胃镜示慢性胃炎伴胆汁反流（检查医生与第一次检查医生相同，注明已经仔细观察，贲门部未发现明显病变）。患者仍有上腹或不适，或疲乏，动易气短，面部色斑已亦淡，舌淡红，苔薄腻，脉细。药已中病，守法进治。

党参10　炒白术10　黄芪10　当归10

茯神10　鸡血藤10　酸枣仁10　木香3

柏子仁10　茯苓10　炒白芍10　玉竹10

黄芩5

　　28付

注：选择归脾汤治疗后，患者精气神日益，自我感觉也日益好转。先后治疗2月余，期间虽对处方略做调整，如加用升麻、柴胡提升气机；加玉竹、仙鹤草益养脾胃；其总的原则没有变化，以扶助正气，养益气血为主。病人在10月31日于当地医院行胃镜复查，与第一次胃镜检查为同一名医生，其特别在胃镜报告中注明"仔细观察未见异常"。这名病人病情好转，着实让医家感到欣慰，也有很多的经验可以总结。首先，胃食管病变不一定与胃酸有关，有可能与患者整体的状态有关，也就是中医所说的"正气存内，邪不可干"，这句话越来越感觉是至理名言。身体气血不足了，任何脏腑组织都可以出现异常，即可以表现在外，如头痛、眩晕，也有表现在内，比如食管炎、肠炎、肝炎。所以，在治疗时，要时刻顾护正气，这是医家为医之要。当下为医者，强调祛邪、过用祛邪者大有人在。第二，对于胃食管病变，中医中药可以发扬其优势，通过辨证论治，可以取得较好的效果。当然，这需要一些合理、科学的方法来证明。

正所谓：

益气养血归脾汤，效著治疗贲门病，

辨证为要方证合，胃部病变可复康。

五、寒热同调培中气　半夏泻心方为宗

上腹痞塞胀满是脾胃系统疾病最常见症状，指病人在上腹部、胃脘部有堵塞感、胀满的感觉，或伴有嗳气、大便溏、纳呆等症状。中焦脾胃主运化，脾主升清，胃主降浊，脾升胃降调节气机的升降，因此，中焦脾胃又称为升降之枢。饮食不节、情志失调、外邪入侵、其他疾病均可影响脾胃的升降，导致气机壅滞、食积停滞、痰浊内停，从而引起上腹的胀满堵塞感，在《伤寒论》中把只有气机壅滞，而没有食积、痰浊、瘀血等实邪的称为痞证，正如《伤寒论》第149条曰："伤寒五六日，呕而发热者，柴胡汤证具，而以他药下之，柴胡证仍在者，复与柴胡汤。此虽已下之，不为逆。必蒸蒸而振，却发热汗出而解。若心下满而硬痛者，此为结胸也，大陷胸汤主之。但满而不痛者，此为痞，柴胡不中与之也，宜半夏泻心汤。"半夏泻心汤是治疗中焦脾胃气机壅滞，寒热错杂证的，在《金匮要略》中对此又进一步阐述："呕而肠鸣，心下痞者，半夏泻心汤主之"，其主治乃上热下寒，热在胃，寒在脾，寒热错杂之证。半夏泻心汤临床治疗痞证疗效颇佳，用于慢性胃炎、慢性肠炎、慢性泄泻以上腹堵塞胀满、纳呆、恶心、大便溏薄者都具有良好的治疗效果。

典型病案：

患者，男性，60岁

初诊：2018年09月27日

患者上腹不适半年余，嘈杂，有烧灼感，反流，泛酸，易饥，得食则胀，大便溏薄，日行1~2次，或咳嗽，舌淡红，苔薄，脉细。患者胃镜示慢性胃炎，在外院经过中西医治疗，症状反复，时好时坏，故来求诊。证属中气亏虚，寒热错杂，治以温清兼施，调和中焦。

党参10　炙甘草3　法半夏10　黄连3

干姜3　吴茱萸1　炒枳实6　黄芩10

丁香3　海螵蛸12　旋覆花6

　　14付

二诊：2018年10月11日

患者诉症状较前明显缓解，烧灼基本未作，泛酸亦缓，大便较前成形，上腹仍时有嘈杂感，较前减轻，得食则缓，舌淡红，苔薄，脉细。方似治证，守法治之

党参10　炙甘草3　法半夏10　黄连3

干姜3　吴茱萸1　炒枳实6　黄芩10

丁香3　海螵蛸12　浙贝6　茯苓10

　　14付

患者经过2月余的治疗，基本以半夏泻心汤加减，症状缓解。

注：半夏泻心汤治疗中气亏虚，寒热错杂证，乃胃热脾寒所致，胃热可见烧心、泛酸、恶心，脾寒可见大便稀溏，纳呆。本例病人上腹不适，嘈杂，泛酸，烧灼感乃胃热之象，大便溏薄，易饥乃脾气亏虚，运化失司之象。方选半夏泻心汤，和胃化痰，降逆消痞，半夏与干姜相伍，两药性味辛温，降逆化痰，运脾散寒，辛开散结，黄连、黄芩苦寒清胃泄热，党参、炙甘草培中益气，因大枣味甘滋腻，故不用；加枳实、丁香、旋覆花降气化痰和胃，海螵蛸制

酸和胃。众药合用，共奏降逆和胃，温中清热，调和中焦，药证相合，故效佳。

正所谓：

寒热错杂中气虚，泛酸恶心大便溏，

寒热同调培中气，半夏泻心方为宗。

六、黄连汤平调寒热　治疗上热下寒证

《伤寒论·辨太阳病脉证并治下》曰："伤寒胸中有热，胃中有邪气，腹中痛，欲呕吐者，黄连汤主之。"方中共有七味药，黄连三两，炙甘草三两，干姜三两，桂枝三两，人参二两，半夏半升，大枣十二枚。方中黄连清胸中之热，干姜、桂枝温胃中之寒，温中止痛，半夏和胃降逆止呕，党参、炙甘草、大枣益气培中补虚，全方总观，上可清热，中可温中散寒止痛，益气扶正，是治疗上热下寒夹有中虚，寒甚于热的代表方，该方配伍精妙，临床适应证明确，如能辨证准确，临床疗效屡试不爽。

典型病案：

患者，女性，57岁

初诊：2018年12月01日

患者自觉上腹及胸骨后不适反复1年余，咽部灼热，右颈部疼痛不适，畏寒，纳可，大便易溏，舌淡红，苔薄，脉细。证属上热下寒，中气亏虚，治法平调寒热，方选黄连汤加减。

党参10　炙甘草3　法半夏10　黄连3

干姜3　桂枝5　桔梗5　香附6

红枣6　枳壳6

14付

二诊: 2018年12月14日

患者药后述症状明显缓解, 咽部灼热明显减轻, 胸部不适感缓解, 颈部疼痛亦轻, 纳欠香, 近2日来咳嗽, 痰少, 大便粘, 舌淡红, 苔薄, 脉细。证属寒热错杂, 风邪外袭, 治宜平调寒热, 解表止咳。

党参10　炙甘草3　法半夏10　黄连3
干姜3　桂枝5　桔梗5　红枣6
紫菀10　荆芥10　生白前5

14付

注: 该病人上腹及胸骨后不适, 反复有1年余, 就诊时述其咽灼干不适, 右颈部疼痛, 曾检查示慢性胃炎, 曾服药不效。细问其症, 大便易溏, 腹有畏寒感觉, 可以明确其属于上热下寒证。这样的病人往往病症反复, 因其上有热象, 可兼有口干, 口舌生疮等症, 病人可能会认为自己有热, 会进食些寒凉的食物, 但由于其下属于寒, 可能会导致不适症状; 或者认为自己有寒, 吃点热性的食物, 又会导致上热加重。因此病人自己调整非常不易。证既辨, 法亦定, 参仲景黄连汤加减进治, 加桔梗、枳壳调气机, 桔梗可领诸药至上焦, 香附佐其理气。全方总观平调寒热, 疏理气机, 培中益气。患者复诊时仅述其食欲欠佳, 诸症均见安, 近2日来感冒咳嗽, 但无发热, 证未有明显变化, 仍属寒热之体, 兼见风邪外束, 因此, 仍以原方加减, 去香附、枳壳, 加紫菀10、荆芥10、白前5解表肃肺止咳。黄连汤曾用于多个病人, 疗效都非常显著, 但未曾记录, 这次终于有了一个记录下来的病案。

寒热错杂证是临床常见之证, 临床表现多样, 问诊需要较繁琐询问, 但只要掌握其要点, 辨证准确并不难。寒热错杂证的治疗首推仲景，其《伤寒论》中记载了详细的寒热错杂证的治疗方药，许多方剂都是治疗寒热错杂证的，如泻心汤类方、乌梅丸、黄连汤，但适应证都有区别，临证时需要细细体会。

正所谓：

寒热错杂症繁杂，细心辨识抓要点；

上下内外分盛衰，平调寒热疗效好。

七、经方之桂枝加附子汤的应用

桂枝汤出自《伤寒论》，曰："太阳中风，阳浮而阴弱，阳浮者，热自发，阴弱者，汗自出，啬啬恶寒，淅淅恶风，翕翕发热，鼻鸣干呕者，桂枝汤主之"。桂枝汤主要治疗太阳中风证，其主要病机是风邪袭表，卫强营弱，营卫不和，桂枝汤具有解肌祛风，调和营卫的作用。桂枝汤由五味中药组成：桂枝三两、芍药三两、生姜三两、大枣十二枚、炙甘草二两。方中桂枝、生姜辛散，芍药苦酸，甘草、大枣甘温，桂枝、生姜、大枣、甘草相伍辛甘化阳，扶助卫气，芍药与甘草、大枣相伍酸甘化阴，滋养营阴。从药物组成来看，桂枝汤扶养正气之力强，辛散发汗之力弱，用于治疗营卫不和兼有正气亏虚的诸多病证。在《伤寒论》中，就有桂枝加厚朴杏子汤、桂枝加葛根汤、桂枝加附子汤、桂枝新加汤、桂枝加桂汤、桂枝加龙骨牡蛎汤等多变化。由于桂枝汤配伍得当，阴阳双补，因此桂枝汤常常被用来治疗正气亏虚，通过一定的加减变化，可以广泛的用于营卫不和，阳气不足等病证。

典型病案：

患者，女性，63岁

初诊：2019年1月21日

患者诉近2月来经常呕吐，餐后明显，呕吐时伴汗出，汗出则身冷，于外院胃镜检查示慢性胃炎，头颅CT未见异常，大便正常，舌淡红，苔薄，脉细。诊断为呕吐，证属阳气亏虚，胃气上逆。

桂枝6　炒白芍15　炙甘草2　生姜皮3

红枣6　煅牡蛎15　糯稻根15　陈皮6

制附子5　炒麦芽15　煅龙骨15　炒白术10

　　　10付

二诊：2019年2月14日

患者药后未再呕吐，汗出亦止，停药后略有汗出，动则明显，舌淡红，苔薄，脉细。方药相合，效不更方，参上法。

桂枝6　炒白芍15　炙甘草2　生姜皮3

红枣6　煅牡蛎15　糯稻根15　陈皮6

制附子5　炒麦芽15　煅龙骨15　麸炒白术10

　　　7付

注：病人2月来经常呕吐，经过检查胃镜、头颅CT未见明显异常，虽然用西药治疗症状缓解，但并未完全恢复。病人的主要特点是呕吐伴有汗出，并且汗出后身冷，结合其舌脉，可以判断其病机为阳气亏虚，胃中虚寒上逆。阳虚亏虚，寒邪上冲，胃气不和故呕吐；呕吐更伤人体正气，卫阳亦受到损伤，因此呕吐时伴有汗出；卫阳失于温煦体表肌腠，故汗出后身冷。综合观之，实属内外阳气亏虚，内不能潜镇邪气，外不能固摄温煦而发病。故选择桂枝加附子汤为主方加减治疗。桂枝加附子汤用于太阳病发汗太过，损伤了人体阴阳之气，卫阳不固而至汗漏不止，阴液亏虚，筋脉失于温煦濡养而至四肢微急，难以屈伸者。本例病人以桂枝加附子汤调和营卫，补阳敛汗；煅龙骨、煅牡蛎为佐，既可以收敛止汗，又可以潜

镇止呕；糯稻根佐助止汗，炒白术、陈皮、炒麦芽益气调中。众药合用，调合营卫，补阳敛阴止汗，阳气恢复则呕自缓，汗自止。

正所谓：

汗出身凉阳虚证，佐以舌脉定真假；

调和营卫桂枝汤，加入附子助阳气。

八、螵蛸桑生效佳　补心固肾可治遗尿

遗尿是指在睡眠时不自主排尿，多见于婴幼儿，与大脑皮层发育不全、心理等因素、遗传等因素有关。随着婴儿大脑皮层发育成熟，遗尿往往自行缓解，也有人长期反复遗尿，困苦不堪。中医治疗本病有系统的认识和较为成熟的治疗方案，临证往往能够取得较好的疗效。《黄帝内经·宣明五气篇》："膀胱不利为癃，不约为遗溺"，指出遗尿的病位主要在膀胱。膀胱的主要生理功能是储藏尿液，依赖于肾的气化功能，才能正常的排尿，正如《黄帝内经·灵兰秘典论》曰："膀胱者，州都之官，津液藏焉，气化则能出矣"。膀胱的气化受多种因素影响，一是受热影响，膀胱气化不利，可导致小便不利；一是膀胱气虚，可由肾气亏虚，温煦无力导致，导致小便不禁。《医学入门》曰："膀胱病者，热结下焦，小腹苦满，胞转，小便不利，令人发狂，冷则湿痰上溢，而为多唾，小便淋沥，故遗尿。"对遗尿论述最为详细的是《医通》，曰："经云：督脉生病为遗尿，肝所生病为遗尿，膀胱不约为遗尿。仲景云：下焦不归则遗尿，天寒则腠理闭，气湿不行，水下流于膀胱，则为尿与气，故多尿而寒也。至于不禁，虚寒之甚，非八味丸、固脬丸、加减桑螵蛸散不效。然亦有热客肾部而遗尿者。"由此可知，遗尿多属脏腑虚弱，固摄无权，少数可因邪热客肾所致。常用治疗方剂：左归丸、八味丸、固脬丸、桑螵蛸散、参苓白术丸等。

典型病案：

患者，男性，30岁

初诊：2017年3月13日

患者自诉从体质虚弱，大便易溏，受风则明显，遗尿，每月1~2次，纳可，易疲乏，舌淡红，苔薄腻。证属脾肾两亏，固摄无权。治以健脾温肾为法，方选桂附地黄丸。

熟地10　茯苓10　淮山药10　车前子10

牛膝10　山萸肉6　肉桂2　附子3

菟丝子10　鹿角霜10　白芍10　木香3

　　14付

患者后期反复就诊近3年，治法以补益脾肾为主，曾选左归丸、参苓白术散、桑螵蛸散加减治疗，症状逐渐好转。近1年时间坚持服用桑螵蛸散，最后一次就诊诉遗尿已明显缓解，数月来只有1次，只是大便受风还易溏泄，余症均已好转。

桑螵蛸散：出自《本草衍义》，由桑螵蛸、茯苓、当归、煅龙骨、炙龟板、石菖蒲、远志、党参组成，具有调补心肾、缩尿固精的作用，临床常用于治疗阴血亏虚、心肾不交致滑精、遗尿、尿频、健忘等证。《医方集解》曰桑螵蛸散可以："治小便数而欠。数，便频也；欠，便短也。"还具有安神魂，补心气，疗健忘的作用。

方中桑螵蛸始载于《本经》，为上品，螵蛸乃螳螂的卵块，又称螳螂子，可生于多植物，因生于又桑枝上者可得"桑皮之津气"，故效最佳，因此称为桑螵蛸。桑螵蛸味甘、咸，性平，归肝、肾经、膀胱经，具有固精缩尿，补肾助阳的功效。龙骨为古代哺乳动物象类、犀类、三趾马、牛类、鹿类等的骨骼化石，具有镇心安神、平肝潜阳、固涩收敛之功效，用于心悸怔忡、失眠健忘、惊痫癫狂、头晕目眩、自汗盗汗、遗精遗尿、崩漏带下、久泻久痢、溃疡久不收口及湿疮。当归养血滋阴，龟板滋阴潜阳、益肾强骨、养血补心、固经止崩；人参、茯苓补益心气，菖蒲、远志能开心窍，通肾气于心。《医方集解》曰："心者，小肠之合也，心补则小肠不虚，心清则小肠不热矣。"故本方补心气，涩精气，固膀胱，诸药合用，共奏补肾固涩，益气养心，兼有固涩与开窍的，治疗遗尿、尿频、遗精等具有较好的作用。

正所谓：

螵蛸桑生效最佳，温阳补肾固精尿；

兼顾补益养心气，遗尿顽症可缓解。

九、白术散显效愈腹痛

白术散出自钱乙《小儿药证直诀》，用于治疗脾胃虚弱，久泻伤津，变证颇多。正如钱氏曰"治脾胃久虚，呕吐泄泻，频作不止，精液苦竭，烦渴躁，但欲饮水，乳食不进，羸瘦困劣，因而失治，变成惊痫，不论阴阳虚实，并宜服。"其病机关键为脾胃虚弱，不能运化，伤及津液，脾胃阴虚，虚热内生。故出现的症状比较繁杂：脾胃虚弱可见纳差、呕吐、腹泻、腹胀、疲乏等证；津液亏虚可见口干喜饮，不喜干食；阴虚内热可见烦躁、肌肤烘热、舌红，苔薄少；脾虚日久可导致四肢乏力，羸弱萎弱无力。

白术散共七味药，故又称七味白术散，由人参二钱五分，茯苓五钱，炒白术五钱，藿香叶五钱，木香二钱，甘草一钱，葛根五钱，渴者加至一两，每服三钱，水煎，热甚发渴，去木香。方中人参益气生津为君；茯苓、白术健脾燥湿止泻为臣；藿香清芬微温，醒脾化湿，《本草正义》称其为"振动清阳妙品"，木香理气化湿和中，葛根甘、辛、凉，具有升阳止泻、生津、透疹的作用，藿香、木香、葛根同用，可奏醒脾化湿、生津止泻、理气和中之效，共为佐药。因木香辛苦温，若津伤阴虚明显者，去之。故七味白术散实为治疗脾虚气虚，阴津不足的良方，若阴虚甚者，可酌情加木瓜、山药、石斛、白芍等药。

典型病案：

患者，女性，54岁

初诊：2022年05月16日

上腹疼痛反复2月。隐隐不适，胀满，矢气，纳可，大便先干后溏，口干，舌淡红，苔薄，脉细。

党参10　茯苓10　炒白术10　藿香10

木香3　葛根10　香附6　炒枳壳6

姜厚朴5　神曲10　焦山楂10　青陈皮^各6

　　　14付

二诊：2022年05月30日

药后腹痛缓，大便转正，或嗳气矢气，双目飞蚊症，口仍干，舌淡红，苔薄腻，脉细。

党参10　茯苓10　炒白术10　藿香10

木香3　葛根10　香附6　炒枳壳6

姜厚朴5　炒白芍12　青陈皮^各6　菊花10

　　　14付

注： 患者上腹隐痛不适，胀满，矢气多反复2月，似乎是气机郁滞之证，但气滞之因较多，或肝气郁结，或脾虚不运，或阴津亏虚，或饮食停滞，都可导致气机郁滞。大便先干后溏，口干则说明

患者脾胃阴虚气滞，故病机为脾胃虚弱，阴津不足，故选择钱氏七味白术散。药后病人腹痛缓解，大便亦转正常，故方证相合。二诊时其诉双目飞蚊症，故加白芍、菊花养肝明目。

正所谓：

脾居中焦主运化，伤及阳阴皆为病，
阳虚易识阴难判，口干肤热便干溏，
益气养阴助运化，葛根木瓜白芍添。

十、浅谈经方之小柴胡汤的应用

小柴胡汤出自《伤寒论》，是治疗少阳病证的主方，"伤寒五六日，中风，往来寒热，胸胁苦满，嘿嘿不欲饮食，心烦喜呕，或胸中烦而不呕，或渴，或腹中痛，或胁下痞硬，或心下悸、小便不利，或不渴、身有微热，或咳者，小柴胡汤主之"。小柴胡汤包括以下七味药，"柴胡半斤，黄芩三两，人参三两，半夏半升，炙甘草三两，生姜三两，大枣十二枚"，方中柴胡半斤，用量最大，疏少阳之气机，畅肝胆之郁滞，黄芩苦寒清蕴热，半夏、生姜相伍为小半夏汤，化痰降逆，和胃止呕，人参、甘草、大枣益气和中，扶助正气。综观全方，柴胡、黄芩疏利少阳，清泄胆经，是治疗少阳证枢机不利最重要的药物，半夏、生姜缓解胆胃不和之胃气上逆，如无胆胃不和则可以不用，少阳证是病机转化的阶段，正气胜则病退，正气虚则病进，故参、枣、草扶正益气，正气强盛则病退。

典型病案：

病例一

患者，女性，56岁

初诊：2018年11月20日

患者近2年易少腹疼痛，曾行肠镜、妇科检查未见异常，曾于6月份经服用中药治疗缓解。近10余日来少腹疼痛又作，肠鸣，腹胀，大便日行2次，小便不畅，或咳，舌淡红，苔薄，脉细。证属少阳枢机不利，气滞痰阻，治法和解少阳，理气化痰。

醋柴胡3　黄芩10　法半夏10　生姜3

党参10　炙甘草3　红枣6　乌药6

高良姜3　车前子10　路路通5

　　14付

二诊：2018年12月18日

药后患者诉症状明显缓解，腹痛不显，大便略溏，但小便仍或失控，走路时明显，舌淡红，苔薄，脉细。证属少阳枢机不利，气滞痰阻，治法和解少阳，理气化痰。

醋柴胡3　黄芩10　法半夏10　生姜3

党参10　炙甘草3　红枣6　乌药6

高良姜3　车前子10　路路通5　茯苓10

　　14付

注：虽然该病人没有"往来寒热，胸胁苦满，嘿嘿不欲饮食，心烦喜呕"，但该患者具有小柴胡汤的或然证，"或腹中痛"，腹痛的位置显然以肝胆经循行部位为主，因此，少腹疼痛可以使用小柴胡汤治疗。该患者在小柴胡汤的基础上加乌药、良姜理气止痛，车前子、路路通淡渗利湿，取其"利小便以实大便"，茯苓健脾利湿。方证相合，故效佳。

病例二

患者，女性，64岁

初诊：2018年11月24日

患者近2周来上腹疼痛时作，隐隐不适，或胀，口中酸，寐欠香，纳可，二便如常，舌淡红，苔薄腻，脉弦。证属少阳枢机不利，气郁化热。治以和解少阳，理气清热。

醋柴胡3　黄芩10　法半夏10　生姜皮3

党参10　炙甘草3　沉香曲3　陈皮6

红枣6　香附6

　　14付

二诊：2018年12月8日

药后患者症状明显缓解，上腹疼痛未作，但口中仍有酸感，舌红，苔薄腻，脉细。证未变，治仍以清和为法。

醋柴胡3　黄芩10　法半夏10　生姜皮3

党参10　炙甘草3　红枣6　陈皮6

沉香曲3　香附6　郁金6　麦冬6

　　14付

患者药症缓，口中酸感亦轻，原方加减善后。

注： 本患者主要症状是上腹疼痛，口中有酸感，此为少阳枢机不利，郁而化热之象。口中苦、口中酸皆少阳经热郁之象，以小柴胡汤加减清和少阳，陈皮、香附、郁金、沉香曲理气止痛。方证相合，效佳。小柴胡汤治疗少阳病证，由于少阳病脏腑、经络的循行的特点，其临床症状繁杂多变，从上到下可出现渴、呕、烦、胁下痞、心中悸、小便不利、腹中痛、咳的症状，但其病机皆相同，为少阳枢机不利，痰气阻络，气机郁滞。因此，治疗时抓住少阳枢机不利的病机，就能使用小柴胡汤。正如《伤寒论》101条："伤寒中风，有柴胡证，但见一证便是，不必悉具"。

正所谓：

小柴胡汤和解功，少阳为病此方宗；

症状多变抓病机，枢机不利是关键。

十一、痰饮中阻注上肢　茯苓丸显效愈臂痛

《素问经脉别论》曰："饮入于胃，游溢精气，上输于脾，脾气散精，上归于肺，通调水道，下输膀胱，水精四布，五经并行。"这句话阐述了水液在体内的代谢过程，主要涉及肺、脾、肾三脏。若阴阳平衡，肺、脾、肾三脏功能正常，则水液代谢正常，人体维持健康状态。若因虚因邪，肺、脾、肾三脏功能失衡，水液代谢则会发生异常，从而导致疾病发生。水液代谢异常，或影响气机条达，或停聚于局部，络气不畅，或影响脏腑功能，可导致诸多不同病变，而痰饮是水液代谢异常最常见的病理因素。水液运行不畅，停于局部，则聚而为痰饮。痰饮随气流动，上下内外无处不到，致病繁杂。临证往往难以琢磨，故古人有"怪病多痰"之说。《金匮要略》指出痰饮的治疗应"以温药和之"。历代医家治痰多有验案令人惊奇。《续名医类案》曾记载："一妇人，亦有臂痛不能举，或转左右作痛，由中脘伏痰，脾气滞而不行，宜茯苓丸，或控涎丹治之。"此案虽以臂痛不能举为主症，究其因乃由脾虚气滞，运化不利，津液内停，聚而成痰，停于中焦，阻滞气机而致，故治疗当以化痰软坚，燥湿行气为法，选择茯苓丸治之。

典型病案：

患者，女性，54岁

初诊：2021年02月22日

近10日来上腹胀，颈不适，似僵，大便易干，舌淡红，苔薄，脉细。

法半夏10　茯苓10　炒枳壳6　玄明粉6

片姜黄6　陈皮6　羌活3　当归10

沉香曲3　香附6　神曲10　炙甘草3

14付

注：患者二月后复诊时述上方服后诸证皆安。四诊合参，当属痰浊中阻，流窜经络而致，故治疗以理气化痰软坚为法，选择茯苓丸治之。茯苓丸，又称指迷茯苓丸，出自《全生指迷方》，共有四味药组成，半夏、茯苓、枳壳、芒硝，用生姜汁煮糊为丸。方中半夏燥湿化痰为君，茯苓健脾化湿为臣，枳壳理气化痰，芒硝化痰软坚散结。羌活、片姜黄散寒通络止痛，陈皮、沉香曲、香附理气止痛，当归和血，神曲和中消食。众药合用，具有燥湿化痰，软坚散结的功效，阻于中焦之痰可消，气机得以恢复，四肢气机畅达，故臂痛可安。正如《普济方》曰："茯苓丸，本治臂痛。有人臂痛，不能举手足，或左右时复转移，由伏痰在内，中脘停滞，脾气不流行，上与气搏，四肢属脾，脾滞而气不下，故上行攻臂，其脉沉细者是也。后人为此臂痛乃痰证也，但治痰而臂痛自止。"

正所谓：

中脘停痰注经络，燥湿化痰理气机；

指迷茯苓治臂痛，痰消气畅恙可瘥。

十二、五苓散促津液气化可愈顽症

口干乃临床常见症状，由于津液代谢异常，不能上承于口所致。究其原因有二，一为邪气伤及津液，多为燥邪、热邪为患，耗伤人体阴津正气，不能润养于口；一为因正气亏虚，津液气化不足，不能上承于口而口干，多由于肺、脾、肾三脏功能异常，津液失于输布而致。由阴血津液亏虚而致的口干治当以滋阴生津，而因津液气化不足的口干则需要调理肺、脾、肾三脏，促进津液气化。现总结曾治疗一病患，口干多年，从气化论治一剂而愈。

典型病案：

患者，男性，43岁

初诊：2020年05月05日

诉多年口干不欲饮，双下肢皮肤干，目浮，皮肤易油，寐欠沉，大便溏，舌淡红，苔薄腻，脉细沉。

羌活5　茯苓10　泽泻10　炒白术10

肉桂2　车前子10　菟丝子10　覆盆子

神曲10　石菖蒲3　远志5

　　　14付

二诊：2020年05月19日

症明显缓，口干缓，腰酸，尿乏力，寐转安，自觉肌肉较前紧有力，舌淡红，苔薄，脉细沉。

上方加葛根10

　　　28付

注： 患者中年男性，自诉口干多年，不喜饮，结合其舌脉，舌淡红，苔薄腻，脉细沉，可知证属津液失于气化，不能上承于口。患者双下肢皮肤干，皮肤易油，根据中医理论，"肺主皮毛"，肺又具有宣发功能，可将精微输布至皮肤毛发，若肺气亏虚，失于宣发肃降，则皮肤干燥、易油，毛发干枯。大便溏乃因脾气亏虚，失于运化，故水液停于肠腑而致。目浮乃因肾气亏虚，不能蒸化津液而致。故本案病人乃因肺、脾、肾三脏亏虚，津液停聚，不能上承于口而致。《景岳全书》曰："盖水为至阴，故其本在肾；水化于气，故

其标在肺；水惟畏土，故其制在脾。"故本案治疗当以温补肺脾肾三脏，促进津液气化，方选五苓散加减。

五苓散出自《伤寒论》71条："太阳病，发汗后，大汗出，胃中干，烦躁不得眠，欲得饮水者，少少与饮之，令胃气和则愈。若脉浮，小便不利，微热消渴者，五苓散主之。"该方由五味药组成"猪苓十八铢（去皮），泽泻一两六铢，白术十八铢，茯苓十八铢，桂枝半两（去皮）"该方甘淡渗湿，辛温化阴，促进津液代谢而治疗小便不利、口干诸证。正如《医方集解》记载："陈来章曰：治秘之道有三：一曰肺燥不能化气，故用二苓、泽泻之甘淡以泄肺而降气；一曰脾湿不能升精，故用白术之苦温以燥脾而升精；一曰膀胱无阳不能化气，故用肉桂之辛热以温膀胱而化阴。使水道通利，则上可以止渴，中可以去湿，下可以泄邪热也。"其言真乃精辟。另外，五苓散的服用方法也应当注意，"以白饮和服方寸匕，日三服，多饮暖水，汗出愈，如法将息。"意思是用白米粥来冲服，同时多饮温水以助药力，汗出则愈，参考桂枝汤汗出后的方法将息。方中加羌活辛温以促肺气宣发；加车前子、菟丝子、覆盆子以助肾气；加石菖蒲、远志以开宣气机；众药合用，肺、脾、肾同治，津液气化恢复，故药后患者症状缓解。

正所谓：

五苓散治太阳腑，三脏同调肺脾肾；

口干尿涩经络涩，津液气化恙可瘥。

十三、五磨饮子破气消胀　治疗气闭效专力宏

四磨汤出自南宋严用和《济生方》，由人参、乌药、沉香、槟榔

组成，因需将四味药各磨浓汁，然后混合煎服，故名为"四磨"，正如《时方歌括》曰："四品气味俱成，磨则取其味之全，煎则取其气之达，气味齐到，效如桴鼓矣。"至《成方便读》改称四磨饮。方中乌药辛、温，归肺、脾、肾、膀胱经，行气止痛，温肾散寒；沉香辛、苦，微温，归脾、胃、肾经，行气止痛，温中止呕，纳气平喘；槟榔苦、辛、温，归胃、大肠经，杀虫消积，行气利水，截疟；三药合用，破气散结，尤善治肺、肝、胃之气机闭结，因其力宏效强，易于耗伤人体正气，故加人参益气助正，具有疏通气机而不伤正气的特点。

后世医家进行了加减变化，最有名的就是明代医家吴昆《医方考》中记载的五磨饮子和元代危亦林《世医得效方》中记载的六磨汤。五磨饮子乃四磨汤去人参，加枳实、木香，加强了理气破结的作用。六磨汤是五磨饮子再加大黄，治疗无形气机郁结，有形之邪阻滞，其既可破气行气，又可攻下泻积。上述三方因疗效确切，是治疗气机郁滞等实证的常用之方。

典型病案：

患者，女性，36岁

初诊：2020年3月21日

上腹疼痛不适数年，空腹明显，嗳气较甚，胀满，纳可，大便正常，舌淡红，苔薄腻，脉细。曾行胃镜检查示慢性胃炎。证属气机郁滞，肝胃不和。治拟疏肝破气。

乌药6　沉香曲3　青皮6　枳实6

厚朴6　大腹皮10　陈皮6　木香3

白芍10　六神曲10　炒麦芽15　法半夏10

　　14付

二诊：2020年4月9日

痛较前缓，胀亦轻，仍偶有疼痛胀满，嗳气，舌淡红，苔薄，脉细。气机已有疏和，原法继观。

上方去大腹皮、六神曲、炒麦芽

　　加槟榔10　香附6　当归10

　　14付

三诊：2020年5月7日

痛未作，或胀，嗳气，舌淡红，苔薄，脉细。经行正常，症已缓，酌扶正气。

3月21日方去六神曲、炒麦芽、法半夏

　　加炒白术10　香附6　丁香3

　　14付

注：病人以上腹胀满疼痛为主要症状，四诊合参，属气机郁滞，肝胃不和。就诊时因胀满较明显，用疏肝之轻药似不能取效，故选五磨饮子破气先行。效后略有加减，奏理气止痛、降逆和胃、扶助正气之效。

正所谓：

四磨味正攻补兼，五磨破气消胀良；

六磨攻下通气机，肺胃为标肝为本；

实证选用效力著，虚者扶正需慎用。

十四、小陷胸汤治痰热胃脘痛

《伤寒论·辨太阳病脉证并治》第138条曰："小结胸病，正在心下，按之则痛，脉浮滑者，小陷胸汤言主之。"论述了小陷胸病的证治。小陷胸病病位正在心下，主症是按之则痛。心下者，上腹近心窝处也，实为胃脘。故小陷胸病主要以胃脘不适，按之则痛为主证，可伴有纳少，嗳气，便秘，但均为次证。"脉浮滑者"乃小陷胸汤病机所在，浮主表，在《伤寒论》中也主热，郝万山老师曾说，主表的浮脉特征是轻取即得，按之无力，举之有余，按之不足，如水漂木，主热的浮脉特征是轻取即得，按之滑数有力。滑主痰，故小陷胸病的病机为痰热互结。痰热从何而来呢？《伤寒论》中并未明确提出，但其在太阳病篇中，多数认为与表邪误治，邪气内陷有关。但在今天的临床上，多数与情绪与饮食有关。情志不疏，肝气郁结，气机不利，郁久化热；饮食不节，过饱或过食油腻，食滞不化，久则易化热生痰，痰气热互结，阻于胃脘，则生小陷胸病。

小陷胸病用小陷胸汤治疗，主要由黄连、半夏、瓜蒌实三味药组成，亦为辛开苦泄的代表方。黄连苦寒清热，半夏辛温散结化痰，瓜蒌甘寒，可助黄连泻热，又可助半夏化痰开结，还可以理气润肠通便，有助于邪气从大便排出。三药合用，辛开苦降，清热化痰，理气散结，临床应用广泛。

典型病案：

患者，男性，60岁

初诊：2021年04月27日

主症：上腹疼痛不适2月余，餐后泛酸，晚及夜间明显，西药治疗，疗效欠佳，纳欠香，嗳气则缓，大便4~5日行，或恶心，舌淡红，苔薄腻，脉细弦，痰食气滞。

黄连3　法半夏10　全瓜蒌16　枳实6

川朴6　青陈皮各6　莱菔子10　焦楂曲各10

槟榔10　鸡内金5　木香3　香附6

　　7付

二诊：2021年05月05日

药后痛缓, 舌淡红, 苔薄, 脉细。

上方去鸡内金

　　加玉金5

　　14付

注: 该病人为老年男性, 主要症状为上腹疼痛, 餐后明显, 夜间较甚, 大便4~5日行, 其诉发病前饮食较多, 曾于2年来胃镜检查未见异常, 发病后服用西药疗效欠佳。四诊合参, 当属饮食不节, 食滞不化, 化热生痰, 痰食互结, 随于胃脘, 故属小陷胸病, 治疗选择小陷胸汤加味。小陷胸汤消痰散解, 加枳实、厚朴、青皮、陈皮、木香、槟榔理气破结, 焦山楂、焦神曲、鸡内金消食, 香附理气止痛。全方可化痰散结, 理气消食止痛。药后3天, 病人诉痛未作, 二诊原法善后。小结胸病病机为痰热互结, 可兼有气滞食积, 主症为上腹痛、便秘、苔腻脉滑数即可, 其他症者如泛酸、胀满、纳少则可有可无。临证时可依主证辨识, 方证相合可取得较好的临床疗效。

正所谓:

小陷胸汤连夏蒌, 痰热互结兼食气;

上腹疼痛便结硬, 苔腻相参即可用。

十五、宣痹汤建功治干燥综合征

干燥综合征是慢性炎症性自身免疫病, 主要累及外分泌腺体, 最常见累及唾液腺和泪腺, 导致其功能受损下降而出现口干、眼干的临床症状。严重的患者还可以影响多系统损害, 比如可出现全身性症状, 如乏力、低热等, 部分病人还会出现过敏性紫癜样皮疹、关节痛、肾损害等。干燥综合征的治疗并无特效药物，主要以对症治疗、免疫调节治疗为主，疗效不确切，不良反应较多。中医中药治疗能够综合调整阴阳，滋养阴血，通络止痛的作用，往往可以取得较好的疗效。

一、干燥综合征的病因病机：

干燥综合征的发病与饮食不节、情志失调、外邪入袭、体质因素等有关，其病机关键为阴虚湿热，阴虚为本，湿热为标，病变涉及五脏，病久可以影响经络。阴液亏虚，日久可致阴血不足，甚则阴阳两虚；湿热互结，可蕴于肝脾，可阻于经络，可影响胞宫，可下注膀胱，可影响气血津液的运行，可生痰产瘀，日久则生成痰瘀、湿热互结，正气亏虚之体。其证也繁，其治也难。

二、干燥综合征的辨证论治：

采用辨治论治的方法治疗干燥综合征可以取得较好的疗效，一般分为以下几个证型：肺胃阴虚证，治法以滋养肺胃为法，方先沙参麦冬汤；肝肾阴虚证，治以滋阴益精为法，方选杞菊地黄丸；湿热蕴结证，治以清热化湿通络为法，方选宣痹汤；痰瘀互结证，治以化痰活血为法，方选桃红四物汤加白芥子、象贝等药；阴阳两虚证，治以滋阴益阳为法，方选桂附地黄丸。

三、宣痹汤为治疗干燥综合征的良方

宣痹汤是著名的中医方剂，用于治疗干燥综合征，也可以取得较好的疗效。该方出自《温病条辨》，具有清热化湿，宣痹通络的功效，主治湿热蕴阻经络之痹证，临床症状可见寒战发热，骨节烦疼，面色萎黄，尿黄赤，面目萎黄，舌暗红，苔黄腻，脉细滑。宣痹汤的药物有赤小豆皮、滑石、杏仁、薏苡仁、半夏、防己、连翘、山栀、晚蚕砂等，方中以防己为君药，祛风除湿止痛，清热利水；配伍杏仁苦温，能够宣发肺气，肃降以通调水道，有利于消除水湿；滑石甘淡寒，利湿清热，下利水道，为荡热燥湿之剂；薏苡健脾除痹，利水渗湿，《本草纲目》："筋骨之病，以治阳明为本，故拘挛筋急、风痹者用之"；半夏辛温，燥湿化痰，消痞散结，和中止呕；蚕砂祛风祛湿，和胃化浊，《本草求原》："原蚕沙，为风湿之专药"；更用山栀、连翘清热泻火解毒，有助丁解除骨节热炽烦痛。众药合用，共奏清热化湿，通络止痛，理气除痹之功，清中寓利，补中兼消，能够消除热邪，利化湿邪，疏通经络气血，是治疗湿热痹证的一个良方。

典型病案：

患者，女性，33岁

初诊：2018年09月20日

患者有SS史10余年，长期服用美卓乐，每日2片。就诊时身体烘热，纳谷欠香，疲乏无力，上肢关节痹痛，易汗出，口干口燥，大便先干后溏，散，日行1次，畏寒畏风，受风则咳，脱发，面生色斑，呈暗红色，分布于面颊、额头、目内眦，月经正常，易经间期出血，苔暗红，苔薄，脉细数。治法：清热利湿，通络止痛。选宣痹汤加减进治：

黑大豆衣10　炒僵蚕10　法半夏10　焦栀子10

苦杏仁10　炒苡仁12　防己10　连翘10

六一散10　枇杷叶10　麦冬6　银柴胡3

　　14付

注：患者素有SS史，其病机变化乃阴液亏虚，湿热蕴结，阻滞经络，正虚邪实。服用激素美卓乐有十余年，激素乃纯阳之品，久服可更伤人体阴液，导致阳气亢动。湿热蕴结，阴于经络，则肢体疼痛僵硬；阻于脏腑，大便溏散；津不上承于口则口干口燥；湿热之邪下注，影响胞宫则经间期出血；脱发，面生色斑皆湿热蕴结，阴

血亏虚之象。因此治疗以清热利湿，通络止痛，选宣痹汤为主方，加枇杷叶、麦冬清肺养阴，银柴胡清退虚热。

二诊：患者服药3天后，症状明显缓解，身体烘热减轻，上腹关节疼痛亦减轻，口干较前缓解，面部色斑着色较变淡，仍然尿频急，右侧身体汗出，仍畏风，服药后经间期出血即止，舌暗红，苔薄腻，脉细。治参上法。

黑大豆衣10　炒僵蚕10　法半夏10　焦栀子10

苦杏仁10　炒苡仁12　防己10　连翘10

六一散10　枇杷叶10　麦冬6　银柴胡3

地骨皮10

14付

注：病人服药后，症状明显缓解，患者正气渐复，邪气渐除，经络得以通畅，故患者身体烘热减轻，关节痹痛减轻，血中之热渐除，因而色斑变淡；而尿频急，右侧身体汗出，畏风乃肺经热盛，通调不利，其主皮毛，不能卫外所致，故加地骨皮清肺养阴。病人选择宣痹汤加减治疗半年余，一般情况明显好转，后改为滋水清肝饮善后。此类病人的治疗，要斟酌祛邪清热与扶正的关系，养阴与化湿的矛盾，而宣痹汤扶正祛邪，通络止痛，理气化湿，药证相合，效若桴鼓。正如吴鞠通在《温病条辨》中所言："若泛用治湿之药，而不知循经入络，则罔效矣"。

正所谓：

宣痹汤医风湿痹，除湿通络止疼痛；

虚实兼杂须明了，祛邪化湿需通络；

切勿妄用扶正药，方可奏效愈顽疾。

中药探讨

一、再学中药之白术

白术乃菊科植物白术的干燥根茎，归脾、胃经，性味苦、甘，温，具有健脾益气，燥湿利水，止汗，安胎的功效，用于脾虚食少，腹胀泄泻，痰饮眩悸，水肿，自汗，胎动不安等症。

古人所用术包括白术、苍术，统称为术，并未严格区分。陶渊明最先称术有两种，宋朝以后，才逐渐将苍术苦辛气烈与白术苦甘气和区别开来。宋以前的文献中所使用的术多为白术，对于两者的区别，古人认识亦较深，《本草崇原》则讲的比较明白："凡欲补脾，则用白术，凡欲运脾，则用苍术，欲补运相兼，则相兼而用。"

白术是补益正气的要药，为历代医家所重视。《本草通玄》称："白术，补脾胃之药，更无出其右者。"刘元素则认为"其用有九"，分别是温中、去脾胃中湿、除胃中热、强脾胃进饮食、和胃生津液、止肌热、四肢困倦嗜卧目不能开不思饮食、止渴、安胎，从这九条可知，脾气亏虚，湿邪停滞；气虚不升，阴火内生，或清阳不升；脾虚胎动者，都可使用白术。故《本草会编》曰"用白术以除其湿，则气得周流而液津生矣"。

白术在使用时多经炮制，以增强其补益、燥湿的作用，古人使用的辅料较多，有糯米、蜂蜜、土、人乳等，现在多用蜜炙麸皮。如《本草备要》："白术，用糯米泔浸，陈壁土炒，或蜜水炒，人乳拌炒。"

白术的临床应用广泛，为了增强疗效，多配伍其他药以复方使用，常与其他补气药、补血药、温阳药或理气化痰药相配伍。最著名的补气方当属四君子汤，可以称为补益正气第一方，之后的补气方常以此方为基础，如参苓白术散、六君子汤等。而补气血的方剂也少不也白术，常常与茯苓、白术、当归、白芍四药共同担当主角，像调肝脾的逍遥散、和气血的当归芍药散。气虚易生痰，白术亦常与化痰药同用，比较著名的就是化痰定眩的半夏白术天麻汤，半夏、白术、天麻共用，健脾化痰定眩。白术健脾益气，为防止气机壅滞，常与枳实配伍，像枳术丸，以理气破气的枳实与白术共用，补中有通，防止气机壅滞。《本草汇言》比较详细的记载了白术的配伍："兼参、耆而补肺，兼杞、地而补肾，兼归、芍而补肝，兼龙眼、枣仁而补心，兼芩、连而泻胃火，兼橘、半而醒脾土，兼苍、朴可以燥湿和脾，兼天、麦亦能养肺生金，兼杜仲、木瓜，治老人之脚弱，兼麦芽、枳、朴，治童幼之疳症。黄芩共之，能安胎调气。枳实共之，能消痞除膨。君参、苓、藿、半，定胃寒之虚呕。君归、芎、芍、地，养血弱而调经。温中之剂无白术，愈而复发。溃疡之证用白术，可以托脓。"

白术虽好，本经属上品，无毒性，但也有使用禁忌。《药品化义》曰："凡郁结气滞，胀闷积聚，吼喘壅塞，胃痛由火，痈疽多脓，黑瘦人气实作胀，皆宜忌用。"

用白术治疗便秘，最早在《伤寒论》中就有记载，第174条："伤寒八九日，风湿相搏，身体疼烦，不能自转侧，不呕不渴，脉浮虚而涩者，桂枝附子汤主之。若其人大便硬，小便自利者，去桂加白术汤主之。"此条为风湿相搏，三焦气化不通，故大便硬，小便自利（康平本为"不利"），加白术健脾化湿，恢复中焦气机，故津液气化恢复，二便复常。由于可知，白术所治疗便秘，乃气虚推动无力而致，若有实邪热蕴，决非所宜。

正所谓：

白术健脾益正气，亦可化湿运中焦；

正确配伍治证繁，气血顾护安五脏；

临案细审避热证，方可祛疾复康痊。

二、再学中药之半夏

半夏是天南星科植物的块茎，性味辛温，具有燥湿化痰，软坚散结，降逆止呕的作用。是临床治疗痰湿病症的要药。

半夏的名字很浪漫，来源于《礼记·月令》仲夏之月记载："鹿角解·蝉始鸣·半夏生·木堇荣。"夏季当半，伴随着蝉鸣而生。其与天南星、芋头均属于天南星科植物，含有一种叫苛辣素的成分，对粘膜、皮肤具有一些刺激性，服用时可刺激口腔粘膜和舌头，刺激性芋头最弱，半夏居中，天南星最强。由芋头的加工可知半夏能够通过加工而成为放心无毒的药物。《本草纲目》称半夏："有毒戟人咽喉"。通过适当的炮制，可以减轻其毒性。常用的方法是用生姜、白矾等药物浸泡。用矾水浸泡者称为清半夏，用矾水、生姜浸泡者称为法半夏，法半夏再用生姜浸泡称为姜半夏。清半夏磨成粉再发酵称为半夏曲。还有一种仙半夏，先用半夏与甘草、枳实、枳壳、青皮、陈皮、五味子、薄荷、川芎共煎，然后再与丁香粉、砂仁粉、蔻仁粉、沉香粉、木香粉、肉桂粉拌匀。

半夏的功效主要是燥湿化痰，是治疗痰湿疾病的最重要的药物。可以用于痰浊蕴肺之咳嗽咯痰等有形之痰，也可以用于痰阻经络的瘰疬结核、痰迷心窍的神昏癫痫、痰气交阻的梅核气等无形之痰。虽然半夏辛温，主要用于痰湿、寒痰等症，最常与陈皮配伍，半夏与陈皮以"陈"者为佳，如以二药为主药的二陈汤。经过适当的配伍，也可以用于热痰，如与黄连、黄连相配伍可以治疗痰热病症。燥湿化痰是半夏最主要的功效，其他作用都是以此为基础而衍生出来的。如软坚散结，是在燥湿化痰的基础上，治疗的痰湿蕴气所导致的瘰疬、瘿瘤等，而降逆止呕亦为痰湿之邪停于中焦，胃气上逆而致之呕，所以孙思邈称其为"止呕之圣药"。

半夏虽好，但不是所有的病人都适合用，比如阴液亏虚、舌红无苔者就不适合使用。

总之，半夏辛温，能够燥湿化痰，与不同的药物配伍，可以治疗因痰而致的各种疾病，包括寒痰、热痰，无论有形还是无形，均可使用。经过适当的炮制，能够完全消除半夏的毒副作用，可以放心使用。

正所谓：

半夏辛温五月生，燥湿化痰之要药；

有形无形寒热痰，半夏为君酌配伍。

三、再学中药之萆薢

萆薢，为多年生蔓生草本植物粉背薯蓣或绵萆薢的干燥根茎，生于山谷，根似菝葜而小异，二、八月采根，晒干入药。本药性味苦平，无毒，其功效主要有二,一可祛风湿。《本草纲目》曰："萆薢、菝葜、土茯苓三物，形虽不同，而主治之功不相远，岂亦一类数种乎？"二可祛浊分清，尤其是湿气下流，可见小便频数白浊。故萆薢临证使用主要用于风湿阻络所致腰脊疼痛，冷风麻痹，腰脚瘫缓不遂，手足凉掣及湿浊下注之小便白浊、茎中痛等症。尤师临证经常选择萆薢来祛风湿、利湿浊，分享一例尤师治疗风湿热毒互结，蕴于肌肤所致皮肤水疱病案。

典型病案（尤松鑫教授医案）：

患者，女性，19岁

初诊：2017年05月03日

两周来双下肢发出水疱，略痒，或由虫咬导致，纳佳，二便亦调，苔薄白，脉弦。当分利湿热。

萆薢10　制苍术5　生苡仁10　小通草3

苦参10　川柏3　地肤子12　紫花地丁12

蒲公英12　忍冬藤12　丝瓜络12　六一散12^{包煎}

　　14付颗粒剂

二诊：2017年08月03日

浑身发出皮疹，甚则起泡，瘙痒，或破损出水，予祛风清热利湿解毒之方，收效尚显，大部分已消减，纳可，经行尚正常，苔薄白，脉弦。原制可守。

防风10　荆芥10　焦山栀10　白芍10

连翘10　苦参10　薄荷3　制军10

当归10　黄芩10　地肤子10　土茯苓15

生甘草3

　　7付颗粒剂

注：患者近2周来下肢出水疱、瘙痒，或有破溃出水，证属风湿热毒互结，蕴结皮肤而致，故治疗以清热利湿解毒法，以萆薢为君，合二妙、六一散、小通草、生苡仁清化湿浊，苦参、地肤子化湿止痒，紫花地丁、蒲公英、忍冬藤清热解毒化湿，诸药合用，清热化湿，解毒止痒。患者药后明显缓解，二诊加强祛风之功，而减少清热解毒以善后。

正所谓：

草薢分清可化浊，善清经络下焦湿；

性平无毒配伍广，寒热皆可酌情用。

四、再学中药之川楝子

川楝子是楝科植物川楝的干燥成熟果实，因其外形似小铃铛，又名金铃子。川楝子在诸多名方中均有使用，比如金铃子散、橘核丸、一贯煎等，但由于许多本草中记载其"有小毒"，导致临床使用川楝子时有很多忌讳，真是"成也萧何，败也萧何。"

川楝子最早记载于《神农本草经·下品·木》中，"味苦寒，主温疾伤寒，大热烦狂，杀三虫疗疡利，小便水道。生山谷。"其属下品，人们已经发现川楝子在使用时有不良反应。《本草纲目》中曰："气味苦寒，有小毒，主治温疾伤寒，大热烦狂，杀虫，疗疡，利小便水道。"明确提出川楝子"有小毒"，川楝子的毒性有什么表现，大约什么剂量会导致，似乎古人没有明确。而其性味苦寒，苦可泄泻，寒可清热，从其性味上很难判断出川楝子具有理气的功效。故理解下面两个问题，是正确使用川楝子的基础：

1.性味和功效

目前对于川楝子的分类欠妥当，值得深入思考。《中药学》中将川楝子归于理气药，用于治疗气机郁滞的病证。理气药能够促进气机运行，使其条达通畅。药物如果具有理气作用，其性味应当有一定的特点：要么味辛走窜，如香附（辛、微苦、微甘、平）、枳实（苦、辛、酸）；要么性温，如荔枝核（甘、微苦、温）、刀豆（甘、温）、九香虫（咸、温），要么辛温均有，如薤白（辛、苦、温）、乌药（辛、温）、沉香（辛、苦、微温）。而川楝子性味苦寒，怎么会能够促进气机流动呢？同时《神农本草经》、《本草纲目》的主治中也未记载川楝子具有理气的作用。因此，综合川楝子性味及临床应用，其功效为：清热止痛、清肝泄热、杀虫。主要用于肝胃气滞，郁而化热之热厥疼痛，正如元素曰"热厥暴痛，非此不能除"。通过适当的配合，可增强川楝子的功效，比如，金铃子散与元胡索配伍，可明显增强止痛作用；一贯煎中，与诸多养阴药合用，亦助清热止痛之功；在橘核丸中，与理气软坚化痰药相伍，能够缓解疝气疼痛。至于川楝子的杀虫作用，由于目前临证较少使用，此处不再赘述。

2.毒性与安全

川楝子因其"有小毒"，使其临床使用受到很大的制约。有几个问题需要回答：川楝子毒性反应有什么临床表现？多大剂量能够发生毒性反应？能不能够避免这样的毒性反应？

（1）川楝子毒性的临床表现：

历代医家较多记载了川楝子有小毒，而大部分未明确到底是什么样的毒性表现。在《新修本草》中记载："此物（ 指楝实）有两种，有雄有雌。雄者根赤，无子，有毒，服之多使人吐不能止，时有至死者。雌者根白，有子，微毒，用当取雌者。"有报道患者口服200ｇ未炮制川楝子的水煎液300ｍl，约30分钟后出现恶心、呕吐、听力、障碍、视物模糊、口干、心慌、燥热、小便不畅等临床症状。结合近年来的研究，川楝子的毒性有：消化道毒性、肝肾毒性、妊娠毒性、呼吸抑制、肌无力等表现。

（2）导致川楝子毒性反应的剂量是多少？

川楝子的毒性反应均以动物研究为主。近年的研究发现，川楝素是川楝子疗效和毒性的物质基础。许多研究证实，给动物灌服川楝子，所导致的毒性反应与川楝子的浓度有关，有明显的量效、时效关系。小鼠腹腔注射、静脉注射、皮下注射和灌胃（口服）的半数致死量（LD50）分别为13.8 ± 1.2、14.6 ± 0.9、14.3 ± 1.5　和$244.2\pm44.0\,mg/kg$。通过换算，大约相当于60公斤体重的人一天服用了200~800克的川楝子，最高甚至达到了1320克。临床显然不可能达到这样的剂量。因此，川楝子毒性反应与剂量显著关系，临证时正常剂量一般不会导致毒性反应。

（3）如何避免川楝子的毒性？

川楝子虽然有一定的毒性，但由于其具有良好的止痛作用，许多著名方剂中均有川楝子，只要把握好使用的方法，尽量避免毒性反应，一般有以下几点：第一，使用川楝子要根据辨证来使用，掌握其气郁化热，"热厥心痛"的特点，避免用于脾胃虚寒证。第二，适当的配伍可减少其毒性反应。古人已经在长期的实践中，探索出了很好的药物配伍，如川楝子与元胡索、香附、白芍配伍，均可降低其毒性反应。第三，适当的炮制方法可以减少毒性，有体外研究报道称不同炮制方法的毒性从大到小为酒川楝子＞生川楝子＞焦川楝子＞盐川楝子＞醋川楝子。第四，选择正确的用量，一般推荐使用剂量为4.5~9克。第五，适当的使用时间。长期使用可以增加发生不良反应的机率，尽量中病即止，避免连续长时间使用川楝子。

《素问·六元正纪论》："黄帝问曰：妇人重身，毒之何如？岐伯曰：有故无殒，亦无殒也"，这也是古人使用有毒药物的智慧。只有正确把握川楝子的适应证、正确的配伍、使用剂量、使用时间，就可以发挥川楝子的最佳疗效，而避免毒性反复，川楝子绝对是一味好药。

正所谓：

川楝苦寒有小毒，热厥暴痛有良效；

增效减毒有数法，证机相合期显功。

五、再学中药之诃子

诃子，是使君子科植物诃子干燥成熟果实，诃子乃成熟的果实，其未成熟的果实称为藏青果。《本草纲目》又曰诃黎勒，出自梵文，最早乃波斯舶来者，常从西藏传入。有记载广州寺院和尚常以新鲜诃子5枚，甘草煎汤待客，其色如新茶，南海亦有此风俗，新鲜诃子口味不错。

诃子苦温无毒，使用前酒浸一伏时。古代使用更讲究，需刀削去其棱，"取肉到焙用"。古人多以诃子棱的多少与果肉的厚薄来判断诃子的质量，一般认为有六棱的为最佳，曰"六路黑色肉厚者良"。《本草纲目》："苦诃黎勒只有六路。或多或少，并是杂路勒，皆圆而露，文或八路至十三路，号曰榔精勒，涩不堪用"。

诃子的主要功效有涩肠止泻，敛肺止咳，下气，利咽。常用于肠澼久泄赤白痢，咳嗽、气喘之气阴亏虚、肺肾两虚者。下气亦是止咳平喘之效，配伍对于其功效亦有影响，"诃子与乌梅、五倍子用则收敛，同橘皮、厚朴用则下气，同人参用则能补肺治咳嗽"。诃子的利咽功效与其使用方法有关系，主要以含化起效，如《本草纲目》："治痰嗽咽喉不利，含三数枚殊胜"。

典型病案（尤松鑫教授医案）：

患者，男性，63岁

初诊：2016年1月7日

常易咳逆，略喘，晨痰多，色黄，纳佳，便日行2~3次，早醒，苔薄腻，脉细滑。气阴已亏，痰浊留恋。

桑白皮10　地骨皮10　炙紫菀10　黄芩10

冬瓜苡仁^各12　炒山药10　鱼腥草15　苏子10

芦根15　炙甘草2

　　14付

二诊：2016年1月21日

痰已少，色仍黄，纳可，夜尿略多，便日行2~3次，小腿易抽筋，苔薄白，脉细。还予上制出入。

上方去鱼腥草

　　加金荞麦12克　炙冬花10

　　21付

三诊：2016年4月21日

药后诸症见安，痰仍见，色黄，便日行，苔薄白，脉细滑。参上制。

桑白皮10　炙冬花10　制半夏10　苏子10

杏仁10　黄芩10　炙甘草2　金荞麦12

冬瓜苡仁^各12　芦根15　炙麻黄3　诃子6

　　28付

注：咳、痰、喘证乃肺系疾病常见症状，临床可单独发病，而更多为兼见。本例病人咳、痰喘兼见，究其病根，乃痰浊留滞，蕴久化热，内停于肺，肺失宣肃，耗伤气阴，故为本虚标实。邪实不祛，正气难复，其治当以祛痰为主，选用泻白散合清金化痰汤加减进治。方中桑白皮清肺热，泻肺气，平喘咳，地骨皮泻肺中虚火，对于阴虚有热者尤宜，黄芩、鱼腥草清热解毒，泻肺中之热，苏子、紫菀、冬瓜子化痰肃肺，芦根清热解毒生津，炒山药健脾补肺，炙甘草甘润，益气扶正，调和诸药。众药合用，奏清热化痰，肃肺定喘的功效。患者治疗3月余诸证见安，在三诊中，加入炙麻

黄宣发肺气，诃子酸涩敛肺，二药相伍，既无麻黄宣散伤正之过，又无诃子敛肺留邪之虞，二药使用的时机也需要留意，不宜过早，以防闭门留邪。

正所谓：

诃子又称诃黎勒，苦酸甘温可下气；

涩肠敛肺利咽喉，实证慎用防邪恋。

六、再学中药之刘寄奴

刘寄奴，始载于《雷公炮炙论》，是菊科植物奇蒿的带花全草，分布于我国中南部地区，主产于江苏、浙江、江西，其味辛、微苦，性温，归心、肝、脾、膀胱经。具有破瘀通经，止血消肿，消食化积的功效。刘寄奴的名字与一个传说有关。相传刘寄奴上山，遇一大蛇，射之，蛇负伤逃窜。第二天，刘寄奴又上山，遇几个山童在捣药，一问方知是给蛇治伤用，刘寄奴赶走山童，将药取回，治疗金疮外伤，疗效神奇，从此称此药为刘寄奴。

适应证有以下几条：

1.瘀血证：可用于瘀血内阻所致的症瘕积聚，亦可用于跌打损伤。常用于瘀血所致心腹痛，如《证治准绳》用刘寄奴、玄胡索为末，姜汁热酒调服治疗心脾痛。刘寄奴也是治疗外伤常用药，如《证治准绳》记载了杖疮丹治疗杖刑所致外伤，用刘寄奴、马鞭草研末，密调敷。《本事方》用刘寄奴一味为末，外敷治疗金疮口及汤火疮。《本草汇言》治疗筋骨疼痛，甚如夹板状，痛不可忍，用骡子蹄爪烧灰研末，刘寄奴煎汤调服，谓"不过三五服愈"。

2.产后瘀血证：刘寄奴辛温，走血分，可破瘀通经，活血调经，可用于产后瘀血证及瘀血经闭、痛经。《圣惠方》用刘寄奴、红蓝花、益母草子捣为散，用童子尿和酒调服，治疗产后血运闷绝。《卫生家宝产科》用刘寄奴、当归、甘草煎服，治疗产后恶露，败血上攻。刘寄奴只能用于实证，对于气血亏虚者禁用。陈士铎在《本草新编》中指出："夫走而不守之药，何以通止金疮之血。盖寄奴非能止血，通逐血也。血欲出外，寄奴逐之，血不敢外出矣，此反治之道也。""产后气血大亏，即有瘀血，岂可用此迅逐之乎"。

3.食积诸证：刘寄奴辛通，用于一般的消食药（如焦三仙）不能化之食积，与莪术有类似作用，食积所致腹胀、腹痛、泻痢均可使用。

4.白浊症：刘寄奴入膀胱，善走，通逐水，可用于泌尿系结石、前列腺肥大所致癃闭、尿浊等证。《蕙怡堂经验方》治疗行方忍精致成白浊，小便短涩疼痛，用刘寄奴、车前子、黄柏、白术等水煎服，谓"一剂即愈"。

名医病案：

《孟河马培之医案论精要》胃脘痛：

吕右，积瘀在胃，脘中刺痛，当除旧布新。刘寄奴，小蓟，生地，丹皮，茜草，象贝母，参三七，丹参，藕节。

注：此方治疗瘀血胃痛，先刘寄奴为君活血散瘀止痛，配伍生地、小蓟、丹皮、三七、丹皮等加强活血，选药独特，临证可参。

正所谓：

寄奴射蛇得神药，内服外敷疗血瘀，

活血通经消食积，实人可愈虚莫服。

七、再学中药之漏芦

漏芦，时珍曰："屋之西北黑处谓之漏，凡物黑色谓之卢，此草秋后即黑，异于众草，故有漏卢之称"。又称野兰、荚蒿、鬼油麻等别名，是因为其茎如油麻，叶似白蒿，花黄生荚，长似细麻之荚。漏芦属本经上品，性味咸寒，无毒，具有清热解毒，消痈肿，下乳汁的功能，主治皮肤热毒，恶疮疽痔，湿痹，下乳汁。目前多用于乳房热毒蕴结诸证，师傅用该药治疗乳房疾病，清热多与连翘、蒲公英配伍，通乳多与王不留行、皂角刺等配伍，乳房肿瘤则与山慈菇、蛇莓、白花蛇舌草配伍。

典型病案（尤松鑫教授医案）：

患者，女性，53岁

初诊：2017年06月21日

因左侧乳腺占位行手术，放化疗。目前时感淤热汗出，寐略差，便易结，苔薄黄，脉弦。肝家郁热

柴胡3 当归10 白芍10 漏芦12

全瓜蒌16 青皮5 橘叶12 丹皮5

蒲公英12 炙甘草2 白花蛇舌草15 蛇莓15

山慈菇10

　　30付

注：病人乳腺点位术后、放化疗后，就诊时自觉有淤热，易汗出，大便易干结，苔薄黄，脉弦，简单的病史描述出肝经郁热的特点。治疗当清肝泻热，方选丹栀逍遥散加减。用了半个丹栀逍遥散，加漏芦、蒲公英、蛇莓、白花蛇舌草、山慈菇清热解毒，软坚散结，橘叶、青皮理气解郁，全瓜蒌润肠通便，消痈肿。诸药合用，清肝经之热毒，理肝经之气郁，共奏清热解毒，理气通络消肿

之效。

正所谓：

漏芦清热消痈肿，皮肤疽疮乳肿毒；

通乳皂刺王不留，热毒翘英共佐助；

肿瘤慈菇蛇草莓，乳房疾患可消匿。

八、再学中药之葎草

葎草，又名为勒草，《名医别录》、《新修本草》均有记载，因其草茎有细刺，善勒人肤，故得其名。葎草生于"故墟道旁"，即沟边、荒地、废墟、树林边缘等地，我国各省均有分布，其叶似大麻，花黄白色，子若大麻子。《别录》称其"生山谷，如栝楼"。

葎草，味甘，无毒。《新修本草》曰葎草"主瘀血，止精溢盛气"，《名医别录》曰"主五淋，利小便，止水痢，除疟虚热渴。"《本草纲目》："治伤寒汗后虚热。疗膏淋，久痢，疥癞。润三焦，消五谷，益五脏，除九虫，辟温疫，傅蛇蝎伤。"

葎草具有利尿通淋、清热解毒、活血化瘀的功效，可用于肺热咳嗽、肺痈、虚热烦渴、热淋、水肿、小便不利、湿热泻痢、热毒疮疡、皮肤瘙痒等症。《本草纲目》曰葎草"捣生汁"可治石淋、膏淋、血淋；将葎草研末，"以管吹肛门中"可治疗久痢，"如神"。还记载了葎草外用治疗癞疮、乌癞均有较好的疗效。尤师也常用葎草，特别用于肺恶性肿瘤的患者，取其清热解毒、活血化瘀之力。

典型病案（尤松鑫教授医案）：

患者，男性，65岁

初诊：2017年05月16日

因右胸疼痛，进食不畅，经查为左肺癌，行化疗，目前服靶向药，纳可，时咳，痰白，便日行，苔腻，脉细。属停饮内伏，病势渐深。

射干3　炙麻黄3　炙紫菀10　细辛3

炙冬花10　五味子3　生姜5　葎草15

甜葶苈5　冬瓜子12　薏苡仁12

　　30付

二诊：2017年06月13日

药后三剂咳即止，近查肺癌呈全身转移，感背部发酸，难受，便日行2次，痰亦很少，苔薄白，脉细。当予调肺益肾。

党参10　炒白术10　茯苓10　扁豆10

陈皮10　山药10　砂仁3 后下　苡仁10

桔梗5　独活5　葎草15　炙甘草2

红枣5

　　30付

注：患者肺癌全身转移，初诊时以咳嗽、咯痰，胸部疼痛为主症，证属本虚标实，肺脾肾已亏，痰浊瘀血蕴结，肺气失于宣肃，其治当循"甚者独行，间者并行"的原则，先予祛邪宣肺止咳为法，方选射干麻黄汤加减。患者服药三剂后咳嗽即止，复诊时痰已很少，以背部酸不适为主，证属肺脾肾亏虚，故二诊以扶正固本为法，方选参苓白术散加减。尤师在患者二次就诊中均使用葎草，佐助清肺泻邪，活血化瘀的功效。

正所谓：

葎草味甘又名勒，主瘀清热利尿淋；

膏石血淋肺恶疾，常为佐药祛邪热。

九、再学中药之马勃

　　马勃，又称马疕、牛屎菇，始载于《别录》，曰其"生园中久腐处"，是一种食用真菌，属于马勃科，常选用大秃马勃、紫秃马勃与脱皮马勃的子实体入药，在我国各地都有分布。马勃一般生长于夏秋季节开阔的草地上，一般呈灰褐色，有弹性，触之则有孢子呈尘土样飞扬，陶弘景曰其"紫色虚软，状如狗肝，弹之粉出"。

　　马勃性味辛平，无毒，归肺经，具有清肺利咽，解毒止血的作用，主治咽喉肿痛，咳嗽失音，吐血衄血，诸疮不敛，可入煎剂或入丸、散，常用1.5~6克，由于其含有大量孢子，入煎剂时需布包煎。李时珍曰"马勃轻虚，上焦肺经药也。故能清肺热、咳嗽、喉痹、衄血、失音诸病"，亦可用于恶疮、马疕等。马勃常用于以下四个方面：

　　1.咽喉肿痛：由于马勃可清热解毒，可用于肺经热盛所致诸症，如咽痛，头面红肿。使用时可单用，以蜂蜜调服，或为丸含化，或为药末吹喉。《本草纲目》治疗走马喉痹，"马屁勃、焰硝一两，为末，每吹一字，吐涎血即愈。"也可与黄连、黄芩、牛蒡子同用，如李东垣创制的治疗大头瘟的普济消毒饮。

　　2.咳嗽：特别是肺热咳嗽，伴有咽喉肿痛者，用之最佳，可与牛蒡子、马兜铃、桔梗同用。《普济方》治疗久嗽，"马屁勃，不以多少，为细末，炼蜜为丸，如梧桐子大，每服二十丸，汤送下。"

　　3.诸疮溃疡：主要以外敷为主，多用于冻疮、褥疮、臁疮等。《稗史》治疗臁疮不敛，用"葱盐汤洗净拭干，以马屁勃末傅之，即愈。"

　　4.用于出血证：马勃可用于吐血、鼻衄和外伤出血。马勃具有清散血热的作用，可用于血热妄行之吐血。马勃治疗外伤出血主要以外敷为主。

正所谓：

马勃质轻属上焦，解毒利咽清肺热；

咽痛咳嗽愈头瘟，外敷止血疮疡平。

十、再学中药之木瓜

木瓜是蔷薇科木瓜海棠属植物的成熟果实，为落叶灌木，木瓜无毒，可以食用，乃药食同源的药物。木瓜首载于《名医别录》，属中品，其"味酸温，无毒，主治湿痹邪气，霍乱大吐下，转筋不止。其枝亦可煮用。"木瓜对土壤无特殊要求，容易生长，全国多地可产，但入药以安徽宣城产者为佳，正如《本草纲目》中曰："木瓜处处有之，而宣城者为佳。"宣城常以木瓜作为进贡品，并在木瓜果长成未熟时，贴上纸花，待果皮变红之际，似有花如生，故宣木瓜又称花木瓜。南宋·杨万里曾留下"天下宣城花木瓜，日华沾露绣成花"的诗句。

木瓜性味酸温，一般认为具有醒脾化湿和胃，舒筋和络的功效，主治吐泻转筋、湿痹、脚气等。木瓜为治疗转筋的要药，而其作用机制不外乎有2点：其一是通过化湿缓急和络，如在《本草纲目》中记载"木瓜治转筋，非益筋也，理脾而伐肝也"；其二是益筋和血缓急，如《本草正》中记载"得木之正，故尤专入肝，益筋走血"。因此，木瓜是一个矛盾的药物，它可以化湿和中缓急，又可以生津益筋和血，它可以祛湿，又可以补益肝肾，《本草纲目》曰"病腰肾脚膝无力，皆不可缺也"，其"气脱能收，气滞能和"。故木瓜特别适用于阴虚湿蕴，肝肾不足所致诸证。木瓜由于药性缓和，只能做为佐使药，多在复方中使用，比如著名的方剂有治疗脚气水肿的鸡鸣散、吐泻转筋的蚕矢汤。

典型病案：

患者，女性，51岁

初诊：2022年11月22日

上腹不适数月，胀满，嗳气，矢气，味重，大便易溏，舌淡红，苔薄腻，脉细。中虚食滞。

焦楂曲^各10　连翘10　陈皮6　莱菔子10

木香3　茯苓10　法半夏10　炒苍术5

姜厚朴5　砂仁壳3　木瓜3

　　14付

二诊：2022年12月06日

胀明显缓，大便可，曾泻2次，舌淡红，苔薄腻，剥，脉细。

焦楂曲^各10　连翘10　陈皮6　莱菔子10

木香3　茯苓10　法半夏10　炒苍术5

姜厚朴5　砂仁壳3　木瓜3　炒扁豆10

炒白术10

　　14付

三诊：2023年01月15日

药后症已除。近感染新冠后，又上腹时胀，嗳气，大便或秘或溏，纳可，口干，寐差，动则易汗，舌淡红，苔薄腻，剥，脉细。阴虚气滞。

生地10　麦冬6　炒枳壳6　紫苏梗10

桑叶10　石斛10　木香3　木瓜3

佛手6　党参10　五味子3　砂仁壳3

　　14付

注：患者因上腹胀满而就诊，四诊合参，属湿蕴气郁食滞，脾虚不运，故以化湿理气消食，培脾助运为法，方中木瓜一药二用，可化湿和中，消食助运，患者药后胀明显缓，二诊加炒扁豆、炒白术健脾益气以善后，药后胀满已愈。后因感染新冠后上腹又胀，四诊合参，证为气阴亏虚，气滞湿蕴，治以养阴益气，理气化湿为法，方中木瓜亦一药二用，化湿和中，养阴生津。木瓜是治疗中焦湿蕴、阴津亏虚所致诸症的一味良药。

正所谓：

木瓜酸温归肝脾，能收能和取中焦，

湿蕴气滞阴津亏，变证繁多加减商。

十一、再学中药之牛膝

牛膝为苋科多年草本植物的根，产于河南的称为怀牛膝，产于四川、云南的称为川牛膝。因"其茎有节，似牛膝，故以为名"。牛膝性味苦酸，气平，归肝肾经，具有补肝肾、强筋骨、活血通经、引血下行、利尿通淋的功效。

历代医家对其亦补亦行的功效认识并不统一。有医家认为其通行疏利之功强，如《本草正义》曰："牛膝，疏利泄降，所主皆气血壅滞之病。"《本经逢原》亦曰："牛膝，其性虽下行走筋，然滑利之品，精气不固者，终非所宜。"并指出不同的炮制方法具有不同的作用，"得酒蒸则能养筋，生用则去恶血。"故有医家认为其补益作用是建立在其下行之功的基础上。如《医学衷中参西录》："牛膝，原为补益之品，而善引气血下注，是以用药欲其下行者，恒以之为引经。故善治肾虚腰疼腿疼，或膝疼不能屈伸，或腿痿不能任地。兼治女子月闭血枯，催生下胎。又善治淋疼，通利小便，此皆其力善下行之效也。"

牛膝虽有补益作用，但非专注补益，而是基于其下行走下焦的作用。《本草新编》对牛膝的评论颇为中肯。其曰："或问牛膝乃下部之药，用之以补两膝，往往未见功效，岂牛膝非健步之药乎。……故欲补骨中之髓者，又须补肾中之精也，虽牛膝亦补精之味，而终不能大补其精，则单用牛膝以治肾虚之膝，又何易奏效哉。"故凡中气下陷、脾虚泄泻、下元不固、梦遗失精、月经过多及孕妇均忌用牛膝。

因此，牛膝在临床应用时，往往与他药合用以达到治疗目的。如欲补益肝肾，则配伍其他补肾药同时使用，如续断、杜仲、寄生等。若取其活血通经、利尿通淋之功效而用于胞宫、膀胱疾患时，则可能配伍活血药物以增强其疗效，如《医学心悟》所载益母胜金丹，将牛膝与活血化瘀药配合，牛膝引诸药下行至胞宫以活血化瘀，《本草通玄》曰："按五淋诸证，极难见效，惟牛膝一两，入乳香少许煎服，连进数剂即安，性主下行，且能滑窍。"

恩师尤松鑫教授善用牛膝治疗高血压、妇科疾病、肝肾疾病，常取得良好的疗效，现总结其治疗妊娠高血压病案一则的诊治思路。

典型病案（尤松鑫教授医案）：

患者，女性，28岁

初诊：2018年11月14日

三年前妊娠高血压，后一直未降，但自我感觉良好，经行正常，纳佳，二便亦调，寐安，苔薄白，脉弦而劲。经色偏紫，有血块，无不适。属肝经热郁。

双钩10　桑叶10　菊花10　茯苓10

生地12　　白芍10　　地骨皮10　　夏枯草10

石决明20　　茺蔚子10　　怀牛膝10

30付

注：患者因妊娠导致高血压，后未降。从病案中可知，除经色偏紫，有血块，脉弦劲，余无异常。尤师责之肝经热郁，瘀血阻滞，故治疗当清肝泻热，引血下行，方选羚角钩藤汤加减。方中钩藤桑叶、菊花、夏枯草、石决明清泻肝热；"肝体阴而用阳"，故加生地、白芍、地骨皮滋阴养肝；怀牛膝活血通经，引血下行，与茺蔚子合用，可加强其活血化瘀的疗效。众药合用，共奏清肝泻热、滋阴养肝、活血通经的功效。

正所谓：

牛膝虽补非专功，善行通利治下焦；

适当配伍佐炮制，可益肝肾畅二阴。

十二、再学中药之人中白

万物生于自然，浓缩者不少为精华，入药者又甚多，如西瓜霜。而人排出物皆能为药，比较著名的就是人中白、人中黄。人中白，又称溺白垽（音印），时珍曰："以风日久干者为良，入药并以瓦煅过用"。人中白性味咸平，凉，无毒，具有清热泻火、凉血消瘀的功效。朱震亨称其"能泻肝火、三焦火并膀胱火，从小便中出，盖膀胱乃此物之故道也。"因其来源于小便，故能从小便清泻热邪，故可以治疗心经、膀胱经的热邪蕴结证。时珍亦曰"咸能润下走血故也"，能降相火、消瘀血，常用于咽喉口齿生疮疖、诸窍出血、鼻衄、烫火伤、劳热、肺痿、衄、喉痹等证。

人中白的炮制：置清水中漂洗4~7日，经常换水，取出，刮去杂质，日晒夜露15日，每日上下翻动一次，以无臭为度，晒干。煅人中白：取人中白置坩锅内，炭火煅至红色，取出，放凉。飞人中白：取人中白研成细末，再水飞至无声为度。现代研究，人尿的沉淀物组成是复杂的，主要成分有磷酸钙、尿酸钙。

《本草纲目》记载："鼻衄不止五七日不住者，人中白，新瓦焙干，入麝香少许，温酒调服，立效。"《儒门事亲》曰："口舌生疮，溺桶沉七分，枯矾三分，研匀，有涎拭去，数次即愈。"《集简方》："小儿口疳，人中白煅，黄檗蜜炙焦，为末等分，入冰片少许，以青布拭净，掺之，累效。"由此可知，对于热蕴心肝、肺、膀胱经者，有皮肤黏膜疮面破溃者皆可使用人中白。

医案选读

《清代名医何元长医案》

咳吐白沫，恶寒脉软，乃金寒不束津液，以和脾保肺降气法

西党　北沙参　制於术　川百合　生蛤壳　人中白　川贝　枸杞　橘白　沉香

正所谓：

人中白性味咸凉，降火消瘀透邪热；

咽喉口疮齿生痛，诸窍出血用之安。

十三、再学中药之山豆根

山豆根，因其苗蔓如豆，其根入药，故名。山豆根生于四川剑阁县以南，长江以北区域，广西亦产。因石鼠喜食其根，古代岭南人常捕鼠，取肠胃曝干，取其解毒攻热效。

山豆根性味甘寒、无毒，《本草纲目》记载其可"解诸药毒，止痛，消疮肿毒，发热咳嗽，治人及马急黄，杀小虫"、"含之咽汁，解咽喉肿毒，极妙"。《本草新编》称其"止咽喉肿痛要药，……然止能治肺经之火邪，止咽痛实神"，故山豆根是今天咽喉肿痛的常用要药。虽然《本草纲目》还记载了山豆根可以用于"五般急黄"、"寸白诸虫"、"卒患腹痛"，外用治疗"诸热肿秃疮，蛇狗蜘蛛伤"，但今日已较少应用。虽山豆根可治咽喉肿痛，陈士铎指出："治实火之邪则可，治虚火之邪则不可也"，认为虚火咽痛用之则为害也。实火乃因于外感或实热者，虚火乃因于肝肾内伤，实火宜清，虚火宜补宜滋，实火可用山豆根之苦寒泻火，而相火宜引火归元而不可用山豆根。山豆根用量3~6克，不宜过大，否则容易导致 头晕头痛、恶心呕吐、心悸胸闷。

典型病案（尤松鑫教授医案）：

患者，女性，69岁

初诊：2017年12月05日

因咳喘而入院，查为肺腺癌，目前已出院，仍时咳，痰白而粘，纳欠香，便日行，苔少，舌红，脉细。曾抽胸水甚多。属肺痿重症，当养肺化痰。

桔梗5　南沙参10　北沙参10　白薇5

炙冬花10　桑白皮10　地骨皮10　山药10

蒸百部5　天冬5　麦冬5　生甘草2

山豆根3　天花粉10

　　14付

二诊：2017年12月19日

咳略缓，痰白，纳仍欠香，便日行，苔薄白，脉细。还予上制出入。

北沙参10　蒸百部10　天冬5　麦冬5

炙冬花10　玄参10　桔梗5　全瓜蒌12^{杵}

白薇10　生地12　山豆根3　炙甘草2

14付

注：本案为肺脏恶性肿瘤，症可见咳、痰白而粘，但其舌红，苔少，脉细，证属虚实夹杂，气阴已亏，痰浊蕴结，虚热内扰，故尤师在养阴理肺药中加桔梗宣发肺气，山豆根清肺经邪热。此处选择山豆根是尤师的经验用药，是后世需要理解和学习的地方。

正所谓：

豆根苦寒归肺经，清肺解毒泻火热；

实火宜用虚用误，咽喉肿痛为要药。

十四、再学中药之蛇莓

蛇莓，出自《名医别录》，属下品，为蔷薇科植物蛇莓的全草。其名得来与蛇有关，蛇莓的生长期与蛇的繁殖期相同，其果实又鲜红艳丽，被人们认为蛇在其中繁殖，以它的果实为食物，故称为蛇莓。正如《本草纲目》中记载："近地而生，故曰蛇莓"，"中实极红者为蛇残莓，人不啖之，恐有蛇残也"。

蛇莓生于湿处，在田野道旁处处生长，其花或黄或白，其子赤红，花期4月，果熟期5月，2月、8月采根，4月、5月收子。《本草纲目》记载其性味甘酸，大寒，有毒，用于治疗"胸腹大热不止。伤寒大热，及溪毒、射工毒，甚良。通月经，协疮肿，傅蛇伤。主孩子口噤，以汁灌之。傅汤火伤，痛即止。"

由上可知其主要功效为：清热解毒；散瘀消肿；凉血止血。适应症有：热病；惊痫；吐血；咽喉肿痛；痢疾；痈肿；疔疮；蛇虫咬伤；汤火伤；感冒；黄疸；目赤；口疮；疟腮；疝肿；崩漏；月经不调；跌打肿痛。近年来常用蛇莓治疗恶性肿瘤，如肝癌、肺癌、食管癌等。常用剂量：煎剂内服，9~15g，鲜者可加倍，30~60g。

典型病案（尤松鑫教授医案）：

病案一

患者，某女，91岁

诊断：贲门胃体占位，初诊日期：2018年3月15日

月来食少，泛吐粘液，在当地诊为贲门胃体癌，食物潴留，便结，苔薄白，少，脉细。阳结为病，予启膈变化进治。

南北沙参^各10　丹参10　茯苓10　川象贝^各3

荷叶10　郁金5　佛手5　旋覆花10^{包煎}

砂仁3^{后下}　麦芽15　蛇莓15

　　14付

病案二

患者，男性，57岁

初诊：2017年6月22日

上月因胃贲门占位，在当地行手术，目前谷纳欠香，脘不适，泛酸，便行少，苔薄腻，脉细。中虚湿热。

川连3　吴萸2　党参10　炒竹茹10

制半夏10　全瓜蒌16　炒枳壳5　蛇莓15

陈皮5　生苡仁12　炙甘草2　白花蛇舌草15

　　30付

病案三

患者，男性，75岁

初诊：2017年7月5日

患者在2011年体查中发现肺部占位，行手术治疗。今年又见另一病灶，再行手术，并化放疗。目前纳可，偶晨有痰，色白而粘，夜尿日2次，小便常频，有前列腺增生，便日行2次，成形，苔黄腻，脉细弦，脉细。

山药10　山萸肉5　熟地10　茯苓10

丹皮5　泽泻10　麦冬5　五味子3

川百合10　菟丝子10　苡仁10　木瓜3

蛇莓12

　　14付

正所谓：

蛇莓伏地田野生，花黄果赤清热毒；

热病疖肿痢疾疮，蛇咬火伤消恶瘤。

十五、再学中药之射干

射干，本经下品，名称来源与其形状有关，《本草纲目》曰："射干之形，茎梗疏长，正如射之"、"长竿之养，得名由此尔"。虽然其茎细长，但其叶"横铺一面，如乌翅及扇之状"，又称为乌扇、凤翼等。

射干生长于山间田野，春夏季节采根阴干入药。《纲目》记载其泡制方法"凡采根，先以米泔水浸一宿，漉出，然后以篁竹叶煮之，从午至亥，日干用。"即先用米泔水浸一夜，沥干后与竹叶同煮约10小时，一个泡制过程下来，至少需要一天时间。

射干苦，微寒，入肺、肝、脾三经，具有清热利咽，祛痰散结的功效。其主治有"咳逆上气，喉痹咽痛，不得消息，散结气，腹中邪逆，食饮大热。"但近年来，共用较为集中，主要用于咽喉肿痛，痰盛阻咽等证，正如《本草新编》曰："此物治外感风火湿热痰证，可以为君"，说明射干功效显著，治疗外感痰喘，喉中如有水鸡声者，必用射干　汤治之。

《本草纲目》曰其有毒，"久服令人虚"、"多服泻人"。《本草新编》亦曰："可暂用，而不可久用者也。久用止只为佐使矣。"并指出射干不可久用的原因，"射干入肺，而能散气中之结，故风痰遇之而消，但有结则散结，无结则散气。肺气前为风痰所伤，复为射干所损。"

正所谓：

射干苦平利咽喉，祛痰止咳定喘鸣；

实证为君效力强，久服伤肺需斟酌。

十六、再学中药之酸枣仁

酸枣仁具有养心安神的作用，是治疗"虚劳虚烦不得眠"的要药。酸枣仁首载于《神农本草经》，"味酸平，主心腹寒热，邪结气聚，四肢酸疼，湿痹。"在古代文献中，根据酸枣树的大小，分别称为樲、棘，其高大独生者为樲，其矮小丛生者为棘，与生活环境优劣有关，《本草纲目》记载"山野所出亦好，乃土地所宜也；后有白棘条，乃酸枣未长大时枝上之刺也"。酸枣仁又称樲果、棘实，小而圆，扁平状，八月采，阴干四十日方可用，古人多喜用高大者，因"但科小者气味薄，木大者气味厚。"

酸枣仁性平味甘酸，可养五脏，其功效与甘酸味密切相关，甘酸可生津化液，滋养阴血，敛阴止汗，尤其滋养心肝之阴血不足，可以治疗心肝阴血津液亏虚而导致的诸症，正如《本草汇言》曰："酸枣仁，均补五藏，如心气不足，惊悸怔忡，神明失守，或腠理不密，自汗盗汗；肺气不足，气短神怯，干咳无痰；肝气不足，筋骨拳挛，爪甲枯折；肾气不足，遗精梦泄，小便淋沥；脾气不足，寒热结聚，肌肉羸瘦；胆气不足，振悸恐畏，虚烦不寐等症，是皆五藏偏失之病，得酸枣仁之酸甘而温，安平血气，敛而能运者也。"因此，酸枣仁应用广泛，但应把握其病机要点，五脏气阴津血不足之证方可应用。

酸枣仁性味平，功效较弱，常需佐其他药物，《本草切要》曰："酸枣，性虽收敛而气味平淡，当佐以他药，方见其功。"酸枣仁常与柏子仁相须使用，以增强疗效。《圣惠方》用炒酸枣仁捣细罗为散，以竹叶汤调服，不计时候，用来治疗胆虚睡卧不安、惊悸。由酸枣仁组成的方剂中，最著名的非酸枣仁汤莫属。酸枣仁汤出自《金匮要略·血痹虚劳》："虚劳虚烦不得眠，酸枣仁汤主之"，从此以后，酸枣仁几乎成了失眠专药。而古人用酸枣仁已经提出了其相对禁忌，如《本草经集注》提出恶防己，《本草经疏》指出凡肝、胆、脾三经有实邪热者勿用，以其收敛故也；《得配本草》指出肝旺烦躁，肝强不眠，禁用；《本草求真》曰其性多润，滑泄最忌。因此，正确使用酸枣仁还需要掌握五脏气阴津血不足的要点，否认，有可能疗效不佳，甚至导致服药后的不适。除了酸枣仁汤之外，归脾汤和天王补心丹也是非常著名的方剂。归脾汤出自《重订严氏济生方》，治疗心脾两虚，气血不足，天王补心丹出自《校注妇人良方》，治疗心肾不足，心血亏虚，两方在临床皆为常用之方。

正所谓：

枣仁甘酸补阴津，五脏不足可参用，

实热肝强滑泄慎，方可助眠益聪明。

十七、再学中药之吴茱萸

茱萸，大江南北皆产，因产于吴地者为好，故以吴名之。吴地指春秋战国时期的吴国领域，主要包括今天江苏、浙江长江以南、钱塘江以北的区域。吴茱萸三月开花，七、八月结果，九月九成熟，"俗尚九月九日谓之上九，茱萸到此日气烈熟色赤。"民间有九月九插吴茱萸登高辟邪的习俗，来源于一个小传说。《本草纲目》曰："汝南桓景随费长房学道。长房谓曰：九月九日汝家有灾厄，宜令急去，各作绛囊盛茱萸以系臂上，登高饮菊花酒。此祸可消。景如其言，举家登高山，夕还，见鸡、犬、牛、羊一时暴死。长房闻之曰：此代之矣。故人至此日登高饮酒，戴茱萸囊，由此尔。"因为吴茱萸性味燥烈，故后人多用其辟邪防瘟疫。唐朝诗人王维的诗《九月九日忆山东兄弟》也是广为流传。

附：九月九日忆山东兄弟

唐朝　王维

独在异乡为异客，每逢佳节倍思亲。

遥知兄弟登高处，遍插茱萸少一人。

吴茱萸辛苦，温热，有小毒，具有温中下气、止痛，祛风的功效，是太阴、少阴、厥阴病变的要药，可用于中阳亏虚，浊阴不降，厥气上逆所致诸证，可见心腹冷痛、腹痛、吞酸、吐涎、头痛等临床症状。吴茱萸在这么多方剂中出现，吴茱萸汤是温中降浊的代表方，出自《伤寒论》，由吴茱萸、党参、生姜、大枣组成，主治胃中虚寒，浊阴上犯，其君药吴茱萸温胃散寒，开郁降滞，党参为臣，补益中焦，生姜为佐，既可助吴萸散寒化滞，又可助党参补益中焦，大枣为使药。临床用吴茱萸汤治疗浊阴上逆之证，疗效颇佳，现分享2例病案。

典型病案：

病案一

患者，男性，30岁

初诊：2021年01月21日

吐涎多月。口干，畏寒，舌淡红，苔薄，脉细。

吴茱萸2　党参10　生姜皮3　法半夏10

茯苓10　炒白术10　巴戟肉10　韭菜子10

肉桂2　当归10　炒白芍10

　　14付

二诊：2021年01月25日

吐涎较前明显减少，口仍干，畏寒，纳可，舌淡红，苔薄，脉细。

　　上方加泽泻10

　　　14付

注：该案主症为吐涎，乃中焦虚寒，津液不化，聚而上泛所致，故以温中散寒，辛散为法，选吴茱萸汤加减。加法半夏、茯苓、炒白术健脾助运，巴戟肉、韭菜子、肉桂温助阳气，促进津液的代谢，当归、白芍养血和血，亦可佐制温药之燥。诸药合用，温阳散寒，津液得化，吐涎自止。

病案二

患者，女性，63岁

初诊：2021年01月05日

胃溃疡史，已于外院治疗。目前上腹不适，畏寒，泛清水，大便易溏，舌淡红，苔薄腻，中剥，脉细。气阴已亏，酸温进治再观。

吴茱萸2　党参10　干姜3　炒白芍10

麦冬6　木瓜3　茯苓10　炒白术10

焦山楂10　炙甘草10　益智仁10

　　　14付

二诊：2021年01月23日

药后症缓，左上腹或不适，舌淡红，苔薄腻，中剥，脉细。

上方加旋覆花6

　　　14付

注：该案有胃溃疡病史，虽以上腹不适，畏寒，泛清水为主症，但其舌苔已剥，故病机为阴阳两亏，即有胃阴亏虚，又有阳气亏虚，浊阴蕴结。治颇为棘手，养阴易助寒，温中易更伤阴液。综合考量，酸温似较为合适，酸可以生津养阴，温可以散寒，而且酸温互为佐制。仍以吴茱萸汤为主方，加炒白芍、麦冬、木瓜、焦山楂甘酸养阴，茯苓、白术、益智仁健脾助运。众药合用，即可以散浊以化饮，又可甘酸以养阴。患者药后诸症均除，原法善后。

正所谓：

茱萸辛热温中效，散寒降逆化寒饮；

三阴经病为要药，酌情加减变化繁。

十八、再学中药之益智仁

益智仁，为姜科多年生草本植物益智的成熟果实，主产岭南州郡，为著名的四大南药之一。其名与其功效有关，时珍曰："脾主智，此物能益脾胃故也"，多服可补益脾胃以益智。益智仁无毒，为药食同源的中药，"可盐曝及作粽食"，其二月开花，五六月熟，茎如竹箭，子从心出，一枝有十子丛生，大如小枣，核黑而皮白。

益智仁性辛温，归脾、肾二经，具有温脾固摄，暖肾固精，止泻缩尿的功效。益智仁本为脾经药，与其配伍使用的药物起到引经作用，如《药鉴》记载："在集香丸则入肺，在四君子汤则入脾，在凤髓丹则入肾。"临床多用于脾肾亏虚，固摄无权所致诸证，如尿频、尿浊、泄泻以及妇人崩中漏下都可酌情选用。

典型病案（尤松鑫教授医案）：

患者，男性，62岁

初诊：2017年07月11日

长年以来便行软溏，偏瘦，曾有房颤，行除颤术后见寐差，目前以西药治疗，纳可，苔薄白，脉细软。属脾肾交亏，运化失常。

党参10　炒白术10　茯苓10　炒山药10

陈皮5　白扁豆10　枣仁10　制半夏10

苡仁10　焦山楂10　五味子3　炙甘草2

　　14付

二诊：2017年08月08日

药后便次始频，后转日行1~2次，稍成可，苔薄少，脉细。还益脾肾。

上方去制半夏，

　　加炮姜3　益智仁10

14付

三诊：2017年08月22日

大便日行1~2次，有不消化物，寐亦转安，苔薄净，脉细软。上制出入。

党参10　炒白术10　伏苓10　山药10

扁豆10　陈皮5　苡仁10　枣仁10

益智仁10　砂仁3^{后下}　木香3　炙甘草2

五味子3

28付

四诊：2017年09月28日

颇安，便行渐成形，日行1~2次，纳佳，苔薄白，脉细。上制出入。

上方去五味子

加补骨脂10

28付

注： 本例以大便溏软为主症，四诊合参，当属脾肾交亏，温运无权，水谷失于运化而致，故以健脾温肾为法，方选参苓白术散为主方进治，酌加益智仁、补骨脂、炮姜等加强温肾固摄的作用。经过3个月的治疗，多年大便溏软缓解。

正所谓：

益智辛温生岭南，双补脾肾固精气；

泄泻遗滑白浊下，扶正收敛增益智。

十九、再学中药之鱼腥草

鱼腥草为三白草科植物蕺的带根全草，又称为蕺菜，喜生于阴湿地，不耐干旱，因其叶有腥气，故称为鱼腥草。其味辛，性微寒，归肺、大肠、膀胱经，别录下品，《本草纲目》曰其有小毒，"久服令人气喘"（《别录》）、"素有脚弱病尤忌之"（《本草图经》）。鱼腥草具有清热解毒，排脓消痈，利尿通淋的作用，主要用于热毒蕴结于肺、大肠、膀胱所致的成痈化脓性疾病，如肺痈、痰热蕴肺证、热痢、淋证等。《本草纲目》记载其用于"背疮热肿"、"痔疮肿痛"、"恶蛇虫伤"等，内服、外敷皆可。《急救良方》记载鱼腥草煎汤熏洗可治疗肛门边肿硬，痛痒不可忍。

典型病案（尤松鑫教授病案）：

病案一

患者，男性，45岁

初诊：2018年01月25日

病史：嗜烟已20年余，最近体查发现肺部有结节，目前偶咳，痰少，纳佳，二便如恒，苔薄白，脉细。宜先调肺化痰。

百部10　黄芩10　桔梗5　炙紫菀10

荆芥10　白前5　陈皮5　桑白皮10

生苡仁10　制半夏10　石菖蒲3　炙甘草2

　　30付

二诊：2018年03月01日

经复查胸部CT，仅见双侧胸膜增厚，无见其他异常，咳亦平，纳可，苔薄白，脉细。原制续观。

上方去菖蒲

　　加鱼腥草12

30付

注：本例病人因体检示肺结节而就诊，根据其嗜烟史20余年，当属痰浊蕴阻于肺，故先予理肺化痰为法。治疗1月复查仅见胸膜增厚，故二诊加鱼腥草加强清化痰浊。

病案二

患者，男性，40岁

初诊：2017年6月13日

二月来常感后背疼痛，胸闷，时咳，痰少，色白，纳可，苔薄腻，脉细。予理肺化痰为治。

柴胡3　川芎5　制苍术5　制香附5^{杵}

桔梗5　枳壳5　鱼腥草12　炙甘草2

炙冬花10　羌活3　佛耳草10

　　14付

二诊：2017年6月27日

病史：后背疼痛略轻，咳已平，痰亦少，纳欠香，苔薄少，中裂，脉弦。上制可守。

上方去冬花、羌活

　　加薤白头10　全瓜蒌12

　　14付

三诊：2017年07月13日

常咽痒，咳而少咳，背痛缓而未已，已戒烟，纳佳。苔薄少，脉弦。风痰留恋。

荆芥10　桔梗5　炙紫菀10　白前5

陈皮5　蒸百部10　枳壳5　鱼腥草12

炙远志5　佛耳草12　炙草2

　　21付

注：本案以胸闷、咯痰、背痛为主证，仍属痰蕴于肺，阻滞络气，故理肺化痰和络为法进治。鱼腥草为清热化痰之药，与佛耳草、炙冬花相伍，清热理气化痰。三诊时因咽痒时咳，属风痰留恋，肺失宣肃，络气不和，治以止嗽散加鱼腥草、远志、佛耳草、枳壳，以奏疏风散邪、理气化痰止咳之效。

正所谓：

鱼腥草治热成痈，内服外敷皆可效；

热淋痢疾喉乳蛾，热毒蕴肺痰腥臭。

二十、从"若药不瞑眩，厥疾不瘳"谈服用中药的反应

《尚书·说命篇》曰："若药不瞑眩，厥疾弗瘳"。瞑，眼睛昏花，眩，眩晕，这句话的意思是服用中药治疗后，如果不出现了眼花眩晕的反应，疾病就不会痊愈。服用中药治疗，并不是所有的病人都会出现"瞑眩"反应，也并不是所有的反应都"瞑眩"，因此，正确判断病人的反应是病情之"顺"、"逆"非常重要，这也是治疗方法是否对证的依据之一。

1.反应之顺逆：病人服用中药后，中药在人体内发挥作用，导致身体出现变化，是由于体内正邪斗争而引起来的，人体的反应必然根据正邪的盛衰而产生不同的变化。如果正气渐胜，则病人出现反应之后，常常出现全身舒适，饮食渐增，精神转佳，而邪气胜出，则病人仍然精神衰惫，口干纳差，面色无泽。由此可知，"瞑眩"是因为患者服药后，正气渐渐恢复，气血上行，头面重新得到

正气的温煦濡养而出现的，因此患者出现眼花眩晕，时间较短，随后眩晕就会消失，出现精神转振，思维敏捷，这才是正气渐复的表现。如果，眩晕时间较长，乃正气不足，不能持续维护温煦濡养头目，故也非疾病之愈。因此，判断病人服中药后的反应之须逆，可以综合病人的全身情况之顺逆，反应的长短来判断。

2.反应之部位：反应出现的部位与中药使用的途径有关。如为口服中药，首先是对消化道产生作用，而外用中药对使用部位发生作用。脾胃乃后天之本，气血生化之源，故中药对消化道应当以良性的作用为佳，一般以食欲良好为判断标准。如果服用中药后，出现腹胀、嗳气、食欲下降，乃不良之象，需要调整中药。如果使用一些祛邪的中药，可能出现大便稀溏，但患者食欲恢复，精神良好，乃药中病之象。中药经脾胃吸收之后，往往会在疾病之所发生作用而出现反应。比如上述讲的"瞑眩"就是中药达到头面部的反应。中药随气血运行到达全身，一般有疾病的部位就会出现反应。有病人反应服用养血通络中药后腰背部有热感，其原来必然腰背部必须存在血虚失荣的基础。

中药对人体产生的比较多，由以上两点可以初步判断反应的顺逆，以便对治疗方法进行及时的调整，促进疾病的恢复。

二十一、对中药用量与临床疗效关系的一点思考

今天早上读到一篇文章，大意是说"医好，方对，药无效"，主要是因为现在药材质量不好造成的，而中药材质量不好导致疗效不好，已经累及到中医名声的。看到这篇文章，又想到近年来中医所面临的一些困境，不禁想说一句："中药，你不用背这个黑锅"，疗

效不好应该多想想是不是辨证、治法、药物配伍有问题，而不是一棒子打在中药身上。

1.医不三世，不服其药

疗效好不好首先应多考虑是不是辨证不准。中医药治疗的疗效靠辨证准确，选方适当，理法方药的相合，才是取得效果的基础。中药只是在治疗中选择的手段，在理法方药中，中药只占了1/4，另外3/4均为中医的理论基本功，任何一个方面出了问题，均可以导致临证疗效不好，为什么将疗效不好全部总结为中药质量差呢？精准的辨证需要具有扎实的中医基本功，主要包括多读书、多临证两个方面。多读书要求多读经典，《黄帝内经》、《伤寒杂病论》、《难经》、《神农本草经》等等，包括中医经典、本草书籍、临证书籍、医案医话等等，甚至地理、历史等书籍也要有涉及，正所谓"医不三世，不服其药"。而今天的我们究竟读了多少书呢？继承了多少前人的经验？曾跟随许多名医大家的学习，他们多是辨证准确，选方恰当，用药传统，药味不多，药量斟酌，而疗效效若桴鼓。他们是我们学习的榜样。因此，如果临床疗效不如人意，应当多思考一下是不是辨证不准确、治法不当、选方不适当、用药不对，而不应该随便叹息"药不如前"。

2.药量的加大真的能增强疗效吗？

目前，有一种倾向是"中药质量不好了，可以增加中药的用量来提高疗效"，我认为这是一种伪命题（说明：如果根据病情的轻重需要，调整中药的剂量，或者使用较大剂量是完全没有异议的）。这里所说的主要是指临证时无论遇到什么疾病，都使用较大剂量，这就需要讨论一下了。首先，如果中药质量下降，能不能通过增加药物用量来增加疗效？这显然是不可靠的。增加使用药物用量的目的是想增加汤剂中的有效成分，而如果药物质量变化了，可能是有效成分可能减少了，或者有效成分改变了，甚至出现了有毒的成分，这样，增加用量不仅不会增加疗效，甚至会产生不良反应。其次，中药的有效成分是通过水煎而出的，任何物质在水中都有溶解度的，当该物质达到饱和时，再增加其量，也不能够溶解。第三，中药的服用方法一般每天服用两次，每次150~200毫升，这样的水量到底能够浸泡多少中药饮片？可以试想，如果在煎煮时，水不能够浸泡中药饮片，中药还在水的外面蒸桑拿，这能够煎出药物有效成分吗，能够在汤剂中起到效果吗？由上面三点可知，仅仅增加药物的用量并不一定能够增加疗效，甚至会增加不良反应。

3.用药如用兵论

徐大椿在《医学源流论》提出"用药如用兵论"，将使用药物治疗疾病形容为排兵布阵打仗，类似于中药的君臣佐使，也就是说中药要相互配合，才能够取得1+1>2的作用。金·成无己在《伤寒明理药方论》中提出方有"大、小、缓、急、奇、偶、复"七方，就是指要根据病情需要来调整药物的用量、配伍，而不是浪用重剂。方剂的选择、变化都依据治法而定，而治法又是根据病机而定，此之谓"方从法出"、"法随证立"。相同的治法在不同的病人可能会选择不同的方剂，用量也会有不同，要根据病人的体质弱强、气候变化、地理环境而调整，三因制宜是中医治疗取得临证疗效的基石。因此，临证选方用药治疗疾病，要综合分析疾病的特点，审视病人的内外环境，制定治疗方法，选方用药，根据中药的性味归经，详细考虑中药的配伍，君臣佐使，药证相合，才能药到病除。

诚然，中药目前出现了一些问题，但目前已经寻找了很多的途径来解决，如建立中药基地，从根源保证中药的供给。中药是中医辨证施治的最后一环，其体现了中医理法，任何一环考虑不周，都会导致疗效的丧失，因此，在疗效不好的时候，请多思考一下是不是辨证治疗与疾病证型不相符。

正所谓：

医不三世，不服其药，理法不明难取效；

方从法出，法随证立，三因制宜化方药。

名师医案

一、导师出手　清泄肝胃治痤疮

痤疮是发于面部的粉刺、丘疹、脓疱、结节等多形性皮损，多发生于青少年，严重的病人可影响青少年的心理和社交。尤老治疗青春期痤疮常常从实证论治，常见的有风热上壅、肝胃蕴热等。风热上壅可见面部痤疮，色红根浅有白头，可伴见口咽干痛等症，治以宣散上焦风热，多选择桑菊饮、银翘散或人参败毒散等方剂治疗。肝胃蕴热可见面部痤疮，色红瘙痒，食欲旺盛，伴见大便干结，治以清热解毒，多选择栀子清肝汤、龙胆泻肝汤等方剂治疗。痤疮的辨证非常重要，主要有两个方面的依据：一是痤疮的特点，二是患者兼有的症状。尤老常常能够根据患者四诊资料的蛛丝马迹，准确掌握痤疮的病机关键，达到药到病除。

典型病案：

患者，男性，19岁

初诊：2017年8月17日

面颊发疮，略痒，起红斑，略蜕皮，双目充血纳可，肥盛，体重235斤，苔薄白，脉弦。肝胃郁热，上乘肺金。

龙胆草3　桑白皮10　焦山栀10　赤芍8

炙枇杷叶12^{包煎}　生石膏20^{先煎}　凌霄花10　黄芩10

蒲公英15　连翘10　夏枯草10　生甘草3

　　14付

二诊：2018年01月31日

面部痤疮频发，经治已有明显改善，纳佳，二便亦调，苔腻，脉弦。续予清泄肺胃。

桑白皮10　焦山栀10　赤芍5　凌霄花10

丹皮5　蒲公英15　黄芩10　鱼腥草15

生甘草3　连翘10　炙枇杷叶10^{包煎}

　　21付

三诊：2018年03月07日

药后诸症见安，痤疮渐平，略咳，苔薄黄，脉弦。上制可守。

上方加广地龙5

　　30付

注：病人为青年男性，痤疮反复发作，以面颊明显，伴痒、略蜕皮，双目充血，又患者体形肥盛，体质壮实，体重达235斤，证乃热邪蕴结于内，停于肝胃，上乘肺金，肺主皮毛，故面生痤疮。王旭高先生在《西溪书屋夜话录》中曾说："肝气肝风与肝火，三者同出而异名，冲心犯肺凌脾胃，挟寒挟痰多异形"。尤老把握病机关键，以清泄肝胃热邪，佐以清降肺气为法，龙胆、山栀、黄芩、蒲公英连翘清泄肝胃之热，桑白皮、凌霄花、枇杷叶清肺经之热。前后共3次治疗，患者痤疮渐平。由此案可知，热邪郁停于不同的脏腑均可导致痤疮，把握痤疮的特点与脏腑的关系是辨证的基础。痤疮的色、根、白头的不同可以辨识其虚实，而伴有的症状则可以识别病位。如素体肥盛者提示热郁肝胃，若鼻塞流黄涕则提示肺经郁热，纳旺便秘则提示胃腑热郁。因此，四诊资料对于辨证不可或缺。

正所谓：

痤疮多因热蕴内，肺胃心肝需细审；

辨其色根与脓头，参查四诊识脏腑。

二、导师出手　平常方功著治杂病

参苓白术散出自《太平惠民和剂局方》，由四君子汤加味而成，加山药、莲子肉、扁豆、苡仁益气健脾，化湿止泻，砂仁、陈皮理气化湿，调和中焦，甘草培中健脾，调中诸药，桔梗开宣肺气，引诸药上升，达到清气升，浊气降。本方药性平和，药味平淡，容易让病人接受，是治疗肺脾两虚，气虚湿停诸证均有作用。恩师尤松鑫教授非常喜欢使用参苓白术散，用于诸多疑难杂症，虽药方平常，但往往起疾于不经意间，令人称奇。其使用一般需要注意以下三点：1.脾虚诸证：大便稀溏，纳呆，腹胀，疲倦，四肢乏力；2.肺虚诸证：言语低微，气短，动则气喘，呼多吸少，面色白光白；3.无明显邪气留稽者，特别是热邪、湿热、食积等，否则应当先予祛邪。

典型病案：

患者，男性，38岁

初诊：2017年06月14日

去年体查发现前上纵膈肿物，行微创手术，术后右胸时痛，右手乏力，便次频，纳欠香，苔薄，脉弦。予理肺和络。

党参10　茯苓10　炒白术10　扁豆10

陈皮5　生苡仁12　桔梗5　炒山药10

炙甘草2　防风10　独活5　红枣5

　　14付

二诊：2017年06月28日

药后右手乏力感已轻，右胸疼痛则已除，往常易后枕部疼痛，便日行2次，纳转香，苔薄白，脉细弦，续予上制出入。

上方去桔梗、独活

　　加羌活3　葛根10

　　14付

　　注：病人纵膈手术后，损伤气机，肺脾两虚。其右胸疼痛乃肺气亏虚，胸阳不振，脉络失和；右手乏力乃肺失宣肃，津液不布，肢体失于濡养；纳欠香，便次频乃脾气亏虚，运化无权，故以参苓白术散加减进治，加独活通络，药后症减，继以该方加减善后。

正所谓：

参苓白术平常方，补益肺脾益气阴；

肺脾两虚无邪实，方证相合效堪奇。

三、导师出手　清肝理脾伏瘿火

　　瘿病指颈前喉结两旁出现肿块，其病机多与肝气郁结、气郁化热、痰瘀互结有关。尤师临证时遇到此类病人，采用中医辨证，或疏肝理气解郁，或清热散结，或软坚化瘀，常常取得良好的疗效。兹整理尤老师治验一案。

典型病案：

患者，女性，28岁

初诊：2018年04月24日

最近因消瘦，查为甲亢，已行碘131治疗，并已服甲流咪唑，时腰痛，经行正常，矢气多，结婚4年，曾人流一次，苔薄白，脉弦。予清肝理脾。

柴胡3　炒白芍10　茯苓10　夏枯草10

玄参10　炙甘草2　广郁金5　川象贝^各5

青陈皮^各5　炒白术10　炒防风10

14付

二诊：2018年05月31日

目前甲功已渐趋正常，乳胀已缓，纳可，足易见水泡，不痒，苔薄腻，脉细。予原制出入。

上方去玄参

加生苡仁10　桑白皮10

28付

三诊：2018年07月10日

腹易发胀，谷纳可，二便调，双足时痒，经行乳胀，脉细，苔薄白，畏热。守上制。

柴胡3　黄芩10　当归10　白芍10

夏枯草10　川象贝^各5　桑白皮10　制香附5^杵

橘叶12　青皮5　炙甘草2

28付

四诊：2018年08月28日

复查T3、T4略降，TSH仍低，仍感内热，纳可，经行乳胀，苔薄黄，脉细。守上制。

上方去香附

加煅牡蛎15　川柏3

28付

五诊：2018年10月23日

经查TSH略低，T3、T4正常，时有痰，色黄，苔薄白，目胀。经行亦适。予上制参进。

柴胡3　当归10　白芍10　炒白术10

茯苓10　夏枯草10　川象贝^各5　桑白皮10

黄芩5　炒枳壳5　炒苡仁12^杵　炙草2

28付

六诊：2018年12月04日

颇安，日渐增重，痰已少，苔薄腻，脉细。仍梦呓。下身摸之有凉感。原制出入。

上方去象贝

加连翘10

28付

上药治疗后，病情缓解，随访多年均平安。

注：该案为年轻女性病人，因不适诊断为甲亢，先予西药治疗，后服中药后，未再使用西药。根据患者的临床症状，矢气多，腰痛，人流一次，证属肝郁血虚，化火乘脾，痰气互结，故治疗以清肝泻火，理气化痰，调和脾胃为法，选用丹栀逍遥散加减进治。方中当归、白芍养肝和络；茯苓、白术健脾；夏枯草、玄参、贝母、连翘软坚散结；黄芩、夏枯草、桑白皮清肝泄热；柴胡、枳壳、青皮、陈皮、郁金疏肝理气。众药合用，调肝理脾，清肝泻热，理气散结，经过近一年的治疗，患者诸症缓解，甲功恢复正常。

正所谓：

瘿病多从气郁生，日久化火常兼痰；

清肝软坚化痰浊，火清热退瘿可瘥。

四、导师出手　清镇养三法安神愈不寐

不寐是现代快节奏生活经常出现的问题，病情严重程度不一，常常伴有焦虑、易怒、头痛、头晕等，严重者可影响工作学习生活。中医在辨证论治的基础上治疗本病，往往可以取得良好的疗效。中医对于不寐病机的认识多从虚实、阴阳失衡入手，正如《景岳全书·不寐》曰："不寐证虽病有不一，然惟知邪正二字则尽之矣"，并指出"有邪者多实，无邪者皆虚。"虚者多为阴虚、血虚、气虚，实者多为痰热、食积、郁火。而临证多数病人往往虚实夹杂，病机复杂，辨证具有一定的困难。尤松鑫教授对不寐病机认识深刻，常常从症状的蛛丝马迹中抓住病机关键，常常起疾于不经意间。每次读恩师的临证医案，都有新的收获。

典型病案：

患者，男性，24岁

初诊：2017年10月10日

长期寐差，易焦虑，入睡难，纳可，苔薄白，脉弦。法当养心安神。

川芎8　酸枣仁10　知母5　茯苓神^各10

柏子仁10　夜交藤12　炙远志5　珍珠母20^{先煎}

炙甘草2　五味子3

　　　14付

二诊：2017年11月21日

寐中似有暗示，但有时入睡尚好，谷纳可，苔腻，脉细。属心胆不宁。

川连2　制半夏10　茯苓神^各10　竹茹10

陈皮6　灵磁石15^{先煎}　炙远志5　石菖蒲5

炒枳壳5　青龙齿15^{先煎}　炙甘草2

　　　14付

三诊：2018年02月06日

药后颇安，焦虑之感已轻，纳可，寐易早醒，二便如恒，苔薄黄，脉细。守上制。

上方去菖蒲、枳壳、茯苓。

　　加酸枣仁10克　知母5克　夜交藤12

　　28付

　　注：本案病人不寐时间较久，初诊时缺乏更多的症状帮助辨证，尤师根据其病程长，先辨其心肝血虚，从养心安神入手，选择酸枣仁汤加减进治。二诊时，病案记载"寐中似有暗示"，乃指患者梦的内容似乎是应当去做什么事情，结合其苔腻，辨证属痰热蕴阻，心胆不宁，故治以清热化痰，宁心安神为法，方先黄连温胆汤加减进治。患者服药后寐已转安，仍易早醒，焦虑感亦缓。三诊时，方证相合，由于痰热已较前减轻，故减少化痰开窍之药，加强养阴安神之功。由此案可知，虽然病案寥寥数语，但尤师完全能够把握病机核心，故效若桴鼓，三次诊疗就缓解了病人多年不寐的痛苦。

　　正所谓：

　　不寐多从虚实辨，阴不制阳神不安；

　　虚者气血阴津少，实证痰食火热兼；

　　病易迁延病机杂，四诊兼顾证可寻。

五、导师出手　血热阴虚用固经可愈崩漏

　　尤师治疗妇科疾病紧抓病机，"知犯何逆，随证治之"，治疗妇科经、带、不孕不育等问题也积累了丰富的经验。固经丸是恩师治疗阴虚内热导致的崩中漏下、经水过多常用之方，临床往往能够取得了良好的疗效。固经丸出自《丹溪心法·妇人八十八》，主治"经水过多"，由黄柏、黄芩、白芍、龟板、椿根皮、香附6味中药组成，主要用于阴虚血热之崩中漏下，月经过多。方中龟板、白芍滋

阴清热为君，黄芩、黄柏清热泻火凉血，清血分热，椿根皮清热燥湿，收敛止血，香附理气，防止凉涩药阻碍气机。众药合用，共奏清热滋阴固涩的功效。

典型病案：

患者，女性，45岁

初诊：2017年08月11日

近年来经常超，量或多，经行伴血块，色暗红，易便泄，纳可，寐可，腿膝发冷，舌红，苔薄少，脉细弦。当先清固。

川芎5　炒生地12　炒白术10　炒白芍10

炒川断5　失笑散10　炒黄芩5　当归5

川柏3　椿根皮12　茜草炭10　乌贼骨12

地榆炭10

　　14付

二诊：2017年10月21日

药后经行渐规正，血块已少，寐欠安，苔薄白，少，脉细。上制出入。

上方去椿根皮、地榆炭、川柏

　　加枣仁10　制香附5

　　14付

注： 妇科崩漏乃临床常见病证，可单独见于妇科，也可也其他科病中并见。由于女性身体特点，易于气机郁滞，日久化热，热伤阴血，阴虚内热，迫血妄行，常可导致崩中漏下。本案经行量多，色暗红，夹血块，舌红，乃阴虚血热之象。平素易便泄，腿膝发冷，乃脾肾不足，故其治先以清热固经为法，佐以健脾补脾。方中四物汤养血调经，为妇科月经疾病最基本的用药，黄芩、黄柏清热凉血，椿根皮、乌贼骨固涩收敛止血，茜草炭、地榆炭凉血止血，

炒白术健脾，川断补肾，失笑散活血止血，众药合用，共奏清热凉血，固经收敛，活血止血之功。患者治疗约2个月经周期，经行已转正常。

　正所谓：

固经丸由丹溪创，滋阴清热兼固涩；

崩漏色红夹血块，舌红苔少阴血虚；

常配四物调经法，补消随证灵活兼。

六、导师出手　跟尤老学习治便秘

便秘是以大便干结，排便不畅为主的病症，严重者可影响生活质量。中医应当根据便秘的病机制定治疗方法，尤师临证治疗善于从细微处入手，精准辨证治疗便秘，其治法针对病机，选方适当灵活，用药细腻准确，常常取得良好的临床疗效。

典型病案：

病案一

患者，女性，60岁

初诊：2018年12月4日

上月尿中见少量血，查为尿路上皮癌，在省人医手术切除右侧尿路，后行化疗及放疗。最近便时干结，努责则出血，肛周疼痛，或痒，谷纳不香，苔腻，脉细。血虚肠燥，姑予润通。

生军10^{后下}　羌活3　当归10　炙草3

桃仁10　火麻仁10　皂角子6　秦艽6

防风10　槐花10　荆芥10　炒枳实6

　　　7付

注：该案病人大便干结，选《医学启源》之润肠丸加减进治。润肠丸有大黄、当归、羌活、桃仁、麻子仁等药，具有润燥和血疏风的作用，用于饮食劳倦，大便秘涩，全不思食，及风结、血秘等。润肠丸中大黄攻下，当归、火麻仁、桃仁润肠，羌活为疏风散热药，为"火郁发之"之意，与防风通圣散中防风有异曲同工之妙。《脾胃论中》润肠丸羌活只用五钱，桃仁用一两，麻子仁一两二钱五分，大黄、当归梢各五钱，羌活的用量明显少于其他药，只取发散之性，而避其辛燥之味。本案病人大便干结，或出血，肛周疼痛，乃肠道燥热，血虚肠枯，故用润肠丸润通。

病案二

患者，女性，56岁

初诊：2017年9月19日

十年前查有胃间质瘤，六年前曾查有胃炎，但病情稳定。便十余年来常干结，常以开塞露通之，目前纳可，食后胀，有烧灼感，苔薄黄，脉细。先予通幽法润而通之。

生地12　熟地10　当归10　火麻仁10

桃仁10　郁李仁10　红花5　升麻5

皂角子10　炒枳实5　麦芽15　炒莱菔子10

　　28付

注：本案病人大便干结，伴有上腹胀，烧灼感，尤老先予通幽汤进治。通幽汤出自《脾胃论》，由生地、熟地、桃仁、红花、当归、升麻、炙甘草组成，李东垣说可用于"幽门不通"，而其原因是"脾胃初受热中"，因此通幽煎的病机是脾胃有热，幽门不通而致的便秘。方中当归、升麻均用一钱，桃仁、红花各一分，生地、熟地各五分，故君药应为当归，活血润肠通便，升麻用量与当归相当，而其在此主要升举气机，与当归升降相伍，调理中焦气机，生地、

熟地滋阴润肠畅幽门为臣，佐少量的桃仁、红花活血化瘀以通幽散结，甘草培中调和，全方养血润肠，活血通幽，升降中焦气机。本案病人胃脘常有烧灼感，因胃中有热，幽门不畅，而肠中有燥，故选通幽煎养血润肠通幽。

正所谓：

便秘证杂分虚实，虚实相参下法异；

润法异有诸不同，风血燥热需细审。

润肠丸治风燥便，羌活量少轻宣热；

通幽汤调中焦气，当归升麻升降能。

七、导师出手　跟着尤师学治法

祖国医学生生不息传承千年，疗效是其生存之本。临床疗效是中医千年经验的沉淀，而最能够决定临证疗效的核心是辨证论治。辨证论治是中医的特色之一，是临床疗效的基础。中医有很多种辨证的方法，比如八纲辨证、六经辨证、卫气营血辨证、脏腑辨证等等。这些辨证方法可以单独使用，又常常需要相互参考，配合使用。对于病机相对简单的疾病，用一种辨证方法或许能够解决问题，而遇到复杂病机，多种病理机制相互兼夹时，其辨证论治颇为难定。比如表里同病时，根据其特点，有表实里虚、表里俱实的不同，历代医家主张不甚相同，或先解表后顾里，有的先治里后解表，或表里同治。其总的原则：表邪要在表而解，不能入里而成变证，里要助表祛邪外出，不能空虚而至表邪内陷。恩师在临证时，强调精准判断病机，选择适当方剂中药，对于复杂病人，难以判断虚实寒热者，常以纯法小方试治以观察，根据病人对治疗的反应及时调整方案，其灵活运用辨证论治的方法，需要吾辈不断学习。近日学习恩师一病案，颇有心得体会。

典型病案：

患者，女性，57岁

初诊：2017年8月15日

常咽痒，目痒，耳亦痒，双腰膝时痛，且冷，苔薄黄，脉细。阴血内亏，风湿留阻。

防风10　荆芥10　川芎5　蝉衣3

苦参5　当归10　石菖蒲3　独活5

川杜仲10　怀牛膝10　炙甘草2　细辛3

　　28付

二诊：2017年9月28日

两目仍痒，两膝仍冷痛，易汗，纳可，便欠畅，苔薄白，脉细。转补肝肾，益气养血，兼疏风通络。

独活5　桑寄生10　秦艽5　川芎5

当归10　熟地10　白芍10　茯苓10

杜仲10　怀牛膝10　炙甘草2　防风10

党参10

　　28付

十二诊：2017年10月31日

药后诸症好转，汗出亦缓，纳可，苔薄腻，脉细。上制出入。

上方去桑寄生、川芎

　　加炙黄芪10　生苡仁10

　　28付

注：患者为女性，初诊时以两组症状为主，一组是咽痒、目痒、耳痒，另一组是腰膝疼痛、冷，尤老辨证为阴血内亏，风湿留阻，

细分一下，乃肝肾阴血内亏，兼湿邪阻络，风邪蕴于头窍，故其病理机制为：风邪蕴于头窍导致目、咽、耳痒；肝肾亏虚，湿邪阻络导致腰膝冷痛。证已定，如何治疗呢？是"独行"还是"并行"？从病案可以知晓，尤老选择了并而治之，但分主次的方法。初诊以辛温发散祛风为主，兼以补益肝肾，祛湿通络，二诊时患者症状改善不明显，尤老调整治疗方案，以补益肝肾为主，兼疏风通络，三诊时患者症状明显缓解，原法加强补益善后。此案充分反应了辨证准确时，灵活调整治法的特点。临证时经常遇到病机复杂的病人，其治法常常恐难合度，不妨学习尤师的经验，先针对某个主要病机治疗，再根据疗效及时调整治疗方向。尤师方法的关键是方纯药简效专，能够清楚的判断疗效所在，能够对于后期调整治疗方法提供较强的参考价值。

正所谓：

辨证论治是精华，病机复杂治亦繁。

若是左右难合度，不妨效师先验试；

方纯药简是关键，大方虽效无益参。

八、导师出手　标本兼顾治肾病综合征

肾病综合征是由各种原因引起肾小球基膜通透性增加而导致的一种疾病，临床症状以大量蛋白尿、水肿、高脂血症和低蛋白血症为主，称为"三多一少"。西医治疗以抑制炎症和免疫反应为主，常用的药物包括糖皮质激素、免疫抑制药等药，这类药物副作用较大，长期使用可出现较多的不良反应。诚然肾病综合征变化复杂，而适当的中医治疗必将使患者受益。吾师尤松鑫教授临床治疗肾病综合征具有丰富的经验，治验病案颇多。尤师临证注重虚实标本变化，早期水肿明显者以祛邪利水消肿为主，又强调邪气的部位，在上焦者当宣肺利水，在下焦者当淡渗利水。邪退或后期则应顾护正气，而脾肾尤为重要。尤师曾治疗一幼儿肾病综合征患者，读之颇有心得体会，总结如下。

典型病案：

患者，女性，4岁

初诊：2016年8月16日

上月因面浮尿少而查为原发性肾病综合征，经儿童医院入院治疗，已用激素治疗。近3~4日来又伴咳嗽，痰略黄，纳可，便日行，尿略少，苔薄白，脉小。属风热上壅。

桑叶5　桑白皮5　桔梗3　连翘5

杏仁5　冬瓜子10　冬瓜皮10　丝瓜络5

车前子5　大豆卷5　浮萍5　六一散10

　　14付

二诊：2016年8月30日

咳渐平，今尿查亦已转阴，纳可，便亦结，苔薄白，脉细。续予祛风利湿。

豆卷5　连翘5　桑白皮5　生姜皮2

黑豆衣5　浮萍5　生甘草2　红枣3

连皮苓10　冬瓜子10　薏苡仁10

　　14付

注：尤老善于根据患者的症状表现判断病机。患儿初诊时时有咳嗽，尤老认为其病位在肺，风热上壅，肺气不利，水湿内停，故治疗以宣肺散邪，兼以利水消肿。先后选择桑菊饮、葱豉桔梗汤加减进治，经治咳平。

三诊：2016年9月13日

尿查多次正常，激素渐减，纳可，面萎，苔薄白，脉细。余无不适，上制再为出入。

桑白皮5　陈皮3　地骨皮5　连皮苓6

大腹皮5　冬瓜皮5　浮萍3　炒山药5

炙甘草1　玉米须10

　　　14付

四诊：2016年9月22日

尿查保持正常，仍服激素中，纳可，便并日行，苔薄白，脉细。原制可守。

上方去山药

　　　加瓜蒌仁10

　　　14付

注：标本虚实的转化，有时不易把握，易患虚虚实实之戒。三诊、四诊患者小便检查已未见蛋白，邪气渐退，但由于病程尚短，故仍以利水消肿为法，稍佐健脾益肾，方选五皮饮加减进治。

五诊：2016年10月25日

颇安，尿已正常，纳可，苔薄白，脉小。上制可守。

萆薢4　山药8　生苡仁8　茯苓8

小通草2　炒白术8　白扁豆8　玉米须10

炙甘草2　黑豆衣8

　　　28付

六诊：2016年11月22日

颇安，纳佳，激素减至7片，苔薄白，脉细。上制出入。

上方加生黄芪8

　　　28付

注：患儿病情趋稳，故五诊、六诊以健脾益肾为法，兼以分利水湿。所用药物醇正，性味平淡，煎煮出的药液淡如水，但其功效不可忽视。因病情稳定，每次就诊均28天药量。

七诊：2016年12月20日

近三日来出现面颊发红，起疹，身上亦见，且痒，二便可，苔薄黄，脉小。风热入营。

荆芥8　防风8　连翘8　蝉衣3

浮萍4　知母3　重楼2　薄荷2后下

炒牛子4　玉泉散12　金银花8

　　24付

八诊：2017年01月17日

风疹已平，尿查正常，纳可，仍服用激素中，降至5片，苔薄白，脉细。病已告痊，清滋善后。

上方去炒牛子、重楼

　　加小通草2　白茯苓8

　　28付

注：七诊时，患儿又见面颊及躯干起疹，痒，证属风热入营，治疗以祛风清热凉营为法。方中荆芥、防风、浮萍、蝉衣、牛蒡子祛风透疹止痒，连翘、知母、重楼、金银花清热凉营，玉泉散清热化湿。患者出疹，治疗不当，或致病情加重。尤老及时调整治疗方法，急则治其标，改以祛风清热凉营为法，及时控制住病情。八诊时，尤老在病案中写道，"病已告痊，清滋善后"，惊叹其对病情的把握之准。

九诊：2017年02月14日

颇安，尿查正常，仍服强的松4片，间日，纳佳，二便调畅，苔薄黄，脉小。转益脾肾。

生黄芪8　炒山药8　苡米8　茯苓8

玉米须5　蝉衣3　地骨皮8　丝瓜络5

生甘草2

　　　28付

十诊：2017年03月14日

尿查正常，诸症见安，纳可，便行正常，苔少。予原制出入。

上方去丝瓜络

　　加浮萍5

　　　28付

十一诊：2017年04月11日

肾炎，经治尿渐正常，强的松减为周服3片，间日一片，易时感，纳可，苔薄白，脉小。再予益肾分利。

生黄芪8　山药8　竹叶4　蝉衣2

车前子8　玉米须8　桑白皮8　地骨皮8

茯苓8　生苡仁8　生甘草2

　　　28付

十二诊：2017年05月09日

时感4~5天，咳痰色白，纳可，苔薄白，脉细。风邪留恋。

荆芥8　桑叶8　菊花8　连翘4

杏仁8　薄荷2　桔梗3　蝉衣2

浮萍8　生甘草2　小通草2

　　　28付

十三诊：2017年6月6日

已停服强的松2周，目前时感已除，余均平安，纳可，苔薄白，脉小。上制巩固。

4月11日方加

小通草2　生黄芪8　山药8　竹叶4

蝉衣2　车前子8　玉米须8　桑白皮8

地骨皮8　茯苓8　生苡仁8　生甘草2

小通草2

　　28付

十四诊：2017年07月04日

自我感觉良好，纳佳，二便尚调，面色依然偏萎，苔薄少，脉小。转益气养阴善后。（前曾感染手足口病毒，刻下遍身疹印，不痒）

党参8　炙黄芪8　当归8　陈皮4

麦冬4　五味子2　炒白术8　泽泻4

炙甘草2　炒山药8　红枣5

　　28付

注：后续治疗均以补益脾肾为主，兼以利水化湿，患者病情稳定，或有外感，经治亦较快恢复，激素亦减量至停用。在补益脾肾法之下，尤老使用的药物并不相同，从先后顺序可以看出其用药的思路，先偏于燥，以利水湿，等邪气渐退后则兼以润，使用了麦冬、五味子等药物以兼顾阴液。变化灵活，法随证变，方随法出，又能够根据药物的性味特点，有侧重的使用。

综上所述，患者为4岁幼儿，因水肿就诊，西医诊断为肾病综合征，服用激素治疗。家人至尤老处寻求中医治疗。前后治疗一年，患者病情渐趋稳定，激素逐渐减量至停用。病程中虽曾有感冒、手足口病，但未致大碍，均很快恢复，充分体现了中医治疗的特色和优势。通过该病案的学习可以掌握以下几个方面。首先，准确把握疾病的标本虚实变化。从初病的祛邪，到后期的补益脾肾，以及病程中及时调整治法以祛除外邪，体现了对病机判断的准确和灵活。

第二，用药的醇正灵活。患儿只有4岁，所用药物共十一、二味药，而且药量少，在保证疗效的基础上，又照顾到患儿的特点，做到药汤口味较好，而且量不多。第三，方剂选择的多样化。从开始治疗时选择的桑菊饮、葱豉桔梗汤、五皮饮，到后面的解表方、健脾益肾方，尤老均根据病情来选方用药，变化灵活。对于吾辈启发甚多。

正所谓：

水肿为患病变繁，水湿蕴结脾肾亏；

可兼表邪风热湿，临证需识虚实端；

先后变化标本异，识证化裁法随酌。

九、导师出手　平常方中的愈汗证

汗证虽多预后良好，但有时持续时间较长，严重者日夜尽然，患者常需频频换衣，实为平添烦恼，影响生活质量。恩师尤松鑫教授临证时，准确辨证，常一剂而安。所选方、所用药又多为平常无奇，跟师学习时常常惊叹之。

典型病案：

患者，女性，70岁

初诊：2017年4月25日

患者长年感内热，夜里汗出，纳可，有关节疼痛，二便尚调，口干，夜汗透衣，苔薄白，脉细。予泻火固表先行。

生地12　当归10　生黄芪10　川柏3

黄芩10　川连3　熟地10　桑白皮10

地骨皮10　黑豆衣10

14付

二诊: 2017年06月08日

药后见安, 肛时感灼痛, 汗出已少, 纳佳, 苔薄白, 脉弦。参上制出入。

上方加知母5　蝉衣3

14付

注: 患者为老年女性, 主症为长年自觉内热, 夜间汗出, 汗出透衣, 故患者应诊断为汗证。在辨治时, 本应区别盗汗、自汗, 主要根据汗与寐的关系, 醒时汗出为自汗, 寐时汗出为盗汗。正如《明医指掌·自汗盗汗心汗证》曰: "夫自汗者, 朝夕汗自出也。盗汗者, 睡而出, 觉而收, 如寇盗然, 故以名之。"然案中只记载了夜间汗出明显, 并未说明汗与寐的关系, 从汗出透衣可以推测, 汗出与寐关系不大, 寐与不寐均有汗出, 符合火热内蕴, 迫津外出的特点。为何日间不出汗呢? 日间卫气功能正常, 且日间的活动可促进气血的运行以缓解热势, 夜间气血渐滞, 可助其内热, 这与许多病人入夜则烦躁不安的病机相似。另一个问题, 病人有无津液亏虚? 虽然苔薄白, 未提示阴津损伤, 但病人病程多年已久, 且伴有口干, 应有轻度的津伤。综上所述, 病人的病机应为火热内蕴, 迫津外出, 阴津已亏。治疗以清热泻火, 滋阴固表为法, 方选当归六黄汤合泻白散。当归六黄汤出自《兰室秘藏·自汗论》, 李东垣称此方为"治盗汗之圣药也"。方中黄连、黄芩、黄柏清三焦之火热, 生地、熟地滋阴清热, 当归和血, 黄芪益气固卫, 泻白散出自钱乙《小儿药证直诀》, 方中桑白皮甘寒清泻肺热, 地骨皮甘寒可清降肺中伏火, 两药相须为用, 以奏清肺泻热的功效。尤老在此基础上加一味黑豆衣以加强其滋阴止汗之功。黑豆衣在《本草纲目》中就有记载, 其性甘平, 无毒, 可治中风口歪、热毒攻眼、身面浮肿、腹

中痞硬、便血下血、水痢不止等。其具有滋补肝肾之阴的功效，目前多用于治疗臌胀、眩晕、头痛等见肝肾阴虚，阳气亢浮。众药合用，共奏清热泻火，滋阴固表止汗之功。二诊时，诸症均见安，多年之汗已渐收，故加知母加强滋阴清热，蝉衣乃取"火郁发之"之意。

正所谓：

多年汗证分虚实，表虚不固汗成流；

火热内蒸汗兼热，阴虚易盗兼血虚；

临证需辨阴阳异，随证治之不执方。

十、导师出手　清肝和络治脂肝

非酒精性脂肪肝（NAFLD）是临床常见疾病，饮食控制和运动是其改善的基础。中医多认为 NAFLD 属于胁痛，病机为湿浊蕴结，气机郁结，或湿热互结，阻滞肝胆而致。恩师尤松鑫教授治疗 NAFLD 常用清肝和络法，疗效颇佳。此分享其验案一则。

典型病案：

患者，男性，51 岁

初诊：2017 年 11 月 9 日

近期体查肝功 ALT 137.4，IBil 12.0，AST 37.5，GGT 468.6，TG、CH、LDH 偏高，寐稍差，纳可，两腿久坐易抽筋，苔薄少，脉细弦。B 超示：轻度脂肪肝。先予清肝和络。

青陈皮各5　炒白芍10　茵陈10　焦山栀10

怀牛膝10　夏枯草10　木瓜3　海金沙10^包煎

小通草3　晚蚕沙10^包煎　六一散12^包煎

28付

二诊：2017年12月28日

复查示：ALT80，余均正常，纳可，刷牙略见血丝云，腿已不再抽筋，苔薄黄，脉细弦。还予上制出入。

上方去蚕沙、青陈皮

加双钩10　菊花10

28付

注：患者体检发现ALT升高，临床表现并不明显，久坐易双下肢抽筋。证属湿热蕴结，肝络不和，络脉不和，双下肢气血不和，久坐则更致脉络不畅，故易抽筋。治疗以清肝和络为法，兼以化湿通络。方中茵陈、海金沙、小通草、海金沙清化肝经湿热，青皮、陈皮理气和络，焦山栀、夏枯草清肝泻热，木瓜、蚕沙既可化湿，又可和络舒筋，六一散淡渗利湿。众药合用，共奏清肝和络，化湿舒筋的功效。患者复诊ALT已明显下降，双下肢抽筋亦缓解。

正所谓：

湿蕴气滞肝络阻，口苦筋挚肝酶高；

清肝和络化湿浊，邪退络和病可瘥。

十一、导师出手　清化湿热和肝脾治肠癌（一）

肠癌是发病率较高的恶性肿瘤，易发生肝肺、转移，严重威胁病人的生命健康。尤松鑫教授治疗肠癌强调中西合参、扶正祛邪，根据病机变化及时调整治法，能够较好的改善病人的症状，提高生活质量。从下面这一例患者，能够学习到尤老治疗肠癌的一些思路和方法。

典型病案:

患者, 男性, 56岁

初诊: 2016年4月20日

肠Ca肝转移, 术后化疗后。目前纳渐香, 便日行二次, 苔厚腻, 脉数。培益中焦为法, 参苓白术散加减治疗。

党参10　茯苓10　炒白术10　扁豆10

陈皮5　炒山药10　砂仁3　薏仁12

桔梗5　炙甘草2　蛇舌草15　龙葵15

　　28付

注: 尤老师治疗恶性肿瘤非常重视后天脾胃, 重视气血生化之源。在临证时, 尤老治疗诸气血亏虚多重视补益脾胃, 而参苓白术散又是最常用的方剂, 没有之一。参苓白术散出自《太平惠民和剂局方》, 具有补脾益气化湿的功效。该方甘淡平和, 益气而不碍气, 尤老常以此方为基础, 加补血、化湿、清热解毒的药物, 变化多端。

二诊: 2016年08月10日

已行化疗六次, 目前改服靶向药。自我感觉良好, 血脂仍偏高, 苔薄白, 脉弦。予补益肝肾, 清利湿热。

生地12　南沙参10　北沙参10　炙杞子10

麦冬5　当归10　炒川楝子3　丹参10

怀牛膝10　半枝莲15　石见穿15　麦芽15

　　14付

注: 患者近4个月来化疗六次, 间断服用上方。此次就诊时, 病案记载寥寥数语, 仅血脂偏高, 余症尚安, 血脂升高在中医辨证中多属湿热蕴结, 故尤师调整治疗方法, 改以补益肝肾, 清利湿热法。以一贯煎为基本方补益肝肾, 加丹参、牛膝活血益肾, 半枝

莲、石见穿清热解毒化湿。

三诊：2016年8月24日

复查肝功能GT81.4，尿酸略高，葡萄糖偏高，血脂偏高，纳佳，苔厚腻，脉细弦，TM三项正常，参上制。

上方去川楝子、当归

加白芍10　山药10　山萸肉5

28付

注：此处加白芍、山药、山萸肉以强化补益肝肾的作用。

四诊：2016年10月12日

经复查CT示，肝右前叶低密度斑片较前缩小，肠系膜淋巴结无明显变化，纳旺，查血脂增高，便日行二次，时或见痔血，左上牙疼痛月余，似已龋蚀。阴伤泻火。

生地12　升麻5　川连3　当归10

丹皮5　生石膏[先]15　蒲公英15　竹叶10

怀牛膝10　骨碎补10　槐花10　生甘草2

地榆炭10

28付

注：患者复查较前好转，但症状已有变化，出现痔血、牙痛，症属郁火内扰，迫血旺行，火热炎上而致。故治以泻火为法，选以清胃散加减。加石膏、蒲公英、竹叶清热泻火，牛膝引火下行，骨碎补乃尤老治疗牙痛单方，槐花、地榆炭清热凉血。

五诊：2016年11月16日

目前增重，纳佳，便日行二次，偶见痔血，肛疼痛不适，苔薄白，脉细弦，查肝功ALT53.8，GGT76.3，Glu6.22，牙痛缓而未已，续予清肝调脾。

柴胡3　白芍10　炒白术10　防风10

青皮5　陈皮5　槐花10　侧柏叶10

枳壳5　荆芥10　半枝莲15　蛇舌草15

甘草2

28付

注：患者服药后症缓，牙痛减轻，痔血偶见，但出现肛门疼痛。《素问·五脏别论》："魄门亦为五脏使，水谷不得久藏。"肛门的开合受五脏的调节，而人体气机的升降又与脾胃的升降和肝的疏泄关系最密切。故尤老在原法的基础上参以调和肝脾，以四逆散和痛泻要方加减进治。

六诊：2017年03月29日

目前自我感觉良好，纳佳，痔血时见，或见鼻衄，二便自调，查肝功GGT 51.6，尿酸436.0，CH 6.73，TG 14.87，AFP、CEA、CA199、CA125均正常。苔薄白，脉弦。续予清肝泻热和营为治。

银柴胡5　丹皮5　生地12　赤芍5

白芍10　怀牛膝12　槐花10　地榆炭10

制军5　白花蛇舌草15　蛇莓15　半枝莲15

生甘草2

28付

注：患者近半年来尚安，病情平稳，因或见痔血、鼻衄，仍以热迫血行为因，治疗以清肝泻热和营为法。方中丹皮、生地、赤芍、槐花、地榆炭、制军清热凉血止血，银柴胡清透肝经热邪，又无伤阴之虞。白花蛇舌草、蛇莓、半枝莲清热解毒。

七诊：2017年05月10日

纳旺，寐差，二便亦调，肥盛，苔腻，脉弦。还予清肝利湿。

醋柴胡3　茵陈10　黄芩10　夏枯草10

葛根10　生苡仁12　白花蛇舌草15　半枝莲15

红藤12　怀牛膝10　败酱草12　炙草2

　　30付

注：从病案记载可以推测，尤老主要依据患者形体盛实来判断为实证，而且以湿热蕴结为主，病位主要在肝脾，治疗方法以清肝利湿，清热泻火，调和肝脾为法，根据病人的症状做适当调节药物。

正所谓：

肠癌多属湿热蕴，肝脾失调气不畅；

四诊合参三因宜，清化湿热和肝脾。

十二、导师出手　清化湿热和肝脾治肠癌（二）

八诊：2017年06月28日

经予疏肝泄热，利湿解毒之法，病情稳定，食后感脘胀，寐安，苔薄腻，脉弦。肠占位肝转移，CT示肝右前叶斑片较前偏小，左胸腔及心包积液较前变化不大。AFP、CEA、CA199.125均正常，TG7.25。原法可守。

柴胡3　白芍10　当归10　白术10

败酱草15　生苡仁12　红藤15　半枝莲15

石见穿15　炒枳壳5　川牛膝10　怀牛膝10

白花蛇舌草15　炙甘草2

　　45付

注：病人经治尚安，守原法，以逍遥散加清热解毒之药进治。

九诊：2017年8月23日

颇安，查血脂（TG）偏高，二便可，苔薄白，脉细。面仍红，守上制。

6.28日方去白术

加丹皮5　麦芽15

45付

十诊：2017年10月11日

最近经复查疑肠癌肝转移，但自我感觉良好，纳佳，便日行，苔薄白，脉弦。有胆囊切除术史。续予扶脾泄肝。

葛根10　黄芩10　川连3　败酱草12

生苡仁12　半枝莲12　白花蛇舌草12　焦山楂10

石见穿12　麦芽12　忍冬藤15　生甘草3

45付

注：此次治疗调整用药，先用葛根芩连汤加减，治疗思路与前相同，尤老曰"续予扶脾泄肝"。

十一诊：2017年11月15日

近期复查病灶稳定，纳佳，二便易调，面色红润，苔薄白，脉弦。上制可参。

上方加红藤15

30付

十二诊：2018年01月24日

目前自我感觉良好，纳可，二便如恒，苔薄腻，脉弦。还予清肝解郁。

柴胡3　白芍10　炒白术10　当归10

川怀牛膝各10　败酱草12　生苡仁12　白花蛇舌草15

石见穿15　生甘草3　茯苓10

30付

十二诊: 2018年04月25日

肠占位肝转，又行化疗，落发，其实自我感觉良好，痔血止，苔薄白，脉细。左肩臂疼痛不利。守上制。

上方去女贞、墨旱莲

　　加秦艽5　丝瓜络10

　　28付

十三诊: 2018年07月11日

目前又行化疗一程，纳可，便日行，形体外观壮实，苔腻，脉细。晨时有痰，色白，拟予上制出入。

银柴胡5　当归10　白术10　白芍10

丹皮5　桑白皮10　地骨皮10　黄芩10

川牛膝10　生苡仁10　白花蛇舌草15　半枝莲15

生甘草2

　　28付

注: 患者肠癌肝转移，经过近2年余的中西医结合治疗，病情相对稳定。纵观近2年的治疗过程，治疗基本以清热化湿、泻火解毒、抑肝扶脾为法，曾选用清胃散、四逆散、逍遥散、葛根芩连汤等方剂。尤老的加减用药也是灵活多变，比如柴胡换成银柴胡，充分体现了尤老用药特点。但变化之中又有守，清化肠道湿热，调和肝脾功能始终贯穿治疗之中。由此案病人可以有以下几点收获: 1.四诊合参明辨证，充分考虑病人体质特点。病人体质在短时间内往往难以改变，其邪气的化生与变化与此也密切相关。2.守变相兼。病人的症状在不断变化，要紧抓病机，守的是理法方药的相应，而变则是充分理解方与药的特点，选择合理的方剂与药物。尤老在临证中的选方与用药非常灵活，记得尤老曾经说，要充分利用每一味药的功效，最好能达到一药多用，这样就可以精炼处方。3.由本案可知

尤老治疗肠癌的一些常用药，如白花蛇舌草、龙葵、半枝莲、石见穿、蛇莓等。

正所谓：

守变相兼祛病邪，理法方药守病机；

选方用药灵活变，一药多用处方精。

十三、导师出手　清托二法分治瘰疬乳痈

颈部淋巴结结核属于中医"瘰疬"范畴，辨证多为气机郁滞，痰瘀互结，阻于络脉。《医学心悟》指出"瘰疬者，肝病也"，乃"肝经血燥有火，则筋急而生瘰"。乳痈属内痈，多为热毒内蕴，血败肉腐，程钟龄指出"此属胆胃热毒，气血壅滞所致，犹为易治"。两者病情多缠绵，日久可伤及正气，故治疗需辨明邪实正虚，邪实者或理气消滞，化痰散结，或清热解毒，凉血消痈，正虚者则要兼顾扶正，补气养血，托里透脓。导师治疗一瘰疬、乳痈病人，先清肝化痰，消瘰和络，后托补益气消乳痈，均取得较好的疗效，现总结分享。

典型病案：

患者，女性，53岁

初诊：2008年03月25日

颈部淋巴结肿大，经上海活检为结核性，已行抗痨治疗，但又见肝功异常乃停药，目前纳可，经行可，苔薄腻，脉细。还予清肝化痰，消瘰和络为法。

夏枯草10　黄芩10　玄参10　牡蛎15^{先煎}

川贝粉^各3　茯苓10　橘络3　蒸百部10

海浮石15^{先煎}　昆布15　益母草10

　　30付

二诊：2008年08月25日

颈部淋巴结未见肿大，亦无疼痛，右乳常有少量乳溢，查有垂体瘤，纳可，咽易痛，苔薄黄，脉弦。气阴内亏之象。

夏枯草10　牡蛎20^{先煎}　玄参10　生黄芪10

生苡仁10　橘叶15　青皮5　蒲公英15

天花粉10　麦芽12　全瓜蒌15^杵

　　28付

注：患者淋巴结结核，曾抗痨治疗，因肝功能损伤而停药，故来寻中药治疗。瘰疬为患，属痰浊互结，阻于经络所致，治疗以化痰散结为法，选用消瘰丸加减进治。消瘰丸出自《医学心悟·瘰疬》，由玄参、煅牡蛎、贝母各等份组成，程氏称其"此方奇效，治愈者不可胜计"。更加夏枯草、黄芩清肝，茯苓、橘络、青皮、橘叶理气消痰，海浮石、昆布、全瓜蒌化痰软坚散结，二诊时加黄芪、天花粉以益气养阴扶正。经上法治疗多时，瘰疬逐渐消退。

三诊：2010年04月27日

往有右淋巴结核，经治渐平，前有泌乳素增高，（系垂体瘤所致）溢乳，近10月来见乳部发生结节，且乳头疼痛，5月前见右乳头内侧破溃，有脓血外溢，在上海诊为浆细胞性乳腺炎，纳可，便易结，经行正常（服溴隐亭中）。苔薄白，脉细弦。属疮疡溃后内虚失敛，予托里透脓。

炒柴胡5　炙升麻5　党参10　炙黄芪10

当归10　青皮5　橘叶15　白芷5

炮山甲5　炒白术10　皂角刺5　赤芍5

炙甘草2

28付

四诊：2010年07月01日

颇安，脓性分泌物已少，肛易胀，经略超，苔薄少，脉细。予上制参。

上方去赤芍

　　加蒲公英12

　　21付

注：患者先有颈部淋巴结结核，经清肝理气，化痰散结而收功。后因垂体瘤而乳房溢乳，伴有脓血外溢，当属中医乳痈之病。患者瘰疬多年，正气已亏，故治疗以益气养血，托里透脓为法，选择补中益气汤合透脓散进治。透脓散出自《外科正宗》，具有益气养血，托毒溃脓的作用，主治内已成脓，内虚不能托毒所致脓成难溃，或溃而不愈。与补中益气汤相伍，以奏扶正托毒法。药后患者脓逐渐减少，当以益气养血法善后。

正所谓：

瘰疬乳痈皆肝病，痰结经络热毒蕴；

理气散结软痰滞，消瘰守法可期功；

乳痈消托相兼顾，正复为本恙可廖。

十四、导师出手　清滋并用治肺疾

尤师治疗疾病能够看清疾病本质，紧抓病机，组方灵活，随证调整治法，许多疾病应手而解。双节之际，分享尤师验案一则。

典型病案：

患者，女性，53岁

初诊：2016年07月05日

往曾拟为肺免疫性疾病，前常咳逆，多汗，或喘促，痰色黄，少，纳可，经已绝。苔薄黄，脉细滑数。有糖尿病史十年左右，目前每日打胰岛素控制。气阴交亏，痰热留恋。

太子参10　麦冬5　五味子3　生地12

全瓜蒌16^杵　茯神10　葛根10　竹茹5

生黄芪10　橘络3　桑白皮10　桔梗5

炙甘草2

　　14付

二诊：2016年07月19日

药后见安，汗出已少，纳可，仍时有痰，或黄或白，便日行二次，苔薄白，脉细。伴口疮，属浮火，原制可守。

上方去桑皮、桔梗、竹茹

　　加知母5　竹叶10　炒山药10

　　14付

三诊：2016年08月02日

颇安，略咳，痰时黄，口疮未甚，便日行二次，质中，苔薄腻，脉细。上制出入。

太子参10　生黄芪10　当归10　麦冬5

五味子3　葛根10　苍术5　炒白术10

泽泻10　川柏3　炙甘草2　炙桑皮10

炒竹茹5

　　14付

四诊：2016年08月16日

颇安，痰仍时多，色黄，纳可，口中时毛，苔薄黄，脉细弦。上制可参。

上方去苍术、竹茹

　　加黄芩10　制半夏10

　　14付

五诊：2016年08月30日

咳渐平，痰亦少，昨又见，痰色转淡，血糖仍以胰岛素控制中。苔薄白，脉软。参前制。

太子参10　麦冬5　五味子3　生地12

天花粉10　知母5　茯苓10　葛根10

竹茹5　炙乌梅3　生黄芪10　炒山药10

　　14付

六诊：2016年09月13日

偶有痰，色黄，精神转振，苔薄白，脉细。姑予上制再观。

上方去竹茹

　　加炙桑皮10　地骨皮10

　　30付

注：本案患者糖尿病病史10余年，就诊时以咳逆、喘促、多汗、痰黄等症为主要表现，证属虚实夹杂，气阴亏虚，痰热留恋。本例病人病程较长，治疗应以扶正祛邪为法，扶正不可滋腻，祛邪不可过于苦寒。尤师选择生脉饮加味进治，加生地、葛根益气生津，茯神、黄芪补益中气，瓜蒌、橘络、桑白皮、桔梗理气化痰。二诊患者汗出已少，但虚火仍浮动，导致口疮，故去桑皮、桔梗、竹茹，加知母清退虚热，竹叶清热生津，山药益气健脾。竹叶与竹茹同出一物，功效却不相同。竹叶清热，具有利尿作用，竹茹清热化痰，具有止呕作用，治疗虚热内扰更宜选择竹叶，而痰热内扰则宜选择竹茹。患者后期诊治以益气养阴、清化痰热为大法，正气渐复而痰热平。本案可有二点思考，一是证型的判断。患者就诊时以咳逆、

多汗、咯痰为主症，如何判断气阴交亏？二是用药的选择，药方证统一是中医辨证的要求，方中似乎没有止咳、止汗的药，但又感觉每味药都可以止咳、止汗。

正所谓：

咳逆喘促汗出多，气阴交亏痰热蕴；

扶正祛邪兼而治，邪去正复恙可除。

十五、导师出手　细辨证三方定呛咳

风为六气之一，其性流动不居，善行数变，有升发向上、向外促使腠理开泄的特点，侵袭人体致病则为风邪。《黄帝内经》记载："风为百病之长"，风是春天的主气，但四季皆可能有风，故其四季皆可致病。风邪易袭阳位，最容易从人体口鼻、皮毛侵入，导致肺卫功能异常，肺失宣肃，卫表不和，但风性善行，常常导致变证，临证需要把握风邪特点，细心辨治，才能取得良好疗效。导师曾治一风邪袭肺咳嗽的病人，病情看似简单，以祛风泄热，宣肺止咳为大法，多次根据病情调整用药方后才取得疗效，其中体现的辨证思想实在值得思考。

典型病案：

患者，女性，12岁

初诊：2018年10月31日

病史：三日来奔跑，当风又咳，咽痒，便易结，苔少，脉细。属寒包热喘。

生麻黄3　炙桂枝3　白芍10　细辛3

制半夏10　五味子3　干姜3　炙甘草3

生石膏15^{先煎}　桑白皮10　红枣5

　　2付

　　注：根据咽痒、大便干结、苔少，辨为寒包热喘，乃外寒里热，故选小青龙加石膏汤进治。该方出自《金匮要略》，主治"肺胀，咳而上气，烦躁而喘，心下有水气，脉浮者。"。方用麻黄、桂枝为君药，发汗解表，散外寒而宣肺气；干姜、细辛为臣药，温肺化饮，兼助麻、配五味子敛气，石膏清肺泻热，芍药养血，并为佐制之用。半夏祛痰和胃而散结，亦为佐药，炙甘草益气和中。

　　二诊：2018年11月01日

　　病史：呛咳不止，口干多饮，纳可，咽痒，胸部起疹，苔薄少，舌红，脉弦。予泄热肃肺定喘法。

炙麻黄5　炙冬花10　桑白皮10　苏子10

杏仁10　黄芩5　炙甘草3　白果20枚^拍

生姜2片　红枣8　麦冬5　蝉衣3

荆芥10　生石膏12^{先煎}

　　3付

　　注：初用小青龙加石膏汤二剂，似无明显疗效，二诊改用泄热肃肺的定喘汤。定喘汤出自《摄生众妙方》，主治风寒外束，痰热内蕴证。方中麻黄宣肺散邪以平喘；白果敛肺定喘而祛痰，共为君药，一散一收，既可加强平喘之斯，又可防麻黄耗散肺气。苏子、杏仁、款冬花降气平喘，止咳祛痰，共为臣药。桑白皮、黄芩清泄肺热，止咳平喘，共为佐药。甘草调和诸药，是为使药。加荆芥、蝉衣祛风散邪解表，石膏清泄肺热。诸药合用，使肺气得宣，痰热得清，风寒得解。

　　三诊：2018年11月03日

　　病史：依然呛咳，无痰，纳可，苔少，脉细。还予祛风宁嗽。

荆芥10　防风10　蝉衣3　苦参5

当归10　炒牛子5　桔梗5　薄荷3^{后下}

桑叶皮^各10　知母5　炙草2　炙枇杷叶10^{包煎}

川射干3　红枣10

　　5付

注：二诊选用定喘汤，呛咳仍无明显缓解，这该如何？再细细分析病情，患者在二诊时胸风起皮疹，这给辨证指出的方向，乃风热入血之象，故三诊改用疏风散邪，清热凉血法，选用消风散。消风散《外科正宗》，具有疏风养血，清热除湿的功效。方中以荆芥、防风、牛蒡子、蝉蜕疏风透表为君，以祛除在表之风邪，加射干祛痰止咳利咽，桑叶、桑白皮、枇杷叶清肺化痰止咳，苦参清热燥湿，知母清热泻火，配当归以养血活血，滋阴润燥，寓"治风先治血，血行风自灭"之意，是为佐药。甘草调和诸药，诸药合用，共奏疏风养血，清热消疹之效。

四诊：2018年11月07日

病史：呛咳竟平，素纳欠香，便易结，寐欠安，苔薄白，脉细。经超。转益肺肾。

党参10　炒白术10　茯苓10　扁豆10

陈皮5　山药10　苡仁10　桔梗5

炒枣仁10　炒莱菔子10　麦芽12　炙甘草2

当归10　五味子3　生姜2片　红枣5

　　30付

注：病人服用消风散，呛咳缓解，改参苓白术散培补肺肾。通过本病人就诊过程，可知病机特点，患者素有内热，复感风邪，肺失宣肃，风热相兼内犯营血，故呛咳不止，大便干结，皮疹外现，仅通过小青龙加石膏汤、定喘汤不足以祛除内犯营血的风热，故药

后病不除，改用既能散在表之风邪，又能清肺泄热、清解营血中之风热的消风散，达到药到病除的疗效。由本病人的治疗可知，虽然病机前后一致，但正确把握其中的不同之处，根据病机的细微的差别，选择合适的方药才是临证之要，也是中医辨证的精髓。

正所谓：

风邪善行变化多，内侵营血外束表；

明辨病机细微兆，方能奏效缓病情。

十六、导师出手　养阴软坚治瘰疬

瘰疬乃发于颈部及耳后的大小不等的核块，多是颈部淋巴结的慢性感染性疾病，临证治疗颇为棘手。中医治疗瘰疬有丰富的经验。唐宋时期一般以攻为法，采用巴豆、斑蝥、全蝎、蜂房、大戟、甘遂等猛药，往往损伤人体正气，甚至导致患者丧生。到了明清时期，用药已趋缓和，多使用海藻、夏枯草、昆布等软坚之品。同时，也逐渐认识到正气亏虚是瘰疬重要的致病原因。孟河四大家马培是近来年治疗瘰疬的名家，他指出："瘰疬皆不足之症，有阴虚肝火凝结者；有脾虚痰气凝结者；有风痰风湿相结者。"尤松鑫教授治疗瘰疬在前人的经验之上，也具有自己的用药特色，临证治疗瘰疬常选择消瘰丸加减进治，现分享尤老一案例。

典型病案：

患者，女性，70岁

初诊：2017年07月11日

最近疑为干燥综合征，检查有部分抗核抗体阳性，但未能确诊。两颌下可扪及结节，局部光滑，苔薄少，干，有裂纹，脉细。属痰结少阳。

夏枯草10　牡蛎20^{先煎}　川贝母5　象贝母5

玄参10　南沙参10　北沙参10　川石斛10

炒竹茹5　猫爪草12　麦冬5

28付

二诊：2017年11月23日

患者上药治疗后，颌下淋巴结已见小，口时干，谷纳尚可，便日行，苔薄少，中抽，脉细。还属阴伤痰阻。

南沙参10　北沙参10　川石斛10　炒竹茹5

玄参10　川贝母4　象贝母4　夏枯草10

山慈菇10　煅牡蛎20^{先煎}　黛蛤散15^{包煎}　昆布12

橘络3

28付

三诊：2018年01月16日

颌下淋巴结肿大，药后见缓，五日来又时感，唇下生疮，咳已缓，苔少，舌红。风热留恋。

桑叶10　菊花10　桔梗5　连翘10

白僵蚕10　象贝母5　炒牛子5　薄荷3^{后下}

玄参10　生甘草2　竹叶茹^各5

14付

注：患者双颌下结节，诊断为中医瘰疬，根据其苔薄干，有裂纹，证属痰结少阳，阴津不足，治以养阴扶正，软坚散结。方选消瘰丸加减，方中夏枯草、牡蛎、川贝、象贝、猫爪草清热解毒，软坚散结。玄参、南沙参、北沙参、川石斛、麦冬养阴益气，竹茹清热化痰散结。患者连续服药数月后瘰疬已见小，后期守原法进治，加山慈菇、昆布以软坚散结，黛蛤散清肝散结。经上述治疗后患者

淋巴结渐小。由本案可发现几个特点：辨证准确，瘰疬虽为局部病变，而阴津亏虚乃其基础，故治当标本兼顾；药量轻灵，适合病人长期服用，避免出现不良反应；方药配伍贴服，以奏扶正固本之功。

正所谓：

瘰疬痰湿肝火聚，正虚多为病之根；

气血即衰变易起，临证需辨正邪兼；

软坚勿峻惧伤正，气血充足助消邪。

十七、导师出手　治咳二法

咳嗽是临床常见疾病，其病因繁杂，治法亦繁，亦有很多颇为棘手。尤师临证治疗咳嗽能够把握病机的关键，细辨其虚实标本的不同，跟师学习中，见过很多咳嗽反复不愈者，尤师随手而解。以下是尤师验案一例，虽同为一人，同为咳嗽，治法却随病因变化而不同。

典型病案：

患者，女性，60岁

初诊：2018年01月17日

数年来常易阵咳，痰少，质稠，偶黄，便日行1、2次，咳时流涕，苔薄白，脉细弦，背心则感寒，责之肺经痰浊蕴阻，予化痰泄浊，宣肃肺气。

全瓜蒌16　薤白头5　枳壳5　桔梗5

石菖蒲3　白芷5　细辛3　川芎5

白僵蚕10　羌活3　炙甘草2

　　　14付

二诊：2018年03月14日

药后尚安，近20日来又时感，见咳，流涕，时喘，苔白腻，脉细。风邪留恋，肺失宣肃。

荆芥10　防风10　茯苓10　桔梗5

枳壳5　前胡5　川芎5　薄荷3^{后下}

黄芩5　苏子梗^各10　炙甘草2　川朴花3

　　14付

注：病人因经常阵咳而就诊，痰少质稠，咳时流涕，背心易感寒，乃因痰浊蕴阻于肺，肺气失于宣肃而致，治以化痰泄浊，宣肃肺气为法，方选瓜蒌薤白白酒汤加减进治，瓜蒌、薤白通阳散结，化痰降气，加桔梗、枳壳宣肃肺气，加细辛、白芷散寒祛通鼻窍，石菖蒲、白僵蚕化痰开窍，川芎、羌活宣肺散寒，诸药合用，达到辛温宣肺祛邪，化痰降气的作用。患者服药后诸症均安。近1月后，患者因外感又咳，乃因风寒外袭，肺失宣肃，故治以辛温散寒法，方选荆防败毒散加减治疗，唯加黄芩5克为其精妙所在，乃考虑到患者既往有痰浊蕴阻于肺，恐其受寒化热，故加黄芩，仅用5克，又不会妨碍辛温解表之功。由本案可以看出，尤老治疗对于病机的把握十分娴熟，处方用药也精当，往往能够起数年沉疴于数剂药中。

正所谓：

咳症源流寻病因，五脏皆咳不离肺；

风寒痰浊炽热燥，虚实明辨识脏腑；

治宜理气宣肃肺，邪去正复咳可安。

十八、导师出手　内熄外散治风证

抽动症是一种慢性神经精神障碍疾病，以不自主、突然的肌肉抽动为特点，或在抽动时伴有暴发性发声和秽语为主要表现，又称为抽动秽语综合征。本病多发生于儿童，症状可见频繁眨眼、挤眉、吸鼻、噘嘴、张口、伸舌、点头等，随着年龄的增长，部分儿童可自行缓解，位由于本病会对儿童的心理产生不利影响，因此需要及早治疗。中医治疗本病多从"风"入手，这是因为本病具有"善行数变"的特点。根据风邪的来源不同，可以分为外风与内风。外风致病是以风邪为首的六淫外邪侵袭经络，阻滞气血运行，导致经络拘急，从而发生肌肉抽动；内风则是包括热盛生风、血虚生风、阴虚生风、阳亢风动等病机变化。内风、外风的治疗各不相同，临证时需要仔细辨别，加以区分。外风因外邪侵袭，多由肺卫体表侵入经络，故往往兼有卫表不和，有恶寒、发热、头痛等症状。内风应当分虚实，除了热极风动为实证，其他多为虚中夹实证，或为阴虚，或为血虚，阴不制阳，阳气亢动，风邪内生。另外，内风与外风可以兼杂，比如阴虚、血虚的人易受风邪外袭，外风可以引动内风，从而导致病情加重。中医治疗抽动症也要随证而治。外风宜祛邪通络止痉，内风易清热、滋阴、养血、潜阳而熄风止痉。现特举一例中医治疗获良效的病例。

典型病案：

患者，男性，7岁

初诊：2018年08月23日

患者平素多动，时易右侧颜面抽动，皮肤常起疹，逢冬则甚，应对自如，便结，苔薄白，脉小。血虚蕴热生风。治疗滋养血液，清热祛风。

荆芥8　防风8　蝉衣3　火麻仁8

当归8　双钩4　生地10　地肤子10

蛇蜕3　决明子10　生甘草2

　　14剂

患者药后未曾就诊，直至2019年1月30日又来，诉其药后送颜面抽动既止，未再复发。

注：患者男性，7岁，病症特点多动，右侧颜面部抽动时作，皮肤常起疹，冬季明显，便结，脉小。患者平素多动，病程较长，乃内风之象。而内风产生的原因，根据苔薄白，便结的临床表现，既不是阴虚，也非热盛，乃血虚之象。病人皮肤常起疹，因其血虚正亏，卫外失司，风邪外袭之象。故本病人病机特点为血液亏虚，不能濡养经络，风邪内动，同时又兼风邪外袭。本病人的特点是以内风为主，兼有外风，故其治法为养血熄风，清热散邪。方中当归、生地、火麻仁养血，荆芥、防风、蝉衣疏散外风，双钩、蛇蜕清热熄内风；地肤子、蝉衣、蛇蜕祛风止痒；决明子、火麻仁清热润肠通便。众药合用，内熄外疏，养血清热止痉。病人药后症缓，数月未再发作。

正所谓：

风邪为患分内外，儿童易兼热与虚；

养血熄风清疏散，随证治之为精髓。

十九、导师出手　治厥阴腹胀如探囊取物

腹胀或腹痛是病人常见腹部症状，有的病人检查未见异常，但胀痛感往往持续或者反复，影响病人的工作与生活。使用中医药的

方法治疗腹胀或腹痛往往能够取得良好的疗效。根据腹部胀或痛的部位及其特点，结合经络的循行，可以分属阳明经、太阴经、厥阴经、少阴经等。我的导师尤松鑫教授对于腹痛的辨证准确，选方用药灵活。最近遇到一腹胀病人，老师从厥阴论治，如探囊取物，现总结与大家分享。

典型病案：

患者，男性，53岁

初诊：2018年1月10日

患者右脐约1.5寸周围常发胀，已2年余，午后及晚上加重，谷纳欠香，便日行，苔薄黄，脉弦。于当地医院检查示食道炎、慢性胃炎，余未见明显异常。证属厥阴为病。

柴胡3　当归10　白芍10　炒白术10

茯苓10　炒川楝子5　制玄胡10　青皮5

麦芽15　黄芩10　川朴花3　炙甘草2

　　　30付

二诊：2018年1月24日

患者药后右脐胀感明显缓解，食后即感右胁不适，谷纳不香，便日行1~2次，苔腻，脉弦。守法进治。

柴胡3　当归10　白芍10　炒白术10

茯苓10　炒川楝子5　制玄胡10　青皮5

麦芽15　黄芩10　枳壳5　炙甘草2

炒莱菔子10

　　　15付

患者复诊时，右脐部胀感已缓。

注： 厥阴为足厥阴肝经的简称，《灵枢·经脉》记载了其循行路线："肝足厥阴之脉，起于大指丛毛之际，上循足跗上廉，去内踝一

寸，上踝八寸，交出太阴之后，上腘内廉，抵小腹，挟胃，属肝，络胆，上贯膈，布胁肋，循喉咙之后，上入颃颡。"其从下肢抵少腹，上行挟胃，属肝络胆。患者在脐右侧约1.5寸出现胀不适，从部位上来讲属于肝经循行部位，从胀的症状来讲属于气机郁滞，故证属厥阴气滞，午后及晚上正气逐渐亏虚，气机更加不利，故会出现症状加重，患者谷纳欠香，乃木郁乘土，运化不节而致。导师尤松鑫选择逍遥散加金铃子散为主方加减治疗，逍遥散疏肝健脾，理气和络，金铃子散疏肝理气止痛，加青皮、枳壳、川朴花、莱菔子等调理肝经气机，方中黄芩可清热化湿，因病人苔薄黄，有气郁化热之象。众药合用，理气解郁，和络止痛，方精药简，力专效宏，治疗后患者2年的脐右侧胀不适的症状缓解。

正所谓：

导师出手，辨证准确治厥阴，

疗效显著，方精药简愈腹胀。

二十、导师出手 温中暖土定风愈寒风法

王旭高在《西溪书屋夜话录》中提出治肝三十法，其中在肝风中有一法为暖土以御寒风法，临证可参以应用。王氏参考《金匮要略·中风历节病》，指出寒风的主要表现为"风虚头重眩苦极不知食味"，治疗用《近效》白术附子汤。风是指变化迅速的一类病证，多因热极、阳亢、阴虚、血虚而引起，因寒而风动并不多见。王氏提出的寒风是因阳气亏虚，清阳不升，温煦无权，而导致的头目昏痛、眩晕等变化，其症状类似与肝风内动，属"风虚"之风。治疗寒风当以温阳暖土，扶正而定风。寒风病位多以脾、肾、肝为主，

可兼见腹胀、便溏、少腹冷痛拘紧，腰膝疼痛等症，临证当随证加减。需要注意的是，寒风虽然也称为风，但不可妄用搜风之药。下面举一尤松鑫教授的临证医案。

典型病案：

患者，女性，61岁

初诊：2017年10月31日

患者大便易溏，动易腹泻，头痛身楚，纳欠香，下肢易冷，苔薄白，脉细。脾虚夹湿兼风

白术10　制附子3　防风10　炒广木香3

羌活3　独活10　川芎5　蔓荆子10

白芷5　焦山楂10　炙甘草2

　　28付

注：患者以大便易溏而就诊，动则易泻，下肢易冷，四诊合参，应属脾肾亏虚，但患者头痛身楚应如何辨证？此处可参考王旭高在《西溪书屋夜话录》中所说：风虚头重眩苦极，不知食味。身楚为阳虚卫外不固，头痛为阳虚失于温煦，严重的病人可并见眩苦，因此本案当从寒风论治。尤师辨证为脾虚夹湿兼风，治疗以白术附子汤加减进治。治风当首分内风外风，内风当熄，外风当祛。但寒风的产生与阳虚有关，阳虚又导致水湿内停。因此，治疗寒风应当选择辛温之药，既可温阳扶正，又可燥湿止泻，方中白术、附子取《金匮》近效白术附子汤之意，健脾温中定风；羌活、独活、防风辛温，取风能胜湿之意，川芎、白芷、蔓荆子辛温止痛，清利头目。众药以辛温为主，共奏温阳定风，燥湿止痛的功效

二诊：2017年11月28日

头痛身楚仍见，似缓，纳欠香，便次仍频，寐欠安，苔薄白，脉细。予上制出入。

上方去蔓荆子

　　加茯苓10　干姜3

　　28付

三诊：2017年12月28日

纳可，脘时痛，便次仍频，但质可，双目发涩，足冷，寐可，腰背酸痛时见，苔薄白，脉细。予上制出入。

蔓荆子10　升麻3　葛根10　党参10

炙黄芪10　白芍10　川柏3　炙甘草3

防风10　制苍术5

　　28付

四诊：2018年2月6日

便次仍频，便略腹痛，肛周痒，或裂痛，腰背楚痛已缓，苔黄，脉细。上制出入。

上方去苍术

　　加炒白术10　贯仲炭6　羌活5

　　28付

五诊：2018年3月8日

诸症见安，便转日行，腹痛平，肛痒缓，腰感凉，苔薄黄，脉弦。上制出入。

蔓荆子10　升麻3　葛根10　党参10

炙黄芪10　白芍10　川柏3　炙甘草3

防风10　苦参10　槐花10

　　28付

注：患者初诊以温中健脾、燥湿定风止痛为法，以白术附子汤加减治疗，大便逐渐成形，后又以益气聪明汤加减益气升提，经过数月治疗，患者诸证见安。从本案可知寒风的临证要点。诊断：

1.阳虚：可见脾阳虚、肾阳虚、肝阳虚；2.风象：风动之象可见眩晕、肉瞤、抽搐、头痛晕、麻痹、心悸不安等症；3.阳虚水停：可见泄泻、浮肿等。治疗以温阳暖土为法，以白术附子汤为代表方。

正所谓：

阳虚生风曰寒风，风虚头重眩苦疾，

不知食味麻晕汗，方选白术附子汤，

温中暖土定虚风，切勿妄用搜风药。

二十一、导师出手　尤松鑫教授新冠防治参考中医处方

2020年2月3日，尤松鑫教授根据疫情，制定了新冠感染中医防治的参考处方，此时再次转发，供需要的参考。

以下为尤松鑫教授执笔原文：

这次疫情发展迅猛，猝不及防。在情势催迫下，前一时间就曾随手推荐了一方。原意只属内部论道，不料这次竟又被公之网上。因影响渐广，现只能斗胆再略加说明如次。

1.此方选自陈修园《医学从众录》。但双解散我未采其中原意，而改由荆防败毒散合防风通圣散合参而成（按完素双解散为防风通圣散合六一散）。所以作出此举，就是为其在"伤寒附法补"中所说，免"河间两解之法利于实热之病"而作出的另种选配。

2.此组合方药味较多，为灵活运用将提供较大空间，如遇行家，则可随症加减（更可另择良方）；但或遇有仓促情况，对多数患者，不妨也可原方套用，以应急需。

3.急病急治。此方只宜于初感3~5日内患者，且病情应属轻、

中程度。以人为本，以病为重，切勿大意轻忽！

4.过去中医无统计学概念，但经验还是有的。此方如用之应手，通常可1~3天内退烧，5~7天治愈。这也是本人的看法和愿望！（故通常每人只需配3~5付即可）

5.诚如钟老所言，此次疫病波及虽广，但重症较少，大家切勿惊惶。疫病过后，又将是国泰民安！共勉！

附：新冠肺炎防治参考处方：

荆芥8　防风8　羌活3　枳壳5

桔梗5　前胡5　独活6　川芎5

柴胡5　生石膏12　制大黄5　炙甘草2

黄芩5　薄荷3^{后下}　生姜2片　大枣5

临床实践

一、辨病机识关键　参苓白术散可显奇效

参苓白术散出自《太平惠民和剂局方》，是治疗脾虚夹湿的代表方。《和剂局方》曰："治脾胃虚弱，饮食不进，多困少力，中满痞噎，心忪气喘，呕吐泄泻及伤寒咳噫"。方中以四君子汤为基础，党参、茯苓、白术、炙甘草健脾益气，乃本方健脾的根基；莲子肉、山药、扁豆、薏苡仁四药共为臣药，均可健脾益气，但又各有特色。山药补益肺脾肾三脏；莲子肉甘涩平，可补脾收涩止泻，扁豆健脾化湿，莲子肉与扁豆又可化湿止带，治疗妇女脾虚带下；薏苡仁健脾止泻，又可利水渗湿，清热排脓。砂仁可化湿理气，醒脾助运。脾主运化，脾气宜强，经曰"四季脾旺不受邪"，脾气宜动恶滞，在众多补气药中配伍砂仁，促进脾的运化，以防补益滞气，故曰醒脾。桔梗升提气机，与砂仁相伍，调节中焦升降枢纽的气机。诸药合用，以补脾益气为主，兼以化温理气醒脾，全方平和，可用于脾肺气虚诸证。《和剂局方》：曰"此药中和不热，久服养气育神，醒脾悦色，顺正辟邪。"

参苓白术散用于治疗脾虚证，可以把握以下三点：一是肺脾两虚，脾运化功能下降，可见食欲下降，口淡无味，大便稀溏，餐后欲便，语音低微，动则气喘，自汗出等；二是脾虚无力升清，可见四肢乏力，神疲困倦，头昏眩晕，腹坠肛脱；三是湿邪不盛。参苓白术散健脾益气力强，祛湿力弱，湿邪乃因脾虚不运，水液内停而致。若湿邪过盛，则需要加强祛湿的作用。

典型病案:

患者,男性,50岁

初诊:2021年06月22日

输尿管恶性肿瘤术后、放化疗后,盆腔转移,腹壁转移,近2月来大便次频,4~5次,成形,里急后重感,腹或坠,纳可,舌淡红,苔薄,脉细。

党参10　茯苓10　炒白术10　炙甘草3

莲子肉10　生山药10　炒苡仁15　陈皮6

砂仁3　炒扁豆10　葛根10　当归5

　　　14付

二诊:2021年07月08日

药后里急后重缓,大便2~3次,坠感明显缓,纳可,舌淡红,苔薄,脉细。

党参10　茯苓10　炒白术10　炙甘草3

莲子肉10　生山药10　炒苡仁15　陈皮6

砂仁3　炒扁豆10　葛根10　当归5

木香3

　　　14付

注:该病人输尿管恶性肿瘤,腹腔转移,近2月出现大便频,肛门坠感,综合病史,乃脾气亏虚,清阳不升,故以参苓白术散加味益气健脾升清,加葛根升清固肠,当归养血扶正。患者近日复诊方知,其治疗一个月病情缓解。参苓白术散治疗脾虚兼湿证,通过适当的加减治疗诸多变证,如加泽泻、泽兰、车前子、猪苓等药以化湿利水消肿;加羌活、独活、桑枝、防风等药以祛风湿止痹痛;加神曲、陈皮、麦芽、莱菔子以消食助运;加葛根、升麻、柴胡以升清止泻。

正所谓：

参苓白术散健脾，药味平和似寻常；

辨识病机抓核心，却是神方愈诸疾。

二、辨证论治显功效　　内服外洗可愈血痢痔疮

槐角丸出自《太平惠民和剂局方》，是治疗便血常用方剂，由槐角、地榆、当归、黄芩、枳壳、防风六味药组成。《和剂局方》称其可治五种肠风，"粪前有血，名外痔；粪后有血，名内痔；大肠不收，名脱肛；谷道四面弩肉如奶，名举痔；头上有乳，名瘘，并皆治之。"并称其久服可永除病根。方中槐角用一斤，为君药，具有清热泻火，凉血止血的作用，因其擅长清肝热，所以用于肝热动血的便血更加适合。黄芩、地榆为臣药，黄芩清热泻火，地榆凉血止血，加强槐角的作用；当归和血祛瘀，有"治风先治血"和化瘀止血之意，为佐药；枳壳疏理气机，防风升浮升举气机，还可祛风止泻，用于腹泻便血效果更好，两药一上一下，调理肠道气机。全方配伍精炼，方义深刻，变化较多。如便血量多，可将槐角、地榆、防风、黄芩、当归炒炭用，以加强止血作用。临床用该方治疗诸多便血，获效颇多。

典型病案：

患者，女性，69岁

初诊：2022年11月05日

患者溃疡性结肠炎25年，再发10天。大便带血，血色鲜红，量少，伴少腹部坠胀，左下腹压痛明显，舌红，苔薄，脉细弦。证属热迫血溢。以槐角丸加减进治。

地榆炭10　当归炭10　炒枳壳6　防风炭10

槐角炭10　黄芩10　陈皮6　焦山楂10

神曲10　木香3　蔻仁3　紫苏梗10

炮姜3

　　2付

二诊：2022年11月07日

患者用药后便血已缓，仍少腹坠胀，伴腹隐痛，里急后重，寐差，舌红，苔薄，脉细弦。参上法。

地榆炭10　当归炭10　炒枳壳6　防风炭10

槐角炭10　黄芩10　焦山楂10　神曲10

木香3　蔻仁3　槟榔10　炒白芍10

　　4付

灌肠方：

黄柏20　石菖蒲20　白及10　仙鹤草15

苦参10　三七粉3　锡类散1

　　4付灌肠

三诊：2022年11月12日

患者少腹坠胀缓解，无便血，肛门仍有异物感，舌淡红，苔薄，脉细。参上法。

地榆炭10　当归炭10　炒枳壳6　防风炭10

槐角炭10　黄芩10　焦山楂10　神曲10

木香3　蔻仁3　槟榔10　炮姜3

连翘10

　　7付

灌肠方：

黄柏20　石菖蒲20　白及10　仙鹤草15

苦参10　三七粉3　锡类散1

　　7付灌肠

四诊：2022年11月21日

便血已止，大便仍溏，2~3次，痔时发，肛坠感缓，寐转安，舌淡红，苔薄，脉细。

地榆炭10　当归炭10　炒枳壳6　防风炭10

槐角炭10　黄芩10　焦山楂10　神曲10

木香3　蔻仁3　槟榔10　炮姜3

仙鹤草15

　　7付

外洗方：

虎杖20　冰片3　地锦草15　石菖蒲20

黄柏20　白矾2

　　7付外洗

五诊：2022月11月28日

外用药后3天痔疮缓，大便2次，或溏，或恶心，舌淡红，苔薄，脉细。

地榆炭10　当归炭10　炒枳壳6　防风炭10

槐角炭10　黄芩10　焦山楂10　神曲10

木香3　蔻仁3　炮姜3　仙鹤草15

砂仁3

　　7付

六诊：2022月12月05日

症较前缓，口易干，右胁疼痛时作，大便溏，恶心轻，舌淡红，苔薄，脉细。胆囊泥沙结石。

地榆炭10　当归炭10　炒枳壳6　防风炭10

槐角炭10　黄芩10　焦山楂10　神曲10

木香3　蔻仁3　炮姜3　砂仁3

仙鹤草15

　　7付

注：患者多年溃疡性结肠炎，近米因饮食不慎复发，症状以便血为重，血色鲜红，观其脉证，四诊合参，证属热邪蕴结肠道，迫血妄行，治疗以槐角丸为主方加减。患者服药后，便血逐渐减少，腹痛肛坠亦得到改善，曾配伍中药灌肠方增强止血作用，因痔疮加中药外洗，均能够缓解便血、痔疮的症状。其中患者诉用虎杖、冰片、地锦草、石菖蒲、黄柏、白矾外洗，第3天痔疮就明显改善。经过近2月的治疗，病人大便成形，日行1次仍，便血未作。

正所谓：

久痢便血易缠绵，识证方能起功效，

凉血止血槐角丸，痔疮再合外用方，

方药证合灵变化，内外相合起效速。

三、蝉花无比散明目褪翳显功效

蝉花无比散出自《太平惠民和剂局方》，由蝉蜕、羌活、防风、当归、白芍、川芎、白蒺藜、石决明、茯苓、苍术、炙甘草、蛇蜕组成，是治疗目疾的常用效方。该方具有祛风止痒，养肝明目，治疗血虚风热，目窍失养之症。后世医家对该方多有记载，但药物组成略有不同，有的没有蛇蜕。

方解：方中蝉蜕祛风止痒为君；羌活、防风、川芎助祛风止痒，助蝉蜕之力，为臣药；目为肝之窍，故方中加白蒺藜、石决明养肝潜阳止痒；"治风先治血"，故方中加当归、白芍补益肝血；茯苓、苍术健脾益气化湿；蛇蜕可祛风解毒，明目褪翳，上药共为佐药；炙甘草调和诸药为使药。纵观全方，诸药合用，具有养血祛风，潜阳明目之效。

功能主治： 治大人、小儿远年近日一切风眼，气眼攻注，眼目昏暗，睑生风粟，或痛或痒，渐生翳膜、侵睛遮障，视物不明，及久患偏正头风，牵搐两眼，渐渐细小，连眶赤烂，及小儿疮疹入眼，白膜遮睛，赤涩隐痛，并皆治之。常服祛风、退翳、明目。

典型病案：

患者，女性，60岁

初诊：2021年07月05日

近1月来双眼红赤，痒感，有分泌物，上腹或胀，纳可，寐欠香，舌淡红，苔薄腻，脉细。风热夹湿上蕴于目

蝉蜕3　蛇蜕3　羌活6　酒当归10

川芎6　煅石决明15　炒蒺藜10　炒白芍10

茯苓10　炒苍术5　炙甘草2　防风10

　　7付

二诊：2021年07月12日

药后双眼红赤缓，分泌物未作，疲乏仍不适，体检示左侧肾结石0.9，大便如常，口干，寐欠香，舌红，苔薄腻，脉细。

上方加木贼草6　金钱草15

　　7付

注： 患者近1月来双眼红赤，有分泌物，乳白色，时痒，四诊相参，证属风热夹湿上蕴于目，治疗当以祛风止痒，化湿明目为法，方选蝉花无比散，使用该方为汤药服用，二诊诸证皆安，原方善后。

正所谓：

局方蝉花无比散，祛风明目退翳膜；

目痒红赤视物糊，一切风眼皆可选。

四、程氏止嗽散和平方　祛邪止咳能愈痤疮

咳嗽乃临证常见疾病，多由各种原因导致肺失宣肃，气机上逆冲喉而致，故云"咳证虽多，无非肺病"。肺为娇脏，寒热皆可导致咳嗽，正如《医学心悟》曰："盖肺体属金，畏火者也，过热则咳。金性刚燥，恶冷者也，过寒亦咳。"故"五脏六腑皆令人咳，非独肺也"。临证时需细审证机，应先辨咳嗽之外感、内伤不同。外感咳嗽多因风寒、风热、风燥外袭于肺；内伤者需分虚实，实证多因痰浊、气火、食积等邪，虚证则多因肺肾阴虚。

风寒袭肺咳嗽者，多见于气虚、阳虚之人，又易于反复受邪，导致风寒之邪留着不去，咳嗽反复。由于恶寒、发热等表证不甚明显，极易按内伤咳嗽而误治。因此，正确识别风寒咳嗽为取效的前提。《医学心悟》："寒之感也，若小寇然。"外邪又称为贼邪，就像小偷一样，袭肺后总是想着离去，故咳嗽时作，不咳时病人亦不安宁，最常见的症状便是咽痒。咽痒时作，咳后可缓可不缓，缓后则须臾复痒，令人烦躁不安者，则多因外邪致咳。内伤咳嗽之咽痒，患者咳嗽后咽痒常可平缓。

典型病案：

患者，男性，18岁

初诊：诉近半年来咳嗽，夜间严重，伴咽痒，甚则言语不能，痰少色白，面部生痤疮，根深色红，大便溏，纳可，舌淡红，苔

薄，脉细。故责之风邪外束，肺失宣肃，治当宣肺散邪，方选程氏止嗽散加减进治。

蜜百部10　炙甘草3　紫苑10　桔梗5

蜜白前5　枇杷叶10　陈皮6　荆芥10

五味子3　干姜3　射干3　细辛3

　　14付

二诊：咳嗽较前缓，咽痒，痰少，痤疮已渐褪，大便可，舌淡红，苔薄，脉细。

上方去荆芥、细辛

　　加麻黄5　枇杷叶10　冬瓜子10

　　14付

三诊：咳嗽明显缓，未已，咽或痒，痤疮明显褪，舌淡红，苔薄，脉细。

麻黄6　炒白芍10　五味子3　细辛3

干姜3　炙甘草3　法半夏10　桔梗5

射干3　款冬花10　杏仁10　紫苑10

炒枳壳6

　　14付

四诊：患者药后咳缓停药，近1周诉外出饮酒受寒又咳，咽或痒，舌淡红，苔薄，脉细。

蜜百部10　炙甘草3　紫苑10　蜜白前5

陈皮6　荆芥10　桔梗5　枳壳6

干姜3　五味子3　桑叶10　神曲10

　　14付

五诊：咳未作，痤疮已经尽褪，颈前仍有痘印，舌淡红，苔薄，脉细。

法半夏10　茯苓10　陈皮6　桔梗5

蜜白前5　荆芥10　连翘10　紫苏梗10

酒当归10　桑白皮10　杏仁10　浙贝5

14付

注：本案患者为年轻男性，就诊时有两个主要问题：咳嗽，面部痤疮。其咳嗽有半年余，夜间明显，虽然其病程较长，但就诊时咳嗽时作，言不成句，咽痒，正如"其邪如寇，欲启门外出"，故责之风寒袭肺所致。面部痤疮时间亦较长，其根深色暗，当属气血亏虚，不能托毒外出，其治当益气托补法。本案虚实兼有者，如何制定治法？当根据病人具体情况来确定。若患者正气尚足，当先祛邪止咳，以防邪恋；若正气虚极，邪有内陷之虞，则当益气扶正为先。病人为年青患者，尚无邪气内陷之虑，故当祛邪宣肺止咳为治。方选《医学心悟》的止嗽散。程氏称该方"温润和平，不寒不热，既无攻击过当之虞，大有启门驱贼之势"，可"治诸般咳嗽"。加细辛、干姜、五味子温肺散邪止咳。经过1月调治，患者咳嗽缓解，虽然又因外出受寒咳嗽反复，然原法可守。其面部痤疮亦明显缓解，可知其乃因肺失宣肃，津液失于输布，聚而生痰，瘀停皮肤而致。随着肺宣肃功能的恢复，皮肤之疾亦随之而愈。

正所谓：

风寒袭肺易留恋，咳嗽咽痒肺失节；

祛邪止咳畅气机，程氏治法愈久嗽。

五、初仿香岩治胃痛　刚柔相济显良效

胃脘痛是临床常见疾病，也是导致病人就诊的原因。究其病因也繁，叶天士在《临证指南医案·胃脘痛》中指出"阳明乃十二经脉之长，其作痛原因甚多"，明确指出导致足阳明胃经病变的原因较多，其病机变化也较复杂，直接导致临证时治疗效果。古代医家中诸多前贤对脾胃都有诸多论述，叶天士就是其中有影响的著名医家。其留下的著作有《温热论》、《临证指南医案》、《叶案存真》等等，虽然都是其门人整理，但也能够窥探叶氏辨治思想一二。尤其是《临证指南医案》，共记录病证86种，每次阅读，皆有所收获。近期读《临证指南医案》中"木乘土"、"胃脘痛"两章，深深感慨其治疗胃脘痛之细，详寻病因病机，如强调"饮停必吞酸，食滞当嗳腐，厥气乃散漫无形，瘀伤则定而有象"，治疗时亦重视刚柔并用，太阴与阳明分治，重视厥阴的变化，对于临证有良好的指导意义。每用其法都可取得了良好的疗效。

典型病案：

患者，女性，40岁

初诊：2018年11月19日

患者诉近1年来上腹不适，疼痛隐隐时作，烧心，餐后明显，口中灼热，舌麻，大便正常，经行正常，寐可，舌红，苔薄，中抽，脉细弦。患者胃镜示慢性萎缩性胃炎，曾服用中西药物疗效不佳。四诊合参，证属阴虚郁热，肝胃不和。治疗当养阴理气，和络止痛。

川楝子3　延胡索10　桑叶10　麦冬6

焦栀子10　淡豆豉10　北沙参10　煅瓦楞15

淡竹叶10　甘草2　香附6　郁金6

　　14付

二诊：2018年12月1日

患者诉药后上腹不适明显缓解，疼痛未作，烧心亦轻，口中仍有灼感，舌麻，舌淡红，苔薄，脉细。证未变，治亦不变。

川楝子3　　延胡索10　　桑叶10　　麦冬6

焦栀子10　　淡豆豉10　　北沙参10　　煅瓦楞15

淡竹叶10　　六一散10　　香附6　　郁金6

14付

注：患者上腹不适近1年，就诊时上腹隐痛，烧心，口中灼热，为肝胃郁热，化火伤阴，虚火上浮之象，其舌红，苔薄，中间剥脱，脉细弦亦是典型阴虚气滞郁热的舌象。叶氏认为本病乃木乘土而致。肝为风木之脏，性急而动，又为将军之官，变化甚多，可见"肝风、肝气、肝火"的变化。治疗肝经阴虚郁热，必柔养与泄热并进，此所谓"刚柔相济"。柔养阴液常用沙参、麦冬、知母等药，泄肝常用金铃子散、桑叶、丹皮也。金铃子散中金铃子苦寒，直泄肝经热邪，延胡理气滞而止疼痛，桑叶性味清薄，可清泄少阳之热，丹皮性味苦辛，清泄肝胆血中之热。方中还佐用栀子豉汤治疗胸中郁热，加香附、郁金理肝经气滞，故药后郁热得清，阴虚得复，疼痛缓也。患者二诊时症状明显缓解，尤其是疼痛与烧心，舌红亦减轻，舌苔剥脱亦缓解，说明清热与养阴的功效已显，阴液渐复而热邪渐退，故二诊仍以原法出入，加六一散增强淡渗泄热的作用。

正所谓：

叶氏治肝，重视刚柔相济；

古法今用，需分风气火虚。

六、初用厚姜半甘参汤　显神功治胆囊萎缩

厚朴生姜半夏甘草人参汤出自《伤寒论·辨太阳病脉证并治中

篇》，"发汗后，腹胀满者，厚朴生姜半夏甘草人参汤主之。"厚朴生姜半夏甘草人参汤方：厚朴半斤（炙，去皮），生姜半斤（切），半夏半升（洗），人参一两，甘草二两，上五味，以水一斗，煮取三升，去滓，温服一升，日三服。

本方治疗太阳病发汗后，腹部胀满的病证。其实腹部胀满是失治后损伤的脾气而导致的。腹部胀满也是临床常见症状，究其原因则虚实寒热之别，根据其虚实则分属太阴脾虚证和阳明胃家实证。厚朴生姜半夏甘草人参汤同时具有益气健脾、理气温里的功效，治疗适应证以太阳脾虚为主。因此，除了腹部胀满以外，往往伴有便溏下利，腹满疼痛，喜按喜温的特点。方中厚朴下气燥湿，理气消满除胀；生姜辛散通阳，走而不守，健胃化饮；半夏燥湿和胃，开结去痰，三药配伍，辛开理气化痰散饮，重振中焦脾运；人参、甘草补中益气，促进恢复中焦的运化，总而言之，本方兼顾扶正与祛邪，补而不滞，消不伤正，对于中焦脾虚，水饮不化者，特别是偏于脾阳气虚，无力运化，兼痰兼滞者的皆可应用。近来用治疗一胆囊萎缩病人，效果良好，总结如下。

典型病案：

患者，女性，68岁

初诊：2018年9月30日

此病人以前就诊过多次，前因两胁疼痛，经治疗后左胁疼痛较前缓，右胁仍疼痛不适，于当地医院B超检查示胆囊萎缩，3*4cm，当地医院建议其将胆囊切除，其子不放心，故带来就诊。就诊时，右胁不适，隐隐疼痛，腹胀肠鸣，大便日行，不畅，或溏，纳欠香，易生气，寐欠香，舌淡红，苔薄，脉细。B超示胆囊体积缩小。中医辨证属于中虚气滞湿蕴，运化不利，治以健脾助运，理气水滞，方先厚朴生姜半夏甘草人参汤加减。

厚朴6　生姜皮3　法半夏10　党参10

炙甘草2　炒白芍10　延胡索10　茯苓10

六神曲10　柏子仁10　茯神10　炒枳壳6

　　14付

二诊：2018年10月13日

患者药后症状缓解，右胁疼痛仅一次，上腹堵塞感亦较前减轻，两胁或有不适感，时有嗳气，大便正常，舌淡红，苔薄腻，脉细滑。治疗参上法，略做加减。

上方去柏子仁

　　加片姜黄6　郁金6　石菖蒲3

　　14付

三诊：2018年10月27日

患者于当地医院复查B超示胆囊正常，上腹时不适，烧灼感，伴双腿乏力，右胁或有疼痛，纳欠香，寐欠香，舌淡红，苔薄，脉细。患者脾家仍虚，改予培中健脾。

党参10　茯苓10　炒白术10　炙甘草3

生山药10　砂仁3^{后下}　苡仁15　陈皮6

白扁豆10　桔梗5　木香3　红枣6

　　14付

注：此病人服用厚朴生姜半夏甘草人参汤加味仅1月，其胆囊大小就恢复正常，实在让医家也感到惊奇，其背后又蕴藏着必然，那就是该方针对了病人的病机。此病人老年女性，腹胀肠鸣，右胁不适，大便不畅，偏溏，纳欠香，舌淡红，苔薄腻，脉细，从四诊可知其脾虚气滞，有一点，在病历中没有写，就是该患者面色灰浊，明显是脾阳虚，浊气留滞的表现，虽然患者也比较急躁，易生气，但还是决定先治脾入手，选择厚朴生姜半夏甘草人参汤，应手而解。

七、从一例腹胀伴皮肤瘙痒病例的治疗看中医整体辨证观

中医治疗疾病有两大特点，一是辨证论治，一是整体观念。辨证论治是中医在治疗疾病的时，对就诊时病人疾病机制进行了全面的认识和概括，并针对此提出治疗方法，选择合适的方剂和药物；整体观念则包括对病人全面的了解，包括自然环境、社会环境、疾病的发生发展、预后等因素的综合认知，两者是对立统一的关系，在使用时应当配合使用。

最近治疗一病人，虽然以上腹胀满不适5~6月而就诊，但通过问诊发现患者皮肤瘙痒反复2年余，以此为契机，发现其中病机关键，调整治疗方案后，效果良好。这充分证明了中医辨证论治与整体观念的特点与优势。

典型病案：

患者，男性，59岁

初诊：2018年9月17日。

上腹不适5~6月，时有疼痛，或轻或重，甚则不能忍受，上腹胀满，嗳气，晨起明显，畏寒，大便可，舌淡红，苔薄，脉细。证属中虚寒凝，气滞血瘀。治疗理气温中，活血止痛。方选丹参饮合失笑散加减。

丹参10　砂仁3　木香3　失笑散10

炒白芍10　炙甘草2　香附6　苏梗10

乌药10　茯苓10　沉香曲3　延胡索10

14付

二诊：2018年9月30日

药后上腹疼痛未作，嗳气亦轻，但上腹仍有胀满，晨起明显，诉近来皮肤瘙痒明显，舌淡红，苔薄，脉细。效不更方，原方加减：

上方去苏梗、茯苓

加地肤子10　荆芥10

14付

注：该患者以上腹胀满疼痛5~6月就诊，就诊时上腹胀满，疼痛，时轻时重，畏寒，舌淡红，苔薄，脉细。患者为老年男性，其面色较暗，辨为中气亏虚，寒凝气滞血瘀，治予丹参饮合失笑散加减。方中还含有香苏散、芍药甘草汤，此方参考焦树德教授拟定的四合汤的制定思路而成，包括良附丸、失笑散、百合汤、丹参饮、香苏散、芍药甘草汤等小方合方，共奏理气活血、散寒止痛作用。本病人使用后疼痛明显缓解，但胀满不除，同时伴有皮肤瘙痒，下一步应当如何治疗？

三诊：2018年10月15日

患者诉嗳气较前缓，但上腹仍胀满，同时皮肤瘙痒明显，皮肤可见小疹，遇热明显，夜间明显，细追问其病史，该病人瘙痒反复已有2年余，舌淡红，苔薄，脉细。证属风热入血，治疗清热凉血，疏风止痒，方选消风散加减。

荆芥10　赤芍10　牛蒡子10　白鲜皮15

木通3　生地黄10　椿皮10　蛇蜕3

火麻仁10　苦参5　炒当归10

14付

四诊：2018年11月5日

药后上腹胀满较前缓解，脐周或时胀，晨起明显，皮肤瘙痒亦减轻，患者同时用卢苏、复方咪康唑、地塞米松搽剂、迪皿等药物，舌淡红，苔薄，脉细。仍参上法疏风清热止痒。

上方加地肤子10

14付

五诊：2018年11月19日

患者诉症状明显缓解，腹胀基本消失，或有肠鸣，大便溏稀，日行3次，舌淡红，苔薄，脉细。效不更方，参上法。

上方去椿皮、蛇蜕

加水牛角10　蝉蜕3

14付

注：患者三诊时皮肤瘙痒加重，上腹胀满亦未除，这时应当如何治疗，其实临床经常遇到这样的问题。如何理解认识病人的病机变化十分重要，这会影响治法和方剂的选择。从整个病情变化来认识，该病人初诊时以中虚寒凝，气滞血瘀为病机，治疗后上腹疼痛缓解，寒邪渐退，唯上腹胀满不减，此时病机已经发生了变化。因为患者素有皮肤瘙痒症，寒邪退后，其血中风燥成为致病邪气，著而为患，导致皮肤瘙痒，皮疹，影响胃气疏和，故上腹胀满，此时应当清热凉血，疏风止痒为法。选择消风散加减后，血中风燥渐消，故诸证安。从此病人的治疗可以得知，同一个症状在病情变化过程中，可能会由不同病机所导致，在临证时需要细心辨别。整体观念则是中医学不变的核心思想，个体辨证则是治疗不同病情的法宝，两者有机的结合将充分发挥中医药的优势。

正所谓：

证有先后不同，症或相似难辨；

谨守整体观念，四诊合参辨证；

方证相合显效，唯赞祖国医学。

八、和解枢机治便秘

便秘是指病人排便感费力，或大便干结如粟，或排便有不尽感，或排便有肛门阻塞感，是临床影响病人生活质量的症状。其原因较多，有器质性疾病引起的，如消化道肿瘤，有其他科疾病引起的，如糖尿病，也有更多的功能性的，如功能性便秘和IBS-C。便秘的病人往往症状比较多，可兼有腹胀、胁痛、纳呆、焦虑、失眠等，中医治疗便秘不仅可以缓解便秘，还可减轻或缓解其他不适症状，具有良好的临床疗效。便秘多从气滞、阴虚、血虚治疗，最近使用和解法治疗便秘取得了较好的疗效，因此总结。

典型病案：

患者，女性，62岁

初诊：2018年11月19日

患者因上腹不适半年余，大便不畅，胁肋胀满，胃镜检查示食管炎、慢性萎缩性胃炎，已经给予了抗HP治疗、中西药治疗，半年多无明显改善。患者就诊时上腹不适，时有疼痛隐隐，自觉口中泛咸味，胁肋胀痛不适，大便不畅，排便困难，患者情绪不宁，舌紫暗，苔薄腻，有裂纹，脉弦细。证属枢机不利，肾水上泛，治以和解枢机，温肾镇水。

醋柴胡3　黄芩10　法半夏10　生姜皮3

炙甘草3　党参10　肉苁蓉10　红枣6

醋香附3　锁阳10　炒白术10

　　14付

注：患者就诊时以上腹不适，大便不畅，胁肋胀痛为主诉，分析其病机乃少阳枢机不利，气机不利，胆胃不和而至。枢机不利，气机郁滞，胆胃不和，胃络不通，则上腹不适，时有隐痛；足少阳

胆经不利，则胁肋胀痛不适，胆腑郁热，内扰心神，则情绪不宁；大便不畅有2个原因，其一是胆腑郁热，内传阳明，导致阳明热盛；其二是少阳经气不利，影响脾胃运化，脾胃气机亦有郁滞，导致阳明内热加气滞，从而出现大便不畅，排便困难。口中泛感乃因患者肾阳不足，肾水上泛而致（从后来病人对治疗的反应也可以佐证这点）。病机已经明确，治疗亦当和解少阳枢机，兼以温肾镇水。方选小柴胡汤加温肾润汤药，故小柴胡汤加肉苁蓉、锁阳以温肾通便，香附佐柴胡疏解少阳气机，炒白术佐参、枣、草补益正气。

二诊：2018年12月3日

患者药后口中泛咸感较前减轻，肛门仍有坠感，大便不畅，易溏，上腹或隐痛，舌紫，苔薄腻，脉细。药已对症，病重药轻，原方加减进治。

醋柴胡3　黄芩10　法半夏10　生姜皮3
炙甘草3　党参10　肉苁蓉10　红枣6
醋香附6　锁阳10　瓜蒌皮10　薤白10
　　14付

三诊：2018年12月17日

药后病人症状减轻，述大便较前通畅，泛咸感亦缓解，上腹或有疼痛隐隐，胸骨后或有隐痛，舌淡紫，有裂纹，苔薄腻，脉细。原法进治。

醋柴胡3　黄芩10　法半夏10　黄连3
炙甘草3　郁金6　瓜蒌子10　肉苁蓉10
醋香附6　锁阳10　瓜蒌皮10　薤白10
　　14付

四诊：2018年12月31日

病者诉症状较前明显缓解，身体疼痛未作，大便已基本正常，口中咸感未作，胸骨后仍时不适，或疼痛，泛腐，舌淡紫，苔薄腻，脉细。

醋柴胡3　黄芩10　法半夏10　黄连3

炙甘草3　郁金6　瓜蒌子10　肉苁蓉10

醋香附6　锁阳10　瓜蒌皮10　薤白10

焦山楂10　丝瓜络10

　14付

注：患者服药后，症状逐步好转，在最后一次就诊时，诉其症状已经明显好转，大便通畅，口中咸感已消退，其诉身体疼痛之症亦缓。在就诊之初，病人并未诉有身体疼痛，现在分析，其仍为少阳经气不利所致，此处不是少阳胆经，乃手少阳三焦经。在《灵枢·本藏》云："三焦膀胱者，腠理毫毛其应"，指的就是三焦气机不利，正气无法运送至肌肤腠理，失于温煦濡养，从而导致身体疼痛、汗出异常等表现。于此病人的辨证论治可以了解，便秘的治疗虽然以理气、润肠、攻下等法为主，但和解法仍不失为有效的方法。

正所谓：

表里阴阳气血和，少阳枢机是关键；

但见一症识病机，和解为法调枢机。

九、降逆化痰止呃　医圣仲景方立神功

呃逆为气机上逆，冲胃犯膈，喉中呃呃有声之患。临证常见虚实二证，实证急而重，易治，虚证缓而慢，常反复发作，治疗不易。实者为邪实，常见邪实有气滞、食积、寒凝、痰浊等。气滞常因情志刺激，气机郁滞不畅，上逆为患；食积多由于过饱，食停中焦，气机上下不通而致；寒凝多因外寒直中，中焦失畅，气机不利，失于和降上冲；多种原因可导致痰浊内生，阻于中焦，又因气、寒、食等邪诱发而阻滞气机，气不能下而上冲而致病。虚证常分为两类，阴虚或阳虚。阴虚多见胃阴虚，阳虚可见脾阳虚、肾阳虚。

　　呃逆之治则以和胃降逆为原则，实证以祛邪降逆为法，虚证以扶正降逆为法。邪去则复，故实证易治，而正气不易骤生，故虚证难疗。以往治疗呃逆，实证往往能药到病除，而虚证则难求速效。

典型病案：

患者，男性，57岁

初诊：2021年07月19日

患者呃逆1周而就诊，呃逆频频，甚则气喘，不能言语，咯痰，入寐则缓，纳欠香，舌淡红，苔白腻，脉细弦。痰气中阻，气机上逆。

公丁香3　大柿蒂10　姜半夏10　陈广皮6

薤白头10　全瓜蒌16　姜厚朴6　苦杏仁10

蜜白前5　紫苏子10　旋覆花6　紫苏梗10

煅赭石20

　　　4付

二诊：2021年08月02日

上药二剂后呃逆即缓。目前咽仍有痰阻，泛酸，咯痰，纳欠香，大便日行，舌淡红，苔白腻，脉细弦。仍属痰气中阻。

法半夏10　姜厚朴5　云茯苓10　紫苏梗10

全瓜蒌16　薤白头10　陈广皮6　青皮6

蜜白前5　煨木香3　炒枳实6　苦杏仁10

　　　14付

注：病人呃逆1周，势重病急，就诊时呃声频做，甚至气喘，不能连续讲完一句话，时有咯痰，纳差，苔白腻，脉细弦。病人呃逆甚，证属实无疑，但属气、寒、食，尚难判断。病人诉并无明显情志、饮食等诱因，如何辨证呢？症状中咯痰、苔白腻乃辨证关键症状，为痰浊阻滞提供了充分的依据。因此，病机属痰浊阻滞，气机上逆冲膈，上犯肺胃而致。故治法以祛痰降逆，理气止呃为法，方选柿蒂汤、旋覆代赭汤合栝楼薤白半夏汤合方治疗。柿蒂汤出自《济生方》，由丁香、柿蒂、生姜组成，温中降逆止呃，旋覆代赭汤出自《伤寒论》第161条："伤寒发汗，若吐若下，解后，心下痞硬，噫气不除者，旋覆代赭汤主之。"该方可降逆化痰，益气和胃。栝蒌薤白半夏汤出自《金匮要略》，具有通阳散结，祛痰宽胸的功效。三方合用，共奏降逆化痰，理气通阳的作用。佐加杏仁、白前、苏子、厚朴等理气之品。药证相合，故效若桴鼓。

正所谓：

呃逆之证分虚实，气逆冲膈犯肺胃；

实证多由食寒痰，虚证应辨阴阳异；

降逆为法治各异，不离医圣仲景方。

十、口中诸苦皆有因 究其根源随证治

口中异味乃现代人常见，既口中出现酸、苦、甘、辛、咸的味道，或口中出现臭味。中医一般根据五行理论进行辨证论治，酸、苦、甘、辛、咸分属肝、心、脾、肺、肾所主。口中酸，多为肝有邪热；口中苦，多为心胆有热；口中辛，多为肺有热；口中甜，多为脾有热，口中咸，多为肾病；口中味臭，多胃火蕴结。据此治疗，大多有效。

典型病案：

病案一

周某，女性，62岁。

初诊：2021年05月01日

近20日上腹不适，自觉咸感，牙龈干咸状，寐欠香，舌淡红，苔薄腻，脉细。咸属肾，肾水上泛。

熟地黄10　生山药10　山萸肉6　泽泻10

茯苓10　丹皮6　制附子3　车前子10

牛膝10　肉桂2　杜仲10

　　　14付

二诊：2021年07月15日

患者药后诸症均安，2月因其他不适方知。

注：患者因上腹不适，自觉似咸感，牙龈干咸状而就诊，余无明显不适，当属肾精亏虚，肾水上浮，故治以温肾助阳以消阴翳，方选济生肾气丸，效若桴鼓。

病案二

许某，女，59岁

初诊：2021年06月24日

口干苦10余月，胃镜示胆汁反流性胃炎，吐黄涎，纳可，二便如常，寐差，舌淡红，苔薄，脉细。

枇杷叶10　姜竹茹10　天麦冬各10　炒枳壳6

茵陈10　生地黄10　石斛10　炙甘草3

黄芩10　知母5　青蒿10

　　　7付

二诊：2021年07月17日

药后口苦缓，吐黄涎亦缓，舌灼，牙龈灼感，寐转安，仍易醒，舌淡红，苔薄，脉细。

上方加黄连3　升麻5

14付

注： 口苦亦为临证常见，苦入心。又因胆汁苦，邪气犯胆，则其逆于胃，故口生苦，所以口苦可见心、胆病变。正如《灵枢·胀论》载："胆胀者，胁下痛胀，口中苦，善太息。"《灵枢·四时气》说："邪在胆，逆在胃，胆液泄则口苦，胃气逆则呕苦，故曰呕胆。"本案口干苦10月余，吐黄涎，寐差，故心胆同病，邪热伤津，治疗当清心泻胆，滋津清热，方选甘露饮。甘露饮出自《宋·太平惠民和剂局方》，主治邪热蕴于内，出现牙宣口气，齿龈肿烂，或即饥烦，不欲饮食，及赤目肿痛，口舌生疮，咽喉肿痛等症。方中二地二冬滋阴清热，黄芩、山栀、茵陈、枇杷叶清热泻火，加青蒿、知母以清泻心胆之热，黄连、升麻清心泻火解毒。患者药后口苦明显缓，效若桴鼓。

《医法圆通》有一段话挺有道理，临证可以参考，曰："其中尚有口苦者，心胆有热也。心热者，可与导赤散、黄连汤。胆热者，可与小柴胡汤倍黄芩，或泻肝汤。口酸者，肝有热也，可与当归芦荟散、龙胆泻肝汤。口辛者，肺有热也，可与泻白散、清肺饮。口甘者，脾气发泄也，可与理中汤、六君子汤。口淡者，脾气不足也；可与归脾汤、参苓白术散。口糜者，满口生白疮，系胃火旺也，可与甘露饮、凉膈散。"

正所谓：

口中诸味皆有主，究其五脏多邪实；

虚证虽少不可忘，识其根本随证治。

十一、明辨病机治口臭

口臭是指病人自觉或者别人感觉口中异味，轻的可以很快恢复，重者可以影响病人的交往。口中异味的引起原因有很多，常见的有口腔疾病，比如龋齿、牙龈炎、牙周炎等；胃肠道疾病，常见的消化不良、消化性溃疡、慢性胃炎等；还与吸烟、饮酒以及吃葱、蒜、韭菜等刺激食品有关。遇到口臭的病人还需要仔细分析病因，采取正确的方法。中医药治疗胃肠道疾病导致的口臭有很好的优势。中医一般认为口臭由于邪气蕴结，熏蒸于内，上出口腔有关，邪气包括湿邪、食积、热邪等邪气，还有少部分病人与阴虚内热有关。根据病人的具体情况，辨证论治往往能够取得较好的疗效。

典型病案：

患者，男性，61岁

初诊：2018年7月7日

上腹胀满反复数年，自觉有气自右上腹上冲于胸部，口中异味，上腹灼热，大便可，性情较急躁，舌淡红，苔薄少，脉细。证属气郁化热，肝热上扰之象。治法清热平肝先行。方选羚角钩藤汤加减。

钩藤10^{后下}　茯苓10　菊花10　桑白皮10

生地黄10　炒白芍10　浙贝母10　炙甘草3

姜竹茹10　陈皮6　炒麦芽6　六神曲10

14付

注： 口臭大部分从肺胃蕴热入手治疗，本例病人有两个症状，一是自觉有气上冲于胸，二是性情较急躁，均由于气机郁结，气逆于上而致。患者服用上方加减约2月余，症状明显好转，气上冲感已经消失，口臭亦减轻。

二诊: 2018年10月27日

患者症状明显好转，气上冲感已无，口中异味较前缓，近来手凉，嗳气频作，上腹有灼热感，舌淡红，苔薄白腻，脉细。证属寒热错杂，中虚失运。治法于辛开苦降，健脾益气。

党参10　炙甘草3　法半夏10　黄连3
黄芩6　红枣6　干姜3　瓦楞子15^{先煎}
麦冬6　牛膝10　沉香曲3
　　14付

三诊: 2018年11月24日

患者症状好转，上腹灼热感略缓，嗳气较前缓，口苦亦轻，目糊，舌淡红，苔薄，脉细。原方加减:

党参10　炙甘草3　法半夏10　黄连3
黄芩10　红枣6　干姜3　刺蒺藜10
麦冬6　海螵蛸12　沉香曲3
　　14付

四诊: 2018年12月8日

患者诉症较明显缓解，口中异味很少，目仍糊，舌淡红，苔薄，脉细。参上法。

党参10　炙甘草3　法半夏10　黄连3
黄芩10　红枣6　干姜3　刺蒺藜10
麦冬6　海螵蛸12　沉香曲3　木贼草6
　　14付

注: 患者经过数月的治疗，症状明显缓解。回顾其病情变化，可以发现该病人口臭的病机存在两个方面，一是肝气郁结，气郁化热，气逆于上，二是湿浊郁结，中气亏虚。病人初诊时，肝气上逆较甚，经过治疗后热渐清，气渐畅，而湿浊越来越明显，有个典型

的表现是病人的舌苔，初诊是苔薄少，10月27日复诊时苔薄白腻。因此，治疗也予以调整，从治肝改之脾，从清热理气改辛开苦降。经过治疗，病人症状明显好转。我们可以吸取的经验和教训有以下二点：1.当治疗效果不好的时候，考虑下是不是存在复合病机，分清虚实寒热，明辨标本虚实，治疗先后；2.在治疗过程中，要注意到症状的改变，比如二便、舌苔、饮食等等，一个症状的改变可能提示病机的变化，要及时调整治疗方案。

正所谓：

口臭难堪，细辨别分属局部与整体；

药香好闻，性味异可调寒热与湿浊。

十二、明辨证　培益正气可愈经络病

中医疗效乃中医生存之根，而识证则为疗效的基石。证是中医对疾病特点认识的概括，包括了疾病的病因、病位、病理因素、病机特点、预后等，识证之重要性为历代医家最强调的、最重视的技能。喻嘉言就曾强调"临病先议证，后立方"。无证之方药则皆为虚伪，难以服人。然识证之法甚多，此试浅述之。

一、病因求证：病人就诊时，先问病因，许多病人能够说明发病的原因，或因于外感，或因于情志，或因于饮食，或因于劳累。有明确病因，就可以为辨证提供很大的帮助。

二、病人素体：也就是"三因制宜"中的因人制宜。不同的人，即使在相同的致病因素下，出现的证也会不同。如一个平素健康的人，如果感受外感，即使受邪较重，往往能够很快的恢复，病机总属以实为主；而一个体质虚弱的人，要么反复受邪，要么受邪后迁延不愈，出现虚邪夹杂的病机特点。

三、症状特点：症状是辨证的依据，在临床时可以根据对病人影响的主次分为主症、次症。主症是最影响病的症状，可以导致中医诊断，次症则是病人其他的症状，可以帮助辨证。这里的主症、次症是经过医生四诊后判断总结的，而不是病人所述说的。因为有些病人首先说的症状有可能不是最主要的痛苦。

四、舌苔脉象：舌脉是中医独特的诊断依据，在辨证中占有重要的地位。舌苔是客观依据，病人通常不能够改变，因此辨证时应当尤为重视。脉象存在一定的主观性，有时很难统一，因此古代医家也有"舍证从脉"、"舍脉从证"的观点。一般而言，如果舌、脉出现明显的异常变化，通常都在要辨证时充分的考虑。

典型病案：

患者，男，46岁

初诊：2021年06月28日

平素上腹不适，或烧心，腹易胀，受寒则明显，左肩背不适，大便或溏，伴腹痛，平素易生口疮，冬季明显，舌淡红，苔薄，脉细。络脉空虚，寒邪外袭。

法半夏10　炒白术10　茯苓10　木香3

砂仁3　陈皮6　羌活5　炙甘草3

炒枳壳6　片姜黄6　神曲10　防风6

　　14付

二诊：2021年07月08日

药后症状明显缓解，左肩背仍有不适，较前减轻，余无不适，舌淡红，苔薄，脉细。

法半夏10　炒白术10　茯苓10　木香3

砂仁3　陈皮6　羌活5　炙甘草3

炒枳壳6　片姜黄6　神曲10　防风6

炒白芍10　秦艽6

　　14付

注：该病人以上腹不适就诊，伴有腹胀，或烧心，大便溏，舌淡红，苔薄，当属脾胃虚弱，运化失司；气阳亏虚，温煦不能，故伴有腹痛；肩背不适乃正气亏虚，寒邪外袭，经络不和。病人冬季易生口疮，乃因脾胃虚弱，不能运化水谷，而冬季天寒，其性收敛，正气不能畅达，阳气收敛于内，郁而化热，循经上炎而致，正如《素问·经脉别论》曰："勇者气行则已，怯者则著而为病也"。正气虚弱，寒邪外袭经络，故左肩背不适。治疗当健脾益气助运，祛寒除湿通络。方选香砂六君子汤和蠲痹汤加减。方证相合，效若桴鼓，原法善后。

正所谓：

证不识则病不明，开口出手便是错；

识证之法虽多样，舌脉相参症证合；

读书不如临证多，勤中方能生熟巧。

十三、明辨证　健脾守法建功愈萎缩

慢性胃炎是胃黏膜的慢性炎性反应，多数患者无明显临床症状，有的患者可出现上腹部不适、饱胀、疼痛、食欲不振、嗳气、反酸等，还可以伴有健忘、焦虑、抑郁等。根据病理学结果一般将慢性胃炎分为萎缩性和非萎缩性。由于慢性胃炎受患者生活习惯、饮食因素、心理变化、地理天候等影响，症状往往反反复复。慢性胃炎辨证分型多有脾胃虚弱、肝胃不和、气阴两亏等证，通过中医辨证治疗可以明显提高慢性胃炎的临床疗效。近日治疗一例慢性萎缩性胃炎病人，其2年前曾就诊服用中药5月，后因病情缓解未再就诊，近日复查胃镜，萎缩性胃炎已经缓解，故总结如下。

典型病案：

患者，男性，50岁

初诊：2017年05月05日

上腹不适反复数月。胃镜检查示萎缩性胃炎，目前纳欠香，大便溏薄，四肢酸楚，舌淡红，苔薄，脉细。

党参10　茯苓10　炙甘草3　白术10

莲子肉10　山药10　薏苡仁15　陈皮6

扁豆10　藿香10　桂枝3　砂仁3

　　7付

二诊：2017年05月11日

药后无明显变化，仍纳食欠香，寐欠安，梦多，手足心热，舌淡红，苔薄腻，脉细。检查肝功能、B超、肿瘤指标正常范围。

党参10　白术10　黄芪10　当归10

茯神10　远志5　川芎10　茯苓10

木香3　珍珠母15　黄芩6　酸枣仁10

　　14付

三诊：2017年05月25日

药后纳转香，上腹或隐痛，大便日行，或溏，舌淡红，苔薄腻，脉细。

党参10　茯苓10　白术10　炙甘草3

莲子肉10　山药10　薏苡仁15　陈皮6

沉香曲3　藿香10　桂枝3　砂仁3

　　14付

四诊：2017年07月03日

尚安，上腹或痛，或嘈，寐欠香，舌淡红，苔薄，脉细。

党参10　茯苓10　白术10　炙甘草3

莲子肉10　山药10　薏苡仁15　陈皮6

沉香曲3　石菖蒲3　桂枝3　远志5

砂仁3

　　14付

五诊：2017年07月17日

大便仍溏，日行，上腹或嘈，腰或不适，舌淡红，苔薄腻，脉细。

党参10　茯苓10　白术10　炙甘草3

山药10　薏苡仁15　陈皮6　沉香曲3

石菖蒲3　独活6　秦艽6　砂仁3

蔻仁3

　　14付

六诊：2017年08月07日

尚安，上腹偶不适，大便成形，舌淡红，苔薄，脉细。

党参10　茯苓10　白术10　炙甘草3

山药10　薏苡仁15　陈皮6　沉香曲3

石菖蒲3　独活6　姜黄6　砂仁3

蔻仁3

　　14付

七诊：2017年08月21日

近来上腹仍疼痛时作，上午明显，乏力，纳可，舌淡红，苔薄，脉细。

党参10　茯苓10　白术10　炙甘草3

山药10　薏苡仁15　陈皮6　沉香曲3

石菖蒲3　独活6　砂仁3　蔻仁3

　　14付

八诊：2017年09月14日

上腹疼痛较前缓，近来消瘦，纳可，舌淡红，苔薄，脉细。5月体检未见异常。

党参10　茯苓10　白术10　炙甘草3

山药10　薏苡仁15　陈皮6　沉香曲3

石菖蒲3　独活6　砂仁3　蔻仁3

　　21付

九诊：2017年10月12日

上腹痛缓，纳可，大便可，舌淡红，苔薄，脉细。

党参10　茯苓10　白术10　炙甘草3

山药10　薏苡仁15　陈皮6　沉香曲3

石菖蒲3　石斛10　砂仁3　蔻仁3

　　14付

患者此次就诊后未再复诊，直到2019年9月9日再来就诊。其诉说后来症状缓解，因此一直未曾复诊。直至近来又不适，故胃镜复查，结果示慢性非萎缩性胃炎。

十诊：2019年09月09日

近来上腹胀，大便或溏，苔薄腻，脉细。胃镜示慢性非萎缩性胃炎

党参10　茯苓10　白术10　炙甘草3

山药10　薏苡仁15　陈皮6　沉香曲3

仙鹤草15　砂仁3　蔻仁3

　　14付

注：此病人临床表现以纳欠香，疲乏，大便溏薄为主，四诊合参，属于中医脾胃虚弱证，以参苓白术散加减进治5月余，症状基本缓解。方中以人参、茯苓、白术、甘草补益脾胃之气，以扁豆、薏苡仁、山药佐助益气健脾，莲子之甘涩，助白术既可健脾，又可渗湿而止泻，砂仁芳香，理气醒脾，促中州运化，通上下气机，为佐药，诸药合用，共奏益气健脾，渗湿止泻之功。该方用于肺脾两虚，纳呆腹胀，大便溏薄，久咳痰多者，为培土生金之法。

正所谓：

胃炎萎缩勿心急，细抓特点明辨证；

胆大心细须知守，方可奏效愈顽疾。

十四、培补脾胃法愈霉菌性食管炎

霉菌性食管炎是由于真菌侵入食管黏膜所引起的一种伪膜性炎症，最常见的是白色念珠菌感染，任何年龄均可发病，与应用广谱抗生素、免疫抑制剂、激素、细胞毒性药物有密切关系，同时也多发于慢性疾病患者，如肿瘤、糖尿病、贫血、艾滋病等。临床表现多样，可以表现为烧心泛酸，胸骨后不适，堵塞感，严重者也可以出现不能进食、呕吐、体重下降等。现代医学对因治疗一般给予抗真菌药物，比较常用的药物有制霉菌素、氟康唑等，但由于药物具有较多的不良反应，很多病人无法耐受，疗效也不是很确定。很多病人来寻求中医药治疗。中医中药通过四诊搜集病人临床特点，全面分析病情，从整体观和辨证论治入手，给予病人针对性的治疗，往往能够取得较好的临床疗效。近来治疗一例外地霉菌性食管炎病人，经过3个月的中医辨证治疗，复查胃镜显示病情痊愈，值得总结思考，以便进一步探讨中医治疗霉菌性食管炎的规律。

典型病案：

患者，男性，48岁

初诊：2019年04月15日

上腹疼痛，隐隐不适，寐欠香，大便溏，日行2~3次，疲乏，纳欠香，面色灰暗无泽，舌淡红，苔薄，脉细。胃镜示霉菌性食管炎。中医诊断：胃脘痛（脾胃虚弱），治法：健脾益气化湿。

法半夏10　茯苓10　陈皮6　木香3

炒白术10　党参10　砂仁3　仙鹤草15

威灵仙10　白花蛇舌草15　炙甘草3

　　28付

注： 中医并无霉菌性食管炎之病名，一般归属于"胃脘痛"、"痞满"、"泛酸"等范畴。本例病人临床特征以上腹隐痛，大便溏，纳欠香，疲乏为主要特点，证属脾胃虚弱证，因此治疗当以健脾益气，化湿助运为主，方选香砂六君丸加减。香砂六君丸具有健脾益气，理气化湿助运的功能，加仙鹤草、白花蛇舌草、威灵仙益气化湿。众药合用，达到补助正气，调整中焦气机，兼有化湿祛邪的功效。

二诊：2019年05月13日

患者药后症状较前缓解，上腹疼痛未作，大便转成形，纳可，疲乏感减轻，寐仍差，舌淡红，苔薄腻，脉细。药症相符，可守方进治。

原方加蜜远志5

　　28付

三诊：2019年06月20日

药后寐转安，上腹或有隐痛，大便日行1~3次，或溏，疲乏减

轻，舌淡红，苔薄，脉细。效不更方，仍原制出入，上方加醋香附6

28付

四诊：2019年07月29日

患者治疗3个月，在当地医院复查胃镜示贲门炎，浅表性胃炎。目前仍有大便溏，日行2次，咽干，异物感，舌淡红，苔薄腻，脉细。仍为脾胃虚弱，气滞湿蕴之象，参上制。

上方减砂仁、白花蛇舌草、仙鹤草

加桔梗5　炒薏苡仁12

28付

注：本例患者初诊时胃镜示霉菌性食管炎，经过3个月的中药治疗，复查胃镜示贲门炎，浅表性胃炎，霉菌性食管炎痊愈，充分证明中医药治疗霉菌性食管炎的优势。患者的症状特点为上腹隐痛，大便稀溏，日行2~3次，伴有疲乏，四诊合参，证属脾胃虚弱，运化无权，气滞湿蕴，不通则痛，故治疗以培补脾胃，理气化湿为法，选香砂六君丸为代表方加减进治，加仙鹤草、白花蛇舌草健脾益气，化湿解毒，威灵仙化湿，可治进食梗阻、噎膈等症，乃食管病变常用之药。之后随证加减，加远志化痰安神定志，加香附理气止痛，加桔梗可化痰，升提气机，与甘草配伍，为桔梗甘草汤，治疗咽干、异物感，加炒苡仁以增强健脾化湿祛浊之效。经过上述治疗，病人正气得复，气血渐充，邪气渐退，湿浊渐化，故疾病恢复。

霉菌性食管炎近年来发病率逐渐升高，特别是胃镜检查普及，使更多的病人能够诊断。由于霉菌性食管炎的发病与人体正气亏虚，抵抗力下降有密切的关系，中医中药能够充分的发挥其特点。通过临床实践，我认为辨治时应当注意以下几个方面：首先要细辨虚实。根据霉菌性食管炎的特点，其病机以虚证为多，最常见的是气虚，也是疾病最初之病机，可以贯穿疾病全程，之后逐渐出现阴虚、气阴两虚、气血两虚。本病单纯实证很少，多为虚中夹实，由于霉菌在致病特点上与湿邪、浊邪类似，都具有粘浊、缠绵等特点，临证常从湿邪、浊邪辨治。其次，治疗本病要重视扶正。正气亏虚是邪气内生的基础，只有促进人体正气恢复，脏腑功能气血充足，就可以祛除邪气。第三，食管为胃气所主，喜柔润降通，在治疗时需要重视这个特点。用药时不可过于燥烈温热，以防损伤食管，或者可适当配伍理气、润降的药物。因此，霉菌性食管炎与人体正气亏虚有密切关系，在治疗时要重视补益正气，正盛邪退，疾病方可痊愈。

正所谓：

霉菌致病本为虚，可兼湿浊阻中焦；

辨证施治不忘本，培补脾胃显疗效；

扶正祛邪促健康，正复邪退病可愈。

十五、浅析脾肾之泄泻的异同

泄泻属临床常见疾病，与多个脏腑有关。脾肾关系密切，脾为后天之本，肾为先天之本，脾、肾二脏病变所引起的泄泻，临床症状具有相似性，往往难以区别。脾主运化水谷，若脾气亏虚，运化不利，水液则停留于肠，或脾阳亏虚，升举无力，清阳不升，则导致大便稀溏，甚则泄泻。肾主水，主闭藏，肾阳可蒸化水液，闭藏精气，若肾精亏虚，无权蒸化水液，或无力闭藏，也可出现大便稀溏。

因脾致泄主要由于脾不运化，土不制水，水谷不化转为湿邪，流转肠道而致，其治应当燥脾化湿。燥脾即健脾助运，促进脾运恢复。因肾致泄乃阳虚火衰，蒸化无权，封藏无权而致。脾泄可见大便稀溏，脘腹冷痛，喜温喜按，四肢乏力，纳呆等，而肾泄可见大便稀溏，甚则无法控制，滑泄或大便滑脱，腰膝冷痛等。由于脾肾在生理上密切联系，故二脏所致泄泻有相似的地方，但脾泄阳虚较轻，肾泄阳虚较甚，临证时需要细心辨别。

正如在《医宗必读》九泄治法中，提出泄泻治脾、治肾的方法。"一曰燥脾，土德无惭，水邪不滥，故泻皆成于土湿，湿皆本于脾虚，仓廪得职，水谷善分，虚而不培，湿淫转甚，经云虚者补之是也。一曰温肾，肾主二便，封藏之本；况肾属水，真阳寓焉。少火生气，火为土母，此火一衰，何以运行三焦，熟腐五谷乎？故积虚者必挟寒，脾虚者必补肾，经云寒者温之是也。"

典型病案：

患者，男性，86岁

初诊：2020年10月13日

多年来腹部畏寒，肠鸣，秋冬季明显，得温则缓，午后明显，腹或胀，大便并日行，易泻，纳可，舌淡红，苔薄腻，脉细。

木香3　诃子肉10　肉豆蔻3　炒白术10

炒白芍10　桂枝5　益智仁10　补骨脂5

吴茱萸2　党参10　神曲10　茯苓10

　　7付

二诊：2020年10月20日

无明显变化，腹或胀，纳可，大便并日行，天气变化则明显，苔薄，脉细。

党参10　茯苓10　炒白术10　炮姜3

木香3　益智仁10　炒苍术5　陈皮6

神曲10　草果仁3　炒白芍10　防风6

　　7付

三诊：2020年10月29日

大便转正，腹仍畏寒，舌淡红，苔薄腻，脉细。

上方加藿香10　葛根10

　　14付

注：本病人因腹部畏寒，秋冬明显，大便易溏，肠鸣，初诊考虑患者多年患病，又为86岁高龄，初辨为肾阳亏虚，治以温肾固涩为法，选真人养脏汤加减。二诊时，诉上方无效，可知方不对证，改为健脾燥湿止泻法，选用平胃散、异功散加减。三诊时诉症状改善，大便转正，唯腹部仍畏寒，加藿香、葛根芳香化湿升阳。脾、肾两脏在人体中分别为后、先天之本，重要性不言而喻。但在治疗时，先治后治尚有不同观点。恩师尤松鑫教授主张脾病则治脾为主，肾病则治肾为主，脾肾同病者则应当治脾为主，以巩固后天以滋补先天。

正所谓：

泄泻源杂治多繁，涉及脾肾多因虚；

气虚阳虚或兼见，症有类似需细辨；

脾肾各治有主次，兼则治脾固后天。

十六、强肝健脾化面食竟愈怪病

民食五谷以养五脏，五谷性味各有所偏，亦可伤民。若人体气血阴阳已有偏，服用五谷不慎则可致病。近来曾遇一中年男性，诉食面条则腹泻，而进食其他食物则不泄，易肠鸣，余无明显不适，虽有胆囊切除史，其腹泻与此无明显关系，且进食油腻食物无明显不适。病人该如何辨证论治？

首先了解一下五谷与五脏的关系。在记载中，五谷所指各有不同，有的指麻、黍、稷、麦、豆，有的指稻、黍、稷、麦、菽，有的稻、稷、麦、豆、麻，也有的粳米、小豆、麦、大豆、黄黍，都是人们最常食用的谷类、豆类，在不同时期会有所不同。其中麻指麻子、芝麻，目前已较少食用，黍指黄米，稷指小米，麦指小麦，菽、豆指黄豆、绿豆、蚕豆等。五谷性味各有所偏，与五脏各有所属。根据五行，黍属心，麦属肺，稻属肝，稷属脾，菽属肾。《藏气法时论篇》曰"肝色青，宜食甘，粳米牛肉枣葵皆甘。心色赤，宜食酸，小豆犬肉李韭皆酸。肺色白，宜食苦，麦羊肉杏薤皆苦。脾色黄，宜食咸，大豆豕肉栗藿皆咸。肾色黑，宜食辛，黄黍鸡肉桃葱皆辛。"，指出肝病宜食粳米，心病宜食小豆，肺病宜食小麦，脾病宜食大豆，肾病宜食黄米。小麦味甘，性凉，《别录》记载其可"除热，止燥渴，利小便，养肝气，止漏血，唾血"，记载并不统一。在《程杏轩医案辑录》中的说法较为可信："治胸脘胀痛，泛泛欲呕，食面尚安，稍饮米汤，脘中即觉不爽，谓肝之谷为麦，胃弱故米不安，肝强故麦可受，当用安胃制肝法，此得《内经》之旨者也。"因此，不能食麦面者为肝气虚弱，不能受麦所致，治疗当强肝益气为法。

典型病案：

患者，男性，43岁

初诊：2021年09月05日

多年来食面则泄，或肠鸣，舌淡红，苔薄腻，脉细。胆囊切除术后。

吴茱萸2　羌活5　干姜3　蔻仁3

焦楂曲^各10　茯苓10　炒白术10　木香3

砂仁3　法半夏10　炒苍术5　葛根10

　　14付

二诊：2021年09月20日

药后食面未泄，效不更方。

上方加防风5

　　28付

三诊：2021年11月14日

药后食面未泄，停药后仍有肠鸣，参上法。

上方加炒麦芽15

　　28付

2022年06月04日

患者因其他问题就诊，知药后食面未再腹泻。

注：此患者食面则腹泻，而其他饮食不会导致腹泻，根据上述对五谷的认识，应为肝气亏虚，不能运化面食，又脾为后天之本，"泄泻无不由乎脾胃"，故本病人证属肝脾两虚，运化无力，肝虚为本，治疗当强肝益气，健脾助运。自拟强肝运脾汤治疗2月余，患者痊愈。方中吴茱萸辛苦、温，有毒，可强肝暖肝，辛散发泄，干姜、羌活辛温走窜，助吴茱萸强肝温肝；二陈汤健脾助运，木香、砂仁理气化湿，苍术、葛根升阳。众药合用，共奏强肝益气，健脾助湿之效。

正所谓：

五谷为养各有偏，麦为肝谷强可受；

肝虚食麦则为患，强肝益气为治法；

兼顾健脾助运法，能吃什么保安康。

十七、清热理气治便秘　可缓帕金森诸症

　　帕金森是一种常见的神经系统疾病，常以肢体的震颤、活动笨拙为首发症状，常常伴有抑郁、便秘、睡眠障碍等临床表现，对患者生活质量的影响很大。帕金森病最主要的病理改变是中脑黑质多巴胺能神经元的变性死亡，由此而引起纹状体多巴胺含量显著性减少而致病。目前帕金森病的确切病因并不清楚，但一般认为与遗传因素、环境因素、年龄老化、氧化应激等有关。根据其临床表现，属中医"颤证"、"便秘"、"不寐"等范畴，以辨证论治为基础，中医治疗常常能够起到意想不到的效果。

　　典型病案：

　　患者，女性，61岁

　　初诊：2021年07月20日

　　患者帕金森10年，长期服用多巴丝肼，近半年来大便干结难解，2~4日行，腹胀腹痛，泛酸，进食后易吐，面部表情僵硬，面具脸，腰痛，动则明显，平素卧于床，舌红，苔薄少，脉细弦。患者收住入院，辨证属阴津亏虚，肠道失润，络脉不和，治以清热养阴为法。

　　党参10　枇杷叶10　知母5　生石膏15

　　阿胶珠10　桑叶10　桑白皮10　杏仁10

　　紫苑10　全瓜蒌16　麦冬6　火麻仁10

　　生地黄10

　　　　5付

　　注：患者帕金森10年，目前大便干结为主诉，当属阴津亏虚，肠道失于濡润；腹气不通，故腹胀腹痛；胃气上逆，故进食后易呕吐，泛酸；阴虚气滞，血行不畅，故络脉不和，故腰痛，表情僵硬；

舌红，苔薄少，脉细弦乃阴虚之象。治以养阴生津，清热润肠。方中党参、麦冬益气生津；石膏、知母、桑白皮、桑叶、枇杷叶清热清津；杏仁、紫菀、全瓜蒌、火麻仁润肠通便；阿胶珠、生地黄养阴生津润肠。

二诊：2021年07月27日

患者药后大便干结略缓，较前易解，仍上腹不适，泛酸烧心明显，纳后仍易吐，舌红，苔薄少，脉细弦。虽津液已亏，胃中仍有热结，故改苦寒清热通降腑气。

黄连3　厚朴6　青陈皮^各10　炒枳实6

木香3　香附6　苦杏仁10　大腹皮10

苏梗10　沉香曲3　法半夏10　紫菀10

　　14付

注：患者服用清热养阴中药后，大便略缓，泛酸烧心明显，说明虽阴津已亏，但胃中有积热蕴结，故调整治法，改为苦寒清热以通降腑气，方中黄连清胃肠中热，厚朴、青陈皮、炒枳实、木香、香附、大腹皮、沉香曲理气通腑，半夏和胃，苦杏仁、紫菀润肠通便。

三诊：2021年08月10日

患者诉药后精神明显转振，可拄拐行走，述较前行走能力明显好转，大便日行，泛酸未作，纳可，上腹仍易疼痛，饥则明显，舌淡红，苔薄腻，脉细弦。

黄连3　厚朴6　青陈皮^各10　炒枳实6

木香3　香附6　苦杏仁10　大腹皮10

苏梗10　沉香曲3　法半夏10　紫菀10

全瓜蒌16　当归10　炒白芍10

　　28付

注：患者服药后症状明显改善，大便日行易解，泛酸未作，腹痛亦不明显，同时，精神转振，自己可拄拐行走，就诊时可见患者有微笑面容。由此可知，病人病机为胃肠为积滞热结，气机不畅，耗伤气阴，络脉不和，用中药治疗后腑中积热得清，腑中气机畅达，津液逐渐恢复，络脉和畅，故诸症可缓，故以原法善后。

正所谓：

便秘热结伤气津，络脉不和腑不通。

清热理气通腑气，热退津复诸症安。

十八、三因制宜　辨性别治疗失眠二例

辨证治疗是中医学的核心，临证需先辨证。辨证有八纲、脏腑、六经、卫气营血等法，由于病证变化繁多，准确辨证需要多多临证，细细思考，日积月累方可。曾治疗两患者，均为不寐、面色萎黄，虽然症状类似，但病机治法不同，可体现中医辨证论治的优势。

典型病案：

病案一

患者，女性，27岁

初诊：近月来寐欠香，面色萎黄，舌淡红，苔薄，脉细。经行正常。

党参10　炒白术10　黄芪10　当归10

茯神10　蜜远志5　大枣6　木香3

神曲10　酸枣仁10　炙甘草3　炒白芍10

　　14付

二诊：药后寐转安，面色转亮，舌淡红，苔薄，脉细。经行正常。

党参10　炒白术10　黄芪10　当归10

茯神10　蜜远志5　大枣6　木香3

神曲10　酸枣仁10　炙甘草3　炒白芍10

生地10　砂仁壳3

　　14付

注：患者为年轻女性，就诊时诉夜寐差，余无不适，观其面色，萎黄无泽，考虑女性以肝为先天，血分不足，失于濡养心脏而致失眠，故其病机为气血亏虚，心神失养，治疗以归脾汤加减进治。二诊时患者诉睡眠明显好转，面色亦转亮泽，药证相全，故以原法进治，加生地养血，砂仁壳理气助运，防止过于滋腻。

病案二

患者，男性，54岁

初诊：平素寐欠香，甚则夜不能寐，面色萎黄，大便4~5次，食不慎则频，疲乏，舌淡红，苔薄腻，脉细。

党参10　炒白术10　茯苓10　生山药10

砂仁3　炒薏苡仁12　陈皮6　蜜远志5

石菖蒲3　煅牡蛎15　神曲10　葛根10

　　14付

二诊：寐转安，饮酒后易泻，疲乏，舌淡红，苔薄腻，脉细。

党参10　炒白术10　茯苓10　生山药10

砂仁3　炒薏苡仁12　陈皮6　蜜远志5

石菖蒲3　煅牡蛎15　神曲10　葛根10

蔻仁3

　　14付

注：患者为中年男性，失眠许久，寐浅，面色萎黄，此亦为心神失养，本可予归脾汤治疗，但其大便情况可提示其病机本质。其大便较频，饮食稍有不慎则明显，此为脾气亏虚，失于固摄。病机为气血两亏，心脾失养，以脾虚为主，治疗以参苓白术散加减进治，药后寐安，面色亦亮。

上述两个病人虽然都是因失眠、面色萎黄而就诊，但其病机不一，要考虑到病人的性别、年龄，即"三因制宜"中的因人制宜，这也是中医辨证中最重要。人食五谷杂精，地处天南地北，禀赋性格各异，脏腑的功能特点各有不同。女性以肝为先天，以血为先天，治疗时要条畅气机，养益精血，男性以肾为先天，以气为先天，治疗时要补益脾肾，顾护气阳。两病案虽均有失眠、面色萎黄，但病案一为年轻女性，治疗应以养血安神为主，以归脾汤为主方，病案二为中年男性，治疗应以补益脾气为主，以参苓白术散为主方。临证应充分考虑，三因制宜，方能取得较好的疗效。

正所谓：

三因制宜参辨证，性别体质各不同；

女性养血畅气机，男性补气顾脾肾；

细审症状识病机，细微之处勿轻之。

十九、山穷水尽疑无法　柳暗花明选活血

上腹疼痛是导致病人就诊常见的症状，由于病因多样化，病机复杂，有些病人的治疗颇为棘手。消化道疾病如慢性胃炎、肝炎、胆囊炎、胰腺炎、肠炎、消化道肿瘤，心血管疾病心绞痛、心肌梗塞等都会出现上腹疼痛，在临证时需要细心鉴别，特别是病人症状

初次出现或近期出现变化加重者都需要认真思考，防止出现误诊。以下讨论的上腹痛是经过检查无明显异常，病人上腹疼痛不能缓解者的辨证治疗。此类病人多呈现慢性过程，呈持续或者阵发，或疼痛隐隐，或疼痛剧剧，疼痛性质也比较多样化，如灼痛、胀痛等，由于这些病人反复发作，多次检查均无明显异常，治疗颇有一些难度。对于这部分人的中医辨证要抓主症，找特点，认识其病症特点，才能针对病机选方用药，取得较好的临床疗效。近期治疗一上腹疼痛的患者，对于其治疗效果颇有感触，写出来供各位斧正。

典型病案：

患者，男性，45岁

初诊：2016年11月1日

患者有慢性胃炎史，就诊时上腹不适，反复数年，胀满，时有隐痛，纳欠香，大便日行1~2次，舌淡红，苔薄，脉细。辨证属脾胃虚弱，运化不利。治以健脾助运。

法半夏6　茯苓10　陈皮6　枳壳6

炒麦芽15　莱菔子10　六神曲10　沉香曲3

白术10　仙鹤草15　豆蔻仁3^{后下}

　　14付

二诊：2016年11月22日

药后胀略缓，脐上隐痛，夜间明显，活动则缓，大便日行1~2次，舌淡红，苔薄，脉细。证属中阳亏虚，失于温煦，治以温中和胃止痛。

白芍15　炙甘草3　炙桂枝3　香附6

苏梗10　陈皮6　川芎6　川楝子3

延胡索10　茯苓10　白芷5　高良姜3

　　14付

注：病人上腹胀满疼痛，曾多次胃镜检查为慢性胃炎，近期出现上腹疼痛隐隐，以脾胃虚弱，运化不利为病机，治以健脾助运法，症状无改善，似乎上腹疼痛还较前明显，尤其是夜间。

该病人夜间疼痛隐隐，由于其讲话语声较弱，二诊时改从中阳虚弱入手，治以温中止痛，选建中汤进治，同时建议病人B超检查。

三诊：2017年1月6日

药后疼痛似乎减轻，病人自述一剂中药吃两天。近来腹部或有疼痛，两胁仍隐隐疼痛，纳可，大便如常，舌淡红，苔薄腻，脉细。B超示：胆囊壁胆固醇结晶。证属肝胃气滞，不通则痛。治以疏肝理气止痛。

青皮6　郁金6　柴胡3　白芍12

炙甘草3　薄荷3[后下]　枳壳6　川芎6

香附6　陈皮6　延胡索10　海金沙10[包煎]

14付

注：患者经过温中、疏肝理气，疼痛略缓，但仍时有发作，患者中药也是吃吃停停，好点就停，不好就吃。曾多次复查B超示脂肪肝，胆囊壁胆固醇结晶，患者因高血压与心脏原因不能胃镜检查，钡餐亦未见明显异常，上腹MR示肝内多发小囊肿，右肾囊肿，双肾周脂肪间隙模糊，但患者仍然上腹疼痛，夜间明显，时轻重，这该如何处理呢？

这类病人在临床并不少见，病人各项检查未见明显异常，症状时发时缓，时轻时重，而且执着的前来复诊。对于接诊医生将产生较大的压力。对疼痛的病机再思考，无非是虚实两端，"不荣则痛"、"不荣则痛"，结合此病人的疼痛特点，上腹疼痛，夜间加重，平卧时明显，可以用气虚瘀血阻络来解释，因此决定选择活血止痛法。

四诊：2018年7月17日

患者上腹仍时疼痛，时轻时重，平卧则明显，夜间明显，或泛酸，大便日行2~3次，舌淡红，苔薄，脉细。从瘀血论治，参血府逐瘀汤加减。

桃仁10　当归10　生地10　炒白芍10

川芎6　川牛膝10　炙甘草3　炒枳壳6

桔梗5　柴胡3　失笑散10

　　14付

五诊：2018年11月3日

患者就诊后未再就诊，直至11月份再就诊，述其药后疼痛明显缓解，直至最近上腹又出现隐隐疼痛，仍参活血法治疗。

注：至此，此病人的治疗似乎可以告一段落。上腹疼痛隐隐反复数年，夜间明显，平卧加重，先后用温中法、理气止痛，病情时轻时重，从瘀血治疗后，疼痛明显缓解。因此，掌握瘀血致疼痛的特点，及早给予活血止痛法非常重要。瘀血的特点：①疼痛部位固定；②刺痛；③舌有瘀点瘀斑；④疼痛入夜加重；⑤脉涩；⑥久病入络。其中，①~④为病人的症状或体征，较易掌握，而⑤为脉象，不易判断，⑥为病程长者，长时间治疗，其他方法无效者可试用该法。有上述6点疼痛之一就可以判定有瘀血，可选择活血止痛法治疗。

正所谓：

山穷水尽疑无方，柳暗花明选活血。

血行络畅痛可缓，久病顽疾可试参。

二十、湿蕴气滞阻中焦　奇方中病效桴鼓

青皮汤是治疗湿热郁结，热重于湿的一首方剂，临床使用疗效较好。青皮汤出自《普济方》，引用的《医方集成》，主治瘅疟，脉来弦数，但热不寒，或热多寒少，膈满能食，口苦舌干，心烦渴饮，小便黄赤，大肠结燥，舌红，苔腻，脉弦数。青皮汤共有11味药，包括青皮、厚朴、草果仁、柴胡、黄芩、半夏、茯苓、白术、甘草、生姜、大枣等，水煎去滓温服，不拘时候，服用期间禁忌生冷油腻。

青皮汤方解：青皮汤有很多来源，比如《普济方》、《格致余论》、《医学入门》均有青皮汤的记载，药物组成不一，基本用于治疗腹胀、腹痛等症，我们选的这个出自《普济方》，共有11味药，柴胡、黄芩、半夏、青皮、厚朴、草果、茯苓、白术、炙甘草、生姜、大枣，原方各药物都是等分量。方中青皮为君，苦辛温，破气消胀，消积化滞，配草果、厚朴为臣，助青皮行气消胀，还能够芳香燥湿温中，柴胡苦平，疏泄气机之郁滞，黄芩苦寒，清热燥湿，清肠中之热，半夏燥湿化痰，理气和胃，茯苓、白术健脾益气，扶正祛邪，共为佐药，生姜调和脾胃，和胃降逆，甘草、大枣扶正，调和诸药，为使药。诸药合用，理气清热燥湿，兼健脾胃，使脾胃气机通畅，湿浊得除，正气渐强，从而脾胃功能恢复，诸症自除。

典型病案：

患者，男性，44岁

初诊：患者上腹不适半年余，胀满，隐痛，时轻时重，大便并日行，溏，舌淡红，苔薄腻，脉细。证属湿浊蕴结，气机郁滞，治宜理气化湿运脾，选青皮汤加味。

青皮10　厚朴6　草果5　柴胡3

黄芩10　法半夏10　茯苓10　枳实6

炙甘草2　沉香曲3　焦山楂10　香附5

　　14付

二诊：患者药后症缓，云上方服用1~2剂后症状明显缓解，同时房事见振。近来饮酒后不适，舌淡红，苔薄腻，脉细。证未变，治亦不变。

　　原方去香附

　　　加炒白术10

　　　14付

注：青皮汤是治疗湿蕴气滞为主，兼脾胃虚弱为主要病机的病症。本例病人腹胀半年余，时有隐痛，大便溏薄，苔薄腻，乃湿浊蕴结，胃肠气滞而致，兼有脾胃虚弱，故选择青皮汤。患者服药后，效若桴鼓，腹胀完全消失，同时房事亦振，此乃湿浊消退也。后又因饮酒腹胀又做，仍因湿浊气滞为患，故仍选择青皮汤加味。湿浊蕴结脾胃乃脾胃常见的病机，由于湿浊粘腻难化，常导致症状反复，青皮汤配伍恰当，祛邪扶正，寓理气燥湿健脾于一体，理气消胀作用强大，不失为一个好的选择。

二十一、疏肝理气温通经络　从肝论治愈腹痛

腹痛是患者就诊最常见的原因，临证需分急缓、虚实、寒热、气血。急性腹痛因寒者多，因实者多，正如《证治准绳·杂病》所说："暴痛多实"。慢性腹痛虚多实少，虚证中阳虚、血虚多见，实证中多见气滞、食积、湿热等邪气。此外，还要根据腹痛的部位来判断所属脏腑。《望诊遵经》曰："脐上属胃，脐下属肠，大腹属太

阴，脐腹属少阴，少腹属厥阴，冲任在于中央，肾部主乎季胁，以及左胁属肝右属脾。"可能给临证一些提示。近日一病人复诊，曰其五月前服中药一剂，其多年腹痛缓解数月，似乎可以总结以待后用。

典型病案：

患者，男性，65岁

初诊：2022年05月17日

左侧脐腹疼痛不适反复多年，按则明显，伴有嗳气，大便或溏，舌淡红，苔薄，脉细。证属厥阴气滞。

炒白芍10　炒枳壳6　醋柴胡6　木香3

沉香曲3　制吴萸2　小茴香3　乌药6

荔枝核10　酒当归10　砂蔻仁^各3

　　14付

二诊：2022月10月08日

患者诉药后腹痛缓解数月，近1月来左侧脐腹隐痛又作，与服药前相比程度减轻，肠鸣，易嗳气，大便日行，或溏，舌淡红，苔薄，脉细。参上法。

上方去醋柴胡、沉香曲、当归

　　加薤白6　橘核10　防风6　炒白术10

　　14付

注：患者因脐左侧腹疼痛不适多年而就诊，按则明显，上下约有10~15cm范围，这个部位属腹两侧，乃肝经循行部位，故证属厥阴气滞。厥阴气滞的原因常见的有情绪因素、肝阳不足、湿热蕴结等，本病人情绪、湿热之征不足，而其便溏又是正虚的佐证。故为肝阳不足，气机郁滞，治疗当疏肝理气，温通经络，以四逆散加减进治。方中炒白芍、枳壳、柴胡四逆散疏肝理气，木香、沉香

曲、小茴香、荔枝核、砂蔻仁理气止痛，乌药、吴茱萸、当归温肝止痛。二诊时加薤白、橘核加强温阳通络止痛的功效，加防风疏散肝气，白术补气实脾。全方共奏理气通阳，和络止痛的功效。

正所谓：

腹痛分属肝脾肾，大腹属脾脐腹肾

少腹属肝多阳虚，痛甚寒多分气血，

脐上属胃脐下肠，虚实相参治不同。

二十二、四诊合参　扶正祛邪治胸瘘

瘘，即漏也，经年成漏者，在颈则曰瘰瘘，在痔则曰痔瘘。久漏而不愈，常出脓水。现代医学称为瘘管，指身体内病变由内向外溃破而形成的管道，病灶里的分泌物沿此管道流出。常见于淋巴结结核、痔疮、恶性肿瘤，亦可见于手术、穿刺而导致形成瘘管的亦不少见。瘘乃邪之出路，随者邪气的外漏减弱，瘘管逐渐闭合，但是部分病人往往难以闭合。瘘管不能闭合原因常见的病因有两条，即邪实与正虚。邪气停于体内，势重缠绵，不断流出，导致瘘管不闭。常见的邪气有水饮、湿浊、瘀血、湿热等，邪气可以互相兼夹。如《医宗金鉴*编辑外科心法要诀》中记载了"鳝漏"，指出"鳝漏生在腿肚间，孔如钻眼津水绵，颇类湿疮湿热发，艾汤熏洗觉痒痊"。亦可由于气血阴阳等正气亏虚，不能濡养脏腑经络，导致瘘管不闭合，与疮疡溃后正虚不愈的病机类似，其治可补、可托。近期使用中药治疗一胸腔插管后瘘管不闭患者，显示中药疗效颇佳。

典型病案：

患者，男性，59岁

初诊：2019年01月21日

患者因肺CA行手术治疗，术后胸腔引流口成瘘已2月余，拔管后仍不闭合，时有液体渗出，近来易发热，体温38.5，曾于当地医院治疗，静脉使用抗生素后疗效欠佳。故来中药治疗，目前瘘口位于右胸前，时有淡黄色液体流出，发热，饮热水后汗出而退，纳可，大便正常，后背疼痛，口干，舌红，苔薄少，脉左细弦，右滑大数。

太子参10　茯神10　炒白术10　醋香附6

浙贝母5　醋鳖甲15　白茅根15　银柴胡3

黄芩10　炙甘草2　青蒿10　炒薏苡仁12

　　10付

二诊：2019年01月31日

药后瘘口较前收敛，体温37度，汗出略轻，后背仍疼痛，舌红，苔薄少，方似显效，参上法。

太子参10　茯神10　炒白术10　醋香附6

浙贝母5　醋鳖甲15　白茅根15　天花粉10

黄芩10　炙甘草2　青蒿10　炒薏苡仁12

忍冬藤10

　　7付

三诊：2019年02月09日

瘘口已基本闭合，后背仍有疼痛，午后发热，汗出则退，舌红，苔薄少，脉滑。

太子参10　茯神10　炒白术10　醋香附6

浙贝母5　醋鳖甲15　白茅根15　天花粉10

黄芩10　炙甘草2　青蒿10　炒薏苡仁12

忍冬藤10　炮山甲5　金银花10

7付

注：此病人手术后2月瘘管未闭，患者面色萎黄，瘘口流出的液体色清黄，舌红少苔，四诊合参，病机为气阴两虚，失于濡养，肌肉无力恢复，故瘘管不闭。治以益气养阴，清退虚热为法。药选太子参、天花粉、白茅根益气养阴，茯神、白术、薏苡仁健脾益气，培补后天，黄芩、青蒿、银柴胡清热，象贝、鳖甲软坚散结，中药合用，达到益气养阴，清热散结的作用。服用两周左右，瘘口基本闭合。

正所谓：

瘘口不收分虚实，四诊合参辨正邪；

实证祛邪虚培补，邪退正复病自愈。

二十三、四诊合参分主客　互参辨本疗效好

辨证论治是中医临证特色之一。根据病人的临床症状，总结出疾病的病机是中医临证基本功。根据临床表现的特点，一般可以将其分为2大类，一类是病人的主观感觉，也就是症状，比如疼痛、胀满、食欲、疲乏等，只能通过病人的述说才能知道；另一类是客观表现，如病人的形态、面色、舌像、局部的触诊等，这些临床表现客观，难以改变，不受主观的影响，是辨证的重要依据。这两类临床表现必须相互参考，把握其中内在联系、变化的机制，才能够准确辨证。如上腹胀满是临床常见症状，但究其原因繁多，可见于气机郁滞、饮食停滞、寒邪外袭等邪实，亦可见于脾气亏虚、胃阴不足、气血亏虚，甚至可见于心肝阴虚、肾阴不足等虚弱证型。临证需要全面掌握病人的主、客观表现，综合分析判断，才能准确辨

证，正确治疗。

典型病案：

患者，女性，49岁

初诊：2017年11月27日。

患者上腹不适，食不慎则明显，寐欠香，下腹有灼热感，纳可，大便如常，畏寒，唇紫，舌淡红，苔薄，脉细。有甲减史。

柏子仁10　生地10　天冬6　麦冬6

酸枣仁10　川芎6　知母5　炙甘草2

六神曲10　茯神10　当归10　苏梗10

炒麦芽15

　　14付

二诊：2017年12月11日

患者药后症缓，上腹偶胀，寐转香，下腹灼热感缓解，畏寒减轻，纳一般，大便如常，唇紫缓，舌淡红，苔薄，脉细。

上方去炙甘草、苏梗

　　加枳壳6　大腹皮10　陈皮6

　　14付

注：患者因上腹不适来就诊，其主要特点是饮食不慎则明显，纳可，舌淡红，苔薄，脉细。如果只有以上这些症状，可以诊断为脾胃虚弱，气机郁滞，但病人还表现为寐差，下腹有灼热感，唇紫等表现，尤其是下腹灼热感，则说明病人偏于阴血亏虚，虚热内生，心神失养。而舌淡红，苔薄说明阴虚尚不严重。唇紫乃阴血亏虚，血液不能充盈血脉导致。患者虽有畏寒，但并不是阳虚而致，乃阴血亏虚所致，这是由于正气亏虚，阴不助阳所致。因此，在治疗上应当以滋养阴血法。方中生地、天冬、麦冬滋养阴液，酸枣仁汤养阴安神，神曲、炒麦芽调和中焦。患者药后症缓，1年多未再

发病。

三诊：2019年1月24日

患者近10天来上腹不适，纳欠香，时恶心，大便正常，寐欠香，心悸，烦躁，目糊，舌淡红，苔薄，脉细弦。

钩藤10^{后下}　茯神10　桑叶10　生地10

白蒺藜10　麦冬6　郁金6　木贼草5

姜竹茹10　香橼6　陈皮6　煅珍珠母15^{先煎}

　　14付

注：患者近10日来仍然出现上腹不适，纳欠香，故又来就诊，但其症状还有心悸、烦躁、目糊、寐欠香、恶心等症状，这显然也不能脾胃功能异常来解释，应当是由于肝经气郁，气郁化热，肝胃不和所致，因此治疗以清肝和胃为法，钩藤、桑叶、白蒺藜清肝经热邪，生地、麦冬滋阴清热，郁金、香橼理气解郁，陈皮、竹茹降逆和胃，木贼草清肝明目，众药合用，清肝理气，和胃降气。

四诊：2019年2月2日

患者药后症状缓解，又出现了新的表现，时有尿频，尿急，但尿常规检查未见异常，舌淡红，苔薄，脉细。

桑螵蛸8　石菖蒲3　茯苓10　生山药10

远志5　党参10　当归10　煅牡蛎15^{先煎}

菟丝子10　陈皮6　黄芩6　车前子10^{包煎}

　　14付

五诊：2019年2月23日

药后尿频急症状缓解，右胁偶有不适，或疼痛，参上法。

上方去陈皮

　　加延胡索10

　　14付

注：患者上腹不适在服用清和法中药缓解，出现尿频急症状，检查未见异常，结合其舌淡红，苔薄，脉细的舌脉，非湿热下注之像，而是肾气亏虚，摄纳无权。治疗补肾固涩为法，方选桑螵蛸散加减。桑螵蛸咸甘平，归肾、膀胱经，具有补肾助阳，固精缩尿的作用，是肾气不固之尿频、尿急常用之药。山药、党参、茯苓健脾益气，菟丝子、车前子补肾，远志、牡蛎安宁心神，配少量石菖蒲可开提上焦，调节全身气机。配当归养血，黄芩清肝热，众药合用，补益脾肾，益气固摄，患者服药后述全身舒适，尿频尿急症状随之而解。中药疗效可能通过多个方面来评价，而服药后的全身舒适是其中之一。

由本案可见，上腹胀满不适最常见于西医的慢性胃炎等病证，但有些病人用药治疗疗效欠佳，其原因可能是因为上腹不适是因为全身疾病所导致。正如此病人，初诊时根据其少腹灼热、唇紫等症状辨为阴血亏虚，予滋阴养血法而解。一年后又上腹不适，而其证却是肝郁化热，肝胃不和，后又出现肾气不固之尿频尿急，随证治之，皆应手而解。辨证论治是中医优秀的临证经验，是中医临床疗效的基础。

正所谓：

辨证论治辨病机，四诊合参相互参；

主观客观都详辨，方证相合效桴鼓。

二十四、土虚木旺变化多，培中调肝可降 TM

肿瘤标志物（Tumor　Marker, TM）可以帮助判断肿瘤的形成、增长，也可以反映治疗的疗效分析和预后判断。肿瘤标志物有很多，其临床意义也不尽相同。有些TM为肿瘤组织直接产生，主要有AFP、CEA等，还有些TM与宿主与病灶相互作用后产生，比如铁蛋白、肿瘤坏死因子等。近年来，又通过杂交瘤技术识别出肿瘤特异性大分子糖蛋白抗原（CA），常见的有CA125（卵巢癌相关抗原）、CA19-9（胰腺、肠癌相关抗原）、CA15-3（乳腺癌相关抗原）。其中CA19-9是消化科常用的是糖抗原的一种，其升高多提示有胰腺癌的可能，胆道系统癌、结直肠癌也会有升高。另外，胰腺炎、胆道系统、肝脏炎症也会有升高。对于肿瘤性疾病，及早发现原发灶是治疗的根本，而对于慢性炎症性疾病所导致的CA升高，中医药治疗往往具有较好的疗效，是一种不错的选择。

典型病案：

患者，男性，65岁

初诊：2018年12月28日

2018年8月检查CA199升高，随至省人医住院检查，诊断为十二指肠乳头炎性增生，故来中医求诊。就诊时右胁隐隐疼痛，纳可，大便如常，少腹或坠，寐欠香，舌淡红，苔薄，脉细。证属土虚木旺，治以疏肝健脾和络为法。

醋柴胡3　炒白芍12　当归10　炒白术10

炙甘草3　炒枳壳6　川芎6　醋香附6

陈皮6　苏梗10　郁金6　姜黄6

　　14付

二诊：2019年01月17日

患者药后寐转安，右胁隐痛略缓，少腹仍坠，舌淡红，苔薄腻，脉细。复查CA199示：243.68。

醋柴胡3　炒白芍12　当归10　升麻3

炙甘草3　小茴香3　川芎6　陈皮6

醋香附6　焦山楂10　郁金6　姜黄6

豆蔻仁3

　　　14付

三诊: 2019年01月31日

患者右胁隐痛较前缓, 少腹仍坠, 大便日行2~3次, 后溏, 纳可, 苔薄腻, 脉细濡。

醋柴胡3　炒白芍12　当归10　升麻3

炙甘草3　小茴香3　川芎6　香附6

陈皮6　木香3　郁金6　姜黄6

豆蔻仁3

　　　14付

四诊: 2019年02月28日

症较前缓, 左上腹或隐痛, 大便或溏, 寐一般, 舌淡红, 苔薄, 脉细。复查CA199: 81.67。

醋柴胡3　炒白芍12　当归10　炒苡仁12

炙甘草3　小茴香3　川芎6　醋香附6

陈皮6　木香3　郁金6　姜黄6

豆蔻仁3

　　　14付

五诊: 2019年03月21日

病情较前轻, 两胁或有隐痛, 上腹或嘈杂, 寐欠香, 舌淡红, 苔薄, 脉细

醋柴胡3　炒白芍12　当归10　炒苡仁12

炙甘草3　小茴香3　陈皮6　醋香附6

蜜远志5　豆蔻仁3　木香3　仙鹤草15

姜黄6　茯苓10

14付

六诊: 2019年04月20日

患者两胁时有隐痛不适, 大便如常, 纳可, 寐差, 舌淡红, 苔薄, 脉细。复查CA199: 67.74。

醋柴胡3　炒白芍12　郁金6　炒苡仁12

炙甘草3　蜜远志5　川芎6　醋香附6

豆蔻仁3　延胡索10　姜黄6　仙鹤草15

木香3　茜草10　陈皮6

14付

七诊: 2019年5月23日

复查示CA199: 70.17, 少腹坠感, 上腹或有刺痛, 或泛酸, 大便3~4次, 溏, 舌淡红, 苔薄腻, 脉细。

醋柴胡5　炒白芍12　郁金6　炒苡仁12

炙甘草3　金钱草15　陈皮6　海金沙10

醋香附6　延胡索10　姜黄6　仙鹤草15

海螵蛸12　豆蔻仁3　木香3

14付

八诊: 2019年06月20日

病人尚安, 右上腹时不适, 未疼痛, 大便溏, 日行2~3次, 腹偶不适, 寐仍欠香, 或疲乏, 舌淡红, 苔薄, 脉细。复查示CA199: 49.94。

醋柴胡5　黄芩10　郁金6　法半夏10

炙甘草3　党参10　姜黄6　醋香附6

姜厚朴6　陈皮6　木香3　金钱草15

苦杏仁10

14付

注：本例病因体检发现CA199升高而就医，住院检查后，诊断为十二指肠乳头炎性增生。病人的症状特点为两胁不适，隐痛，少腹坠胀，大便溏，舌淡红，苔薄，脉细，四诊合参，证属土虚木旺，脾虚失运，肝失疏泄；中焦气虚，运化不利，故大便溏，腹时不适；肝失疏泄，气机不畅，故两胁隐痛；正气亏虚，清阳不升，故少腹坠感。治疗应以培中健脾，疏肝和络为法，方选逍遥散加减进治。病人治疗大约5个月，复查CA199已降至49.94，由此病案可思考以下几个问题：1.土虚木旺乃临证常见，孰先孰后，孰强孰弱，是先培中健脾，还是先疏肝和络理气，临证时还需要细细推敲。2.TM升高者，中医药应当以辨证治疗为原则。TM的出现，也是人体阴阳失衡，气血失调，脏腑功能出现紊乱而导致，故通过辨证论治来使人体恢复"阴平阳秘"的状态。

正所谓：

土虚木旺变化多，培中调肝辨轻重；

症虽繁杂抓病机，法随证立可细调。

二十五、温阳通经愈胃痛　当归四逆建功勋

当归四逆汤出自《伤寒论·辨厥阴病脉证并治》，曰"手足厥寒，脉细欲绝者，当归四逆汤主之。"所谓"四逆"者，手足厥寒也，因阳气亏虚，四肢失于温养而致。当归四逆汤以散寒通脉立治，乃桂枝汤去生姜加当归、细辛、通草而成，具有温经散寒，养血通脉的功效，用于临证以血虚寒滞、湿痹挛痛为主，症见腰、腿、足疼痛、畏寒等，临床应用十分广泛，可用于神经根炎、血栓闭塞性脉管炎、坐骨神经痛、肌肉萎缩、小儿麻痹、冻疮等，近日

用该方治疗上腹痛一例，疗效显著，总结如下。

典型病案：

患者，女性，62岁

初诊：2019年12月14日

患者因上腹疼痛不适2月余，隐隐不适，虽不甚，但坐立不安，空腹时胀，四肢畏寒，大便可，或时汗出，舌淡红，苔薄，脉细。胃镜示慢性胃炎。证属阳虚失于温煦，胃络不和。治以温阳益气，通络止痛。

当归10　桂枝3　炒白芍10　小通草3

细辛3　红枣6　炒白术10　炙甘草3

香附6　木香3　高良姜3

　　14付

二诊：2019年12月28日

患者药后上腹疼痛较前缓解，特别近日来疼痛又明显，大便略干，口干，畏寒轻，舌淡红，苔薄，脉细。效不更方，仍参上法。

当归10　桂枝3　炒白芍10　小通草3

细辛3　元胡10　炒白术10　炙甘草3

香附6　良姜3　川楝子3　木香3

　　14付

三诊：2020年01月11日

上腹痛较前缓，仍口干，纳可，大便干，舌淡红，苔薄，脉细。仍以上方加减进治。

当归10　桂枝3　炒白芍10　小通草3

枳实10　元胡10　炒白术10　炙甘草3

香附6　良姜3　全瓜蒌20　火麻仁10

　　14付

四诊：2020年02月04日

上腹疼痛较前明显缓解，仍有不适感，纳欠香，大便易干，腹易胀，咽不适，舌红，苔薄腻，脉细。CT示肝右前叶上段小囊肿，左侧肾上腺显示稍增粗。阳气渐复，佐以滋养气阴。

当归10　桂枝3　炒白芍10　小通草3

枳实10　元胡10　炒白术10　炙甘草3

香附6　良姜3　全瓜蒌20　火麻仁10

生地10　柏子仁10

　　28付

注：胃脘痛之中虚脏寒证并不少见，临证时多用附子理中汤或黄芪建中汤温补中焦，缓解止痛。本例病人因其除了上腹疼痛外，还有四肢厥冷等血脉不通的表现，故选当归四逆汤。适应于营血虚弱，寒凝经脉，血行不利，故可兼见脏腑虚寒与肢体经络失于温养。当归四逆汤乃桂枝汤去生姜加当归、细辛、通草而成，方中当归辛甘温，补血和血，与芍药相伍补血虚；桂枝辛温，可温经散寒，温通血脉，与甘草相伍辛甘化阳，细辛温经散寒，佐助桂枝温通血脉；白芍养血和营，助当归补益营血，共为臣药。通草通行经络，通畅气血；大枣、甘草益气健脾养血，与当归、白芍相伍以补营血，又可防桂枝、细辛燥烈之性。全方诸药合用，共奏温经散寒，养血通脉之效。本例病人用该方后，阳气渐复，脏腑、经络得以温煦，故疼痛、畏寒等证缓解。

正所谓：

当归四逆温通方，养血通脉兼温散；

阳气不足经络寒，服之内外阳可复。

二十六、温中祛风和肝脾可愈六年泄泻

　　泄泻乃粪质稀薄，次数或多或少的病症，《黄帝内经》有"鹜溏"、"飧泄"、"濡泄"、"洞泄"、"注下"、"后泄"等病名。泄泻之病因与饮食不节、寒热不调、情志不畅、脏腑虚弱有关，其病机与湿邪有关，正如《素问·阴阳应象大论篇》曰："湿胜则濡泻。"然临证时需根据症状细辨泄泻之病机，兼恶寒发热，呕吐者为表邪外袭；兼腹痛腹泻，泻后痛减，紧张则明显者为肝气乘脾；兼疲乏困倦，少气懒言者为气阳亏虚，清阳不升；兼口臭，粪便臭秽者为湿热蕴结；见口干舌红少苔者为阴虚泄泻；兼腰膝酸冷者为肾阳虚；兼腹胀矢气，肠鸣辘辘，畏寒喜暖者为阳虚失煦。暴泻多湿热寒邪食积所致，而久泻则易伤及正气，可伤阳气，也可伤阴津。阳虚者易可调，阴伤者则难治疗。泄泻的治疗，则需要根据病机施治，李士材在《医宗必读》中总结了九法，一曰淡渗，使湿从小便而去；一曰升提，鼓舞胃气上升，则注下自止；一曰清凉，湿热浸淫，暴注下迫，当用苦寒诸剂；一曰疏利，通因通用法也；一曰甘缓，甘能缓急；一曰酸收，泻下日久，用酸性药以助收摄；一曰燥脾，仓廪亏虚，虚则不培；一曰温肾，肾主二便，失于封藏；一曰固涩，注泄日久，须行涩剂收涩。李氏九法为治泻提供了具体的大法，临证之时，尚需要根据病症的特点，病邪的兼夹而灵活运用，方可取得较好的疗效。近日治疗一例泄泻患者，反复泄泻六年余，多次胃肠镜未见异常，服用多种中西药物均无疗效，而服用中药汤剂1月，症状明显改善，值得总结以进一步提高疗效。

典型病案：

患者，女性，19岁

初诊：2022年09月29日

腹痛腹泻6年余，紧张则明显，餐后易泻，4~6次，水样大便，便前腹痛，便后缓，舌淡红，苔薄腻，脉细。自述腹泻严重时服用易蒙停方缓，长期服用益生菌等药。经行正常。

炒苍术5　藿香10　防风炭10　炒白芍10

炒白术10　益智仁10　木香3　豆蔻仁3

葛根10　制吴茱萸2　炒海螵蛸12　草果仁3

　　14付

二诊：2022年10月06日

患者挂号就诊，诉药后大便仍溏，次数已减至每日1~2次，故来咨询，嘱其继续服用。

三诊：2022年10月13日

患者诉症状明显改善，腹痛、腹泻未作，舌淡红，苔薄腻，脉细。

上方加茯苓10　神曲10

　　14付

四诊：2022年10月27日

尚安，曾腹泻1~2次，伴腹痛，余无不适，舌淡红，苔薄，脉细。

上方去防风炭、制吴茱萸、海螵蛸

　　加防风6　白芷5　炮姜3

　　14付

五诊：2022年11月10日

尚安，近来增重，腹痛腹泻未作，舌淡红，苔薄，脉细。

上方去防风、白芷。

　　28付

注：患者腹痛腹泻6年余，严重时不能外出，进食后易泻，大便

日行4~6次，伴腹痛，便后痛缓，舌淡红，苔薄腻，脉细，四诊合参，病机略显复杂。餐后易泄，为脾虚亏虚，无力运化水谷，直泄大肠而致；便时腹痛，便后痛缓，乃气机郁滞，紧张则甚，为肝气不疏，横逆乘脾；患病日久，多兼阳虚，故患者畏寒，寒性食物可导致腹泻。患者虽为焦虑，但并不存在易怒生气，故其肝气不疏乃肝阳亏虚，失于疏泄，气机不畅。综上所述，病人的病机为脾气亏虚，运化无力，肝气阳不足，疏泄无力，治疗当温阳培中，化湿助运，疏肝健脾为法。方中炒苍术、炒白术、益智仁健脾化湿；藿香、木香、蔻仁、草果芳香温中，散寒化湿；制吴茱萸、白芍暖肝缓急助疏泄，葛根升清止泻，炒海螵蛸收敛止泻，防风可祛风胜湿止泻，防风炭化湿止血，防风走表，防风炭走里，故本案选防风炭进治。全方共奏健脾暖肝，理气散寒化湿，升清固涩之效。患者服后症状明显缓解，经过一个月的治疗，大便已成形，腹痛腹泻未作，原法善后。

正所谓：

泄泻日久病机繁，肺肝脾肾易相关；

正虚要识阴阳异，审证论治方可效。

二十七、泄泻治验三则

病案一

患者，男性，60岁

初诊：2020年05月19日

大便稀溏反复多年，近2月来便日行3~4次，矢气，纳可，肠鸣，畏寒，舌淡红，苔薄腻，脉细。曾肠镜示慢性肠炎，必要时复查，温培中焦。方选理中平胃散。

党参10　茯苓10　炒白术10　炒苍术5

陈皮6　厚朴6　益智仁10　炮姜3

藿香10　木香3　神曲10　砂仁3

　　14付

二诊：2020年06月01日

症明显缓解，大便2次，较前成形，仍矢气，畏寒，肠鸣轻，苔薄，脉细。

上方去神曲

　　加吴萸2

　　14付

病案二

患者，女性，61岁

初诊：2020年06月09日

平素易腹泻，急躁则明显，伴腹痛，寐欠香，肠鸣，易汗出，心悸，苔薄，脉细。土虚木贼，以培中助运，柔肝敛阴，参以镇肝为法，方选痛泻要方加减。

炒白芍10　炒白术10　防风10　陈皮6

煅牡蛎20　炙甘草2　桂枝5　炒蒺藜10

煅龙骨20　乌梅炭3　红枣6

　　14付

二诊：2020年06月23日

药后症明显缓，或心悸，汗出缓，舌淡红，苔薄，脉细。

上方加益智仁

　　14付

病案三

患者，女性，88岁

初诊：2020年05月25日

近2年来食不慎则泻，大便3~4次，矢气，纳可，肠镜未见异常，报告未带，苔薄，脉细。脾虚失运，兼湿邪蕴中。以健脾化湿为法，方选不换金正气散。

苍术5　姜半夏10　陈皮6　藿香10

姜厚朴6　木香6　砂仁3　茯苓10

神曲10　焦山楂10　干姜3

　　14付

二诊：2020年06月22日

大便转正，日行1~2次，仍完谷不化，或矢气，苔薄腻，脉细。

上方加炒白术10

　　14付

注：泄泻临证较为复杂，临证需要辨别脏腑不同，虚实寒热。泄泻主脏在脾，然与肝、肾密切相关。女性泄泻调肝脾，男性泄泻则调脾肾。邪气不外风、寒、湿、食，想要鉴别也不难，主要细辨泄泻的原因。泄泻日久可出现阴虚、阳虚的不同，也难逃"阳虚易治，阴虚难调"的咒语。泄泻病人治疗许多，有效很多，无效也有很多，这三例都是泄泻日久，服用多种药物疗效欠佳，而中药治疗显示了令人惊奇的效果，心中赞叹祖国医学的神奇。

正所谓：

泄泻临证变化多，脾为主脏系肝肾；

虚实不同审病因，阳虚易治阴难调。

二十八、养血润肠愈便秘

便秘指大便干结，排便困难，或排便不尽感，大便并日行，甚则1～2周行，可伴有腹胀腹痛，食欲下降，严重者可影响病人的生活质量。便秘的原因与饮食、劳倦、情志、久病等有关。《兰室秘藏·大便结燥门》谓："若饥饱失节，劳役过度，损伤胃气，及食辛热厚味之物，而助火邪，伏于血中，耗散真阴，津液亏少，故大便燥结。"因此，便秘治疗亦需要综合治疗，方能取得较好的效果。适当的运动、足够量的饮水、合适的饮食、良好的排便习惯是治疗的基础。中医治疗便秘以辨证论治为基础，从虚实论治。实者以气滞、食积、热蕴、湿浊多见，正虚以阴津亏虚、血虚多见，亦可见到气虚、阳虚便秘。初病者，多以实证为主，治疗虽以祛邪通便为主，但养成良好的生活习惯则是维持疗效的前提。久病者，多以虚证为主，或虚实夹杂，治疗不易取效，往往需要较长的时间。余临证治疗便秘，大部分病人能够取得较好的疗效。近治疗一女性患者，通过14天的中药治疗，其多年便秘的疾苦竟然得到缓解。

典型病案：

患者，女性，59岁

初诊：2022年01月13日

患者诉多年大便4～5日行，纳可，舌尖红，苔薄，云门诊。体检示血脂升高。先以养血润肠为法。

生地黄10　麦冬6　玄参10　火麻仁10

片姜黄6　香附6　当归10　川芎6

莱菔子10　紫菀10　枳实6　厚朴6

　　14付

患者初诊后未再就诊，直到5月19日因睡眠差就诊，诉上药后大便均正常。

注：该患者二诊时诉服用中药后大便日行一次，"大便从未如此通畅。"回顾其初诊时症状，只有大便4～5日行，其他无明显不适，无腹胀腹痛，食欲正常，无嗳气泛酸，无口干口苦，辨证似乎无从下手。而其舌尖红可以为辨证指明方向，乃因阴血亏虚，虚热内蕴，肠道失于濡润。因邪不盛实，故症不明显。因此，治疗以养血润肠为法，方选增液汤加减。生地、麦冬、玄参增液润肠通下，为君药；火麻仁、当归、紫菀增液润降，助力地、麦、玄，为臣药；川芎、片姜黄、香附、枳实、厚朴、莱菔子行气导滞，为佐使药，全方合用，共奏增液润肠，养血润降，理气通便的功效。患者服用2周，大便日行一次，转为正常。

正所谓：

便秘为患痛苦疾，虚实寒热血气辨；

综合治疗是基础，扶正祛邪法细酌。

勿过攻下护正气，养润通降相佐用。

二十九、养血益气活血通络法可愈麻木

麻木是常见的临床症状，现代医学不将其作为一个单独的疾病，但在古代医籍中，常常单独列为一章。如在《张氏医通》在痿痹门中，将麻木与痛风、痹并列。麻与木的感觉不同。麻指局部血液循环障碍而出现的感觉，"如坐久倚着，压住一处，麻不能举，理可见矣。"木指感觉异常，"不知痛痒，若木然是也"。麻木总的病机为"营卫滞而不行则麻木"，然麻与木不同，病机亦有差异。张石顽指出："麻则属痰属虚。木则全属湿痰死血。"《万病回春》曰："麻是浑身气虚也，木是湿痰死血也"。即为麻主虚，以气血不足为主，木主实，以湿痰死血为主。麻木同时并见者，则需要兼而治之。近治疗一胃癌术后5年，手足麻木1年，经2月治疗麻木完全恢复，治疗过程如下。

典型病案：

患者，男性，68岁

初诊：2022年01月29日

胃癌术后5年，复查CT示两下肺炎症，CEA 10.05，CD 3、CD 8、CD 19降低。近1年来手足麻，自乏力，抓物无力，舌淡红，苔薄少，脉细。养血通络。

当归10　牛膝10　枸杞10　生地10

熟地10　鸡血藤10　茺蔚子10　天麻6

络石藤10　桑枝10　桂枝5　炒白芍10

　　14付

二诊：2022年02月10日

药后手足麻较前轻，劲力较前增，舌淡红，苔薄少，中抽，脉细。参上法。

当归10　牛膝10　枸杞10　生熟地^各10

鸡血藤10　茺蔚子10　天麻6　络石藤10

桑枝10　桂枝5　炒白芍10　豨莶草12

　　14付

三诊：2022年03月03日

足麻缓，手仍麻不适，劲力较前增，舌淡红，苔薄，脉细。养血通络。

当归10　牛膝10　枸杞10　生熟地^各10

鸡血藤10　茺蔚子10　天麻6　络石藤10

桑枝10　桂枝5　炒白芍10　豨莶草12

川芎6

　　14付

四诊：2022年03月31日

手足麻轻，时轻时重，劲力增，舌淡红，苔薄，脉细。参上法。

当归10　牛膝10　枸杞10　生熟地^各10

鸡血藤10　茺蔚子10　天麻6　络石藤10

桑枝10　桂枝5　炒白芍10　豨莶草12

党参10

　　14付

2022年06月10日

病人来告知手麻其已痊愈。

注：恶性肿瘤患者常常出现手足麻木。记得吾师尤松鑫教授若干年前曾说过麻与木的不同，正如《张氏医通》曰："麻则属痰属虚。木则全属湿痰死血。"对于麻木的治疗，《万病回春》中论述的较为详细。治疗麻以加味益气汤、加味八仙汤益气养血通络，治疗木则用双合汤活血祛痰。后世医案对于麻多从肝血亏虚辨治，比较著名的是程门雪先生在《西溪书屋夜话录》中对于血虚生风的歌词："养血熄风养肝法，肝风旁走四肢夸，经络牵掣或麻者，地归杞膝首蔚麻"。

本案病人胃癌术后5年，近1年始出现手足麻感，自觉力量下降，余无明显异常，其治疗以上述文献记载为依据，以养血益气，活血通络为法，方中当归、枸杞、生地、熟地、白芍、川芎养血扶正，牛膝、鸡血藤、茺蔚子、络石藤活血通络，桑枝、桂枝、豨莶草和阳通络，众药合用，扶正养血，活血通络。服用2月，手足麻木缓解，力量恢复。

正所谓：

麻为血虚木为实，临证细辨治各异，

益气养血祛痰瘀，化痰活血兼扶正，

虽然麻木常相兼，守法扶正祛邪匡。

三十、养血滋阴透热法可愈产后烘热盗汗

产后诸症是产后出现的各种病证，由于产后人体气血亏虚明显，故其治与常人亦不同。对于产后诸症病机的认识必须包括二点，一是病人产前的身体特点，是正气亏虚为主，还是以邪实为主，判断气虚、血虚、阴虚、阳虚，还是气滞、湿热，产前的身体特点将对产后诸症产生直接影响。二是生产对于人体的影响。总的而言，生产是消耗人体气血的一个过程，气血阴津亏虚也是产后诸症的病理基础。因此，产后诸症是以气血亏虚为基本变化，在此基础上，伴有其他病理变化，从而导致变证丛生，如气滞可出现郁证，气陷可出现气短似喘，肾亏不固可出现尿频、遗尿，脾虚失运可出现泻、完谷不化，等等。由于产后气血不足，其治疗必须考虑此点，如傅山在《傅青主女科》中指出："有气毋专耗散，有食毋专消导，热不可用芩连，寒不可用桂附"，就是针对产后体虚，不可过用药物猛烈的药物而提出的。产后诸症的治法以补益气血，恢复气机为主，兼顾其他病机变化。近日治疗一产后盗汗的病人，取效迅速，现总结如下：

典型病案：

患者，女性，25岁

初诊：2019年09月28日

产后半年，盗汗，身烘，急躁，纳可，大便如常，经行正常，苔薄，脉细。证属阴血亏虚，虚热迫津外出，治疗养血滋阴，透热敛汗为法。

醋柴胡3　炒白芍12　当归10　炒白术10

茯苓10　炙甘草3　丹皮6　糯稻根15

青蒿10　炙鳖甲15　瘪桃干15　淡豆豉10

　　14付

二诊：2019年10月17日

诉药后汗出、身烘明显缓，其夫代诊取药，参上法。

醋柴胡3　炒白芍12　当归10　炒白术10

茯苓10　炙甘草3　丹皮6　糯稻根15

青蒿10　炙鳖甲15　瘪桃干15　淡豆豉10

知母5

　　14付

注：病人产后半年，盗汗、身烘热，越来越重，乃阴血亏虚，虚热内扰，迫津外出而致；血不养肝，则急躁，故治疗以养血滋阴，透热敛汗为法，方选逍遥散和青蒿鳖甲汤，加收涩止汗药，效如桴鼓，患者二诊时身烘、盗汗症状明显缓解。方中逍遥散养血健脾缓肝，青蒿、鳖甲、丹皮、淡豆豉滋阴，清退虚热，糯稻根、瘪桃干滋阴涩汗，众药合用，共奏养血滋阴，透热敛汗之功。治疗此病人需要注意以下几点：1.药不可过于寒凉。虽然有阴血不足，但过凉则易致滞，导致气血运行不畅。2.慎用疏肝药。病人出现急躁，乃阴血不足，肝体失养所致，非肝气郁结也，故疏则更伤阴血，必致病不愈。

正所谓：

产后诸症变丛生，气血不足是基础；

扶正祛邪复气机，不可妄用孟浪药。

三十一、一病用四法　同病异治愈结肠溃疡

痢疾主要临床症状是腹痛、腹泻、脓血便，是临床常见病证。特别是近年来，随着饮食结构和生活方式的改变，发病率不断升高。临床常见疾病为溃疡性结肠炎、克罗恩病等炎症性肠病，还有些非特异性结肠溃疡。该病的诊断主要依据病史、临床症状、实验室检查、肠镜检查综合判断。虽然现代医学治疗该病进展较快，但仍然有不少病人缠绵不愈，治疗很是棘手。祖国医学针对疾病特点，发挥辨证论治的优势，往往可以取得较好的疗效。近治疗一例溃疡性结肠炎的病人，病情一波三折，依据中医辨证论治，扶正祛邪，病情缓解，总结如下。

典型病案

患者，男性，65岁

初诊：2018年07月02日

大便次频伴脓血便反复1年余。大便日行7~8次，成形，或有脓血便，完谷不化，动则易便，疲乏，纳可，舌淡红，苔薄，脉细。肠镜示结肠多发溃疡，性质待定。

乌梅10　黄连3　细辛3　制附子3

炮姜5　桂枝3　党参10　花椒3

当归10　黄柏3　地榆炭10　槐角炭10

　　7付

二诊：2018年07月09日

药后大便日行4~5次，悬方，病理示慢性活动性肠炎。

乌梅10　黄连3　细辛3　制附子3

炮姜5　桂枝3　党参10　花椒3

当归10　黄柏3　地榆炭10　槐角炭10

　　14付

三诊：2018年07月24日

大便日行3~4次，血较前少，纳可，舌淡红，苔薄，脉细。

乌梅10　黄连3　细辛3　制附子3

炮姜5　桂枝3　党参10　炒苡仁12

当归10　黄柏3　地榆炭10　槐角炭10

　　14付

注：患者因大便频，脓血便1年余而就诊，肠镜检查为结肠多发溃疡，性质待定，四诊合参，诊断为溃疡性结肠炎，久痢（脾肾亏虚，湿热蕴结，寒热错杂）。病机为湿热蕴结肠道，气血络脉受损，则脓血便；脾肾亏虚，统摄无力则大便次频，劳则加重，故治以温补脾肾，清化湿热，寒温并用，佐以止血。方选乌梅丸加减。患者服药后症状缓解，脓血便消失，症状改善，似乎可以守方，但病情还是发生了变化，治疗过程中，患者诉大便次数又增加了，该如何辨治，守法守方还是另寻方药？

四诊：2018年08月06日

患者诉近来症状加重，大便次数较前增加，多则7~8次，溏薄，纳可，寐可，劳累则欲便，脓血便未见，悬诊。

党参10　茯苓10　炒白术10　生山药10

砂仁3　陈皮6　炒槐米10　炙甘草2

炮姜3　木香3　地榆炭10　石莲子10

　　14付

五诊：2018年08月23日

药后大便日行2~3次，尿或刺痛，动则易气喘，有慢支史，悬诊。

党参10　茯苓10　炒白术10　生山药10

砂仁3　陈皮6　炒槐米10　炙甘草2

炮姜3　木香3　地榆炭10　石莲子10

冬瓜子10　盐车前子10

　　14付

六诊：2018年09月03日

大便成形，日行4~5次，动则欲便，舌淡红，苔薄，脉细。

党参10　茯苓10　炒白术10　生山药10

砂仁3　陈皮6　地榆炭10　炙甘草2

炮姜3　葛根10　醋柴胡3　石莲子10

黄芪12　炒白芍10

　　28付

注：病人大便次数频繁，用乌梅丸治疗后，病情先缓解，后来又加重，大便次数又增加，当病情变化时，应当怎么判断病机呢，是病情以加重了？还是病机有了新的变化了？观其脉证，大便次数虽然增加，粪质以溏薄为主，并未见脓血便，同时伴有疲乏，动则欲便，此乃湿热渐退，而脾肾仍亏之象，故治法改为培补脾肾，益气化湿，方改用参苓白术散加减。病人服用后症状缓解，大便次数减少，粪质较前成形，在疾病逐渐缓解之时，是不是可以守方治疗呢？病人在用参苓白术散加减治疗2月后，病情又有变化，这时应当怎么治疗？

七诊：2018年12月24日

药后略缓，大便日行，纳欠香，有慢支史，近来易咯痰，痰色白，舌淡红，苔薄，脉细。

紫苏子10　陈皮6　姜半夏10　酒当归10

姜厚朴5　前胡5　苦杏仁10　炙甘草3

生姜皮3　桂枝5　莱菔子10

　　14付

八诊：2019年01月14日

大便日行4~5次，溏，较前少，劳则欲便，纳转香，舌淡红，苔薄，脉细。

紫苏子10　陈皮6　姜半夏10　酒当归10

冬瓜子10　前胡5　姜厚朴5　炙甘草3

生姜皮3　桂枝5　炒苡仁12　麸炒白术10

　　28付

注：患者服用参苓白术散后，病情逐渐好转，但在七诊时诉近来咯白痰，细问病史，病人素有慢性支气管炎病史，此时分析其病机，乃是脾肾亏虚，津液运化失常，内聚为痰，上停于肺，期脾肾亏虚是本，而痰浊内停为标，故治疗以扶正祛邪为法，温补脾肾，理气化痰，方选苏子降气汤。苏子降气汤出自《太平惠民和剂局方》，主要治疗痰涎盛于上，而肾气亏于下的上实下虚证，在此方的基础上，加健脾化痰的中药冬瓜仁、苡仁、炒白术等。患者服药后痰浊减少，纳食转香，但此时病人病情又出现了变化。

九诊：2019年03月07日

近来大便次数或有增加，或随小便而出，时有气喘，动则明显，舌淡红，苔薄，脉细。

桑白皮10　桑叶10　苦杏仁10　白果10

炙麻黄5　黄芩10　法半夏10　麦冬6

五味子3　苏梗10　益智仁10　炒枳壳6

　　28付

十诊：2019年04月08日

症较前缓，大便次数减少，诉食油荤则腹泻，易肠鸣，纳可，悬诊。

桑白皮10　桑叶10　苦杏仁10　白果10

炙麻黄5　黄芩10　益智仁10　细辛3

五味子3　干姜3　炒枳壳6　法半夏10

草果仁3

　　　14付

十一诊：2019年05月11日

溃疡性结肠炎，治疗后症缓，大便日行2~3次，成形，食荤未泻，悬诊。

桑白皮10　桑叶10　苦杏仁10　白果10

炙麻黄5　黄芩10　益智仁10　细辛3

五味子3　干姜3　炒枳壳6　法半夏10

草果仁3　白及5

　　　14付

十二诊：2019年05月25日

目前大便3~4次，餐后欲便，动则易喘，较前减轻，悬方。复查肠镜示慢性结直肠炎伴增生，结肠多发憩室。

桑白皮10　桑叶10　苦杏仁10　白果10

炙麻黄5　黄芩10　益智仁10　细辛3

五味子3　干姜3　炒枳壳6　法半夏10

草果仁3　白及5　生山药12

　　　28付

注：患者在用苏子降气汤治疗后，症状改善，痰浊渐少，饮食渐香，但此时病人症状又出现了变化，痰浊虽然没有了，但时有气

喘，大便次数又增加，且容易随小便而出。分析其病机，乃肺脾肾亏虚，脾失统摄，肾失闭藏，肺失治节，气机升降紊乱，但脏腑亏虚仍为其病机关键。治疗必须兼顾扶正祛邪，即需补益肺脾肾，又要祛痰调理气机，因此，以宣肺降气，祛痰平喘为法，方选定喘汤加减。经上述治疗，病人患者病情逐渐缓解，复查肠镜示慢性结直肠炎伴增生，结肠多发憩室。

正所谓：

一病四法病机是关键，同病异治辨证是核心；

大便溏薄病涉肺脾肾，正虚机衰邪气可内生；

下为血便上生痰浊喘，扶正祛邪标本不可惘。

三十二、以舌象为主要辨证依据治疗梅核气

舌诊是中医四诊望诊中的内容之一，是重要的辨证依据，主要包括舌质、舌苔。由于舌象具有一定的客观性，对于辨证的准确性具有重要的参考意义。咽中异物感是导致病人就诊的常见原因，大部分的病人经过相应的检查无异常发现。中医称之为"梅核气"，是指咽中如有异物，吐之不出，咽之不下，时有时无，对吞咽食物没有影响，但会烦扰病人　生活的病证。在《金匮要略·妇人杂病脉证并治》记载："妇人咽中如有炙脔，半夏厚朴汤主之"，因此中医对梅核气的病机认识多为气机郁滞，津液不化，聚而生痰，痰气交阻而形成，治法多遵循理气化痰的方法。在临证中，还遇到很多病人并不是痰气交阻证，而是阴虚气滞证。正确辨别这些证型，舌苔就是最好的鉴别依据。梅核气之痰气交阻证与阴虚气滞证均有咽有异物感，其他症状往往不明显或者类似，但其舌像具有很大的区

别，前者舌像为舌淡红，苔薄白，而后者的舌像是舌红，苔薄少，临证时需要仔细辨识。

典型病案：

患者，女性，49岁

初诊：2018年12月01日

患者咽如阻反复1年，纳可，大便并日行，寐可，舌红，苔薄少，脉细。证属阴虚气滞，治宜养阴理气。

麦冬6　陈皮6　北沙参10　炒枳壳6

厚朴花3　苏梗10　旋覆花6　郁金6

火麻仁10　生麦芽15

　　　14付

二诊：2019年01月26日

患者诉药后症状明显缓解，偶有咽如阻滞感，大便日行，舌淡红，苔薄，脉细。证法相合，效不更方，参上法

麦冬6　陈皮6　北沙参10　炒枳壳6

厚朴花3　苏梗10　旋覆花6　郁金6

火麻仁10　瓜蒌皮10　桔梗5

　　　14付

注： 从病人症状来看，以咽有异物阻塞为主，反复有1年余，虽然大便2~3日行，并不甚干，余无明显不适，对于辨证无更多的参考。但舌诊时，看到患者的舌象：舌红，苔薄少，辨证立刻有了方向。因此四诊合参，证属阴虚气滞，咽失濡养，治疗以滋阴理气为法，方中北沙参、麦冬、火麻仁滋养阴液，润肠通便，陈皮、枳壳、瓜蒌皮理胃肠之气，厚朴花、苏梗、郁金理肺胃之气，生麦芽消食助运，兼有疏肝的作用，旋覆花理气降气，使肺胃之气和降为顺，众药合用，共奏养阴生津，理气和降的作用，治疗阴虚气滞

之咽有异物，疗效颇佳。患者二诊时，舌已转淡红，说明阴虚之象得到改善。从治疗可以发现，舌诊对于本例病人的辨证具有关键的作用。

正所谓：

梅核气乃常见病，咽有异物轻重寻；

证有虚实症类似，四诊合参舌最要。

三十三、阴阳同调同治汗症与腹胀

汗液为人体调节体温的一种生理现象。中医认为汗液是阴阳相互作用的结果，正如《内经·阴阳应象大论篇》曰："阴在内，阳之守也；阳在外，阴之使也"。汗液过多，或者汗液过少都属于病态，根据睡眠与汗出的关系，将汗症分为自汗、盗汗。中医认为汗症为阴阳失衡而致，或阳不固外，阴液外泄，或阳邪内蒸，迫津外出，其治多为调节阴阳平衡。阳虚者予益气温阳，固涩止汗；阳盛者予清热祛邪，调和阴阳，使病人达到"阴平阳秘"，则汗证自止。

典型病案：

患者，女性，51岁

初诊：2019年08月19日

近1年来上腹不适，胀满，受寒则明显，汗出畏寒，大便易溏，口干，纳可，舌淡红，苔薄，脉细。证属阴阳两虚，治疗阴阳同治，以生脉饮和桂甘龙牡汤加减进治

党参10　麦冬6　五味子3　桂枝5

煅牡蛎20^先　煅龙骨20^先　炙甘草2　糯稻根15

浮小麦15　焦神曲10　醋香附6　生白术10

防风6

　　14付

二诊：2019年09月16日

药后汗出较前缓，胀亦缓，苔薄，脉细。参上法

党参10　麦冬6　五味子3　桂枝5

煅牡蛎20^先　煅龙骨20先　炙甘草2　糯稻根15

浮小麦15　焦神曲10　炒白芍12　生白术10

防风6

　　14付

三诊：2019年10月29日

患者汗出已缓，腹胀未作，曾右胁疼痛1次，检查为有胆囊结石，舌淡红，苔薄，脉细。

党参10　麦冬6　五味子3　桂枝5

煅牡蛎20^先　煅龙骨20^先　炙甘草2　糯稻根15

浮小麦15　海金沙10　炒白芍12　生白术10

防风10　姜黄6

　　14付

注：患者因上腹胀满，畏寒，汗出，大便易溏，口干为主诉而来就诊，根据其特点可分为两组，一组是阳虚导致的，如上腹胀满，畏寒、大便溏，乃阳气亏虚，温煦无力；一组是阴虚所致，如口干，故此病人乃阴阳两虚。故在治疗时应当阴阳同治，用生脉饮益气生津，用桂甘龙牡汤温阳固涩，加糯稻根、浮小麦以生津止汗，防风、白术参考玉屏风散益气固表，香附可调理气机，乃方中重要的组成药物。众药合用，达到益阴助阳，固表敛汗。同时阳气恢复，中焦运化恢复，腹胀也缓解。

正所谓：

阳阴不调为汗症，阳不温煦腹乃胀；

阴阳同治寻平秘，汗止腹胀亦可松。

三十四、再用温胆汤清化痰热和中焦

温胆汤原出自唐·孙思邈《备急千金要方·胆虚寒》，曰"治大病后虚烦不得眠，此胆寒故也，宜服温胆方"，其方药物组成为"半夏、竹茹、枳实各二两，橘皮三两，生姜四两，甘草一两"。胆虚寒的主要表现有"左手关上脉阳虚者，足少阳经也，病苦眩厥痿，足指不能摇，蹙不能起，僵朴，目黄，失精，名曰胆虚寒也"。从方中半夏、橘皮、生姜以辛温导痰止呕，尤其生姜用至四两，枳实理气消痰开滞，竹茹清和肺胃，因胆为甲木，用竹茹有清金制木之意，甘草和中健脾，调和诸药。全方观之，温化痰浊，调和胆腑，理气降逆，故称为温胆汤。以温胆名汤者，以胆欲不寒不燥，常温为候耳。

宋代医家陈言在《三因极一病证方论》中将本方加"茯苓一两半"健脾渗温，生姜改为五片，全方性味由热变凉，虽仍以温胆汤名之，但实为"清胆"，成为后世之常用之方。温胆汤治疗痰热内扰，相火虚炎之证，可见惊悸、口苦、恶心、痰涎等症。临证时辨证准确可取得良效。

典型病案：

患者，男性，58岁

初诊：2018年10月15日

自觉喉中酸感，时好时坏，反复时日已久，口中异味，大便日行，舌淡红，苔黄腻，脉滑。检查示慢性胃炎，HP阴性，肠镜示结肠息肉。曾服用中西药物无效。四诊合对，证属痰浊阻中，胆胃不和，治法清胆和胃，清化痰浊。

黄连3　半夏10　茯苓10　陈皮6

姜竹茹10　炙甘草2　佩兰10　炒枳壳6

蒲公英15　冬瓜子10　炒苡仁15　黄芩10

神曲10　沉香曲3　焦山楂10

　　14付

二诊：2018年10月29日

药后述症状明显缓解，喉中酸感消失，口中异味亦缓解，上腹或嘈杂，时有饥饿感，舌淡红，苔薄黄腻，根重，脉小滑。效不更法，参上方：

上方去炒枳壳、冬瓜子、焦山楂

　　加炒枳实6　炒白术10　焦山栀10

　　14付

注：痰浊、痰热、湿热是都是导致脾胃常见病邪，其性粘腻，容易导致口中异味、大便溏薄、泛酸、上腹胀满、失眠等症状，由于邪气缠绵不易祛除，所以可导致病情反复不愈。温胆汤属于足少阳、阳明经药，主要用于湿热、痰浊蕴于胆、胃之证，疗效显著，甚至有将其治疗杂病顽疾的方，皆从其可治痰而言。本方变化繁多，若痰热势盛，可加黄连清之；若胆经热盛耗气，可加人参益气；或痰热扰动心神，失眠不寐者，可加酸枣仁、远志等安神助寐。

正所谓：

胆欲不寒不燥温为候，痰阻少阳胆经清亦温。

三十五、治肝法之滋阴熄风通络

《素问·灵兰秘典论》："肝者，将军之官，谋虑出焉"。肝为刚脏，主疏泄，条畅气机，由于肝可调畅全身气机，其临床变化极为复杂，症状繁杂多端。王旭高所著《西溪书屋夜话录》总结了肝的病机，提高治肝30法，乃临证必学。"肝气肝风与肝火，三者同出而异名，冲心犯肺乘脾胃，夹寒挟痰多异形，本虚标实为不同，病杂治繁宜究情"肝的最初病机变化起于气机郁滞，日久可化热伤阴，或热盛风动，或阴虚风动，或气阳亢动，上可凌心肺，中可犯脾胃，下可耗伤肾精。

典型病案：

患者，男性，37岁

初诊：2020年02月04日

多年来上腹不适，嗳气，或隐痛，受寒明显，腰酸，胸前后背有紧感，大便可，头或晕，寐欠香，气短，舌淡红，苔薄，有裂纹，脉弦。高血压，140/90，服药控制，脂肝、胆囊结石、肺小结节史，有饮酒史。

钩藤10　茯苓10　桑叶10　炒白芍10

浙贝母5　葛花10　陈皮6　炒枳壳6

党参10　麦冬6　五味子3　炒蒺藜10

菊花10

　　14付

二诊：2020年02月13日

药后腰酸缓，BP 130/83，寐转安，上腹仍不适，堵塞感，打鼾，夜间需要用呼吸机2年，舌淡红，苔薄，脉细，鼻塞，曾行鼻中隔手术。

钩藤10　茯苓10　桑叶10　炒白芍10

浙贝母5　葛花10　陈皮6　炒枳实6

党参10　麦冬6　五味子3　生地10

生白前5

　　14付

三诊：2020年02月25日

症较前缓，未已，颈肩或僵，后背或疼痛，舌淡红，苔薄，脉细。

钩藤10　茯苓10　秦艽6　炒白芍10

浙贝母5　羌活5　陈皮6　炒枳实6

党参10　麦冬6　五味子3　片姜黄6

　　14付

注：患者以上腹不适来就诊，四诊合参，属肝气郁结，阴血亏虚，肝风内动，肝胃不和故上腹不适，隐痛；风阳亢动，故头晕，寐差；阴血亏虚，肝络失养，故胸前后背有紧感；舌淡红，苔薄，有裂纹，脉弦乃阴虚阳亢之象。治疗以滋阴柔肝，潜阳熄风为法，以羚角钩藤汤、生脉饮加减进治疗。患者经治疗症状逐渐缓解，三诊时颈肩或僵、后背或疼痛乃络脉不和之征，酌情选用通络之口即可。

正所谓：

肝风肝气与肝火，三者同出而异名。

夹寒夹痰多异形，病杂治繁宜究情。

三十六、治阴虚泄泻　酸温扶正可固涩

泄泻乃大便溏薄之患，轻者日行1~2次，重者7~8次，甚者可达10余次。究其因源，不外乎外邪，以寒、湿、风、热为主；或因饮食，过食油腻刺激，寒凉生冷皆可致泄；或因气滞，肝气不舒，横逆于脾胃，则致痛泄；或因体虚，多为阳气亏虚，而阴虚者亦不少见。病因虽多，但不离乎湿邪与气虚，正如《素问·阴阳应象大论》曰："湿盛则濡泄"。而健脾化湿也成为泄泻最常用的治疗方法。然临床阴虚泄泻亦不少见，尤其见于一些老年人、有慢性疾病者，而其治也难，现总结其辨治。

阴虚虽可见泄泻，因阴虚之故，泄泻之势并不严重，大便次数不多，或大便量不多。最重要的是如何辨识阴虚，一般从以下两个方面：症状和舌脉。舌脉，尤其是舌像，是阴虚之不可或少的证据，舌红，苔少，脉细数，或舌苔花剥，均为阴虚之一级证据。临床症状则比较多，要根据阴虚之部位来辨别。胃阴虚则见口干喜饮，脾阴虚可见四肢乏力困倦，肝肾阴虚可见虚风内动之肌肉瞤动，或四肢抽动、眩晕等。阴虚泄泻之治法可谓离不开酸，这与酸的养阴收涩的性质分不开。根据病位的不同，可分别使用酸寒、酸温、酸潜等法。酸性的常用药物有乌梅、木瓜、焦山楂、白芍、五味子等药。

典型病案：

患者，男性，58岁

初诊：2020年10月29日

胃癌全切术后4月。术后大便稀溏，甚则水样便，4~7次，肠鸣，纳可，舌淡红，苔薄腻，中抽，脉细。证属脾胃虚弱，阴津不足。

潞党参10　茯苓10　炒白术10　益智仁10

煨葛根10　木香3　广藿香10　苍术5

六神曲10　诃子10　防风10　宣木瓜3

　　　14付

二诊：2020年11月14日

药后症较前缓，大便3次，餐后仍易泻，舌淡红，苔薄，中抽，脉细。

上方炒白芍10　炮姜3

　　　14付

三诊：2020年11月30日

症明显缓，大便2~3次，溏，畏寒，肠鸣缓，舌淡红，苔薄腻，中抽，脉细。阴阳两亏，固摄无权。

上方加巴戟肉10

　　　14付

另拟膏方

党参250　茯苓250　炒白术250　益智仁250

葛根250　木香60　藿香250　苍术120

肉豆蔻60　诃子肉250　防风250　木瓜60

炒白芍250　炮姜60　巴戟肉250　生山药250

菟丝子250　覆盆子250　车前子250　莲子肉250

白果仁120　炒苡仁250　砂仁60　白蔻仁60

阿胶150　鹿角胶100　鳖甲胶150　银耳100

神曲250　炒麦芽250

上药一料，如法收膏，常法服用。

四诊：2021年5月患者复诊时述上药后，大便已完全正常。

注：患者因胃癌术后4月，大便稀溏，日行4~7次而就诊。症状特点与脾胃气虚相符，大便稀溏，甚则水样便，饮食后加重，而舌

苔暴露本病的病机真相——舌淡花剥，故病机为阴虚泄泻。脾胃虚弱，泄泻日久伤及阴津，本病既有脾胃之气阳不足，运化不利，又有阴津亏虚，为阴阳两虚，治疗当以酸温法，温可益气助脾，酸可养阴固涩。方中党参、茯苓、炒白术、益智仁健脾化湿，葛根、木香、广藿香、苍术芳香化湿升清，诃子收涩固涩，防风化湿止泻，炮姜温中健脾，宣木瓜、白芍养阴生津固涩。三诊后拟膏方以善后，今年患者告知药后诸证皆安。

正所谓：

阴虚泄泻察舌脉，脾胃肝肾易涉及；

症略不同细审因，酸法收养为基础；

脾胃寒温药伍从，肝经厥阴兼潜镇。

三十七、自拟柴胡二陈汤治疗胃痞证

《伤寒论》96条："伤寒五六日，中风，往来寒热、胸胁苦满、嘿嘿不欲饮食、心烦喜呕，或胸中烦而不呕，或渴，或腹中痛，或胁下痞鞕，或心下悸、小便不利，或不渴、身有微热，或咳者，小柴胡汤主之。"是学习中医人非常熟悉的条文，而小柴胡汤亦是临床常用的方剂，其共有柴胡、黄芩、半夏、生姜、党参、大枣、甘草等七味药组成，具有辛开、苦降、甘调的功效，能够和解少阳枢机作用。小柴胡汤变化灵活，临床应用广泛。自拟柴胡二陈汤一方，治疗上腹胀满疗效显著，与大家共享。

典型病案：

患者，女性，36岁

初诊：2018年10月16日

患者上腹胀满，嗳气，纳欠香1月余，大便溏，日行2次，经行正常，舌淡红，苔薄，脉细。

胃镜：慢性胃炎伴胆汁反流。证属肝郁气滞，枢机不利，脾失健运。治法：和解少阳，健脾助运。方选自拟柴胡二陈汤。

柴胡3　黄芩10　法半夏10　陈皮6

炒枳壳6　厚朴6　炒麦芽15　鸡内金6

六神曲10　炙甘草2

　　14付

注：病人特点：青年女性；上腹胀满，嗳气，纳欠香；大便溏薄，日行2次；舌淡红，苔薄，脉细。从症状上来讲，气机郁滞是肯定存在，同时兼有脾气亏虚。这里就要区别其气滞是肝郁气滞、少阳枢机不利还是胃气郁滞了，这几种气机不利有什么区别呢？肝郁气滞主要是由于肝疏泄失常而导致的，常见的为气机郁滞，循经走窜为其特点；而少阳内藏相火，气郁则火郁，往往为气火郁滞；胃气郁滞多为饮食、情志因素导致胃络失和。因此病位在肝、胆、胃都可以导致气机郁滞，但各有特点，其治亦有不同。本例病人为青年女性，上腹胀满，伴纳欠香，判断其属少阳不利的依据还有是其舌，其舌虽记载为舌淡红，但个人觉得偏红，有郁热的表现，故治疗以和解少阳，健脾助运为法。自拟柴胡二陈汤进治。

二诊：2018年11月1日

患者复诊时述症状较前明显缓解，或有嗳气，纳谷转香，舌淡红，苔薄少，脉细。效不更方，原法进治。

原方加苏梗10

柴胡3　黄芩10　法半夏10　陈皮6

炒枳壳6　厚朴6　炒麦芽15　鸡内金6

六神曲10　炙甘草2　苏梗10

14付

注：柴胡二陈汤以小柴胡汤与二陈汤加减而形成，方在柴胡、黄芩疏利少阳气机，清泄少阳邪热，为君药；半夏、陈皮健脾助运，理气化痰，为臣药；配合枳壳、厚朴理气消胀，麦芽、鸡内金、神曲助运消食，共为佐药，炙甘草调和诸药，又可补中益气，为使药。临床运用得当，往往能够取得较好的临床疗效。

正所谓：

自拟柴胡二陈汤不离辨证，和解少阳枢机可消胀立功。

三十八、从"阳气者，精则养神，柔则养筋"看失眠的治疗

《素问·生气通天论》曰："阳气者，精则养神，柔则养筋"，指出阳气有气化温煦濡养的功能，神得精阳之温煦，才能够发挥正常的功能，保持思维敏捷、精力充沛；筋得柔阳之濡养，肢体才能够维持屈伸功能。这是强调阳气的作用，正如"阳气者，若天与日"，对于人体功能的正常有重要作用。根据阳气的不同，可以将其分为"精阳"、"柔阳"，分别是阳气中彪悍与柔和的组成，其彪悍的精阳可以温养神气，柔和的柔阳可以滋润肢体。无论哪种阳气亏虚，神失所养，可导致失眠、记忆力下降等，精阳属阳，柔阳属阴，两者亏虚皆会导致失眠，这两类失眠在症状上类似，但治疗不同，临证需要仔细辨别。精阳不足者可选择妙香散，而柔阳不足者可选择归脾汤。

精阳亏虚者多以气虚为主，部分可表现出畏寒等阳虚，常见的表现有疲乏、困倦、大便稀溏、腹胀等表现。治疗当益气温阳，安

神定志。

典型病案：

患者，女性，54岁

初诊：2018年10月29日

2016年行胃平滑肌瘤手术，之后出现大便稀溏，时轻时重，上腹胀，肠鸣，寐欠香，右肩或头痛，舌淡红，苔薄，脉细。证属脾气亏虚，失于温养。治法益气健脾，安神定志。方选妙香散加减。

山药12　茯苓10　石菖蒲3　炙甘草2

桔梗3　焦六曲10　党参10　茯神10

蜜远志5　木香5　秦艽6

　　14付

二诊：2018年11月12日

症较前缓，寐转香，纳一般，上腹时胀，食不慎则肠鸣，疲乏，小便夹泡沫，后背及肩胛疼痛，足冷，舌淡红，苔薄，脉细。证属阳气亏虚，肢体失养，治疗仍以益气温阳，安神定志，原方加减。

上方去桔梗

　　加桂枝3　羌活3　炒麦芽15

　　14付

三诊：2018年11月26日

患者诉症状较前明显好转，尤其是睡眠转香，食欲亦有好转，疲乏减轻，肩胛仍有疼痛，足冷缓，舌淡红，苔薄，脉细。效不更方，原方进治。

原方14付

注：病人经过2月的治疗，症状明显缓解，最开心的就是睡眠好多了，能睡休息好，其他症状亦随之改善。此病人临床表现属阳气亏虚，失于温煦，脏腑功能失调，从而出现疲乏、便溏、腹胀等

症，而寐差亦是阳气亏虚，心神失于温煦所致。病人初诊服用妙香散后，症略缓，二诊加桂枝、羌活振奋阳气，法证相合，治疗后各症状明显改善。

妙香散出自《宋·太平惠民和剂局方》，由黄芪、人参、茯苓、茯神、山药、木香、桔梗、远志、麝香、朱砂、甘草等药物组成，主治男子、妇人心气不足，志意不定，惊悸恐怖，悲忧惨戚，虚烦少睡，喜怒不常，夜多盗汗，饮食无味，头目昏眩。

方解：方中人参、黄芪、茯苓、甘草补心固气，山药固肾涩精；茯神远志、朱砂、茯神宁心安神；桔梗开肺气；木香舒肝脾；麝香解郁结。诸药合用，具有益气安神，理气开郁之功。本方的使用需要与归脾汤区别开来。两个方都可以补益气血，安神定志，治疗气血不足诸证，如疲乏、心悸、失眠、纳呆等，而妙香散以补气镇静为长，归脾汤以养血安神为强，临床时需要鉴别。

正所谓：

阳分阴阳需细分，药分精柔用不同。

三十九、从风湿论治荨麻疹

荨麻疹是以皮肤出现皮疹，瘙痒不适，时发时缓，反复发作为特点的疾病，常常缠绵不愈。临证先辨虚实，若发作频繁，皮疹严重，瘙痒明显，多以实证为主，常从风、湿、热、瘀入手治疗，风盛者皮疹快出快褪，部位不固定；湿盛者疹多有分泌物；热盛者疹色红赤；兼瘀者疹色暗红。若病情反复，多伴有血虚、阴虚、阳虚等正虚，虚人疹出无明显规律，劳累后易发，皮疹轻微，甚至无皮疹，仅见皮肤瘙痒不适。中医治疗荨麻疹常常能取得良好的疗效，近日一病人诉1年前曾就诊3次，其10余年的荨麻疹缓解，到目前都未曾发作。

典型病案：

患者，男性，55岁

初诊：2021年10月12日

大便频，3~4次，成形，荨麻疹10余年，肛周湿疹，抗HP治疗后，余无特殊，舌淡红，苔薄腻，脉细。属风湿兼夹。

荆芥10　苦参5　防风6　苍术5

当归10　蝉蜕3　姜厚朴5　陈皮6

生地10　炒白术10　木通3　徐长卿10

28付

另：生百部20　苦参20　黄柏20　白矾15

玄明粉15　蛇床子20

14付煎汤外洗肛门

二诊：2021年11月11日

患者诉药后症缓，继续取药，参上法。

原口服方21付。

三诊：2021年12月09日

患者诉荨麻疹明显缓解，肛门湿疹亦缓解，大便2~3次，略溏，舌淡红，苔薄腻，脉细。

原方加木香3

28付

注： 患者因大便次数频繁而就诊，日行4~5次，同时肛门湿疹，荨麻疹反复10余年。余无特殊，饮食、睡眠无异常。大便次数频繁可见于脾气亏虚、饮食停滞、湿热蕴结等证，本案时间较久，且无腹胀腹痛，属脾气亏虚，肛门湿疹乃为肠道湿热蕴结。该病人荨

麻疹的特点是时发时褪，无明显规律，略有瘙痒，不甚，反复10余年，已见虚象，属气虚夹风，风为虚风，故本病人辨证属肺脾两虚，风湿相兼而为患，治疗当补益肺脾，祛风化湿。方中苍术、炒白术益气健脾，荆芥、防风、蝉蜕祛风止痒，当归、生地养血凉血，苦参、木通化湿止痒，姜厚朴、陈皮理气化湿，徐长卿辛温，祛风化湿，止痛止痒，对于皮肤风疹、湿疹、顽癣者都有作用。全方益气养血，祛风化湿止痒，患者服用2月余，10余年荨麻疹未再发作。

由此案可知，中医辨证治疗的特点有以下两点：1.使邪有出路：祛除体内的邪气必须给邪气找到出路，如风邪从表而解，湿邪从小便而化；2.脏腑之气恢复：应当包含两层含义，脏腑的正气充足和脏腑的气机通畅。本案治疗方剂中，虽祛邪之力较强，补益之力较弱，但祛邪的药物中，像荆芥、防风辛温发散，向上向外，有助于肺脾的功能恢复，有利于正气恢复。记得曾有一个病人因面部痤疮就诊，我以辛温发散剂治疗，患者问为何全是温性的药，我说你的面部痤疮的特点是根较深，色暗红，乃因正气不足，升托无力，而且平素大便易溏，腹部畏寒，服药后腹部不适缓解，大便成形，虽然疹尚未痊愈，需等正气恢复之日，故利用药物之性味促进脏腑功能恢复亦属于补益范畴。

正所谓：

荨麻疹病易缠绵，瘙痒反复伤正气，

风湿瘀热互相兼，日久伤正病势缓，

因势利导祛邪气，正复邪退恙可痊。

四十、从"肾主二阴"论治肛门胀

肾主二阴是中医理论中认识肾生理功能的学说，出自《素问·五常政大论》，曰："静顺之纪，藏而勿害，治而善下，五化咸整……，其脏肾，肾其畏湿，其主二阴，其谷豆。"《脉诀汇辨》指出："水曰静顺之纪。"历代医家中大部分认为"二阴"指前后二阴，正如《素问·金匮真言论》曰："北方黑色，入通于肾，开窍于二阴。"但在《素问·大奇论》中曰："二阴急为痫厥。"故张景岳提出："二阴，少阴也。"

从肾的生理功能和临床症状来看，肾主前、后二阴的学说确实有其实践基础。前阴指尿道，后阴指肛门，二阴的功能和大、小便的正常与否与肾有密切关系。若肾的生理功能正常，则能够正常排出大、小便，若肾的生理功能异常，则可能发生二便失常，或大、小便失禁而出现尿失禁、滑泄，或大便干结、或小便量少。从肾论治前后二阴疾病常常能够取得较好的疗效，现总结一例从肾论治肛门胀的病案。

典型病案：

患者，女性，59岁

初诊：2020年01月02日

肛门胀1年，骶骨酸，上腹不适，胀，口苦，乏味，大便或秘或溏，舌淡红，苔薄，脉细。肠镜示乙状结肠息肉（钳除）。症属少阳不利，胆热蕴结。先以和法进治。

醋柴胡3　黄芩10　法半夏10　生姜皮3

党参10　炙甘草3　红枣6　陈皮6

木香3　神曲10　豆蔻3

　　14付

二诊：2020年01月16日

药后口苦缓，知味，肛门上方仍有胀满，午后明显，大便干略缓，矢气多，舌淡红，苔薄，脉细。少阳枢机得畅，肾精亏虚，其主二窍不利，故改益肾利窍。

生山药10　茯苓10　肉苁蓉10　酒萸肉6

菟丝子10　牛膝10　杜仲10　当归10

覆盆子10　续断10　瓜蒌子10

14付

三诊：2020年03月28日

药症较前明显缓，肛门胀不适未作，大便略干，口苦亦轻，上腹或嘈杂，舌淡红，苔薄，脉细。参上法。

生山药10　茯苓10　肉苁蓉10　酒萸肉6

菟丝子10　牛膝10　杜仲10　当归10

覆盆子10　续断10　瓜蒌子10　醋柴胡3

14付

注：患者为中年女性，因肛门胀，骶骨酸1年而就诊，同时有上腹不适、胀、口苦、乏味、大便或秘或溏，舌淡红，苔薄，脉细。证属少阳枢机不利，胆胃不和，少阴精气不足，二窍失利。因少阳为表里的枢机，当少阳与其他经合病时，常常以和解少阳为先。故本案治法以和解少阳为先，小柴胡汤加减为代表方，药后口苦缓，口中知味，然肛门仍胀，尾骶酸，乃肾精亏虚，温煦濡润无力，故改益肾填精为法，方选右归丸加减进治。药后病人症状明显缓解，三诊加柴胡以助和少阳。

由本案可知，证仍然是中医治疗的优势，是取得疗效的基础。辨证之法可参考脏腑辨证、六经辨证。依据脏腑辨证，本案病位在肝、胆、肾，乃肝肾不足，精气亏虚，胆腑气蕴化热。六经辨证则属少阳、少阴同病，少阳胆腑气郁化热，少阴肾精亏虚。在治法上，本案确有可商之处。依据《伤寒论》中少阳与其他经同病治疗的原则，如果少阳经与太阳、阳明同病，治在少阳。如果少阳与太阴经同病，可根据里虚之甚否选择先补中扶正，还是先和解少阳。但《伤寒论》中没有提到少阳与少阴同病的原则，而临证时，可以根据少阳与太阴同病的治疗为参考，如果少阴亏虚明显，则先补益少阴，如果少阴亏虚不甚，则先和解少阳。

正所谓：

肾主二阴前后窍，二便不调肛门胀；

益肾主法补阴阳，精气得复二窍畅。

四十一、从湿论治药物性肝损伤胆汁郁积所致黄疸

黄疸是以目黄为主的病证，临床多见于病毒性肝病、自身免疫性肝病、药物性肝损伤、酒精性肝病。中医对黄疸的认识较系统，早在《黄帝内经》中就已经提出黄疸的症状，如《内经·平人气象论》："溺黄赤安卧者，黄疸"、"目黄者黄疸"，而对黄疸病机进行全面总结的第一人非张仲景莫属。张圣人在《金匮要略》指出黄疸的病机主要是湿邪，"黄家所得，从湿得之"，并提出"诸病黄家，但利其小便"的治疗原则。

湿邪其性粘腻，易阻碍气机，尤其是善于阻碍中焦气机，可影响脾胃运化功能和肝胆的疏泄功能，胆汁不循常道则外溢肌肤而致黄疸。根据湿的症状特点，常常分成湿热和寒湿两类，张仲景分别

以茵陈蒿汤和茵陈五苓散治疗。两方乃仲景总结了古人的经验，结合自己的临床经验而得，其临床疗效可靠。吾师尤松鑫教授临床治疗黄疸，从清化肝胆湿热入手，临床疗效颇佳。吾近来曾遇几例药物性肝损伤所致黄疸，单纯西药治疗效果欠佳，以恩师的经验为基础加中药治疗，患者黄疸消退明显加快，常常感慨中医的神奇，总结如下以备他需。

典型病案：

患者，女性，66岁

初诊：2022年06月05日

患者因肺结节服用中药1月，出现乏力、纳差，腹胀，恶心，2022年6月4日至省人医检查示ALT 1075，AST 1484，ALP 296，GGT 228.7，LDH 501，TBIL 104.7，DBIL 72.1，随收入院。给予天晴甘美、谷胱甘肽、优思弗、思美泰等治疗，检查肝炎病毒、自身免疫相关检查均正常范围。

二诊：2022年06月09日

患者治疗5天，纳转香，疲乏缓解，肝功能复查ALT等明显好转，唯总胆红素未降，TBIL 121.74，故加中药以促进黄疸消退，舌淡红，苔薄腻，脉细濡。从湿论治。

茵陈10　猪茯苓^各10　泽兰10　郁金6

玉米须15　陈葫芦15　地骷髅10　炒赤芍10

鸡内金6　姜竹菇10　小通草3　鸡骨草10

　　　3付

三诊：2022年06月14日

症状明显缓，纳香，腹不胀，乏力减轻，复查肝功示TBIL已明显降低，TBIL 74.4，患者症状亦明显好转，故停天晴甘美、优思费、思美泰等药物，以中药为主。

茵陈10　猪茯苓^各10　泽兰10　郁金6

玉米须15　陈葫芦15　地骷髅10　炒赤芍10

鸡内金6　小通草3　海金沙10　青蒿10

茯苓皮10

　　3付

四诊：2022年06月20日

复查肝功能，TBIL已降至35.42，患者无明显不适，故予出院。

茵陈10　猪茯苓^各10　泽兰10　郁金6

玉米须15　陈葫芦15　地骷髅10　炒赤芍10

鸡内金6　小通草3　海金沙10　青蒿10

茯苓皮10

　　14付

注： 药物性肝损伤临床并不少见，即有西药引起的，常见的有恶性肿瘤的化疗药物、抗生素、退热药；也有中药引起的，比较常见的有补骨脂、川楝子、何首乌等药。相比于西药的研究比较全面，其发生药物性肝损伤的机制更加清楚，中药的药物性肝损研究则欠清晰，导致了许多中药的临床使用时存在许多顾忌。其实，古人在使用时已经提出了许多解决方法：①适当的炮制。如何首乌应用时应当九蒸九晒，而不能直接生用。②适当的配伍。与不同的药物配伍使用，即可增强疗效，又可减轻毒性，如川楝子与延胡索相配伍。③正确的辨证。中医是用药物性味之偏来纠正人体之偏，正确的辨证可使药物与人体能够相互适应，即可治疗疾病，又可防止药性之偏的副作用。正所谓："有故无殒，亦无殒也"。只要正确掌握病机和药性，正确使用，不应过分担心，以防"因噎废食"。本案患者药物性肝损伤导致的黄疸，治疗以医圣仲景之法，以茵陈五苓散为主方，加恩师尤老师之经验，加玉米须、地枯萝、陈葫芦、海

金沙等淡渗利湿药，众药合用，共奏利湿退黄之效。

正所谓：

医圣治黄得利湿，可兼寒热瘀血邪，

茵陈为君淡渗群，湿退气畅黄疸消。

四十二、从痰气交阻论治噎证

噎证是指患者进食有梗阻感，可伴有嗳气、烧心等，部分病人可发展为膈。噎证属食管疾病，为胃气所主，病机分为虚实两端，或邪气留滞于食管，气机不畅，或正气亏虚，食管失于濡润温养所致。气机郁滞是常见的早期病理机制，可与痰浊、瘀血相结，阻于食管；疾病后期可以见到正气亏虚，或见阴液亏虚，食管失于濡润，或为阳气不足，失于温煦，疾病后期还可能阴阳两虚。大部分病人经过治疗，在早期既可以恢复健康。噎证早期多数为气机郁滞，痰浊内停，痰气互结交阻于食管所致，治疗可从理气化痰入手，多数可奏效。

典型病案：

患者，男性，70岁

初诊：2018年8月18日

患者吞咽不畅感反复1年余，检查示反流性食管炎A级，慢性胃炎伴糜烂，大便溏，舌淡红，苔薄黄腻，脉细。

法半夏10　茯苓10　陈皮6　炒白术10

炒麦芽15　醋香附6　炙甘草2　沉香曲3

炒枳壳6　厚朴花3　黄芩5

　　14付

二诊: 2018年9月29日

吞咽不适感较前缓,大便较前好转,咽仍有灼感,舌淡红,苔薄腻,脉细。

法半夏10　茯苓10　陈皮6　炒白术10

炒麦芽15　醋香附6　炙甘草2　沉香曲3

炒枳壳6　厚朴花3　黄连3　制吴萸1

　　14付

患者经过2月余的治疗,处方随证略做了一些调整,先后选用了枇杷叶、苏梗等理气和胃。经过治疗,吞咽不畅的症状缓解,大便亦转正,随访未再复发。

注:患者因吞咽不畅而就诊,胃镜检查为反流性食管炎,慢性胃炎伴糜烂,西药治疗后症状缓解不明显,故来要求中医中药治疗。综合分析病人的症状特点,老年男性,以吞咽不畅为主,伴有大便溏稀溏,同时该病人体形偏瘦,其他症状则不甚明显。四诊合参,应当属于中医的噎证范畴。病机为虚实夹杂,虚为脾气亏虚,实为痰浊气滞。病位在脾,脾气亏虚,无力推动气的运行,导致气机郁滞;脾气亏虚,运化不利,津停为痰。痰浊与气滞、气虚互相作用,痰气互结,阻于食管,故吞咽不畅;脾虚不运,故大便溏薄。治疗以健脾理气化痰为基本方法,选择二陈汤为基本方,加炒白术、炒麦芽健脾助运,香附、枳壳调理气机,沉香曲、厚朴花降气化痰。因患者舌苔薄黄腻,痰浊有化热之象,故加黄芩清热燥湿。方药相合,病人症状明显缓解,后期守法治疗。由此病人可知,虽然疾病主要病机是痰气交阻,互结于食管,属实证,但其产生的病因是年高体弱,正气亏虚,无力推动气机而致。因此在病人恢复后,应当以香砂六君丸善后。

正所谓：

痰气互结阻气机，可致噎膈梅核气；

理气化痰常用法，补气助阳扶正本。

四十三、妇科验案二则

中医学将人体视作一个整体，各脏腑在功能上互相联系，在病理上互相影响。在诊疗过程中，经常遇到病人通过中药治疗，不仅原来的脾胃功能恢复了，睡眠也改善了，经带也正常了，皮肤疾病也缓解了，这充分体现了中医整体观念。近日来治疗2例经带病，效若桴鼓，分享如下：

典型病案：

带下案

患者，女性，14岁

初诊：2022年06月25日

平素偏瘦，纳可，易疲乏，口中异味，大便正常，受寒易溏，经行正常，白带多，舌淡红，苔薄腻，脉细。证属脾虚失摄。

党参10　荆芥炭10　生山药10　醋柴胡3

炙甘草3　炒苍术5　炒白术10　车前子10

陈皮6　炒白芍10　乌药6　益智仁10

　　14付

二诊：2022年07月14日

药后诸症均缓，带下已少，云门诊。

原方14付

注：带下的生成与带、督、任脉有关，五脏则与脾、肾、肝有

关，脾失运化，不能固摄津液；肾气亏虚，失于蒸化，肝失疏泄，不能条达，皆可导致带下异常。傅青山在《傅青主女科》中提出："夫带下俱是湿症。"其治当补益脾肾以固摄，少佐疏肝理气以条达之。傅青主依据此病机，创制了完带汤。完带汤由人参、白术、山药、苍术、白芍、车前子、陈皮、黑芥穗、柴胡、炙甘草组成。方中以白术、山药用量最多为君药，补脾祛湿，山药亦能固肾止带；人参助君药补脾益气，苍术燥湿运脾，增强祛湿化浊，白芍柔肝理脾，车前子利湿清热，使湿邪从小便而去，四药共为臣药；陈皮理气燥湿，柴胡疏肝理气，荆芥穗炒黑，为辛散风药，可以辛散祛湿邪，可升散以助升发清阳，可佐助疏肝解郁，一药三用；炙甘草为使药。全方配伍，健脾摄液，疏肝畅达。本案病人四诊合参，属脾气亏虚，失于运化，不能固摄，故治以健脾益气，固摄津液为法，方选完带汤。患者服后，脾气健旺，肝气条达，清阳得升，湿浊得化，则带下自止，效若桴鼓。

漏下案

患者，女性，18岁

初诊：2022年07月04日

患者有5个月经未行，自6月初经临，已近1月未净，曾服药而未效，目前少腹隐痛，夹血块，大便稀溏，舌淡红，苔薄，脉细。证属脾气亏虚，冲任不固。

茜草炭10　炒海螵蛸12　棕榈炭10　苎麻根10

煅牡蛎20　煅龙骨20　炒白芍10　炒白术10

香附6　蒲黄炭10　酒萸肉6　炒椿皮10

　　7付

二诊：2022年07月14日

药后3天经净，大便易溏，舌淡红，苔薄，脉细。

醋柴胡3　炒白芍10　当归10　炒白术10

茯苓10　炙甘草3　炒海螵蛸12　木香3

续断10　醋香附6　车前子10　牛膝10

　　14付

注：妇科出血异常者称为"崩漏"，出血量大者称为崩中，淋漓不断者称为漏下。经期延长达2周以上者，亦属崩漏。跟随导师尤松鑫教授抄方时，曾遇一崩中患者，西医诊断为功能性子宫出血，血红蛋白降至60g/L，因患者不想手术，故来寻求中医治疗，记得尤师开了1周的中药，患者复诊时诉药后3天血即净，不禁佩服尤师的医术和中医的神奇。后来在临床中，经常遇到尤师治疗经带疾病，多数都可随手起效。自己在临证中常依据尤师的治疗思想而辨治，亦取得良好的疗效。本案患者为年轻女性，经行近1月而未净，.其他无明显不适，仅仅是经行时大便稀溏，中医如何辨证呢？根据崩漏常见的病机，可分为热扰血室，有虚热与实热之别，或脾肾亏虚，不能统摄，少数可伴有血瘀。本患者无明显虚热与实热之像，又伴有大便稀溏，故当属脾气亏虚，不能固摄，兼有瘀血，治疗当益气健脾，收涩固摄，兼以活血止血，方选张锡纯先生的固冲汤加减，方中山萸肉甘酸而温，补益肝肾，收敛固涩，煅龙骨、煅牡蛎合用，收敛固涩，白术补气健脾，白芍味酸收敛，养血敛阴，棕榈炭善收敛止血，海螵蛸、茜草炭、棕榈炭止血化瘀，加蒲黄炭、苎麻根加强活血止血，椿根皮收涩止血，香附疏肝理气。诸药合用，共奏固冲摄血，益气健脾之功。患者服后第3天血止经净，效若桴鼓，二诊以逍遥散加减养血调经。

正所谓：

经带胎产妇科病，详辨五脏任督冲；

邪有湿热痰瘀寒，审机论治可期瘥。

四十四、甘润濡降用启膈　津复气畅可愈霉菌性食管炎

　　霉菌性食管炎是指食管感染霉菌所致的炎症，主要致病菌为白色念珠菌。如果免疫功能正常，此病不易发生。在使用免疫抑制剂、恶性肿瘤、糖尿病、肾上腺皮质功能不全、营养不良和老年人易患此病。霉菌性食管炎临床表现多见现吞咽困难、胸骨后疼痛烧灼感。有学者提出内镜诊断霉菌性食管炎分为四级：Ⅰ级：少量散在隆起性白斑，直径＜2mm，无水肿或溃疡；Ⅱ级：多个隆起性白斑，直径＞2mm，无水肿或溃疡；Ⅲ级：可见融合线状或结节样隆起斑块，伴充血和溃疡；Ⅳ级：Ⅲ级表现基础上加黏膜易脆，可伴管腔狭窄。其治疗以祛除诱因、治疗基础病、注意休息、增强免疫力为主，一般认为Ⅰ级不需要服药，可自愈，Ⅱ级以上可服用制霉菌素或氟康唑，效果良好。

　　中医治疗可以增强机体免疫功能，改善基础疾病的影响，具有良好的疗效。根据本病的临床表现，本病属于"泛酸"、"胃脘痛"、"噎膈"等范畴。食管是食物的通道，属于"胃主受纳"功能的一个方面，食管属胃气所主，属"阳土"，这一点非常重要，在用药时会有体现。食管与胃同属阳土，其功能的正常发挥既需要阳气的温煦鼓动，又需要阴液的滋润濡养。程国彭在《医学心悟》中论述较多。他说："噎膈，燥症也，宜润。""凡噎膈症，不出胃脘干槁四字。"　其治疗多以润降为法，立意最深的是启膈散，砂仁与润药同用，既防润药之腻，又助气之畅通，临床使用时可选择旋覆花、柿蒂、郁金等药。最后共享一例霉菌性食管炎治疗病案。

典型病案：

患者，男性，65岁

初诊：2019年7月5日

胸骨后不适，堵塞感，胃镜示：慢性胃炎伴糜烂，胃体粘膜病变，霉菌性食管炎？纳可，大便可，舌淡红，苔薄腻，脉弦。气阴已亏，痰气交阻。参启膈意。

麦冬6　陈皮6　柿蒂10　威灵仙10

玉竹10　郁金6　茯苓10　旋覆花6^{包煎}

浙贝母5　北沙参10　六神曲10

14付

二诊：2019年7月15日

症较前缓，偶有堵塞感，舌淡红，苔薄，脉细。

上方去六神曲

加黄芩6

14付

三诊：2019年7月29日

尚安，偶有堵塞感，纳可，大便可，胸或闷，舌淡，苔薄，脉细。有肺气肿史。

上方去旋覆花、黄芩

加炒白术10　苏梗10　太子参10

14付

四诊：2019年8月12日

尚安，偶咯痰，苔薄，脉细。

上方去北沙参、太子参

加桔梗5　冬瓜子10

14付

五诊：2019年9月2日

尚安，偶有堵塞感，苔薄，脉细弦。

上方去桔梗、冬瓜子

　　加丝瓜络10　木香3

　　14付

六诊：2019年9月16日

症缓，纳可，苔薄，脉细。

上方加厚朴花3

　　14付

注：患者因胸骨后不适，检查示霉菌性食管炎，证属气虚亏虚，痰气交阻，选择《医学心悟》的启膈散，方中北沙参、麦冬、玉竹养阴生津，陈皮、郁金、柿蒂、旋覆花、浙贝理气化痰，茯苓健脾化痰，威灵仙可祛风湿，消痰涎，《本草新编》记载："威灵仙，苦温，可升可降，阴中阳也，无毒，入各经络。消肠中久积痰涎，除腹内癖气块"、"其性走而不守，祛邪实速，补正实难"。众药合用，滋阴润燥，理气化痰散结。

正所谓：

食管属胃为阳土，喜润恶燥阳中阴；

痞闷噎塞重为膈，甘寒润濡降为贵。

四十五、感冒虽简变化多　识证方可期病瘥

感冒是常见病，是六淫外邪侵犯肺卫，导致肺失宣肃，卫表不和而出现各种病证。由于六淫致病特点各有不同，加之病人个体差异，故临床还需要细细分析辨别。六淫致病特点各有不同。风为百

病之长，亦可单独致病，根据其"善行数变"的特点，寒热不甚，或有皮疹，咽痒者多为风邪致病。寒、热一般不独伤人，多数由风引领，侵入人体。寒盛者往往先恶寒，后发热，甚者伴有寒战，头痛、身痛、肌肉酸痛亦为寒的致病特点，咳者其声不扬、不爽，可伴有哮声。热邪致病先发热，后恶寒，伴有咽痛。湿邪外袭，阻遏气机，则全身困重酸楚，热透于外，热势不扬。体质特点也是影响疾病发病特点的重要因素。正气内盛，及时祛邪外出，则病程短，病势轻。若正气亏虚，邪气易于留恋，则病情缠绵，若内热素盛，则邪气易生化热，即使是寒邪外袭，在很短的时间内就容易化热。

感冒的辨证要掌握几个要点：一、邪气性质，风、寒、湿、热各有不同；二、邪气侵袭人体的病位：主要考虑2个方面，表里的不同、及侵犯肺脏的深浅。表里即识别在皮毛，在腠理，在经络，在肺则需识别肺失宣肃的深浅。三、重视不同邪气可伤及正气，寒伤阳，热伤气津，重者可入营血。

感冒的治疗主要以祛邪为主，根据证的不同，辛温散寒，或辛凉散热，配合宣肃肺气，方证相合，则药到病除，效若桴鼓。近日治疗一外地亲戚，感冒10余日，自服药未能愈，拟方后治疗5天痊愈，更能体会到中医的魅力所在。

典型病案：

患者，男性，45岁

初诊：2021年05月06日

诉10天前浑身疼，喝的小柴胡，还有莲花清瘟都不管用，又喝的头孢消炎，这几种药吃了7~8天现在已停用了，但是还是不行，现在还是黄痰，还有点咳嗽，嗓子发痒，黄鼻涕带血丝，嗓子还有点痛，老觉着鼻腔里有东西吐不出来，前几天发烧，38度，吃点退烧药退下去没在烧，其它都一样，口鼻干，出来的气都是热的。证

属风热外袭，伤及肺津

　　桑叶10　菊花10　连翘10　白茅根15

　　桔梗5　桑白皮10　薄荷3　陈皮6

　　黄芩10　知母5　象贝5　生地10

　　鸡内金5

　　　　7剂

5天后曰愈。

　　注：主诉近10日来发热、身痛、咳嗽、咽痒痛、鼻衄、口鼻干、呼气热，其证属风热上犯，肺卫失宣，发热、身痛乃卫表不和；咽痛痒乃风热壅结之症；鼻衄、口鼻干、呼气灼热乃风热蕴肺，热伤脉络。故治疗当宣散风热，清热养津。方选桑菊饮加减。桑叶、菊花辛凉散表，宣肺祛邪；连翘、黄芩清热解毒；桑白皮、白茅根清热凉血；知母、象贝清热化痰，生地凉血生津；陈皮、鸡内金和中焦。诸药合用，宣散清凉，清热生津凉血，药证相合，疗效颇佳。

　　正所谓：

　　识证为基效中求，感冒虽简变化繁；

　　需辨病邪及病位，体质相参预病期；

　　学艺多载略有悟，更需潜心学恩师。

四十六、感冒虽轻常缠绵　知犯何逆随证治

　　感冒是常见之症，一般七天可自愈。如果生病期间摄生不当，或者正气亏虚，邪气留恋，或者邪气盛实，邪去正衰，都会导致病情迁延，疾病反复不愈。中医通过辨证，区分正虚邪实，"知犯何逆，随证治之"，往往能取得较好的疗效。

典型病案：

病案一

患者，男性，39岁

初诊：2019年03月01日

患者1月前曾高热，诊断为流感，服用达菲后热退，病情好转，唯有咳嗽阵作，讲话明显，痰少，口干苦，服用多种止咳药，均疗效欠佳。舌红，苔，脉浮。热病伤阴，肺络失和。

枇杷叶10　苏梗10　桑叶10　杏仁10

陈皮6　黄芩6　白前5　枳壳6

紫苑10　桔梗5　法半夏10　天花粉10

　　7付

注： 患者服用中药6天后，咳嗽基本缓解。热病最易损伤津液，津液亏虚，肺失濡润，肃降失常，故咳嗽；言则耗气，故讲话则加重咳嗽；舌红，苔薄为气津两伤之象。治疗以清热养阴止咳为法，方选枇杷清肺饮加减。方中枇杷叶、桑叶、黄芩清肺热，苏梗、陈皮、杏仁、枳壳、白前降气止咳，紫苑、天花粉养阴和络，桔梗、枳壳升降肺脏气机，半夏化痰，中药合用，共奏清热养阴，肃肺理气止咳。药性清轻，正如吴鞠通曰："治上焦如羽，非轻不举"。

热邪伤阴可导致病情缠绵不愈，邪气留恋亦可以导致病情迁延。邪气留恋的主要原因是正气亏虚，无力祛邪外出，最常见的邪气是风、燥、湿邪。抓住病证的特点，辨识邪气，分别采取祛风、润燥、燥湿的治疗方法。邪气祛除，正气恢复，脏腑功能气机得以恢复则疾病痊愈。

病案二

患者，女性，13岁

初诊：2019年3月11日

患者近5月来易感冒，或发热，检查未见异常，于多处就诊无明显变化。就诊时自觉发热，测体温约37.8，畏寒易冷，鼻塞，流清涕，喷嚏，纳欠香，大便日行3次，成形，头顶或项后疼痛，疲乏，眼睛痒，舌淡红，苔薄，脉细。风邪束表。

川芎6　荆芥10　防风10　细辛3

白芷5　麸炒僵蚕10　菊花10　薄荷3

羌活3　红枣5　蔓荆子10　木贼3

炙甘草2

　　7付

二诊：2019年3月23日

好转药后症缓，未觉发热，鼻塞流涕喷嚏症状好转，纳食转香，头仍或疼痛，易眨眼，舌淡红，苔薄，脉细。参上法。

原方7付

注：该患者近5月来反复自觉发热，畏寒，同时鼻塞，流清涕，喷嚏，颈后疼痛，其症状属于典型的风寒束表，损伤人体阳气，阳气失于温煦卫外而致。病情反复发作五月，是由于患者正气薄弱，邪气容易乘虚而入；正气亏虚，又导致邪气留恋，从而导致病情反复发作。治疗以疏散风寒为法，方选菊花茶调散加蔓荆子、木贼祛风明目。患者药后症状好转，之后将以玉屏风散合四君子汤培补脾肺。

上述两个病例都是感受外邪后，症状持续不解。病例一乃受风热疫毒之气，故以高热为主要特点，热退后以津液亏虚，肺失濡养，宣肃失常而致，治疗以清养为主。病例二乃患者正气素虚，风邪乘虚而入，留恋不去。治疗先予解表散邪为法，继以补益肺脾善后。

正所谓：

感冒虽轻变化多，正虚邪实需重视；

邪之所凑其气虚，病势缠绵辨虚实；

祛邪扶正理肺气，知犯何逆随证治。

四十七、寒热并用治上腹痛　一法二方能愈顽疾

寒热错杂是临床杂症顽疾常见的病机，亦是疾病反复发作，缠绵不愈的原因。《伤寒论》是最早系统性的提出治疗寒热错杂的方药，比如半夏泻心汤、乌梅丸等，临床应用屡试不爽。寒热错杂证的辨治需要了解以下几点：①寒热与脏腑：根据脏与腑的生理特点，寒所在脏，以心脾肾多见，热多在腑，以胃肠多见；②寒热的相对盛衰：虽然是寒热错杂，但寒与热并不是各占一半，有寒多热少，也有热多寒少，临床需细辨之。③把握寒热的临床表现：寒热错杂表现为即有热，又有寒，患者遇寒不适，遇热也不适。④寒热与表里：寒热可同时见于里证，亦可同时见于表里，如表寒里热，表热里寒，需分别识之。⑤寒热错杂证的治疗：寒热并用是其治法，常用的寒药包括黄连、黄芩、黄柏、大黄、山栀、连翘等，热药则有附子、肉桂、干姜、细辛、花椒、吴萸等。寒热药同时使用的同时往往需要配伍适当的理气、和血药，以促进气血平和，寒热平复。近来用寒热并治法，有效治疗一上腹痛20年的患者，疗效颇佳，总结如下。

典型病案：

患者，女性，58岁

初诊：2022年08月22日

上腹疼痛不适20余年，加重4~5年，受寒则疼痛明显，胀满，纳欠香，餐后堵塞感，大便正常，足热，寐欠香，口苦，目眶易疼痛，舌淡红，苔薄腻，脉细。

党参10　炙甘草3　法半夏10　黄连3

黄芩10　白芷5　干姜3　细辛3

高良姜3　木香3　制吴茱萸1　神曲10

香附6　徐长卿10

　　14付

注：患者为女性患者，上腹疼痛多年，其特点为遇寒则痛，应为寒证，但又有口苦，足热，似乎又是热证。仔细分析其寒热，寒在中焦，以脾阳亏虚为主，而热在肝经，以其口苦、足热、目眶痛也，寒多热少。故治疗当寒热并治，先以半夏泻心汤加减，方中干姜、细辛、高良姜、吴茱萸温中止痛，黄连、黄芩清热，党参、炙甘草培中，木香、香附理气，神曲助运，白芷、徐长卿止痛。

二诊：2022年09月05日

患者诉上药服后4日痛缓，仍不适，胀亦松，晨起仍口苦，足热，纳可，舌淡红，苔薄腻，悬方。

党参10　炙甘草3　法半夏10　黄连3

黄芩10　白芷5　干姜3　细辛3

高良姜3　木香3　制吴茱萸1　郁金6

香附6　徐长卿10

　　14付

三诊：2022年09月17日

痛未作，受寒仍不适，足仍灼热，寐差，口苦，舌淡红，苔薄腻，悬方。

党参10　炙甘草3　法半夏10　黄连3

黄芩10　白芷5　干姜3　牛膝10

高良姜3　木香3　制吴茱萸1　郁金6

香附6　黄柏3

　　14付

注：患者疼痛已缓，足热未消，似乎寒渐退而热偏盛，故加黄柏增强泻热功效。

四诊：2022年10月03日

上腹又疼痛，受风受寒则明显，夜间明显，足热缓，纳转香，寐差，口苦轻，眉额易疼痛，约每月发作1次，舌淡红，苔腻，脉细。寒热错杂。

黄连3　党参10　炒白术10　干姜3

炒白芍10　木香3　醋乳香3　砂仁3

川楝子3　延胡索10　姜半夏10　茯苓10

　　14付

五诊：2022年10月27日

症较前缓，纳增，口苦缓，夜间受风仍上腹疼痛隐隐，眉额时疼痛，舌淡红，苔腻，云门诊。

黄连3　党参10　炒白术10　干姜3

炒白芍10　木香3　醋乳香3　砂仁3

酒当归10　延胡索10　桂枝5　白芷5

葛根10

　　14付

六诊：2022年11月10日

痛缓，上腹仍不适，晨起或口苦，舌淡红，苔薄，云门诊。寒热错杂。

上方加香附6

14付

注：患者经半夏泻心汤加减治疗后，上腹痛先缓而后复，其足热已缓，因此初疹时判断寒多热少是正确的，经过三诊治疗其热渐退，而表现为寒盛疼痛，夜间明显，眉额疼痛亦为阳明脉衰，经络不和。故四诊时虽然仍是寒热错杂，但换用温中力更强的理中汤加黄连，即连理汤加减。同时增强止痛作用，用乳香、金铃子散理气散寒止痛。五诊时又加桂枝、白芷、葛根等以增强其作用而善后。

正所谓：

寒热错杂畏寒热，寒热偏盛分脏腑；

再识上下与表里，寒热并用可无忧。

四十八、和解法与培土法配合治疗消化不良

消化不良是指一组症候群，包括上腹胀满、上腹疼痛、餐后饱胀感、上腹烧灼感、早饱、嗳气、打嗝。消化不良可以由很多原因引起，比如HP感染、急性胃炎、慢性胃炎、胆囊炎等、消化性溃疡等，这些称之谓器质性消化不良；也有很多病人不能找到器质性疾病，称为功能性消化不良。消化不良是导致病人就诊的常见原因，中医药治疗消化不良具有良好的效果。消化不良多属于中医的"痞满"、"胃痛"等病，证多属肝气郁结、脾胃虚弱，临证需细细分辨。

典型病案：

患者，女性，21岁

初诊：2017年6月30日

上腹不适1月余，胀满，或疼痛隐隐，泛酸口苦，喜食酸性时

物，大便日行，舌淡红，苔薄，脉细。证属肝气郁滞，枢机不利，肝胃不和，治疗当疏肝理气，和解枢机，选择小柴胡汤加减。

柴胡3　黄芩10　姜半夏10　干姜3

陈皮6　党参10　炙甘草2　黄连3

吴萸1　浙贝母6　夏枯草10　海螵鞘12

大腹皮10　青皮6

　21付

注：患者年轻女性，上腹胀满不适一月余，泛酸口苦，喜食酸性食物，根据病人症状特点，证属肝气郁滞，枢机失于疏泄，横逆犯胃。病人喜食酸性食物是其特点，《素问·五藏生成》："肝欲酸"，因此喜食酸乃肝气亏虚，不能疏泄所致。《素问·脏气法时论》也提出了治疗方法："肝欲散，急食辛以散之，用辛补之，酸泻之"，用辛味的药物来补肝。选择小柴胡汤来作为主方，柴胡、黄芩疏清结合，和解少阳，半夏、干姜辛散，党参、甘草健脾益气，黄连、吴萸乃左金丸，清肝泻热，配伍象贝、瓦楞子制酸，大腹皮、陈皮理气消胀。全方总观，疏散相合，辛散补益，方似对证。

二诊：2017年7月31日

患者诉治疗后无明显变化，上腹仍不适，纳欠香，早饱，泛酸，大便或溏，舌淡红，苔薄，脉细。证属肝气郁滞，枢机不利，改于补脾益气，促进枢机恢复。方选香砂六君子汤加减。

法半夏6　茯苓10　陈皮6　党参10

炒白术10　木香3　砂仁3^{后下}　莱菔叶10

炒枳壳6　沉香曲3　炒麦芽12

　21付

注：患者服药后无明显变化，是什么原因呢？仔细分析，患者证属肝气郁结，枢机不利，但治疗后无好转，乃患者中气亏虚，正

气难以复正所致。二诊时，证未变，治法改扶正。

三诊：2017年9月16日

患者服药后症状缓解，泛酸缓，胀亦轻，大便或并日行，舌淡红，苔薄，脉细。证仍属肝气郁滞，枢机不利，由于正气恢复，治疗仍当疏肝理气，和解枢机，再拟小柴胡汤加减进治。

柴胡6　生黄芩10　法半夏6　干姜3

党参10　炙甘草3　陈皮6　厚朴3

炒麦芽10　炒谷芽10　炒六曲10

　　14付颗粒剂

注：根据患者症状，证仍属肝气郁滞，枢机不利，一诊由于正气亏虚，治疗效果不理想，改予健脾扶正，症状缓解。随着正气恢复，枢机功能增强，治疗仍和解枢机，理气解郁，因此又以小柴胡汤加减进治。真应了《伤寒论》："见肝之病，治肝传脾，当先实脾"。

四诊：2017年10月19日

药后症缓，纳转香，上腹时胀，泛酸缓，畏寒，舌淡红，苔薄，脉细。经行易愆。

柴胡6　生黄芩10　法半夏6　干姜3

党参10　炙甘草3　陈皮6　紫丹参10

炒麦芽10　炒谷芽10　炒六曲10　益母草15

　　14付颗粒剂

患者药后症状缓解，月经亦恢复正常，因其近来又出现腹胀来诊，所以知其一年来无明显不适。

正所谓：

正气存内，邪不可干，疏散不应宜健脾；

六君扶正，柴胡和解，两方协同可建功。

四十九、扶正祛邪先后三法愈新冠感染

新型冠状病毒在全世界范围内传播，导致数亿人感染而发病。新冠的临床表现不一，恢复过程较慢，甚至在感染后数月仍有不适。余临证诊治若干例新冠感染后的病人，采用中医辨证治疗，病人很快康复，值得总结以便寻找中医药治疗新冠的规律。

典型病案：

患者，女性，93岁

初诊：2023年01月07日

患者感染新冠后，出现食欲下降，咳嗽，咯痰，色白夹黄，大便稀溏，3~4次，时胸闷，需要吸氧，疲乏，寐一般，舌淡红，苔薄黄腻，脉细滑。先健脾助运，理肺化痰再观。

法半夏10　茯苓10　化橘红6　冬瓜子12

炒苡仁12　木香3　浙贝母5　金沸草10

金荞麦10　炒白术10　紫苏梗10　炒芥子6

　5付

注：患者感染新冠后曾发热一天后热退，逐渐出现食欲下降，故来就诊。患者由家属用轮椅推入诊室，精神欠振，就诊时在吸氧，症状主要有脾胃运化不足的表现，如纳谷下降、大便稀溏等，和肺失宣肃，痰浊内蕴的表现，如咳嗽、咯痰、胸闷等，故其病机为脾虚不适，肺失宣肃，痰浊内蕴，治疗以健脾助运，理肺化痰为法。方中法半夏、茯苓、炒白术、冬瓜子、炒苡仁健脾化痰，化橘红、紫苏梗、白芥子理气化痰止咳，金沸草、金荞麦、浙贝清热化痰，木香理气，众药合用，共奏健脾化痰助运，理气清热，肃肺止咳之功。

二诊：2023年01月12日

药后纳转香，痰较前减少，大便转正，成形，仍需要吸氧，舌淡红，苔薄，脉细滑。

法半夏10　茯苓10　化橘红6　冬瓜子12

炒苡仁12　木香3　浙贝母5　金荞麦10

炒白术10　紫苏梗10　蜜白前5　白果6

桑白皮10

　　7付

注：方证相合，二诊仍以原法，加桑白皮、白前加强肃肺化痰之功，白果收敛肺气。

三诊：2023年01月19日

纳已香，痰明显减少，仍需要吸氧，盗汗，舌淡红，苔薄，脉弦滑。

党参10　麦冬6　五味子3　桑白皮10

地骨皮10　浙贝5　茯苓10　化橘红6

款冬花10　丹参10　丹皮6　桔梗5

炒枳壳6

　　7付

注：患者经治纳食已香，咯痰已少，盗汗较前明显，乃气阴亏虚，虚热内扰之象，故改益气养阴、理气化痰为法，方选生脉饮合泻白散，加浙贝、茯苓、橘红、款冬、丹皮、丹参、桔梗、枳壳等药。

四诊：2023年01月26日

尚安，汗出较前缓，或口苦，舌淡红，苔薄，脉细滑。

党参10　麦冬6　五味子3　桑白皮10

地骨皮10　浙贝5　茯苓10　化橘红6

款冬花10　丹参10　金沸草10　玉竹10

7付

五诊：2023年02月02日

诸症均安，矢气多，舌淡红，苔薄，脉细滑。

党参10　麦冬6　五味子3　炒白术10

冬瓜子10　浙贝5　茯苓10　化橘红6

炒莱菔子10　丹参10　金沸草10　玉竹10

7付

六诊：2023年02月09日

汗出缓，未已，寐可，或易醒，舌淡红，苔薄，脉细滑。

党参10　茯苓10　炒白术10　黄芪12

酒当归10　蜜远志5　酸枣仁10　木香3

龙眼肉6　大枣6　浮小麦15　神曲10

7付

注：患者经治症状明显改善，此诊无特殊不适，唯诉易醒，证属气血亏虚，心脾两虚，治以益气养血安神为法，方选归脾丸加减。

七诊：2023年02月16日

颇安，易忘事，舌淡红，苔薄，脉细滑。

党参10　黄芪12　炙甘草3　炒蔓荆子10

升麻3　炒白芍12　葛根10　麦冬6

茯苓10　神曲10　醋龟甲15　陈皮6

7付

注：患者为93岁高龄，新冠后食欲下降、咳嗽咯痰，家属在服用西药的基础，欲寻求中医治疗以促进疾病康复。患者初诊时，正虚邪恋，肺脾两虚，痰浊留恋，由于患者食欲较差，故初诊时当先调中和脾以助运，对于高龄人来说，"有一分胃气便有一分生机"，

以健脾助运，理气化痰为法。患者服药后胃气渐复，食欲转佳，痰浊渐退。又出现盗汗较明显，乃气阴亏虚，虚热内扰之象，故转益气养阴，清泄肺热为法，选生脉饮合泻白散加减。经过一个多月的调理，患者基本恢复患新冠前的状态，睡眠易醒，易忘事，此乃气血两亏，肝肾亏虚，神机失用，故以归脾汤、益气聪明汤善后。回顾其治疗，患者从就诊到恢复，是邪气渐退，正气渐复的过程，根据主要矛盾采用针对性的治疗，这也是中医辨证论治的核心所在。

正所谓：

纳差咳嗽新冠后，审机辨证抓关键，

后天之本化生机，时刻顾护助脾运，

肺热虚实寒热痰，扶助正气善后法。

五十、长新冠之识病机　三调治法可安神愈失眠

新冠感染恢复后，常导致许多不适长期存在，有人称其为"长新冠"，有全身症状，如疲乏无力、身体疼痛等；有心系的症状，如心悸、失眠等，有脾胃的症状，有纳差、腹胀、大便性状改变等。余整理临证所治长新冠病案，以总结其证治规律。

典型病案：

患者，女性，38岁

初诊：2023年02月02日

患者诉感染新冠，恢复后睡眠障碍，寐浅，易醒，余无不适，舌淡红，苔薄，脉细。先以养益心脾再观。

党参10　炒白术10　黄芪10　当归10

茯神10　蜜远志5　炒白芍10　木香3

柏子仁10　酸枣仁9　炙甘草3　龙眼肉6

　　14付

二诊：2023年02月16日

无明显变化，寐仍易醒，可入眠，疲乏较前轻，矢气多，舌淡红，苔薄，脉细。

党参10　炒白术10　黄芪10　当归10

茯神10　蜜远志5　知母5　木香3

煅牡蛎20　酸枣仁9　炙甘草3　川芎6

　　7付

三诊：2023年02月27日

仍无明显进退，难入眠，晨3~5时易醒，腹或胀，矢气多，近日咽刺痒，舌淡红，苔薄，脉细。改清热化痰安神法。

姜竹菇10　炒枳壳6　陈皮6　茯苓10

法半夏10　黄连3　炒白芍10　黄芩10

蜜白前5　煅珍珠母20　煅龙齿20　砂仁壳3

　　7付

四诊：2023年03月06日

寐较前安，仍欠香，舌淡红，苔薄，脉细。

姜竹菇10　炒枳实6　陈皮6　茯苓10

法半夏10　黄连3　炒白芍10　黄芩10

蜜白前5　煅珍珠母20　煅龙齿20　砂仁壳3

知母5

　　7付

五诊：2023年03月13日

寐较安，仍易醒，夜尿4~5次，舌淡红，苔薄，脉细。

姜竹菇10　炒枳实6　陈皮6　茯苓10

法半夏10　牛膝10　黄芩10　煅牡蛎20

天花粉10　煅龙齿16　砂仁壳3　知母5

　　　7付

六诊：2023年03月20日

可寐，易醒，畏寒，健忘，经行腰酸，额易疼痛，大便易干，舌淡红，苔薄，脉细。

党参10　茯苓神^各10　石菖蒲3　蜜远志5

炒白术10　木香3　醋龟甲15　黄芩10

续断10　牛膝10　茺蔚子10

　　　7付

七诊：2023年03月27日

寐可，下颌生痘，额痛缓，忘事似缓，大便可，舌淡红，苔淡，脉细。

党参10　茯苓神^各10　石菖蒲3　蜜远志5

炒白术10　木香3　醋龟甲15　黄芩10

续断10　牛膝10　茺蔚子10　蔓荆子10

　　　7付

注：本案病人主诉为新冠后睡眠障碍，夜不能眠，余无不适。如何辨证确有难度。由于新冠的发病急骤，病情较重，以发热为主，其恢复后以正气亏虚多见，虚可见气血阴阳不足，或兼有痰浊、痰热等实邪。本案病人除了睡眠困难外，无其他不适，也无邪实的表现，故先以心血亏虚，心神失养为病机，以归脾汤加减进治。患者治疗2次后睡眠仍无改善，此时需要重审病机。以益气养血神法无效，有可能存在邪气留恋，结合新冠的特点，痰浊兼虚热最有可能，故改用清热化痰安神法，用温胆汤进治。患者服用2周，睡眠明显改善。后以益气化痰安神之定志丸善后。本案病人的

治疗可有两点启示：首先，正虚邪实未必有明显的症状可辨，需要结合发病特点，以小方纯法试治。其次，正虚邪实治疗有先后。本案病人虚是存在的，只不过邪未退，不受补益，而邪退后再补方可获效。

正所谓：

阳后失眠审虚实，邪正难辨可试法，

方小法纯识病机，勿执固念时未到，

邪气未必有形实，正虚亦未必羸状。

五十一、长新冠之心悸治验三则

新冠感染恢复后，心悸是比较常见的症状，究其病机，不外乎虚实两端。新冠之邪气传播迅速，致病力强，症状类似，故属疫毒邪气。疫毒之邪由口鼻皮毛侵入上焦，正邪交争，肺失宣肃，可致发热、咳嗽；肺不布津，津液停聚而为痰；疫毒热邪内蕴，耗伤正气，心失所养则心悸。疫毒乃阳邪，初期易伤气阴、营血，日久亦可伤阳。新冠后心悸证病机以正气亏虚，邪气留恋，正虚邪恋为特点，治疗时需要把握虚实间的强弱变化，及时调整治疗方案。余临证治疗新冠后的心悸，均取得较好的疗效。

典型病案：

病案一

患者，女性，58岁

初诊：2023年01月19日

新冠感染后，目前心悸，动则明显，疲乏，四肢倦，纳可，寐差，头畏风，舌淡红，苔薄少，脉细。证属气阴亏虚。

党参10　麦冬6　五味子3　酒当归10

生地10　柏子仁10　炒蒺藜10　炒白术10

茯苓10　酸枣仁10　葛根10　炒白芍10

木香3

　　14付

二诊：2023年02月02日

疲乏明显缓，畏风轻，动则心悸，寐差，烦躁，仍咳嗽，咽干痒，痰少，大便溏，汗出，身烘，舌淡红，苔薄，脉细。仍属风邪留恋。

荆芥10　桔梗5　蜜百部10　蜜白前5

化橘红6　炙甘草3　蜜紫菀10　细辛3

干姜3　五味子3　煅牡蛎15　防风10

　　7付

三诊：2023年02月16日

症缓，寐略安，咳嗽缓，汗出缓，身易烘，舌淡红，苔薄少，脉细。

百合12　生地10　茯苓10　炒白芍10

麦冬6　酒当归10　浙贝母5　桂枝5

煅龙牡[各]15　干姜3　五味子3

　　14付

注：患者感染新冠后，就诊时以心悸、疲乏、寐差为主诉，兼有畏风、四肢倦怠等症，证属气阴两虚，心失所养。治以益气养阴为法，选生脉饮加减，加当归、生地、白芍滋养阴血，加白术、茯苓益气健脾，加酸枣仁、柏子仁养心安神定悸，葛根、白蒺藜升清。二诊时患者疲乏已明显缓解，心悸亦轻，但咳嗽较初诊明显，因其咽痒，乃风邪留恋之像，此时应先祛邪止咳，故二诊以祛风止

咳，兼以化痰为法。三诊诸症均缓，再以益气养阴为法，选《金匮要略》之百合地黄汤加减善后。

病案二

患者，女性，37岁

初诊：2023年02月09日

新冠后心悸，至医院EKG检查示窦速，胸或闷，舌淡红，苔薄，脉细数。证属气阴亏虚。

党参10　麦冬6　五味子3　炙甘草3

熟地10　桂枝3　火麻仁10　炒白芍10

柏子仁10　煅龙牡^各20　大枣6　生姜皮3

　　14付

二诊：2023年02月23日

药后心悸、胸闷均缓，舌淡红，苔薄，脉细数。

党参10　麦冬6　五味子3　炙甘草3

熟地10　桂枝3　火麻仁10　炒白芍10

柏子仁10　煅龙牡^各20　茯苓神^各10

　　14付

三诊：2023年03月09日

症较前缓，未已，寐欠香，舌淡红，苔薄，脉细。

党参10　炒白术10　黄芪10　当归10

茯神10　蜜远志5　煅牡蛎20　木香3

姜竹菇10　酸枣仁10　炙甘草3　炒枳壳6

　　14付

注：患者因新冠后心悸就诊，四诊合参，属气阴亏虚，心失所养，治以生脉饮合炙甘草汤加减进治。二诊患者心悸缓解。三诊以寐差为主，故改用归脾汤加减善后。

病案三

患者，男性，46岁

初诊：2023年02月07日

感染新冠后，近3周来心悸，胸闷，检查未见异常，寐可，易疲乏，舌淡红，苔薄腻，脉细代。

炙甘草6　生地10　麦冬6　桂枝5

火麻仁10　薤白6　党参10　炒白芍10

柏子仁10　茯苓10　茯神10　五味子3

　　14付

二诊：2023年02月18日

药后症缓，疲乏则易反复，膝软，疲乏较前轻，或心悸，口疮，舌淡红，苔薄腻，脉数弦。

炙甘草6　生地10　麦冬6　桂枝5

火麻仁10　薤白6　党参10　炒白芍10

柏子仁10　茯苓10　牛膝10　五味子3

煅龙牡各15

　　14付

注：患者就诊时心悸，胸闷，脉代，属心阴不足，心失所养，阳气无力振奋，符合《伤寒论》中"心动悸，脉结代"，故治以炙甘草汤加减进治。方中炙甘草甘温益气，缓急养心为君；生地黄滋阴养心，养血充脉，党参补益心脾，合炙甘草益心补脾，以资气血化生之源；白芍、麦冬、麻仁滋阴养血，配生地黄以充血脉，薤白温心阳通血脉，柏子仁养心定志，茯苓健脾安神，牛膝填精强腰脊，众药合用，奏滋养阴血，益气通阳之功。二诊患者诸证均减轻，原方加煅龙牡善后。

正所谓：

心中悸动分虚实，辨因审症舌脉参，

滋阴养血益心阳，祛邪需识内外异，

安神定悸酌情配，临证方能显功效。

五十二、长新冠之胃痞治验四则

新冠感染对于脾胃的影响非常明显，许多病人出现食欲下降、上腹胀满、大便性状改变，即使新冠恢复以后，脾胃的症状常持续很长时间，甚到难以自愈。中医药治疗新冠后上腹胀满具有良好的疗效，根据其临床表现，应从"胃痞"、"胃痛"论治。疫毒之邪由口鼻皮毛侵袭人体，正气向外与邪相争，常导致两种变化，一是在外则出现恶寒发热，二是在内则正气亏虚，而最容易导致脾胃虚弱。此种现象就如同战争，一国派出军队则必导致内部空虚。因此，新冠感染的病人，脾胃气虚，运化失司最常见，最容易出现腹胀、纳差等症状。若新冠在发病期，邪热损伤肺胃阴液，则患者出现口干苦、纳差、大便干结等症。新冠感染还会生成痰浊、痰热、瘀血之邪，停留于体内，亦会影响脾胃的功能而出现上腹胀满不适。因此，新冠后上腹不适的中医辨证，首先要区别虚实。虚则气虚、阴虚多见，实则以痰浊、痰热内蕴多见。余临证治疗多例新冠后胃痞病人，疗效颇佳。

典型病案：

病案一

患者，女性，59岁

初诊：2023年01月23日

感染新冠后，近1月来上腹不适，胀满，纳欠香，嘈杂，大便不畅，量少，2~3次，痰粘，寐差，疲乏，舌淡红，苔薄，脉细。

紫苏子10　炒莱菔子10　炒枳实6　蜜白前5

陈皮6　茯苓10　法半夏10　浙贝母5

姜竹菇10　蜜远志5　神曲10　姜厚朴5

　　14付

二诊：2023年02月13日

症缓，胀较前缓，大便3次，纳一般，寐转安，疲乏轻，舌淡红，苔薄，脉细。

紫苏子10　炒莱菔子10　炒枳实6　蜜白前5

化橘红6　茯苓10　法半夏10　姜竹菇10

蜜远志5　麦冬6　姜厚朴5

　　14付

注：本案为新冠后上腹不适1月，其临床症状包括三个方面，一是脾虚失运，如纳欠香、上腹胀满；二是有痰、痰粘，为痰浊内蕴之象；三、寐差、疲乏。患者关键症状是痰粘、大便量少不畅，由此可知，痰浊内蕴、气机不畅、脾失健运是其病机变化的重点。故治以健脾化痰为法，兼顾安神。以三子养亲汤合二陈汤加减进治。方中法半夏、茯苓、陈皮健脾理气化痰；紫苏子、莱菔子、枳实、厚朴、白前理气化痰，可促进脾胃之气条畅；竹菇、远志化痰开窍，安神定志；神曲消食助运。众药合用，奏健脾化痰，开窍安神之效。患者经治诸症均安。

病案二

患者，女性，70岁

初诊：2023年02月12日

新冠后左上腹胀满不适，肠鸣，纳欠香，大便干结，日行，不畅，伴腹痛隐隐，舌淡红，苔薄，脉细。胃肠镜阴性。

生地10　麦冬6　玄参10　炒枳实6

姜厚朴6　青皮6　陈皮6　炒白芍10

酒当归10　佛手6　木香3　莱菔子10

　　14付

二诊：2023年03月17日

药后症明显缓，仍不适，左上腹或疼痛，悬方。

玄参10　生地10　麦冬6　炒枳实6

姜厚朴6　青皮6　陈皮6　炒白芍10

当归10　佛手6　木香3　醋香附6

　　14付

注：患者新冠后上腹不适，纳谷不香，大便干结，腹痛隐隐，四诊合参，乃属阴虚气滞之证。故治以养阴理气和络为法，以增液汤加减治疗。方中玄参、生地、麦冬养阴生津增液，当归、白芍养血滋阴，枳实、厚朴、青皮、陈皮、木香、佛手理气止痛，本案以养阴药与理气配伍治疗，类似于"增水行舟"之意，阴液恢复，络气畅通，则诸症均缓。

病案三

患者，男性，26岁

初诊：2023年02月27日

近2月阳后上腹胀满，纳可，大便正常，或恶心，大便正常，舌淡红，苔薄腻，脉细滑。

法半夏10　茯苓10　陈皮6　炒枳实6

姜厚朴6　木香3　神曲10　黄芩10

紫苏梗10　佛手6　炒麦芽15

　　14付

二诊：2023年04月22日

药后症缓，上腹时胀，易咯痰，舌淡红，苔薄腻，脉细滑。

法半夏10　茯苓10　陈皮6　炒枳实6

姜厚朴6　木香3　神曲10　冬瓜子10

紫苏梗10　橘叶15　砂仁壳3

　　14付

注：本案患者阳后2月就诊，以上腹胀满为主症，或恶心，余无特殊，故初诊证属脾虚气滞痰阻。治以健脾化痰，理气消胀为法。方中法半夏、茯苓、陈皮健脾化痰；枳实、厚朴、木香、苏梗、佛手理气化痰消胀，神曲、麦芽消食助运。患者为年轻男性，又或有恶心，因此痰浊化热之嫌，故加黄芩以清热，正如《素问·至真要大论》曰："诸胀腹大，皆属于热。"全方共奏健脾化痰理气消胀之功。

病案四

患者，女性，51岁

初诊：2023年04月23日

阳后上腹不适，烧心，嗳气，咽阻，纳欠香，大便易结，面萎，舌淡红，苔薄，脉细。

法半夏10　茯苓10　陈皮6　神曲10

木香3　姜厚朴6　焦山楂10　莱菔子10

沉香3　炒枳实6　瓜蒌皮10　紫苏子10

　　14付

二诊：2023年04月23日

药后上腹不适缓，知饥，烧心泛酸缓，偶嗳气咽时阻，纳转香，寐明显安，舌淡红，苔薄，脉细。

上方加橘叶15

14付

注：患者新冠后近3月来就诊，诉阳后上腹不适，纳欠香，烧心泛酸，大便干结，寐欠香，舌淡红，苔薄，脉细。上腹不适，纳欠香为脾虚失运之象，但无法判断虚实。其症状烧心泛酸，大便干结似乎能够对病机有所提示，两者同时出现的以实热为多，而积滞内蕴化热更为多见，寐差乃积滞内蕴，扰动神明之象，乃"胃不和则卧不安"。故治以健脾助运，消食导滞为法，方选保和丸加减。患者复诊时诉症状明显缓解，尤其是睡眠明显好转，这也说明初诊对病机的诊断是正确的。二诊以原法时治，加橘叶理气化痰，促进脾运恢复。

正所谓：

新冠伤脾耗气阴，运化失司腹胀满，
养阴增水润肠道，益气健脾强后天。
兼痰兼热有轻重，临证四诊需细审，
健脾助运畅气机，化痰清热随证酌。

五十三、长新冠之寒热并用　先后二方可止腹泻

新冠感染对脾胃运化功能的影响非常大，既可导致上腹胀满、食纳下降，又会导致大便性状改变，如便秘、腹泻，还可以导致大便不规律。虽然症状不同，但其病机变化是有规律可循的。饮食入胃，通过脾胃的运化作用，将其中的精微物质吸收，转输至全身供给脏腑组织，剩余的糟粕则传输至大肠，形成粪便排出体外。因此，粪便的成形主要与脾胃有关，若脾气亏虚，运化不适，水谷则难以运化，导致腹泻、完谷不化等；若胃阴亏虚，肠道失于濡

养，则会出现大便干约。肺与大肠相表里，若肺失宣肃，也会影响到的大肠的排泄，肝主疏泄，若肝气郁滞，胃肠气滞也会导致排便导常，若肾阳虚失于温煦，脾阳亏虚，也会导致腹泄。因此，新冠后大便性状改变主要病位在脾胃，与肺、肝、肾有关。除了要辨病位外，还要辨虚实，虚者常见的阴虚、气虚，实者则常见热邪、痰浊、积滞等。近来，余用中医药治疗新冠后大便性状改变者，均取得良好的疗效。

典型病案：

患者，女性，35岁

初诊：2022年12月13日

胃间质瘤术后，目前上腹胀满，堵，大便溏，不畅，纳欠香，嗳气，泛酸，肠鸣，矢气多，天热则腹不适，又畏寒，舌淡红，苔薄，脉细。经行正常。湿热蕴结于肠道。

姜厚朴6　木香3　炒苍术5　槟榔10

制吴茱萸2　薤白6　木瓜3　炒枳实6

醋青皮6　陈皮6　草果3　焦山楂10

黄芩6　神曲10　蔻仁3

　　　14付

二诊：2022年12月26日

症明显缓，纳转香，大便或溏，舌淡红，苔薄，脉细。

姜厚朴6　木香3　炒苍术5　槟榔10

制吴茱萸2　薤白6　木瓜3　炒枳实6

醋青皮6　陈皮6　草果3　焦山楂10

黄芩6　神曲10　蔻仁3　腹皮6

　　　14付

注： 患者初诊时以大便稀溏，不爽，上腹胀满，纳欠香、泛酸、

矢气为主诉，根据其天热则腹不适、又畏寒的特点，病机为湿浊蕴结，气机郁滞，故治疗以燥湿理气，寒温并用为法，方中姜厚朴、木香、槟榔、炒枳实、青陈皮理气消胀，苍术、木瓜、蔻仁、草果化湿理气，薤白、制吴茱萸温阳理气，黄芩清热燥湿，神曲、山楂消食，全方理气化湿，寒温并用。患者服后症状明显缓解。

三诊：2023年02月13日

患者阳后又不适，大便时溏稀，2~3次，完谷不化，胀满，纳可，易泛酸，肠鸣，舌淡红，苔薄，脉细。上环经行淋漓

党参10　炙甘草3　法半夏10　黄连3

黄芩10　大枣6　干姜3　炒海螵蛸12

炒枳实6　醋香附6　神曲10　焦山楂10

　　14付

四诊：2023年02月27日

症明显缓，或反复，大便成形，或夹泡沫，舌淡红，苔薄，脉细。

党参10　炙甘草3　法半夏10　黄连3

黄芩10　大枣6　干姜3　炒海螵蛸12

炒枳实6　蔻仁3　神曲10　焦山楂10

　　14付

五诊：2023年03月13日

症缓，仍易嗳气泛酸，大便成形，纳欠香，舌淡红，苔薄，脉细。上环中，经行淋漓。

党参10　炙甘草3　法半夏10　黄连3

黄芩10　大枣6　干姜3　炒海螵蛸12

炒枳实6　厚朴6　神曲10　焦山楂10

　　28付

注：在感染新冠后，症状又加重，故又来就诊。在三诊时，病人症状与初诊时基本一致，但又不完全相同。患者诉大便完谷不化，乃新冠损伤脾胃，阳虚不能熟水谷所致。结合患者素有湿浊蕴结的特点，故病机为湿蕴气滞，疫毒伤阳，阳失温煦，水谷不化，中虚湿热，治疗当寒温并用，健运中焦为法，故改用半夏泻心汤加减。患者服用症状亦明显性善。由本案可知，病人在就诊过程中，会有细微的症状变化，临证时不应放过任何细小的蛛丝马迹，方能正确辨证。

正所谓：

症虽相似机不同，蛛丝马迹寻机源，

莫言症微掉轻心，却是识证关键处。

五十四、长新冠之大便性状改变验案二则

疫毒外袭，可由口鼻皮毛而入，也可直中中焦。邪气入侵，正气则与疫毒相斗争，正气的调动必然消耗脾胃之气，故中气必虚，而出现食欲下降、大便性状变化。正邪相争，在消耗正气的同时也会产生邪气，如痰、湿、热、瘀最为常见。在急性期，正虚邪实，在恢复期，正虚邪恋是是疾病基本病机。在感染疫毒后，人体的病理变化与患者原来的体质特点密切相关。若素体脾虚湿蕴，感染疫毒后会更伤脾胃之气，湿邪可随寒热的偏盛热化、寒化，热化则伤阴，寒化则耗阳，从而分别出现便秘或泄泻。更有复杂者，则寒热错杂，治疗常常棘手。感染疫毒后的大便性状改变也就成为常见症状，甚至持续很长时间。

典型病案:

病案一

患者,女性,78岁

初诊:2023年02月22日

阳后腹泻2月,水样便,日是行3~4次,自服黄连素后大便成形,伴大量粘液,隐血+,白细胞5~7,粪便培养阴性,曾使用肠胃康、复方谷氨酰胺、美沙拉嗪栓、头孢等,症状反复,检查肠镜示结肠炎改变。目前大便2~3次,夹粘液,便前腹痛,便后缓解,舌淡红,苔薄腻,脉细滑。

黄连3　党参10　炒白术10　干姜3

焦楂曲^各10　木香3　砂仁3　蔻仁3

草果3　木瓜3　炙甘草3　炒苡仁10

凤尾草10

　　14付

二诊:2023年03月27日

药后诸证均缓,目前无不适,舌淡红,苔薄,脉细,参上法。

黄连3　党参10　炒白术10　干姜3

焦楂曲^各10　木香3　砂仁3　蔻仁3

茯苓10　炒苍术5　凤尾草10

　　14付

注:该患者为感染新冠后出现腹泻,甚则如水样便,夹有大便粘液,肠镜检查示结肠炎改变。从临床症状来看,以湿蕴肠道的邪实为主,但患者病程已2月,正气已伤,故辨证属湿邪蕴结,正气不足。治疗当清热燥湿,健脾益气,选寒温并用之连理汤加减。方中黄连清热燥湿,党参、白术、干姜健脾益气,温中助运;焦山楂、神曲消食导滞;木香、砂仁、蔻仁、草果芳香化湿;木瓜醒脾化湿;

苡仁健脾化；凤尾草清热化湿解毒。众药合用，健脾益气，清温芳化，脾气复而湿邪退。

病案二

患者，女性，27岁

初诊：2023年03月28日

患者阳后大便性状改变3月余，2~3次，甚则4~5次，或溏，或散，易腹泻，完谷不化，或散，腹或胀，纳可，舌淡红，苔薄，脉细。肠镜未见异常。经行正常，和肝脾再观。

炒白术10　炒白芍10　陈皮6　防风10

炒苍术5　姜厚朴5　藿香10　法半夏10

草果3　木香3　葛根10　焦楂曲^各10

　　7付

二诊：2023年04月03日

药后大便1~2次，性状转正，舌淡红，苔薄腻，脉细。参上法。

炒白术10　炒白芍10　陈皮6　防风10

炒苍术5　姜厚朴5　藿香10　法半夏10

草果3　木香3　葛根10　焦楂曲^各10

炮姜3

　　14付

三诊：2023年04月14日

药后大便转正，食不慎后又反复，日行2次，肠鸣，舌淡红，苔薄腻，脉细。

炒白术10　炒白芍10　陈皮6　防风10

炒苍术5　姜厚朴5　藿香10　蔻仁3

草果3　木香3　砂仁3　焦楂曲^各10

炮姜3

14付

注：本案患者的治疗有些特殊的地方。其阳后大便性状改变3月余，2~3次，甚则4~5次，或溏，或散，易腹泻，完谷不化，或散，腹或胀，纳可，舌淡红，苔薄，脉细，在初诊时似乎是比较典型脾胃虚弱证，但其诉曾服过中药，服药后腹泻更加明显，细看其所服方药，乃参苓白术散加减方。服用参苓白术散而腹泻加重，似乎临证很少见。细思其因，应犯"虚虚实实"之戒。故初诊用调和脾胃法，选用痛泻要方加减，患者服用症状明显改善。后来虽然饮食不慎有反复，但再巩固后已恢复正常。

正所谓：

阳后伤脾损运化，纳差腹胀便异常，

细审标本勿犯逆，虚虚实实病不除，

和法兼顾纠邪正，正复邪退康健还。

五十五、长新冠之小柴胡汤证验案四则

小柴胡汤出自《伤寒论》第九十六条："伤寒五六日，中风，往来寒热，胸胁苦满，嘿嘿，不欲饮食，心烦喜呕，或胸中烦而不呕，或渴，或腹中痛，或胁下痞硬，或心下悸、小便不利，或不渴、身有微热，或咳者，小柴胡汤主之"。少阳是半表半里的枢机，少阳经气不利，可导致繁多的临床症状：正邪交争、枢机不利则寒热往来；少阳经气不利则胸胁苦满；气机郁滞，心情抑郁则默默；胆胃不和，脾不运化则不欲饮食；还可能出现胸中烦、口渴、腹中痛、胁下痞硬、心中悸、小便不利、咳等繁杂症状。其病机均为少阳枢机不利，痰气阻络，气机郁滞。

感染新冠后，许多患者心烦不安，口苦心悸，只有符合少阳枢机不利的病机，选择小柴胡汤常可效若桴鼓。正如《伤寒论》101条："伤寒中风，有柴胡证，但见一证便是，不必悉具"。

典型病案：

病案一

患者，女性，36岁

初诊：2023年03月14日

阳后口中苦，嗳气，纳欠香，大便或溏，寐欠香，偏瘦，经行正常，舌淡红，苔薄白，脉细。

醋柴胡3　黄芩10　法半夏10　党参10

甘草3　木香3　佛手6　神曲10

香附6　大枣6　生姜皮3　煅牡蛎15

14付

二诊：2023年03月28日

口苦轻，纳转香，上腹易不适，寐欠香，盗汗，经行明显，偏瘦，疲乏，舌淡红，苔薄白，脉细。

醋柴胡3　黄芩10　法半夏10　党参10

甘草3　陈皮6　香附6　大枣6

生姜皮3　姜厚朴6　木香3　姜竹茹10

14付

三诊：2023年04月11日

症较前缓，寐欠香，大便易干，精神转振，近来增重，舌淡红，苔薄白，脉滑。

醋柴胡3　黄芩10　法半夏10　党参10

甘草3　陈皮6　当归10　大枣6

生姜皮3　姜厚朴6　木香3　全瓜蒌16

14付

病案二

患者，女性，39岁

初诊：2023年03月03日

阳后恶心呕吐，曾住省人民诊断为2型糖尿病，慢性胃炎，舌淡红，苔薄黄腻，脉细。

醋柴胡3　黄芩10　姜半夏10　党参10

甘草3　广陈皮6　姜竹菇10　麦冬6

香附6　大枣6　砂仁壳3

7付

二诊：2023年03月09日

药后2天呕吐即缓，纳仍欠香，上腹疼痛，大便正常，口干，舌淡红，苔薄黄，脉细。

醋柴胡3　黄芩10　姜半夏10　党参10

甘草3　广陈皮6　沉香3　麦冬6

香附6　大枣6　砂仁壳3　木香3

7付

病案三

患者，女性，36岁

初诊：2023年03月31日

阳后纳欠香，恶心，口干苦，嗳气，大便正常，舌淡红，苔薄，脉细。易心悸。

醋柴胡3　黄芩10　法半夏10　党参10

甘草3　陈皮6　姜竹菇10　神曲10

香附6　大枣6　生姜皮3　木香3

14付

二诊：2023年04月13日

恶心明显缓，口苦缓，晨起仍作，嗳气、心悸减轻，纳欠香，寐欠香，大便粘，舌淡红，苔薄，脉细。

党参10　炒白术10　黄芪10　当归10

茯神10　蜜远志5　炒白芍10　木香3

陈皮6　酸枣仁10　炙甘草3　石菖蒲3

　　14付

病案四

患者，女性，34岁

初诊：2023年02月25日

阳后纳欠香，餐后欲便，日行1~2次，灼感，易心悸，寐欠香，疲乏，口苦干，或恶心，舌淡红，苔薄腻，脉细。经行正常。至心脏科预约心脏彩超、动态心电图。

醋柴胡3　黄芩10　法半夏10　党参10

甘草3　陈皮6　煅牡蛎15　醋香附6

大枣6　紫苏梗10　木香3　生姜3

　　3付

二诊：2023年02月28日

药后症明显缓，腹或灼，心悸轻，寐转安，仍疲乏，舌淡红，苔薄腻，脉细。

上方加神曲10

　　14付

三诊：2023年03月14日

症缓，午后腹中有气，舌淡红，苔薄，脉细。经行正常。

法半夏10　茯苓10　陈皮6　紫苏梗10

香附6　砂仁壳3　炒枳壳6　炒苍术5

　　姜厚朴5　沉香3　木香3　炙甘草2

　　　14付

　　注：以上四案均为感染新冠疫毒后，出现口苦、恶心、食欲下降、寐差、心悸等不适，其病机为邪入少阳，正气亏虚，无力祛邪外出，导致病情反复不愈，治疗当以和解为法，方先小柴胡汤治疗。病人少阳症缓解后，当根据病机的变化调整治疗。病案三因少阳症罢，纳寐欠佳，为心脾两虚之象，改用归脾汤治疗。病案四经治少阳症缓，腹中在气乃脾虚失运，气机郁滞之象，故改为健脾理气助运法。

　　正所谓：

　　疫毒内侵正气斗，邪陷少阳正气虚，

　　症虽繁多少阳病，但见一症不求全，

　　枢机不利不柴胡，方证相符病带痊。

五十六、长新冠之纳呆验案二则

　　新冠感染常影响脾胃运化功能，导致纳呆、腹胀腹痛、便溏等症。纳呆是指患者食欲下降，食之无味。临证常以虚实为纲，虚证为脾虚不运，可兼有气虚、阳虚之症，实证多见湿浊蕴结、饮食停滞等邪气，湿邪可分寒湿、湿热。虽邪相同，由于患者症状不同，其治亦不同。

　　典型病案：

　　病案一

　　患者，女性，34岁

　　初诊：2023年03月07日

阳后不饥，口咽舌灼热，大便溏，易恶心，寐可，肠鸣，舌淡红，苔薄白腻，脉细。经行正常。

醋青皮10　姜厚朴5　草果仁3　醋柴胡3

黄芩10　法半夏10　茯苓10　炒白术10

紫苏梗10　化橘红6　香附6　木香3

　　14付

二诊：2023年03月21日

药后症缓，纳转香，大便转正，恶心未作，耳易疼痛，查有中耳炎，舌淡红，苔薄白，脉细。

醋青皮10　姜厚朴5　草果仁3　醋柴胡3

黄芩10　法半夏10　茯苓10　炒白术10

紫苏梗10　砂仁壳3　香附6　木香3

　　14付

注：患者阳后纳呆不饥，易恶心、口咽舌灼热、大便溏，证属湿热蕴结，热重于湿，苔薄白腻乃湿热蕴结之象，治以清化湿热，方选青皮汤加减。青皮汤出自《普济方》，症见但热不寒，或热多寒少，口苦舌干，心烦渴饮，小便黄赤，舌红，苔腻，脉弦数等。青皮汤由11味药组成，方中青皮为君，破气消胀，配草果、厚朴加强行气消胀的作用；柴胡、黄芩清少阳热邪，清热燥湿；半夏燥湿化痰，理气和胃；茯苓、白术健脾益气，扶正祛邪；生姜、甘草、大枣益气扶正，调和诸药。诸药和用，清热燥湿理气，湿浊得除，正气渐强，气机通畅，脾胃运化功能恢复，诸症自除。

病案二

患者，男性，36岁

初诊：2023年04月03日

阳后纳欠香4月余，口中异味，疲乏，腹或胀，大便2次，困倦，舌淡红，苔薄腻，脉细。

黄连3　木香3　法半夏10　茯苓10

陈皮6　神曲10　蔻仁3　羌活5

焦山楂10　砂仁3　炒白术10　黄芩5

14付

二诊：2023年05月04日

症缓，纳转香，手足转温，口中异味未作，疲乏明显缓，舌淡红，苔薄腻，脉细。

法半夏10　茯苓10　陈皮6　神曲10

蔻仁3　木香3　焦山楂10　酒当归10

炒白术10　黄芩5　炒白芍10　橘叶15

炙甘草3

14付

注：本案患者为阳后纳呆，伴有口中异味，苔薄腻，证属湿热蕴结，脾虚不运，虽证与医案一类似，亦有区别。本案除了纳呆、口中异味之外，还有疲乏、困倦等症，如何理解对于治疗甚为重要。脾气亏虚，清阳不升，四肢失于濡养可出现疲乏困倦，湿热蕴结，清阳不升亦可出现，结合患者的苔薄腻，拟先以邪实论治，以清热化湿，芳香升提为法，选香连二陈汤加减。香连丸出自《和剂局方》，主治湿热痢疾，二陈汤健脾燥湿，加神曲、山楂消食化滞，砂仁、蔻仁芳香理气化湿，黄芩清热化湿，方中羌活是本方灵妙之药，取其升发之性，使正气畅达皮肤四肢。众药合用，清热化湿，芳香燥湿，清气升发，方证相合，患者服药后症状明显缓解。

正所谓：

阳气纳呆正虚辨，脾胃虚弱不运化，

食滞湿浊分寒热，细审症状识病机，

祛邪扶正升清阳，中焦斡旋复可康。

五十七、长新冠之识病机　经方可愈腹痛

新冠感染后会传多个脏腑，变证极多。新冠病毒具有传染性、致病性强的特点，当属疫毒之邪。疫毒从口鼻、皮毛侵入，先袭肺脏，正邪交争，肺失宣肃，从而出现发热、恶寒、咳嗽、气喘；在正邪交争过程中，可损伤气血阴阳，亦可生成痰浊、瘀血、热毒等邪，若伤及心，则导致心悸、失眠、胸痹等证，伤及脾胃，则出现胃痛、腹痛、泄泻等证。新冠病毒还具有粘腻缠绵的特点，若遇"正气亏虚"之人，则更易导致疾病反复。长新冠病情千变万化，不同的病人常出现不同的表现，临证需要审机求因，方能取得佳效。

典型病案：

患者，女性，60岁

初诊：2023年02月25日

阳后脐左侧疼痛2月余，胀满，矢气则缓，大便易溏，易心悸，晨起口苦，舌淡红，苔薄腻，脉细。胃肠镜阴性。

醋柴胡3　黄芩10　桂枝5　干姜3

天花粉10　炙甘草3　煅牡蛎20　木香3

荔枝核10　醋香附6　延胡索10　炒白芍10

　　7付

注：患者因阳后腹痛2月而就诊。阳后腹痛的病机也复杂，有气滞、血瘀、积滞、寒邪、湿热等邪实，也可见脾阳亏虚、阴血不足等虚证，临证时寒热错杂之证并不少见，需要细审求机。本案病人腹痛、胀满，矢气可缓，乃属气滞之象。重要的是如果分析期口

苦、心悸、便溏？口苦乃少阳郁热之象，便溏乃脾不运化，水湿内停，结合其苔脉，心悸乃水饮内停，心阳不振之象。因此，病机为少阳不利，水饮内停，经气不利，故治以和解少阳，温化水饮，选择《伤寒论》之柴胡桂枝干姜汤加理气止痛药治疗。

二诊：2023年03月07日

药后腹痛较前缓，时反复，肩背或不适，嗳气则缓，大便日行，寐转安，易梦，或心悸，晨起口苦，舌淡红，苔薄腻，脉细。

醋柴胡3　黄芩10　桂枝5　干姜3

天花粉10　炙甘草3　煅牡蛎20　木香3

荔枝核10　延胡索10　乌药6

　　14付

三诊：2023年03月21日

痛明显缓，未已，或胀，大便日行，心悸轻，晨起口苦，舌淡红，苔薄，脉细。

醋柴胡3　黄芩10　桂枝5　干姜3

天花粉10　炙甘草3　煅牡蛎20　木香3

炒白芍10　延胡索10　乌药6

　　14付

注：患者服柴胡桂枝干姜汤后，诸症均缓，说明方证相合。腹痛已平，大便转正，心悸减轻，乃经气畅，水湿化之象，晨起仍口苦，为少阳郁热仍重，故仍以原方加减善后，可加丹皮、连翘、竹菇等清和少阳郁热。

正所谓：

新冠缠绵变化多，正虚邪恋犯少阳，

心悸便溏口苦见，经方效佳愈腹痛。

五十八、长新冠之间者并行　甚者独行

正邪之争始终是疾病的主要矛盾，虽然扶正祛邪是治疗原则，但临证是常常难以决定扶正与祛邪何者先行。《素问·标本病传论》曰："间者并行，甚者独行。"也许能够一定程度的说明临证时应该如何把握两者之间的关系。下面从一例长新冠心悸患者的治疗过程中探讨扶正与祛邪的关系。

典型病案：

患者，女性，41岁

初诊：2023年01月19日

房缺术后，感染新冠后心悸，大便溏，寐欠香，纳可，易汗出，咳嗽，咽痒，痰少，舌淡红，苔薄腻，脉细。

党参10　炒白术10　黄芪12　蜜远志5

荆芥10　桂枝5　炒白芍10　煅龙牡^各15

茯苓10　木香3　冬瓜苡仁^各12

　　14付

注：患者因感染新冠后心悸而就诊，伴有寐欠香，汗出，虽有咳嗽，但不甚重，四诊合参，证属正虚邪恋，心气阴亏虚，风寒留恋，正气虚邪恋的原因。若正气充足之体，则可自愈。患者主诉心悸明显，故遵"甚者独行"之意，以扶正为主，正复邪亦可祛。方归脾汤+桂枝加龙牡汤加减。

二诊：2023年01月30日

心悸缓，纳转香，大便仍溏，1~2次，寐易醒，仍咳，咽痒，痰少，舌淡红，苔薄腻，脉细。

蜜百部10　炙甘草3　蜜紫苑10　蜜白前5

陈皮6　荆芥10　桔梗5　干姜3

金沸草10　细辛3　茯苓10　五味子3

　　7付

三诊：2023年02月06日

咳嗽初缓，后又明显，咽痒痛，大便溏，梦多，纳可，舌淡红，苔薄，脉细。

蜜百部10　炙甘草3　蜜紫菀10　蜜白前5

陈皮6　荆芥10　桔梗5　干姜3

射干3　细辛3　马勃3　五味子3

胖大海10　藏青果6

　　7付

四诊：2023年02月13日

咳缓，未已，受寒仍明显，咽不适，咽痛，音哑，大便转正，梦多，纳可，舌淡红，苔薄，脉细。

蜜百部10　炙甘草3　蜜紫菀10　蜜白前5

陈皮6　荆芥10　桔梗5　干姜3

射干3　细辛3　马勃3　五味子3

胖大海10　藏青果6

　　14付

注：患者服初诊中药14付，心悸明显缓，寐亦略安，二诊时咳嗽较明显，证属邪气留恋，肺失宣肃，故转予疏风肃肺止咳，方选止嗽散加减。患者咳嗽缓解，但在后续治疗中，因受风寒而导致咳嗽波动，但心悸未作，睡眠好转。

五诊：2023年02月27日

咳缓，受风后又不适，心易悸，大便溏，畏寒，汗出，舌淡红，苔薄，脉细。

醋柴胡3　桂枝6　干姜3　黄芩10

天花粉10　煅牡蛎20　煅龙骨20　炙甘草3

炒白芍10　五味子3　麦冬6　党参10

　　7付

注：患者经扶正定悸与祛邪止咳后，症状好转。在五诊前又因受寒而反复，但症状出现变化，咳嗽不甚，心悸又明显，伴有便溏，汗出，畏寒，证属正虚邪侵，气阴不足，阳虚水停，故五诊治疗当以扶正祛邪为原则，益气助阳，滋阴固涩，方选柴胡桂枝干姜汤加生脉饮阴阳两补。

六诊：2023年03月06日

症缓，未已，晨易畏寒，餐后易心悸，大便溏，舌淡红，苔薄，脉细。

党参10　茯苓10　炒白术10　炙甘草3

莲子肉10　生山药10　炒苡仁12　陈皮6

砂仁3　炒扁豆10　煅牡蛎10　桂枝5

　　14付

七诊：2023年03月20日

尚安，或疲乏，梦多，多言易音哑，舌淡红，苔薄，脉细。

党参10　茯苓10　炒白术10　炙甘草3

莲子肉10　生山药10　炒苡仁12　陈皮6

砂仁壳3　炒扁豆10　黄芪10　益智仁10

　　14付

注：患者五诊服柴胡桂枝干姜和生脉饮后，症状已缓，考虑外邪已祛，后续以益气健脾为法，方选参苓白术散扶正善后。正气亏虚者是邪气入侵，导致疾病反复的根本，正如《素问·评热病论》曰："邪之所凑，其气必虚。"正与邪之间的斗争常出现强弱变化，临证时需要及时把握判断，及时调整方案，方能取得较好的临床

疗效。

正所谓：

正邪交争病情变，疾病缠绵正虚因，

甚者独行兼者并，扶正善后方安可。

五十九、长新冠之小腿酸痛案

长新冠的症状可谓千变万化，曾讨论过失眠、心悸、胃病、腹泻、腹痛等证治，似乎都能在课本中找到相似的证型，但总有不按照教材生病的患者，近日来了一女性病人，诉阳后小腿酸痛近5月，前来寻求中医治疗。余用中医辨治，一剂而知，再剂而愈，效若桴鼓，值得讨论其辨证思路。

典型病案：

患者，女性，42岁

初诊：2023年05月08日

患者阳后出现小腿疼痛酸软，已近5月余，疲乏困倦，咽有痰阻，寐可，纳欠香，易恶心，易心悸，舌淡红，苔薄，脉细。经行正常。证属气血亏虚，脏腑经络失于濡养。

党参10　炒白术10　黄芪10　当归10

茯神10　蜜远志5　炒白芍10　木香3

化橘红6　酸枣仁10　炙甘草3　木瓜3

伸筋草10

　　14付

注：患者女性，42岁，因阳后小腿酸痛5月余而就诊。辨证以腿痛为中心，以疲乏、困倦、纳欠香、心悸、恶心、咽有痰阻为依

据，整体以虚为主，兼有实邪，虚为气虚、血虚，实为以痰浊阻滞，虚多实少，虚占八九成，实占一二成。故治法以益气养血，和络止痛为法，少佐化痰之药。代表方选归脾汤，加化橘红、木瓜、伸筋草等。方中党参、白术、黄芪扶正益气，当归、白芍养血，茯神、远志化痰安神，木香、橘红理气化痰，酸枣仁滋阴安神，木瓜、伸筋草滋阴缓解，和络止痛；众方合用，共奏益气养血、和络止痛之功。

二诊：2023年05月29日

患者诉药后4日小腿疼痛即缓解，精神转振，上腹或不适，口仍苦，矢气味重，大便粘，舌淡红，苔薄，脉细。经行正常。

上方加砂仁壳3　川芎6

　　14付

注：患者二诊诉服药后症状明显减轻，4天小腿疼痛就缓解，余症均减轻，唯大便仍粘，矢气味重，乃中焦不运之象，故仍以原法为治，加砂仁壳和中助运，川芎理气止痛。本案的辨证过程值的分析一下，腿痛的病机总属经络不和，失于濡养而疼痛，有外乎"不通则痛"、"不荣则痛"，故有虚实之不同，实证有湿热下注、水饮停聚、瘀血阻滞、痰浊阻络、热毒蕴结等，虚证有气虚、血虚、阳虚、阴虚等，此外还应当联系相应的脏腑，如肝血亏虚、脾气不足、肾阴亏虚等，均可出现腿痛的表现。本案患者证属心肝阴虚，经络失和，兼有痰阻。方中化痰药力量较弱，同时兼有安神、理气之功，未选用辛燥之半夏、南星、白附子等药，以防更伤阴血。

正所谓：

腿痛证分虚实辨，虚多实少识脏腑，

扶正祛邪和经络，需防正气更被伤。

一剂知

一、一剂知　治肝卅法之凉肝法

　　肝为刚脏，体阴而用阳，主疏泄，调畅全身气机。肝脏病机变化复杂，治法繁杂，程门雪先生所著《西溪书屋夜话录》提出治肝30法，是治肝法的一个经典总结。最常见的病理因素为肝气、肝风、肝火，三者可互相转化，相互兼夹，上冲下犯，症变多端。正如程门雪先生对其总结"肝气肝风与肝火，三者同出而异名，冲心犯肺乘脾胃，挟寒挟痰多异形，本虚标实为不同，病杂治繁易究情"。

　　肝风循经上下窜动，变化极多，可见眩、晕、麻、凉、痛、木、痉、灼、红等表现，程氏提出肝风治法有五，分别是凉肝法、滋肝法、缓肝法、养肝法、暖肝法。

　　凉肝法：即熄风和阳法，用于热盛风动之证，用寒凉药物清肝热以熄肝风，常用的药物有羚角、钩藤、白蒺藜、决明子、菊花、丹皮等；肝火治法中有清肝一法，较凉肝法所用药物寒性更大，力量更强。

　　滋肝法：即滋阴养肝法，用于阴虚风动之证，用甘平寒润的药物滋养阴血，达到养肝体以制肝用的作用，常用的药物有牡蛎、女贞子、生地、玄参、阿胶、白芍等；

　　缓肝法：即培土宁风法，用于气虚风动之证，乃滋补阳明以泄厥阴之法，用于土虚木贼之证，常用的药物有人参、白芍、玉竹、麦冬、菊花等；

养肝法：即滋养肝血法，用于血虚风动之证，通过滋养肝血，治疗血虚失养诸证，常用的药物有熟地、当归、枸杞、牛膝、首乌、天麻等；

暖肝法：即温肝散寒法，用辛温的药物，温暖肝脏，祛除肝经寒邪，常用的药物有附子、吴萸、川椒等。

另外，肝风治法还有一类是外风引动内风的，可用搜肝法，选用羌活、独活、蔓荆子、天麻、薄荷、僵蚕、蝉蜕、荆芥、白附子等药。

典型病案：

吴某，女，66岁

初诊：2020年08月02日

近半年来恶心，闻异味则明显，后背或烧灼感，寐欠香，头昏，舌淡红，苔薄腻，脉细。证属郁火夹风。

钩藤10　茯苓10　菊花10　桑叶10

生地10　炒白芍10　浙贝母5　姜竹茹10

天麻6　郁金6　陈皮6　炒蒺藜10

　　　14付

二诊：2020年08月15日

药后头昏明显缓，疲乏时仍发，恶心缓，寐仍较差，大便溏，后背灼，易汗出，肛门坠胀，矢气则缓，舌淡红，苔薄，脉细。

上方加石决明15

　　　14付

三诊：2020年08月29日

诸证均缓，上腹不适明显缓，恶心轻，目易糊，寐欠香，大便或溏，舌淡红，苔薄腻，脉细。

钩藤10　茯苓10　菊花10　桑叶10

生地10　炒白芍10　浙贝母5　姜竹茹10

天麻6　郁金6　陈皮6　炒蒺藜10

煅石决明15　黄芩5

　　14付

注：患者恶心反复有半年余，闻异味则加重，初辨可因乃肝胃不和，胃气上逆。再观其后背烧灼感，寐欠香，头昏等症，实乃肝经郁热，风火上扰，心神不安而致，故使用凉肝法进治。一诊头昏、恶心缓，二诊诸症均缓。通过本案的治验可以发现，对疾病病机的认识和理解是十分重要的，是临证取得疗效的前提。

正所谓：

肝风多由本脏生，气血阴阳辨虚实；

凉滋缓养暖搜肝，六法应用可互参。

二、一剂知　黄连阿胶汤治疗失眠

黄连阿胶汤出自《伤寒论·少阴病篇》："少阴病，得之二三日以上，心中烦，不得卧，黄连阿胶汤主之"。方中由黄连四两、黄芩一两、芍药二两、阿胶三两、鸡子黄二枚组成，主要治疗少阴病阴虚火旺证。方中黄连三两，为君药，重用泻火除烦，黄芩一两为臣，助黄连清泻心火，白芍酸苦寒，养血敛阴，平抑肝阳，阿胶甘平，补血滋阴，白芍与阿胶滋阴补血，抑阳平肝共为佐药，鸡子黄滋阴润燥，养血熄风，《本草纲目》："补阴血，解热毒，治下痢"，为使药。黄连、黄芩、白芍三药酸苦，皆为阴药，能够清热泻火，滋阴抑阳，正如《素问.阴阳应象大论》说："酸苦涌泻为阴"。白芍、阿胶、鸡子黄三药配伍，酸甘化阴，安神和阴阳。诸药合用，泻火润燥，滋阴安神，临床治疗少阴证之阴虚火旺证，尤其治疗失眠，疗效颇佳。

典型病案：

患者，女性，60岁

初诊：2018年11月20日

患者干燥综合征多年，平素易上腹不适，胀满，口干，经过中药调治尚安。近4日来患者诉症状又甚，上腹不适，胀满隐痛，夜寐差，烦躁，面红，眼睛干涩，大便如常，血压150/88，舌红，苔薄黄腻，脉细数。证属阴虚阳亢，相火旺动，心神不安，治以泻火滋阴，潜阳安神，方选黄连阿胶汤加减。

黄连3　黄芩10　阿胶珠10　炒白芍10

陈皮6　炒枳壳6　钩藤10^{后下}　刺蒺藜10

知母5　川芎6　珍珠母20^{先煎}　桑叶10

　　14付

注：患者以上腹不适就诊，但其诉说最明显的症状是近4~5日来不能入寐，严重影响生活质量，同时伴有烦躁、目干涩，面红，血压较前略高，155/88，根据其干燥综合征多年的病史，考虑其病机为阴虚阳亢，相火旺动，上扰心神。其上腹胀满疼痛为阴液亏虚，络脉失于濡养所致，舌红，苔薄黄，脉细数为阴虚火旺之象。故治疗以泻火滋阴，潜阳安神，方选黄连阿胶汤加减，因鸡子黄服用不方便，而且患者血压略高，服用鸡子黄（鸡子黄含大量脂肪性物质），也会有一定的心理障碍，故去除。阿胶换用阿胶珠，阿胶烊化，使用略繁琐，阿胶珠乃阿胶用蛤粉炒成珠，既降低了滋腻之性，减少其对碍胃的影响，又可入汤剂煎煮。钩藤、刺蒺藜、珍珠母平肝潜阳镇静，桑叶甘苦寒，具有清肝明目、平抑肝阳的作用，散疏散作用还可引领诸药到达头窍以清利头目，知母、川芎清血中

之热，与他药配合具有安神作用；陈皮、枳壳理气消胀。诸药合用，共奏泻火滋阴，潜阳安神之功。患者服用后，第二天就反馈说安睡一夜，就是药苦了点。真乃一剂知，效若桴鼓。

正所谓：

阴虚阳亢少阴病，紧抓主症辨证准，

黄连阿胶显神效，泻火助眠一剂知。

三、一剂知　柴胡桂枝干姜汤愈手汗证

柴胡桂枝干姜汤出自《伤寒论》147条："伤寒五六日，已发汗而复下之，胸胁满微结，小便不利，渴而不呕，但头汗出，往来寒热，心烦者，此为未解也，柴胡桂枝干姜汤主之。"由柴胡半斤、桂枝三两、干姜二两、栝楼根四两、黄芩三两、牡蛎二两、炙甘草二两七味药构成，具有和解少阳，温脾生津的功效。

本病的产生从伤寒太阳病变化而来，太阳病经过发汗、下法等治疗，病未愈，邪入少阳，同时脾气受损，津液不足而致。邪郁少阳，故胸胁满，往来寒热，微结是指邪气不盛，心烦是因邪郁少阳，上扰心神，小便不利，渴而不呕是津液亏虚，少阳气机不利所致。方中有桂枝、干姜，由方测证，还应当具有腹胀、便溏等脾阳亏虚，运化不利的症状。方中柴胡、黄芩清和少阳之郁邪；桂枝、干姜温中健脾；天花粉清热生津，止渴除烦；牡蛎咸寒，可软坚散结，可消不利之水气。正如《本草新编》曰："大病之后，水不能下行，原宜用补以消水"。另牡蛎还可以收涩敛汗固精，故汗出者尤为适宜。柴胡桂枝干姜汤适用病机为少阳不和，脾阳亏虚，津液不足，故临床治疗疑难杂病颇为合适。

典型病案：

患者，男性，24岁

初诊：2021年08月12日

平素易紧张，焦虑，汗出多，手汗多反复7~8年，心悸，纳可，大便并日行，易溏，有痔，舌淡红，苔薄腻，脉细。心神不安，营卫不和。

醋柴胡3　　黄芩10　　桂枝5　　干姜3

天花粉10　　炙甘草3　　煅牡蛎20　　木香3

煅龙骨20　　海螵蛸12　　神曲10　　生麦芽15

　　　14付

二诊：2021年08月31日

药后手汗较前明显缓，未已，紧张焦虑亦轻，仍心悸，大便可，舌淡红，苔薄腻，脉细。参上法。

　　上方去神曲

　　　加炒白芍10

　　　14付

三诊：2021年09月21日

手汗7~8年，药后较前明显缓，紧张焦虑明显缓，心悸缓，大便可，尿不尽，舌淡红，苔薄腻，脉细。参上法。

　　上方加牛膝10

　　　28付颗粒剂

注： 患者为24岁男性，多年来紧张、焦虑，手汗明显，就诊时两掌心潮湿漉漉，易心中悸动，舌淡红，苔薄腻，脉细。症属少阳郁热，扰动心神，虚热内扰，营卫不和，由于病程较长，脾胃已亏，大便易于溏薄，故与柴胡桂枝干姜汤证机相符，区别就是该患者没有口渴津伤的表现。由于汗出较多，故加龙骨、乌贼骨与牡蛎

共同收敛固涩。二诊患者诉手汗明显减轻，故方证相合，加白芍与桂枝相配伍调和营卫。经过一个月的治疗，患者7~8年的焦虑、紧张、手汗已基本痊愈，原法善后。

正所谓：

柴胡桂枝干姜汤，病在少阳兼津亏；

脾虚便溏胁胀痛，心烦口渴服之康。

四、一剂知　从肾论治愈尿频

《素问·经脉别论篇》："饮入于胃，游溢精气，上输于脾，脾气散精，上归于肺，通调水道，下输膀胱，水精四布，五经并行。"《黄帝内经》的这段话讲述了人体津液代谢的规律。津液代谢主要与肺、脾、肾和三焦有关，正如《景岳全书·肿胀》曰："盖水为至阴，故其本在肾；水化于气，故其标在肺；水唯畏土，故其制在脾。"肾是先天之本，主藏精，为阴阳之本，主水。《素问·调经》："肾者水脏，主泄液"。津液的代谢依赖于肾的阳气，若阳气充足，则津液方能气化正常，可以输布于全身以濡养肢体，也可下输膀胱，形成尿液以排出体外。若肾阳不足，津液气化失司，可导致尿频或少尿。临证从肾论治尿频往往取得较好的临床疗效。

典型病案：

陈某，女性，37岁

初诊：2020年11月17日

自幼尿频，寐时明显，夜尿5~6次，腹或胀，纳可，舌淡红，苔薄腻，脉细。经行正常。肾虚膀胱失约。

熟地黄10　山萸肉6　生山药10　茯苓10

泽泻10　丹皮6　牛膝10　肉桂2

附子3　车前子10　菟丝子10

　　14付

二诊：2020年12月03日

药后明显缓，患者诉三付药后夜尿减至2次，纳可，大便或并日行，舌淡红，苔薄，参上法。

上方加益智仁10

　　14付

注：患者自幼夜尿频数，多达5~6次，乃属肾阳不足，气化不利，膀胱失约。治疗当温阳补肾以助气化。由于肾中阴阳互根，故治疗当阴中求阳。正如张景岳《新方八略引》曰："善补阳者，必于阴中求阳，则阳得阴助而生化无穷；善补阴者，必于阳中求阴，则阴得阳升而泉源不竭。"方选桂附地黄丸进治，方证相合，故效若桴鼓。

正所谓：

津液代谢涉多脏，肺脾肾脏及三焦；

肾主水液司二阴，膀胱失约肾失司；

尿见频数或短少，明辨皆可从肾治。

五、一剂知　从痰饮论治吞酸

泛酸又称吐酸，是患者自胃中酸水上泛，可伴有烧心，甚则呕吐。泛酸与脾胃、肝的关系最为密切。脾胃居于中焦，脾升胃降，为调节气机的枢纽。若邪气停于中焦，阻滞气机，可化生为酸，这里的邪气包括气滞、湿热、郁热、食积等阳邪，也包括寒邪、水饮等阴邪。虽然在《素问·至真要大论》中提出"诸呕吐酸，暴注下迫，皆属于热"，但后世医家也认识到吐酸除了热邪以外，寒邪等其他邪气也可以导致。如《证治汇补·吞酸》曰："大凡积滞中焦，久郁成热，则本从火化，因而作酸者，酸之热也。苦客寒犯胃，顷刻成酸，本无郁热，因寒所化者，酸之寒也"。因此，酸述应包括"酸之饮"、"酸之气滞"、"酸之食积"等等。临证时明辨之，随法治之，往往应手而解。近日从"酸之饮"治疗一病人，取效良好，总结如下：

典型病案：

患者，男性，31岁

初诊：2019年07月19日

患者上腹不适，泛酸反复数月，胃镜示食管炎，贲门隆起，慢性胃炎，HP+++，舌淡红，苔薄，脉细。青霉素皮试阴性。因患者胃镜示HP强阳性，故先四联抗HP治疗14天。

二诊：2019年08月15日

患者抗HP治疗后，仍然泛酸，大便正常，舌淡红，苔薄，脉细。证属郁热阻滞中焦，予清和为法

黄连3　吴茱萸1　川楝子3　延胡索10

炒白芍10　浙贝母5　香附6　苏梗10

陈皮6　木香3　炒麦芽15　炙甘草2

　　14付

三诊：2019年09月03日

上法治疗后无明显变化，仍有泛酸，诉饮水则不适明显，大便或溏，舌淡，苔薄，脉细，参痰饮治法。

法半夏10　生姜皮3　炒白术10　茯苓10

泽泻10　桂枝3　陈皮6　猪苓10

冬瓜皮10　冬瓜子10

　　14付

四诊：2019年10月07日

患者诉药后泛酸缓解，近日来因食不慎上腹又胀，纳欠香，大便或溏，苔薄，脉细。参上法。

上方加木香3

法半夏10　生姜皮3　炒白术10　茯苓10

泽泻10　桂枝3　陈皮6　猪苓10

冬瓜皮10　冬瓜子10　木香3

　　14付

注：患者泛酸反复数月就诊，胃镜检查示食管炎，贲门隆起，慢性胃炎，HP+++，按照目前的诊疗常规先予抗HP四联药物治疗。治疗后患者泛酸并未缓解，故二诊时给予中药治疗。由于该病人并无明显热或寒的表现，而临床上因热致酸的更多见，故先予清热和中为法，方选左金丸加减，疗效也不明显。患者三诊时，诉说了一个症状特点引起了重视，泛酸在饮水后则明显，结合其便易溏，舌不红的特点，这不就是痰饮阻于中焦，"酸之饮"的特点吗！证已明，法即成，参治疗痰饮之温化法，选小半夏汤和五苓散为代表方。患者在四诊时诉上方服药泛酸完全缓解，只因近来饮食不慎又发，乃食助饮邪，故治法不变，原方加木香理气和中。

正所谓：

酸因热多清热平，气食湿火易辨别；

寒邪停饮亦生酸，临证勿忘细寻索。

六、一剂知　二法分治愈腰痛

腰痛是临症常见症状，因《素问·脉要精微论篇》曰："腰者肾之府，转摇不能，肾将惫矣。"故临证时多从肾论治，所言皆从虚治，此为本也。然腰痛之症，亦常夹实，或血瘀，或痰浊，或风寒湿，此为标也。正确把握腰痛的特点及兼症是准确辨证的前提。腰痛左右走窜者多风，痛甚者多寒，闪挫者多瘀，痛麻者多血虚，痛而困重者多湿。古代医家亦创制了很多验效的处方，像张景岳的左归、右归，王清任的身痛逐瘀汤，孙思邈的独活寄生汤等方，如数家珍，临床应用均有药到病除之案。

典型病案：

病案一

某女，53岁

初诊：2018年08月10日

患者上腹不适，隐隐疼痛，纳欠香，大便稀溏，日行1~2次，平素腰隐痛，双下肢冷，双膝疼痛，舌淡红，苔薄腻，脉细。脾肾阳虚，络脉不和。

独活6　寄生10　秦艽6　防风10

细辛3　川芎6　杜仲10　牛膝10

党参10　炙甘草3　狗脊10　炒苡仁12

　　7付

二诊：2018年08月18日

上腹疼痛较前缓，纳转香，腰尾仍冷，膝易疼痛，舌淡红，苔薄腻，脉细。方证相和，参上法。

原方加巴戟天10　五加皮10

　　14付

三诊：2018年09月15日

上腹痛较前缓，腰痛亦轻，仍肠鸣腹坠，大便日行2次，溏，足麻，舌淡红，苔薄，脉细。守法进治

原方加巴戟天10　五加皮10　豨莶草15

　　14付

后守法守方治疗共4月，病人症状缓解。

注：病人就诊时表现为上腹疼痛，大便稀溏，腰膝冷痛，反复发作多年，证属典型的脾肾阳虚，络脉不和，故治以温补脾肾法，方选孙思邈的独活寄生汤，加巴戟天、五加皮、豨莶草等温肾散寒，前后守方治疗4月，腰痛缓解，大便成形，上腹不适缓解。

病案二

患者，女性，61岁

初诊：2021年08月09日

患者肺癌术后半年余。近半月来腰痛，运动则明显，伴左腿疼痛，左足麻，梦多，舌淡红，苔薄，脉细数。先予益肾祛风湿。

独活6　桑寄生10　秦艽6　牛膝10

杜仲10　川牛膝10　防风6　片姜黄6

酒当归10　羌活3　豨莶草15　威灵仙10

　　14付

二诊：2021年08月23日

上药及配合膏药使用后症略缓，仍臀部疼痛，左腿疼痛轻，左足麻，梦多，舌淡红，苔薄，脉细数。8.10日MR示腰椎间盘膨出，椎管内终丝脂肪瘤。肺结节史，改养血通络，散寒止痛。

当归10　炒白芍10　生地黄10　川芎6

牛膝10　秦艽6　豨莶草15　乳没^各3

威灵仙10　络石藤10　冬瓜子10　炒僵蚕10

地龙6　炙甘草3

　　　14付

三诊：2021年09月06日

腰痛足麻明显缓，足仍凉，舌淡红，苔薄腻，脉细数。参上法。

上方加独活5

　　　14付

注：本案病人为腰痛2周，痛势较重，伴左腿疼痛，左足麻木，初辨似与肾精亏虚，风湿阻络类似，但用独活寄生汤治疗后腰痛缓解不明显。结合患者左足麻木，疼痛比较明显，麻者，血虚络阻也，痛者，寒凝经脉也。《张氏医通·痿痹门》曰："麻则属痰属虚，木则全属湿痰死血。"二诊改用养血通络，散寒止痛法。以四物汤养血，牛膝、秦艽、豨莶草、威灵仙祛风散寒，僵蚕、地龙搜风通络止痛，乳香、没药活血止痛，全方养血活血、祛风除湿，通络止痛。二诊后，患者腰痛足麻明显缓解，后以原方善后。最近复诊，腰痛已平。

正所谓：

腰为肾府虚为常，易兼邪气痛不舒，

气血寒湿痰热阻，本虚标实细审之。

七、一剂知　二仙汤煦阳育阴、潜阳清热愈汗证

　　二仙汤由仙茅、仙灵脾、巴戟天、知母、黄柏、当归组成，具有温煦肾阳、滋补肾阴、潜降相火的作用。该方是在跟恩师尤松鑫抄过程中学习到的，查遍中医方书并没有找到，在网上检索显示该方出自《妇产科学》，由谁创建似乎不得而知。在期刊网上也能够

查到了很多该方的文献。余在临证中，多次用二仙汤治疗肾阳阴不足，相火妄动，均取得了较好的效果。近期，用该方治疗1例更年期综合征，疗效颇佳，总结如下。

典型病案：

患者，女性，57岁

初诊：2021年03月18日

患者上腹部胀痛间作，反复年余，情绪激动时加重，伴嗳气，神焦虑，动则气喘汗出，胸闷心慌，头昏耳鸣，盗汗明显，纳欠香，难入眠，入寐易醒，大便努挣难解，两日一行，小便调。舌红，中有裂纹，苔白腻，脉细弦。

南沙参15　北沙参15　郁　金10

丹参12　砂仁3　浙贝母10　麦冬12

炒海螵蛸20　百合30　乌药10　生龙骨30

生牡蛎30　枳实12　火麻仁15　黄芩10

炒莱菔子15

　　4付

二诊：2021年03月22日

药后无明显变化，汗出增多，动则汗出，上腹部胀痛间作，伴嗳气，畏寒，头昏耳鸣，纳欠香，夜寐欠安，二便调。舌红，中有裂纹，苔白腻，脉细弦。

仙茅10　淫羊藿10　巴戟肉10　知母5

黄柏3　酒当归10　青蒿10　醋鳖甲15

生地黄10　牡丹皮6　桑白皮10　地骨皮10

　　4付

三诊：2021年03月26日

患者药后汗出明显缓解，上腹部胀痛偶作，伴嗳气，晨起畏寒，头昏耳鸣仍作，腰酸胀，纳欠香，夜寐欠安，二便调，舌红，裂纹轻，苔白腻根黄，脉细弦。

茯苓10　桑叶10　菊花10　生地黄10

浙贝母5　姜竹茹10　煅珍珠母20　天麻10

钩藤10　煅石决明15　麦冬6　柏子仁10

炒白芍10

　　　3付

四诊：2021年03月29日

上腹部胀痛较前缓解，嗳气不显，畏寒缓解，汗出明显好转，头昏耳鸣仍作，纳欠香，夜寐转安，二便调。舌淡红，苔薄腻，脉细弦。

茯苓10　桑叶10　菊花10　生地黄10

浙贝母5　姜竹茹10　煅珍珠母20　天麻10

钩藤10　煅石决明15　麦冬6　柏子仁10

炒白芍10　玉竹10　煅磁石15

　　　4付

五诊：2021年04月01日

上腹部胀痛减轻，嗳气不显，汗出好转，头昏耳鸣缓，纳尚可，夜寐安，二便调。舌淡红，苔薄腻，脉细弦。

茯苓10　桑叶10　菊花10　生地黄10

柏子仁10　煅珍珠母20　煅石决明15　煅磁石15

钩藤10　牛膝10　麸炒白术10　酒当归10

　　　14付

注：患者为女性，年近花甲，近年来上腹部胀痛反复年余，情绪激动时加重，其神情焦虑，汗出明显，动则尤其，伴有胸闷心慌，头昏耳鸣，盗汗明显，纳欠香，难入眠，入寐易醒，大便努挣

难解，两日一行，小便调，舌红，中有裂纹，苔白腻，脉细弦。其服用养阴清热等方，汗出均无变化。

分析该病人的病机，必须发挥中医"三因制宜"因人而宜的特点。患者为女性，花甲之年，天癸已竭，肾精不足，阴阳俱亏，正如《内经上古天真论篇》曰："七七，任脉虚，太冲脉衰少，天癸竭，地道不通，故形坏而无子也。"阴虚则相火旺动，迫津外出，故汗出明显，盗汗自汗皆有；头昏耳鸣、胸闷心慌乃相火亢动，扰动心神，头窍失养；肝阴依赖肾阴滋养，肾阴亏虚，肝阴失于濡润，故疏泄不利，则情绪易激动，神情焦虑；舌红、中有裂纹，苔薄白腻，脉细弦乃肾精亏虚之象，舌红有裂纹为阴精不足，苔薄白腻为阳虚津液蒸化不利而致。最难确定的是肾阳虚的表现，从临床表现为似乎没有肾阳不足的征象，但肾阴阳在生理上是互相影响的，正所谓"孤阴不生，独阳不长"，再结合患者年龄，肾阴虚必伴有肾阳虚，只是被妄动之相火掩盖了。

故该病人的病机应当为：肾精衰弱，阴阳俱虚，相火妄动，心肝不宁。其治当以补益肾之阴阳为法，兼顾养心清肝潜阳。方选二仙汤合青蒿鳖甲汤进治。二仙汤温肾阳，补肾阴，泻相火，调冲任，可用于肾阴阳两虚诸症，如更年期综合征所见妇女绝经前诸证、高血压病、闭经以及其他慢性病见有肾阴阳两虚、虚火上扰者，症见头目昏眩、胸闷心烦、少寐多梦、烘热汗出、焦虑抑郁、腰酸膝软等。

方中仙茅、仙灵脾可温煦肾阳为君，二药温而不燥，巴戟天为臣，助仙茅、仙灵脾温助肾阳。知母、黄柏相配为佐，滋肾阴而泻相火，与二仙、巴戟天共同作用，清温并用，互为引药，达到"阴中求阳、阳中求阴"之效。当归养血柔肝宁心为使。全方六味药相伍，寒热并用，精血兼顾，温补肾阳又不过于燥烈，滋肾柔肝宁心而不过于寒凉滋腻。该方温补肾阳，滋阴降火，调理冲任，恢复阴阳平衡，配伍严谨，实乃好方。

患者汗出缓解后，以《通俗伤寒论》的羚角钩藤汤加减清肝潜阳善后，诸症渐退。

正所谓：

肾中阴阳合为精，互根互用方可衡；

补益需参相互求，二仙汤中阴阳平。

八、一剂知 甘麦大枣汤治失眠

甘麦大枣汤出自《金匮要略》，治疗妇人脏躁，其主要病机是由于情志因素导致的肝气郁结，气郁化火，耗伤阴液，五脏失于濡养而致，但主要涉及到心、肝、脾、肾，原文曰"妇人脏躁，喜悲伤欲哭，象如神灵所作，数欠伸，甘麦大枣汤主之"。根据其病机和病位，可知本病应当还可以出现心烦急躁、易怒，失眠、便秘、纳呆等症状。百合地黄汤出自《金匮要略·百合狐惑阴阳毒病脉证治》，曰："百合病，不经吐、下、发汗，病形如初者，百合地黄汤主之"，主治心肺阴虚内热之百合病，临床症状可见"意欲食复不能食，常默然，欲卧不能卧，欲行不能行，饮食或有美时，或有不用闻食臭时，如寒无寒，如热无热，口苦，小便赤，诸药不能治，得药则剧吐利，如有神灵者，身形如和，其脉微数"。两方都以滋养阴液，润养内脏为主，临证可相互配伍使用。

典型病案：

患者，女性，44岁

初诊：2018年12月25日

患者近2月来睡眠出现异常，每日能寐1~2小时，甚则不能入寐，曾服用阿普唑仑、珍枣胶囊、右佐匹克隆、黛立新、木丹颗粒和中药，均无明显疗效。就诊时患者诉不能入寐，喜空旷空间，至狭小空间则头昏头痛，乳房皮肤痒，纳可，大便正常，舌淡红，苔薄少，脉细弦。证属气郁化火伤阴，治宜养心缓肝法。方选甘麦大枣汤+百合地黄汤进治。

炙甘草3　生麦芽15　红枣6　百合15

生地10　炒蒺藜10　阿胶珠10　赤芍10

焦栀子6　淡豆豉10　枸橘15　地肤子10

14付

药后患者2018年12月28日反馈，吃了两付就好多了，能睡5~6小时。

注：不寐是临床常见病证，其病机多为阴阳不和，阳浮于外，不入阴经，扰乱心神。临证时需要细辨阴阳相对虚实及涉及的病位，或滋阴敛阳，或平潜浮阳，或清热镇阳，使阴阳和则寐自安。本例病人有以下几个特点：中年女性病人；失眠2月余；喜空旷空间，或出现头昏头痛；乳房皮肤痒；舌淡红，苔薄少，脉细弦。除此之外，病人就诊时显的略有急躁，语速较快，四诊合参，属气郁化火伤阴，心肝失养。气火郁结，扰动心神，则不寐；阴液亏虚，心肝失于濡养，则喜空旷空间，头昏头痛；乳房皮肤痒乃肝经郁热，阴虚生风所致。舌淡红，苔薄少，脉细弦乃气郁化火之象。治宜清热滋阴，养心缓肝法。方选甘麦大枣汤+百合地黄汤，二方配用，共奏柔养心肝，和阴阳而缓郁躁。甘麦大枣汤只有三味药：甘草、加阿胶珠滋养阴液，赤芍清热养血，白蒺藜、地肤子祛风止痒，枸橘理气而不伤阴，焦山栀、淡豆豉乃栀子豉汤，清透肝经郁热，众药合用，清热养阴，祛风理气，柔养心肝，使阴阳平衡，则病自

愈，寐自安。

正所谓：

脏躁百合妇人病，症多难辨变化繁；

阴虚阳浮不敛降，方证相合可建功。

九、一剂知　化湿醒脾解酒毒

酒在人类社会不可缺少，适当饮用或许对身体有益，过量饮用则会损伤健康。金元四大家之李东垣便对酒的危害作了细致的论述，他在《兰室秘藏》中写到："论酒大热有毒，气味俱阳，乃无形之物也。若伤之，则止当发散，汗出则愈，此最妙法也；其次莫如利小便。二者乃上下分消其湿"因此，李东垣认为酒乃湿热之口，初可发汗解酒最佳，次之可以利小便以化湿解酒。李东垣创制了解酒名方葛花解醒汤，治疗酗酒诸证，往往可以药到病除。葛花解醒汤出自《兰室秘藏·酒伤病论》，具有祛湿解酒，温中和胃之功效，主治饮酒过度，湿伤脾胃。症见上腹不适，烧心泛酸，大便稀溏，不爽，呕吐眩晕，胸膈痞闷，饮食减少，心神烦乱等。

葛花解醒汤有葛花、人参、白术、猪苓、茯苓、泽泻、木香、砂仁、蔻仁、青皮、陈皮、神曲、干姜等药物组成。方中葛花甘辛凉，解酒醒脾，木香、砂仁、白蔻芳香化湿，醒脾和中，开胃消食；猪苓、茯苓、泽泻淡渗利湿；青皮、陈皮理气化滞，神曲解酒消食；酒易伤脾伤气，故方中用人参、白术健脾益气，佐助他药祛除湿邪，酒易生湿，湿易困遏脾阳，故加干姜振奋中阳。诸药相合，共奏祛湿解酒，益气温中和胃之功。

典型病案：

患者，男性，61岁

初诊：2020年06月09日

上腹疼痛不适1年余，喷嚏有异臭，泛酸，平素喜饮酒，大便3~4次，伴腹痛，便后缓，舌淡红，苔薄，脉细弦。湿热蕴于中焦，气机郁滞。

葛根10　葛花10　陈皮6　青皮6

神曲10　茯苓10　桑叶10　黄芩10

炒苡仁12　木香3　蔻仁3　蒲公英15

炮姜3

　　14付

二诊：2020年06月25日

诸症均明显缓解，大便日行2次，偶泛酸，悬诊。

上方加枇杷叶10

　　14付

注：病人平素喜饮酒，湿热蕴结脾胃，阻滞气机，胃络不和，则上腹不适，疼痛，泛酸；脾失健运，则大便3~4次，伴腹痛；湿热上泛肺窍，则喷嚏有异臭，故选葛花解醒汤以化湿运脾，加炒苡仁健脾化湿，蒲公英清热化湿，桑叶清肺热，药后患者诸症均明显缓解。

正所谓：

酒伤气阳生湿热，随气上下伤三焦；

葛花解醒香砂仁，二苓参术蔻青陈；

神曲干姜兼泽泻，温中利湿酒伤珍。

十、一剂知　金水六君煎治烧心

金水六君煎出自《景岳全书》，由当归、熟地、陈皮、半夏、炙甘草组成，主治肺肾虚寒，水泛为痰，或年迈阴虚，血气不足，外受风寒，咳嗽呕恶，多痰喘急等证，景岳称其"神效"。根据五行学说，肺属金，肾属水，金生水，为母子关系。母子同病，阴津亏虚，肺失于通调而水道不利，肾失于蒸化而津液不化，则津液内停，水泛为痰，其治则母子同治，金水相生法。景岳创制了金水六君煎，为金水相生法提供了具体的治疗方剂。方中当归苦、温、润，具有养血活血，可养血滋阴润肺，熟地甘温，养血滋阴，填精益髓，两药配伍，温补阴血，金水同治。

从其临床特点来看，肺肾亏虚，津液失于输布，其症应当有以下2个方面：1.咳、痰、喘，为虚中之实，其势不甚，或病程缠绵。2.肺肾不足之症，如腰酸、疲乏、耳鸣、膝软等。

景岳金水六君煎的加减也值的学习。大便不实而多湿者，去当归，加山药；如痰盛气滞，胸胁不快者，加白芥子七八分；如阴寒盛而嗽不愈者，加细辛五七分；如兼表邪寒热者，加柴胡一二钱。景岳说本方当"食远温服"，故应当空腹温服。

典型病案：

患者，男性，65岁

初诊：2020年10月06日

胸骨后灼感反复多月，易咯痰，检查示肺结节，慢性胃炎，耳鸣，舌淡红，苔薄，脉细。

熟地黄10　当归10　茯苓10　法半夏10

陈皮6　知母5　黄柏3　肉桂2

炮姜3　冬瓜子10

14付

二诊：2020年10月20日

症明显缓，仍有耳鸣，舌淡红，苔薄，脉细。

上方加牛膝10

14付

注：本案以胸骨后灼感为主诉就诊，平素易咯痰，耳鸣，故其症为肺肾不足，津液失于输布，耳窍失于润养。而胸骨后灼感乃为阴液亏虚，虚火上浮之征，故治以金水相生法，补益肺肾，佐以化痰，选择金水六君煎与滋肾通关丸。药后患者胸骨后灼后、咯痰均霍然而失，后期加牛膝补肾善后。

正所谓：

肺肾为患母与子，阴液易虚津液停；

金水相生法理深，六君相合理肺肾。

十一、一剂知　理气燥湿助运治疗水气病

津液的代谢对于维持人体健康具有重要的意义，其吸收、输布与五脏六腑都相关系，在《黄帝内经·经脉别论》明确指出了其代谢规律："饮入于胃，游溢精气，上输于脾；脾气散精，上归于肺；通调水道，下输膀胱。水精四布，五经并行，合于四时五脏阴阳，揆度以为常也。"

津液的代谢异常可以导致多种疾病，而在《金匮要略·水气病脉证并治》篇对水气病做了较为详细的论述，提出了风水、皮水、正水、石水、黄汗等疾病概念，对其症状也做了较为详尽的描述。如风水则指出是"风气相搏"所致，"风强则为瘾疹"、"气强则为水，

难以俯仰"，可知风水会出现瘾疹、身重、运动不利等症状。同时指出其治疗当利小便、发汗，正若"若小便自利及汗出者，自当愈"。

依据《黄帝内经》可知，津液的代谢与诸多脏腑都有密切关节，通过脾胃的运化功能吸收，肺的治节功能、肾阳的蒸化作用输布于全身，肝的疏泄、心主血脉的功能也有重要调节作用，其通路是三焦。其在体内存在的形式为"水气"。"水气"是不可见的，是各脏腑功能正常的一种表现，如脏腑功能异常，津液则聚而输布不利，即或导致病证发生，甚者可停留于局部，形成湿、痰、饮、水气病等多种疾病。其病因亦有多端，或由热邪盛实，损伤津液；或由脏腑阳气亏虚，蒸化无权；或由气机不畅，输布不利；或由瘀积内停，脉络不通。故其治也繁，或清热生津；或扶阳助化；或理气和络；或活血消瘀，治疗主要目的乃恢复"水气"的正常的输布。

典型病案：

患者，女性，51岁

初诊：2020年07月27日。

近来自觉身体困重，双下肢肿胀感，晨起易恶心，大便3~4日行，纳可，舌淡红，苔薄白，脉细。水湿蕴稽，气机不利。治当理气燥湿和中。方选五皮饮合平胃散加减。

桑白皮10　大腹皮10　茯苓皮10　生姜皮3

冬瓜皮10　陈皮6　炒苍术5　厚朴5

牛膝10　木香3　茯苓10

　　7付

二诊：2020年08月03日

药后症状明显缓解，偶有不适，大便日行1~2次，舌淡红，苔薄腻，脉细。参上法：

上方加枳壳6

　　7付

　　注：本案为中年女性，"七七任脉虚，太冲脉衰少，天癸竭"，故脏腑功能减弱，"水气"输布减弱，停于三焦，故出现身体困重，双下肢肿胀；阻于胃肠，气机不利则胃气上逆，大便3~4日行。其治疗当以理气以助"水气"输布为法，选用五皮饮合平胃散。五皮饮出自《证治准绳》，由陈皮、茯苓皮、生姜皮、桑白皮、大腹皮组成，具有行气化湿，利水消肿的功能，主治全身水肿，胸腹胀满，小便不利以及妊娠水肿等症，本方以理肺脾之气为主，以气行以助湿化。平胃散出自《景岳全书》，由陈皮、苍术、厚朴、甘草组成，具有燥湿运脾，行气和胃之功效。主治脘腹胀满、不思饮食、口淡无味、恶心呕吐、嗳气吞酸、肢体沉重、怠惰嗜卧，大便稀溏，舌苔白腻而厚等症。二方合用，理气化湿，燥脾助运，故可药到病除。

　　正所谓：

　　水气致病变化多，痰饮水湿皆可成；

　　有形可辨无形难，停于三焦气机滞；

　　理气温阳助气化，还需细辨脏腑异。

十二、一剂知　清热法治咽痛烧心

　　咽痛多与肺、胃有关，正如《灵枢·忧恚无言》曰："咽喉者，水谷之道也。喉咙者，气之所以上下者也。"咽痛多因热而致，或六淫外袭，蕴而化热，或情志饮食内伤，蕴久化热，上犯咽喉而致，临证应"知犯何逆，辨证施治。"日前治疗一咽痛、烧心病人，从清化热邪论治，一剂而安。

典型病案：

患者，女性，62岁

初诊：2021年03月11日

咽痛不适3月，上腹灼热感，寐欠香，纳一般，大便可，舌淡红，苔薄腻，脉细。有肺结节史。

北沙参10　麦冬6　桑叶10　川芎6

炒苍术5　醋香附6　焦栀子10　神曲10

淡豆豉10　郁金6　柏子仁10　橘叶15

　　14付

二诊：2021年03月25日

药后咽痛缓，上腹灼亦缓，或胀，寐转安，心中仍有烦，苔薄腻，脉细。

北沙参10　麦冬6　桑叶10　川芎6

炒苍术5　醋香附6　焦栀子10　神曲10

枇杷叶10　郁金6　橘叶15　茯苓10

　　14付

注： 本案咽痛与上腹烧灼感反复3月余，乃肺胃热蕴而致。咽痛为肺经热盛，上犯咽喉；上腹烧灼感乃胃腑热蕴；寐欠香，乃无形之热扰动心神；苔薄腻，乃热盛酿痰之像。故其病机为肺胃蕴热，郁而化痰，扰动心神，治疗以清化热邪，佐以养阴化痰为法，方选越鞠丸与栀子豉汤。越鞠丸出自《丹溪心法》，主治"气、血、痰、火、湿、食"六郁而致脘腹胀痛，嗳腐吞酸。栀子豉汤，出自《伤寒论》，栀子清热除烦，淡豆豉轻宣气机，共奏清热除烦，宣发郁热之功效，主治热郁胸膈，症见身热心烦，虚烦不得眠，或心中懊侬，反复颠倒，或心中窒，或心中结痛，舌红苔微黄，脉数，配伍

沙参、麦冬清热生津，柏子仁安神，橘叶、桑叶清化痰浊。众药合用，既可清化肺胃热邪，又可养阴生津安神。药后热邪得清，故咽痛、上腹烧灼感明显缓解，效若桴鼓。

正所谓：

热蕴肺胃咽喉痛，气血痰火湿食蕴；

清和热邪栀子豉，越鞠相伍祛六郁；

酌加沙参桑麦橘，清热生津痰亦遁。

十三、一剂知　通阳化饮法治疗心悸

心悸是指因外感或内伤，导致痰瘀内停，气机阻滞，心脉不畅；或气血阴阳亏虚，心失所养而引起的以心中跳动，悸惊不安为主表表现，严重者不能控制，无法自主的病证。本病常见于西医学中由各种原因引起的心律失常，如心动过速、心动过缓、房颤、房室传导阻滞及神经官能症等。中医药治疗本证，应根据正虚邪实的不同，采取相应扶正、祛邪等方法，往往可以取得良好的疗效。

尤松鑫教授治疗心悸，强调应加虚实辨证，分清气血阴阳亏虚和痰饮、瘀血、气滞等兼夹情况而进行，现物举一获效的病例介绍如下。

典型病案（尤松鑫教授医案）：

患者，女性，48岁

初诊：2012年11月20日

患者近2月余来时感心悸，经查为频发室早，伴咳逆，纳可，二便调，经行正常。苔薄腻，脉时结。属痰饮内结，心气郁滞。

茯苓10　制半夏10　陈皮5　泽泻10

炒白术10　炙桂枝3　炙甘草3　炙远志5

苏梗10　制香附10^杵　川芎5

　　7付

二诊：2012年12月4日

患者服用首剂药后，心悸即明显好转，服用2剂后，停用一切西药，随后服完7付，症状明显缓解。就诊时悸忡已少，纳可，寐安，苔薄黄，脉细，偶结，参养益心气。

党参10　白术10　茯苓神^各10　炙远志5

当归10　五味子3　炙黄芪10　炙桂枝3

陈皮5　炙草2　红枣5　麦冬5

　　14付

二诊后停药，随访6年，心悸未再发作。

注：心悸乃临床常见病症，可单独发生，也可以见于其他疾病中，通过本病例病人的治疗过程，可以发现中医药治疗心悸也具有很好的疗效，在临床时可以在辨证的基础上加以使用。由于导致心悸的疾病谱比较广，既有严重的器质性疾病，又有检查无异常的功能性疾病，两者病情的发展与预后不同，临证时需要认真辨别，明确诊断，以防延误病情。

该病人为中年女性，心悸2月余。曾在三甲医院检查治疗，24小时动态心电图显示室早8306次，服用过参松养心胶囊、六味地黄丸、潘南金、辅酶q10、黄杨宁、倍他乐克等药。治疗2月余，一直未见好转，逐渐出现胸闷、气短、头晕等症状，血压最低降至86/58，严重影响工作生活。经人介绍至尤松鑫教授处治疗。尤教授根据病人四诊资料，指出其病机由心阳不足，痰饮内停，心气内郁而致。心阳不足，心失所养，痰饮内停，内扰心神，故悸动不安；痰饮上逆犯肺，则咳逆；苔薄腻为痰饮内停之象。寥寥数语，概括了症状的要点，治方以二陈汤、苓桂术甘汤，五苓散参合而成。二陈汤出自《太平惠民和剂局方》，由半夏，陈皮，茯苓，甘草组成，具有理气，燥湿化痰的功效；五苓散和苓桂术甘汤出自《伤寒杂病论》。

五苓散有茯苓、猪苓、白术、桂枝、泽泻组成，具有太阳蓄水证，苓桂术甘汤由茯苓、桂枝白术，甘草组成，具有通阳化饮的功效。在此基础上加用远志、苏梗、香附、川芎4药。

远志，具有化痰安神定志之效，香附、苏梗、川芎调理气机，既可以帮助恢复气机，消除痰饮，又具有理气解郁，缓解病人焦虑的作用，川芎还为"血中之气药"，可上行巅顶，中开郁结，下行血海。综观全方，药性辛甘，具有通阳利水、化痰安神，理气解郁诸作用。方药配伍妥当，药少、量轻、效宏，属"四两拨千斤"，故能一剂知，二剂已。病人服用7天，即获显效。

一诊后悸忡已缓，病机也发生了虚实变化。心悸明显时，以痰饮邪实为主，悸忡缓解后，正虚为主，故二诊尤教授治法改为益养心气，方选归脾汤、生脉饮加桂枝。归脾汤益气健脾，养血安神；生脉饮益气生津。二方合用，益气养血，滋补津液，濡润柔养心体。其中桂枝乃"画龙点睛"之药，可以振奋心阳，与诸药合用，达到阴阳平衡的作用。二诊后停药，随访6年，心悸未再发作。

正所谓：

心中悸动病因多，虚实二端可兼杂，

临证细辨标本证，方证相合病可瘥。

十四、一剂知　温阳化饮愈痰饮

痰饮是指津液代谢异常，停于体内而致的病证。津液的流动必须依靠气的推动作用，尤其与肺、脾、肾有关。肺在上焦，通调水道，肃降气机，脾居中焦，运化水液，肾在下焦，为一身真阴真阳之本，能够促进津液的气化，故津液的代谢还与三焦有关。津液随气上下，走行于三焦、经络，滋润濡养脏腑组织，若阳气亏虚，无力推动，或气机阻滞，运行不畅，则停于局部，因此上至巅顶，下至足趾均可出现痰饮，轻重各一。轻者只有症状，重者则见水液停留之症，出现局部的水肿。《金匮要略》中的"四饮"是最典型的，而《金匮要略》亦提出了水饮停于其他部位的病证，比如"水在心，心下坚筑，短气，恶水不欲饮"、"水在肺，吐涎沫，欲饮水"、"水在脾，少气身重"、"水在肝，胁下支满，嚏而痛"、"水在肾，心下悸"、"胸中有留饮，其人短气而渴，四肢历节痛"等等。因此，任何部位者有可能出现水液停留的病证，在鼻则为清涕，在耳为则耳中清水，在口则为涎多，在头则为痛蒙等。其治法当参《金匮要略》中"病痰饮者，当以温药和之。"近治一痰饮病案，效果颇佳如下。

典型病案：

患者，女性，45岁

初诊：2023年01月12日

近2年来畏寒，食油腻则生眼屎，寐欠香，喜热饮，腹中有水声，纳可，大便可，舌淡红，苔薄，脉细。参痰饮论治。经行量少。

茯苓10　猪苓10　炒白术10　泽泻10

桂枝5　炙甘草3　五味子3　生姜皮3

细辛3　制吴茱萸2　路路通5

7付

二诊：2023年01月17日

寐转安，腹中偶有水声，畏寒，眼屎亦轻，喜热，舌淡红，苔薄，脉细。参上法。

茯苓10　猪苓10　炒白术10　泽泻10

桂枝5　炙甘草3　五味子3　生姜皮3

细辛3　制吴茱萸2　路路通5　五加皮10

　　7付

三诊：2023年01月28日

寐安，腹中水声已缓，畏寒轻，眼屎缓，喜热饮，舌淡红，苔薄，脉细。

茯苓10　猪苓10　炒白术10　泽泻10

桂枝5　炙甘草3　五味子3　生姜皮3

花椒目3　制吴茱萸2　路路通5　五加皮10

　　7付

注： 患者初诊时，诉畏寒，腹中有水声，食油腻食物则生眼屎，寐欠香，舌淡红，苔薄，脉细。阳气亏虚，温煦无力则畏寒，津液不能运化，停于腹中则水声噜噜，得热则缓故喜热饮，油腻食物助水湿则致病情加重，病人表现为眼屎加重。四诊合参，属典型的阳虚水停之痰饮证，治疗当以温药和之，方先五苓散加减。方中茯苓、猪苓、泽泻、路路通通利水道，淡渗利湿，炒白术、桂枝、细辛、生姜皮、吴茱萸均为温药，可温中助阳，生姜皮又可利水消肿，方中五味子味酸性涩，其用有两个作用，一可佐制温性药的燥烈之性，二是考虑津液内停不能输布则易兼有阴液亏虚，故以五味子之酸来化生津液。全方合用，即可温阳，又可利水，又兼顾生津养阴，不至于过于温燥伤正。患者三诊，服药3周，2年的病证基本

消除，后以原法善后。

正所谓：

阳虚不运津液停，随经上下滞三焦；

温阳淡渗用温药，正复邪退恙可除。

十五、一剂知　消风散解慢性荨麻疹

慢性荨麻疹反复发作，诱因多样，或因受风寒，或因阳光照射，或因饮食刺激，或因疲倦劳累而加重。发作时临床表现也多样，或疹如风，来去迅速，或疹时轻时重，迁延不愈。中医治疗慢性荨麻疹以辨证为基础，或从风治，或从湿治，或从血热治，或从燥治。由于其发病时间较长，病机复杂，多种邪气可与正虚并见，其治亦当兼顾。在众多方剂中，消风散是恩师尤松鑫教授常用之方，疗效颇佳。近日用其治疗一慢性荨麻疹，疗效亦佳，总结如下。

典型病案：

患者，女性，49岁

初诊：2021年03月09日

患者10余年来易生荨麻疹，痒甚，头部皮肤亦瘙痒明显，手心热，纳可，大便易干，尿黄，舌淡红，苔薄腻，脉细。血热夹风。经行易愆。

荆芥10　当归10　生地10　苦参10

生石膏20　苍术5　蝉蜕3　地肤子10

防风10　牛蒡子10　火麻仁10　知母5

小通草3　丹皮6　全瓜蒌16　徐长卿10

　　14付

二诊：2021年04月29日

症明显减轻，瘙痒基本未作，手心仍热，大便干结亦缓解，舌淡红，苔薄腻，脉细。血热夹风。经行易愆。

上方加赤芍6

28付

注：患者荨麻疹反复多年，诉头皮痒甚，夜间抓挠方安，多方就诊，中药西药多种，效果不明显。就诊时皮肤瘙痒，同时手心热，大便干，尿黄，乃血热兼风之象。治疗当清热凉血，祛风止痒，方选消风散。消风散出自陈实功所著《外科正宗》，是临床治疗风疹、湿疹常用之方。方中荆芥、防风、牛蒡子、蝉蜕疏风散邪，辛散透达，散风止痒；苍术祛风燥湿，苦参清热燥湿，小通草渗利湿热，共奏祛湿之功；石膏、知母清热泻火；因"治风先治血，血行风自灭"，故当归、生地养血止痒；全瓜蒌润肠通便，徐长卿祛风散寒，除湿止痛。全方诸药相伍，共奏清热凉血，养血祛风之功。

正所谓：

荨麻痒疹病缠绵，风湿燥热相兼杂；

皮肤瘙痒疹色红，破溃水溢痒不止；

消风散可祛诸邪，热清风散湿疹愈。

十六、一剂知　小柴胡汤治恶心

《伤寒论》在少阳病篇提出"少阳之为病，口苦，咽干，目眩也。"但由于少阳病的特点，症状变化极其多，因此，第101条提出"伤寒中风，有柴胡证，但见一证便是，不必悉具。"

少阳主要与胆、三焦有关，少阳病症状变化多，与少阳的脏腑特点与经脉循行有关。"胆者，中正之官，决断出焉。"胆藏胆汁，主决断，内寄相火，与肝相表里，喜条达疏畅。因此，少阳病常出现气机郁滞，郁而化火，"郁"与"火"常常是少阳病的特点。胆腑郁火，横逆乘犯脾胃，故常出现胸胁苦满、嘿嘿，不欲饮食，心烦喜呕等症，可用小柴胡汤治疗。

典型病案：

患者，男性，18岁

初诊：2021年09月06日

近3周来恶心，知饥，不能食，于外院就诊查肝肾功能，血常规正常，B超未见异常，建议其做胃镜检查，经朋友介绍来诊。目前恶心明显，知饥，但食不下，心中烦，或泛酸，大便可，舌淡红，苔薄，脉弦。

醋柴胡3　黄芩10　姜半夏10　生姜皮3

党参10　炙甘草3　大枣6　陈皮6

木香3　神曲10　苏梗10

　　3付

二诊：2021年09月09日

复诊日晚上吃一顿药后，诸证皆安。

注：该患者主要临床表现为恶心，知饥，食不下，心中烦，符合少阳病胆腑郁热，横逆犯胃的特点，故治疗以和解少阳为法，以小柴胡汤进治。小柴胡汤出自张仲景的《伤寒论》，因其疗效显著而广泛用于临床，主要用于临床的几个方面：1.外感发热性疾病，特别是以寒热往来为主要特点的发热；2.消化道疾病，包括肝、胆、脾、胃、肠等脏器的疾病；3.治疗情志疾病，特别是表现为"嘿嘿（默默）"为主的抑郁性疾病；4.还可以用于妇科、男科等疾病。上述疾病的临床症状可能变化多端，但无论临床表现为什么，其病机

关键以"胆腑郁火，经络不畅"为主，则都可以使用。本案方证相合，故一剂而安，效若桴鼓。

正所谓：

小柴胡汤出伤寒，少阳为病此方宗；

胆腑郁火气机涩，和法条达畅中焦。

十七、一剂知　辛温宣肺法治疗风寒咳嗽

咳嗽是临床常见病证，有声无痰为咳，有痰无声为嗽，病因可见外感与内伤，正如《医学心悟》"肺体属金，譬若钟然，钟非叩不鸣，风寒暑湿燥火六淫之邪，自外击之则鸣，劳欲情志，饮食炙煿之火自内攻之则亦鸣"。外感咳嗽多由风、寒、暑、湿、燥、火等六淫邪气，由外邪侵袭于肺，肺于宣发肃降，其中以风寒、风热、风燥最常见。中药治疗以解表祛邪，宣肺止咳为法，疗效颇佳。

典型病案：

患者，女性，60岁

初诊：2019年01月10日

患者诉昨日在等公交时受冷风吹后既感不适，咳嗽明显，讲话时不能连续，咽痒不适，纳可，二便调，舌淡红，苔薄腻，脉细。证属风寒束肺，肺失宣肃。治以疏风散寒，宣肺止咳。方选三拗汤+止嗽散加减。

麻黄6　杏仁10　荆芥10　百部10

白前5　陈皮6　桔梗5　干姜3

紫苑10　佛耳草10　甘草3　前胡5

　　3付

二诊：2019年01月14日

患者诉1剂药后咳即平，唯近1日来汗出，饮热则明显，舌淡红，苔薄，脉细。证属表。

百部10　炙甘草3　紫菀10　生白前5

陈皮6　荆芥10　桔梗5　炒枳壳6

枇杷叶10　佛耳草10　苦杏仁10　红枣6

　　7付

注：三拗汤出自《太平惠民和剂局方》，由麻黄、杏仁、生甘草组成，具有解表散寒，宣肺止咳的作用。止嗽散出自《医学心悟》，由紫菀、百部、桔梗、白前、荆芥、陈皮、炙甘草七味药组成，具有宣肺祛风止咳的作用，程国彭曰"本方温润和平，不寒不热，既无攻击过当之虞，大有启门驱贼之势。是以客邪易散，肺气安宁。"可知止嗽散以祛邪宁肺为主，主要用于风邪外袭，肺失宣肃，气机不宁，新旧皆可应用。该病人由明确的病因所致，为六淫之邪风寒外袭于肺，肺失宣肃而导致咳嗽，因此治疗以祛邪解表，宣肺止咳为主。病人就诊时咳嗽比较明显，讲话不能连续，单用止嗽散恐药力不足，故与三拗汤同用，其中麻黄既可以散寒散表，又可以宣肺止咳。方证相合，效若桴鼓。

正所谓：

止咳如神止嗽散，解表祛邪宣肺气；

药不险峻期中病，程氏苦心揣摩来。

十八、一剂知　治肝卅法之泄肝法

王旭高著《西溪书屋夜话录》，创治肝卅法，总结了肝病变化规律。其中泄肝治法为："泄肝肝气上冲心，热厥心痛用左金，金铃子散寒椒桂，寒热俱有连芍寻，泄肝主法苦辛酸，三者错综随证斟。"

泄肝法乃肝气诸证治法之一，需要掌握三个方面：

1.基本病机：基本病机为肝气郁滞，郁久化热，横逆中焦，上冲于心，故患者出现"热厥心痛"的症状。这里的"热厥心痛"是指上腹疼痛，烧灼样疼痛为主，程度较为剧烈，持续时间较长。

2.治法：王旭高针对气郁化热的病机，提出了治疗以苦辛酸法为主，以药味来概括治疗方法。具体而言，辛散可畅达气机，苦可泄热以降肝气，酸可收敛以养肝阴，辛散＋苦降＋酸收三法相合共泄肝热。苦味药有黄连、川楝子，辛味药以吴萸为主，若肝经寒盛者可用川椒、肉桂等，酸味药有白芍、乌梅。因此，苦辛酸方主药有黄连、吴萸、川楝子、白芍、乌梅，可以佐加元胡、肉桂、川椒。

3.寒热错杂：在治法中提出兼寒者加椒桂，寒热俱有的用黄连、白芍，那么寒热在什么地方呢？从理论上推测，其寒热应当在肝经为主，可以表现为上腹疼痛，灼热，遇寒加重，或者上热下寒，在上为热厥心痛，在下为少腹冷痛、寒疝胀痛等，为寒热错杂的复杂病机。

综上所述：泄肝法是治疗肝郁化热，热厥心痛的主法，其用苦辛酸来降、散、收，以清肝泄热，条达气机，养涩肝阴，兼寒的可以配伍温药，本方症状变化较多，临证需要细酌。

典型病案：

患者，男性，51岁

初诊：2022年05月28日

上腹疼痛反复半年余，灼痛隐隐，受寒则泛酸，服多种中西药物效果欠佳，伴嗳气，喜卧，疲乏，纳可，大便或溏，舌两侧或疼痛，舌淡红，苔薄腻，剥，脉细濡。证属气郁化热，阴伤络阻。

黄连3　炒白芍10　川楝子3　醋延胡索10

木瓜3　苦杏仁10　蔻仁3　泽泻10

花椒3　木香3　炙甘草3　醋香附6

　　14付

二诊：2022年06月11日

患者诉药后第二天痛缓，喜卧明显减轻，困倦减轻，或嗳气，舌痛未作，舌淡红，苔薄腻，脉细濡。参上法。

黄连3　炒白芍10　花椒3　木香3

木瓜3　苦杏仁10　蔻仁3　泽泻10

沉香曲3　醋延胡索10　炙甘草3　醋香附6

　　14付

注：患者主症为上腹疼痛半年余，灼痛，遇寒加重，属气郁化热，寒热错杂之象；嗳气、喜卧、疲乏属肝气亏虚；舌淡红，苔薄腻，剥脱，脉细濡属阴虚气滞，络脉不和之象，故病机总属寒热错杂，阴伤络阻，治法参考王氏泄肝法，以苦辛酸为法清泄肝热，养阴和络，兼散寒。患者药后第二天痛即缓，诸症皆安。

正所谓：

肝气冲心泄肝法，热厥心痛苦辛酸；

左金丸和金铃散，白芍乌梅寒椒桂。

十九、一剂知　滋阴潜阳熄风治眩晕

眩晕者，目眩头晕也，是指病人视物旋转不定，或头晕不适的病证，轻者闭目则缓，甚则目不能睁，伴有恶心呕吐。中医一般认为眩晕应分为虚实两端，或由于邪气内郁，或由于正气亏虚而致，常见邪气有痰浊、瘀血、湿浊等，邪气上蒙清窍则眩晕；正气亏虚则为气血阴阳等诸不足，头窍失于濡养而发眩晕。眩晕还经常见到虚实夹杂证，如脾气亏虚，痰浊内生，上扰清窍；或阴液亏虚，风阳亢动，上扰清窍。在辨证施治时需仔细辨别，分清邪实正虚，随证治疗，往往取得良好的疗效。导师尤松鑫教授治疗眩晕重视辨别邪之不同，分清阴阳气血的不足，在治疗时，善于从肝辨治，强调阴液亏虚，肝风内动，风木上扰的病机变化，由于现代人生活习惯的改变，风木上扰往往是眩晕常见的病机特点，正如《素问·至真要大论》曰："诸风掉眩，皆属于肝。"

典型病案（尤松鑫教授医案）：

患者，女性，74岁

初诊：2018年10月10日

二、三月来感头晕，在当地查CT示动脉硬化，纳可，便干，日行，苔薄白，脉弦。有高血压史。患者于当地医院静脉输液治疗26天，无明显变化。证属气阴亏虚，风阳上扰。治法滋阴潜阳，柔肝熄风。

明天麻6　桑叶10　菊花10　茯神10

生地12　白芍10　竹茹6　石决明20^先煎

怀牛膝10　生甘草2　潼白蒺藜^各10　双钩10^后下

　　30付

二诊：2019年01月16日

患者就诊时诉药后2剂，头昏即平。二月来感手足心热，尿后灼感，每晚时有便意，但不得，大便日行2次，晨及午后各一次，苔薄腻，脉细。证属脾虚气陷之象，治以补气升提。

党参10　炙黄芪10　当归10　青陈皮^各5

川柏3　葛根10　制苍术5　炙升麻3

泽泻10　炙甘草2　生姜2片　红枣5

　14付

注：该病人的特点为老年女性，头晕2月余，于当地医院检查示高血压、脑梗，输液治疗疗效不显。就诊时，症状并不是很多，从老师病历记载来看，仅有头晕、便干、脉弦为特点，寥寥数语，抓住了病机的特点，乃气阴亏虚，阴不制阳，阳气亢动，风阳内动，上扰清窍而致。便干乃阴液不足，肠腑失润；脉弦乃风阳之象。方选滋阴潜阳，柔肝熄风之羚角钩藤汤加减。羚角钩藤汤出自《通俗伤寒论》，主要用于肝经热盛，热极风动，方中羚角、钩藤为君药，清热凉肝熄风，桑叶、菊花为臣，助羚角、钩藤清热，生地、白芍滋养阴液，柔肝和络；因患者为老年女性，并无大热等症状，尤老师将其中大凉之药羚角弃而不用，配加天麻、石决明潜阳熄风，潼白蒺藜滋阴熄风，众药合用，共奏潜阳熄风，滋阴柔肝之效，一剂知，服用2天，头晕即平。二诊时，患者出现手足心热，尿后灼热，有时虽有便意，但不畅，尤老师辨证属于脾虚气陷，阴火内浮之象，治疗以补气升提法进治。

正所谓：

眩晕要辨虚实别，风木妄动常见因；

滋阴潜阳熄肝风，方证相合效桴鼓。

二十、一剂知　滋阴潜阳镇脑鸣

脑鸣是指患者自觉脑内鸣响，或轻或重，常伴有耳鸣、记忆力下降、失眠、腰膝酸软等症状。脑鸣的病位主要与肝肾有关，临床证型以虚证为多。《灵枢·海论》曰："脑为髓之海"，肾主骨生髓，脑髓为肾所生。若肾精亏虚，不能生脑充髓，则髓海不足，从而产生脑鸣，故脑鸣多与肾有关。肾精亏虚，不能生髓，可以同时伴见脑鸣、腰酸、记忆力下降等症。肝肾同源，内藏相火，肾精不足，则肝阳亢动，相火妄动，上扰神明，常见脑鸣眩晕、面红目赤等症。故脑鸣多为肝肾亏虚，髓海不充，阳气亢动，清窍被扰而致。王旭高在《西溪书屋夜话录》中曰："阳亢上冒巅顶甚"。因此，脑鸣的治疗多从肝肾入手，或滋养肝肾以固其真，或沉潜亢阳制其标，或标本两者兼顾。

典型病案：

患者，男性，64岁

初诊：2022年02月14日

患者食管癌术后2年余，中药调理尚安。近半月来诉脑中鸣响，伴两胁不适，胀满隐痛，寐欠香，舌淡红，苔薄，脉细濡。滋阴养液，柔肝和络。

煅牡蛎15　炒白芍10　炒枳壳6　玉竹10

郁金6　菊花10　香附6　煅珍珠母15

茯苓10　钩藤10　酸枣仁10　炒麦芽15

　　14付

二诊：2022年02月28日

药后寐略安，脑中鸣较前缓，两胁不适亦缓，夜间仍口干苦，矢气多，腹或胀，肠鸣，大便日行2次，舌淡红，苔薄，脉细濡。参上法。

上方去玉竹、菊花、珍珠母、炒麦芽

　　加茵陈10　黄芩10　川芎6　豆蔻3

　　14付

三诊：2022年03月17日

患者诉药后脑中鸣叫未作，两胁不适亦缓，大便仍溏，日行2次，夜间或有口干苦，矢气多，舌淡红，苔薄，脉细濡。参上法。

煅牡蛎15　炒白芍10　炒枳壳6　茵陈10

木香3　炒蒺藜10　香附6　川芎6

茯苓10　钩藤10　酸枣仁10　豆蔻3

　　　14付

注：患者为老年男性，食管癌术后2年余。近半月来诉脑中鸣叫，同时伴有两胁不适，口苦。四诊合参，患者乃年高久病，真阴亏虚，阳气亢浮，上扰神窍；阴虚失养，肝气失疏，气机不畅，病人出现脑鸣，两胁疼痛，口苦，治当滋阴潜阳，养阴柔肝为法。方中炒白芍、玉竹、酸枣仁、牡蛎养阴柔肝；枳壳、郁金、香附理气止痛；珍珠母、钩藤平肝潜阳，众药合用养阴理气，平潜亢阳。

正所谓：

脑鸣多属肝肾病，阴虚阳亢巅顶甚；

柔肝和络畅气机，填阴镇阳滋下焦。

二十一、一剂知　从肺论治愈怪病

双手季节性脱皮临床常见，多数可自愈，无需治疗。但是，严重的病人会影响工作生活。本病由于病因未明，尚无特效药物。近期，根据中医理论从肺论治取得良好疗效。

典型病案：

患者，男性，31岁

初诊：2023年03月10日

患者进入诊室时，双手戴了橡胶手套，开始以为是预防新冠、流感等传染病的措施。患者入座后，摘下手套才发现，其双手脱皮严重。（如下图）

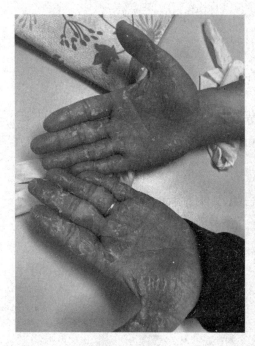 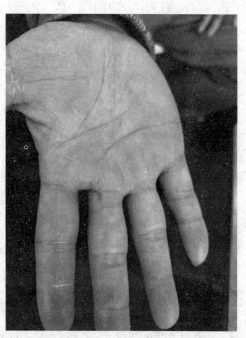

图1治疗前　　　　　　　　　　图2治疗后

原来，患者戴手套的主要目的是保持双手湿润，否则双手干裂疼痛。再细问病史，患者诉其从小双手即易褪皮，冬季明显，滋润可缓。今年自2月春节后双手褪皮又明显，双手易汗出，用润肤品后缓解不明显，严重则干裂疼痛，注意力欠集中，余无特殊，舌淡红，苔薄，脉细。

细观其双手：皮肤褪皮，干燥，脱出后皮肤红嫩干燥。因严重影响其生活工作，故来寻求中医治疗。

辨证思路：肺主皮毛，应从肺论治。《素问·五脏生成篇》曰：

"肺之合皮也，其荣毛也。"《素问·经脉别论》曰："肺朝百脉，输精于皮毛。"故肺气失于宣肃，津液不能输布于皮肤，则皮肤失于滋养而患病。皮肤的改变可以佐助辨证，若皮肤红肿疼痛则属肺经热盛；若皮肤潮湿则属痰湿；若皮肤瘙痒则属风邪壅盛；若皮肤干燥色红质老则属热盛伤津。本案患者皮肤干燥、色红、质嫩，应属气阴不足，肺气失宣。故其治疗当益气养阴，宣肺生津。

方药：

党参10　麦冬6　五味子3　桑白皮10

地骨皮10　炒蒺藜10　生地10　紫苑10

山药10　炒白术10　茯苓10　荆芥10

　　14付

方解：方选生脉饮和泻白散加味进治。生脉饮出自金·张元素《医学启源》，由人参、麦冬、五味子三味药组成，为益气生津之始方，可用于肺胃气阴亏虚所致诸症，泻白散出自北宋·钱乙《小儿药证直诀》，由桑白皮、地骨皮、粳米、甘草四味药组成，方中桑白皮清泻肺热，平喘止咳，地骨皮滋阴泻火，尤其适用于肺阴亏虚，虚热内扰，甘草、粳米益气养胃和中。泻白散清热不伤阴，泻火不伤正，肺气清肃，阴津复而虚热退。加紫苑、生地、白蒺藜养血滋阴，紫苑肃肺降气，生地清热凉血，白蒺藜养血祛风，山药、炒白术、茯苓健脾益气，取培土生金之意。荆芥辛温宣发，既防止药物过凉，又可将津液宣发至皮毛。全方清热生津，凉血滋阴，宣肃并用。

患者服用2周后未再复诊，后经朋友了解其已明显缓解，并发来照片如上图。

正所谓：

肺主宣肃布津液，皮毛滋润赖肺金，

津失输布肤生恙，疹痘痒疮皮毛脱，

从肺论治皮肤康，莫忘培土可生金。

二十二、一剂知　通阳化饮法治疗心悸

心悸是指因外感或内伤，导致痰瘀内停，气机阻滞，心脉不畅；或气血阴阳亏虚，心失所养而引起的以心中跳动，悸惊不安为主表表现，严重者不能控制，无法自主的病证。本病常见于西医学中由各种原因引起的心律失常，如心动过速、心动过缓、房颤、房室传导阻滞及神经官能症等。中医药治疗本证，应根据正虚邪实的不同，采取相应扶正、祛邪等方法，往往可以取得良好的疗效。

尤松鑫教授治疗心悸，强调应加虚实辨证，分清气血阴阳亏虚和痰饮、瘀血、气滞等兼夹情况而进行，现特举一获效的病例介绍如下。

典型病例（尤松鑫教授病案）：

某女，48岁

初诊：2012年11月20日

患者近2月余来时感心悸，经查为频发室早，伴咳逆，纳可，二便调，经行正常。苔薄腻，脉时结。属痰饮内结，心气郁滞。

茯苓10　制半夏10　陈皮5　泽泻10

炒白术10　炙桂枝3　炙甘草3　炙远志5

苏梗10　制香附10^杵　川芎5

　　7付

二诊：2012年12月4日

患者服用首剂药后，心悸即明显好转，服用2剂后，停用一切西药，随后服完7付，症状明显缓解。就诊时悸忡已少，纳可，寐安，苔薄黄，脉细，偶结。参养益心气。

党参10　白术10　茯苓神^各10　炙远志5

当归10　五味子3　炙黄芪10　炙桂枝3

陈皮5　炙草2　红枣5　麦冬5

　　14付

二诊后停药，随访6年，心悸未再发作。

按：心悸乃临床常见病症，可单独发生，也可以见于其他疾病中，通过本病例病人的治疗过程，可以发现中医药治疗心悸也有具有很好的疗效，在临床时可以在辨证的基础上加以使用。由于导致心悸的疾病谱比较广，既有严重的器质性疾病，又有检查无异常的功能性疾病，两者病情的发展与预后不同，临证时需要认真辨别，明确诊断，以防延误病情。

该病人为中年女性，心悸2月余。曾在三甲医院检查治疗，24小时动态心电图显示室早8306次，服用过参松养心胶囊、六味地黄丸、潘南金、辅酶q10、黄杨宁、倍他乐克等药。治疗2月余，一直未见好转，逐渐出现胸闷，气短，头晕等症状，血压最低降至86/58，严重影响工作生活。经人介绍至尤松鑫教授处治疗。尤教授根据病人四诊资料，指出其病机由心阳不足，痰饮内停，心气内郁而致。心阳不足，心失所养，痰饮内停，内扰心神，故悸动不安；痰饮上逆犯肺，则咳逆；苔薄腻为痰饮内停之象。寥寥数语，概括了症状的要点，治方以二陈汤、苓桂术甘汤、五苓散参合而成。二陈汤出自《太平惠民和剂局方》，由半夏，陈皮，茯苓，甘草组成，具有理气，燥湿化痰的功效；五苓散和苓桂术甘汤出自《伤寒杂病论》，五苓散由茯苓、猪苓、白术、桂枝、泽泻组成，具有太阳蓄水证，苓桂术甘汤由茯苓、桂枝白术，甘草组成，具有通阳化饮的功效。在此基础上加用远志、苏梗、香附、川芎4药，远志具有化痰安神定志之效，香附、苏梗、川芎调理气机，既可以帮助恢复气机，消除痰饮，又具有理气解郁，缓解病人焦虑的作用，川芎还为"血中之气药"，可上行巅顶，中开郁结，下行血海。综观全方，药性辛甘，具有通阳利水、化痰安神，理气解郁诸作用。方药配伍妥当，药少、量轻、效宏，属"四两拨千斤"，故能一剂知，二剂已。病人服用7天，即获显效。一诊后悸忡已缓，病机也发生了虚实变化。心悸明显时，以痰饮邪实为主，悸忡缓解后，正虚为主，故二诊尤教授治法改为益养心气，方选归脾汤、生脉饮加桂枝。归脾汤益气健脾，养血安神；生脉饮益气生津。二方合用，益气养血，滋补津液，濡润柔养心体。其中桂枝乃"画龙点睛"之药，可以振奋心阳，与诸药合用，达到阴阳平衡的作用。二诊后停药，随访6年，心悸未再发作。